U0919098

S E N L I N C H E N M O

森林沉默

陈应松 著

译林出版社

目录

SENLIN CHENMO

森林沉默

草木榛榛，鹿豕狉狉。——柳宗元

森林沉默

SENLIN CHENMO

第一章 白辛树

森林沉默

SENLIN CHENMO

一

一个人在森林里走动，他看见了一只豹子。

咕噜山区的雪，像天空的盐场。霜失败了，雪和星光称王。松冠像凛冽中静默的马阵，带着远古争战的气息。云旗永远在峰尖飘忽，是风打散的云，向风飘去的方向猎猎展开它的旌旈。悬崖上的树有如玉雕，英姿卓绝。这些针叶树，从不惧现身，永远在高处，有着自己的担当。在显眼的地方，它们冷艳、高傲，有资格高傲、孤高，有足够的形象为山峰代言，并成为山冈的旗帜，成为景色，成为永远遭人忌恨的目标。

一个人看见了一只豹子，这个人过去因为饥饿，他看到的是肌肉、内脏和泡酒的骨头。现在，他欣赏它的皮毛和走路时的柔软骨节、尾上的环纹和背部灿烂的铜钱花纹。

若干天后，征服的欲望占了上风。他跟踪多时，喝了淫羊藿酒，决定与豹子一较高下。在一个月黑风高的夜晚，他与豹子对峙。大雪纷飞，这个场景非常悲壮，在山林里持续了一万年。猎豹人揣着热血，如果赤脚裸身，他将有英雄主义气质。

会有办法杀死它。下套子。下铁猫子。挖陷阱。围猎。也可以下绝后窖和阎王塌子千斤榨。

下套子，用最细的钢丝绾结成套，挑在一根弯过来的小树上，豹子绊着了，就会弹吊在空中。

下铁猫子就是在兽道上拦个木栅，留个缝，豹不知所以，路被拦住了，只能从缝里钻过，踩上铁猫子，夹住腿无法挣脱。

挖陷阱，放竹尖，掉下去会刺得千疮百孔。

围猎，找几个人带几条狗围捕，咕噜山区叫赶仗。

绝后窨和阎王塌子千斤榨太过残忍，不好细说。只是听说一个山外人叫陈应松的，在一部《猎人峰》的小说中写过这种残忍的猎具。

那个人决定用叉。

三齿，这就够了。虽然志书上说："落豹河谷，黑松冥冥，绝壁巉巉，虎啸豹吼，亦多沐猴。"但虎豹几近绝迹，这只不知从何逃窜而来的豹，惊魂未定，它围着鹰嘴岩盘桓多日，想爬上更高的山顶避难，不过那是休想。

这是一个好时机。猎豹人磨叉，趁着大雪行动。豹子唤醒了他心中邪恶的血性，为了重演祖先的骄傲。但是豹皮温暖的花纹对一个在漫长寒冬中煎熬的人来说，有诱惑力。

他把手上的猎叉对准豹，看到前面有三豹齐来，挟着豹威，且涎流了一地。他只刺三豹中走在中间的那只；另外两只一为豹魂，一为豹魄。

这只豹子因为在冬天饥饿难耐，已不是人类的对手。

血洒在森林的雪地上，无论是他的，还是豹子的，都将是一件美事。血像箭一样新鲜地迸溅，划着弧，冒着热气，然后落到地上。生命总是要以悲壮结束的，对那些森林里的生命尤其如此。

他记着了豹子死时头触地之处。

这是一个风雪交加的夜晚，躺在床上的祖父蕺老泉突然想吃凉拌花椒叶。他知道，只要想吃凉拌花椒叶，绝不是好兆头。

祖父是个老木匠，以打棺材出名，当然也做一些农具和家具，还帮人家起屋上梁。他现在老了，斧头成为沉重的往事。他跷着二郎腿，做活累了，就敞着怀坐在门口看远处的山和云。他喜欢指着山冈说话。他有一只食指是被自己的斧头砍掉的。他胡子稀疏，脸上浸油，是因为每天早上都要吃一碗猪油炒饭，这是几十年的习惯，在别人家干活，也是这样。祖母在杀过年猪后，将炼好的猪油用坛子封装好，放到山洞里，让祖父吃，可以吃上一年。

一轮浑圆的月亮冻在鹰嘴岩上，咕噜山区的森林树叶落尽。往远处看，山峰断裂，河谷崩陷，石头变老，褶皱断穹，天地仿佛遭受过重创，万物被冰雪紧缚，陷入深深的剧痛之中。千里积雪，鹗鸟的叫声在北风中回旋，峡谷在这时候却有一种令人惊异的明亮。

祖父清楚地记得，山下有人喊分豹肉时，开得门来，见一个男人披着一张刚剥下的豹皮朝山上飞跑。他先是吃了一惊，豹未死？他唤我："玃！玃！"那张在月光下呼呼走动的豹皮，让他的嘴巴张得很大。雪霰硬戳戳地打在他的脸上，他挺身到我前面保护我，他的身板有足够的阴影。他看到是孔子沟的孔不留，矮矬，腿短，叭嗒叭嗒地爬坡，睖着圆眼，呼吸凶狠，喉咙里的声音好似一把斧头。那一身豹皮裹着森林神秘的热气，粗大的豹尾高竖，像一根烧红的铁条烫着寒夜凉森森的空气。

"他会飞，他会飞！他会变成一只豹子飞起来！……"

因为害怕而杀死猛兽的事不少，而且边杀边疯，到处乱跑，最后掉下悬崖。这是恐惧造成的灾难。即使不疯，杀兽人总有一天是会得病的，就像打鸟人总有一天会瞎眼一样，森林里关于猎人的故事结局都是这样，生活的因果如此，说不清楚。

那天我的确看见了一千只豹尾飞起来，不是孔不留这样说，不是错觉。我看见豹子尾巴乘着月光，向沉香坡嗖嗖飞来，像一群彗星。我看见黑暗里的光，有如传说中月亮山精的无数舌头，从森林深处伸来，舔舐着树木和落豹河水，舔舐着鹰嘴岩上的坚冰。

“算了！”祖父喊，“算了，麻古！”他喊他的小儿子蕺麻古。

本来，这张豹皮已经让叔叔麻古先得了，至于杀豹人为什么要给他，不清楚。的确是麻古先拿到的，他想着这张皮子，能做一件好皮袄，但孔不留夺走了它，叔叔哪有礼让之理，在后头奋起直追。

这样的事在冬天绝少发生，在寒冷的冬天，散落在岩垴深处的零星各家人，都喝了点酒偎在被子里躲寒，或是在火塘边昏昏沉沉地打盹，对外界的风雪野兽不会关心，不会聚集成群，冬天让人懒惰。

那一天夜里，金灿灿的月光像铜汁一样浇泼在森林里，峰峦明亮如钟，野羊踩落崖壁碎石的声音砰砰直响，不肯冬眠的白熊叭叭地舔着掌子。

在祖父喊过之后，他看见两个人打起来了。咕噜山区的掐架有点像兽斗，只要打，就是真的，不使花拳绣腿，都是往死里整。即使刚才推杯换盏，称兄道弟，真打起来，一定是取人头灭心脏。这缘于冬天太沉闷，没有刺激，如果有刺激，一定要抓住机会，尽情展示，哪怕没有看客，只打给鬼魅山精看。

麻古使的鞋，孔不留使的石头。石头破脑，鞋让嘴肿。第二天，叔叔麻古包着头见到了孔不留，说，老孔，嘴好肥。孔不留说，麻古的头可好？于是两人互敬烟，再打，还是往死里整，直到哪天谁被谁先搞翻。

那天晚上，孔不留趁机割下那只豹尾跑了。他的想法是，你让老子用不成，老子也让你用不了，让豹皮报废。

我亲眼见一千只豹尾飞起来，夺路而飞。它们飞出了豹身，飞上沉香坡，像无数长鞭追赶我，将我呼噜呼噜撵到树上。

从这一天起，我将睡在树上。

据祖父说，那是因为我这天晚上吃了一种“见手青”的干菌子，出现了幻觉。

我是一个猴娃——他们都这样说我。我浑身长红毛，不爱穿衣，有人也叫我“火娃”。我不会说话，但心知肚明，懂人语，也懂兽语、鸟语和花语。

依然要说那天夜晚，猎豹人吃了豹子肉，再次前往豹子喋血地，拿一把锄往下挖。这时候又来了两只豹子，对他大吼大叱，绕走在他前后。猎豹人毫不畏惧，只管掘土。他知道那不过是豹子的魂魄，那魂魄已快散了。他掘地三尺，看到了一颗闪闪发光的珠子，比鸡蛋略小，如琥珀，夜放精光。它是豹子死前目光钻入地下所聚，叫豹目珠，这珠子是镇山之宝。

他取出豹目珠后，大地开始摇晃，人们以为是自己喝醉了。母鸡突然打鸣，鹿跳八丈，香獐触山，悬崖垮塌。一阵过后，就像一个梦，醒来一切正常。人们摇晃了几下，头疼难忍，吃一把辣椒压惊。看着山又在眼前平衡了，鸡开始睡觉，发呓语，狗打鼾。山就是这个样子，山体很大，不会翻覆，顶多是半夜翻个身子。山伸了个懒腰。猎豹人手拿豹目珠，刚开始很重，像搬千斤重，以为是嵌进了石缝。他抠出来，擦净，凉飕飕的，又忽而滚烫烫的。圆润、光洁、黏人，像呵着一团水，像女人的胸，像一块烤红薯。瞎想。他得意。他开心。他有宝贝啦。这森林里，这些年来有几个人得到过豹目珠？得到这颗珠子的杀豹人高兴得像个疯子，大笑三声，大吼，拿着珠子到处照。照天照地，照山照水，什么都照得见，这真是七神八怪的。他照见一个人趴在树上睡觉。开始他以为是个鸟巢，后来以为是一只猴子，但他细看，见是沉香坡的猴娃，我，玃。他远远地打量树上的我，没想到这事儿与他有关。

“哦么。”他说，“就是只猴子。”

寒夜深沉。风像一把刀子，冰瀑挂在崖上，就是千万架刀剑。这里有原始的秩序。世界离不开争斗搏击，没有谁的刀子是睡着的。看见冰瀑，能明白事理。

蕺老泉看到，他的孙子吓得三把两下就爬上了高高的树端。他的孙子身手矫健，一双长长的大手挂在树枝上，脚像两把大钳，伸长身子晃荡。是玃！

老木匠望着那棵他母亲坟边的大白辛树，他哭起来："我的先人呀！"

他一生辛劳，以锯斧为伴，墨斗为友。他伐木，解板，画线，计算，砍刨，凿孔，对榫。他心地善良，不干缺德事，一辈子没在活计上给人使坏。他有个徒弟，庄子沟的刘烂蛇，怪人家招待不好，不仅偷了人家腊肉，还在新婚床上做了手脚。到了新婚之夜，新郎新娘从这头爬到那头，那头爬到这头，他们中间隔着一条大河，睡不到一起，女的两年后还是处女。后来给刘烂蛇好烟好酒还请去了祖父才解了咒。这徒弟给人做房子，主人不敢住，净做噩梦，女儿也疯了。请一个道士来看，拆开门框，门框里画着一个人手拿两把刀。刨去此画，家遂太平，女儿的疯病也不治而愈。

可我蕺老泉前世做了什么缺德事，有这么一个孙子啊！

先是，我看到一千只豹尾，突然从祖父的背后开始狂奔。祖父的肩膀一个闪失，差点栽下坡坎。他的脖子当时伸得很长。我跳下乱石堆。他用手扪着胸口，那儿疼痛。他有些磨磨蹭蹭，因为老了，反应迟钝。也许抱着幸灾乐祸的心理，希望他这个孙娃就此越跑越远，永久消失在冬天的老林扒子里。

他循着一片柞刺林子，下坡，满坡的杜鹃灌木、盐肤木、醉鱼草、卫矛、悬钩子，被牵扯得哗啦直响。下面是茶园。他跟着跑。他的孙子在树丛间跳跃，在树枝上荡秋千，在空中如履平地。他眼花缭乱。他倒是想看看这个孽孙干出什么花样来。

一道结冰的石沟，一只红尾水鸲的双脚冻在冰上，尖声唳叫。那些过去垫脚的石头，现在尖削湿滑，抹了油一般挤在硬邦邦的沟底。他年老体衰，索性站住。透过暗幽幽的夜幕，隐约可见他的孙子在林子里，在刺叶栎、高山海棠和巴山冷杉间，像一只发疯的毛猴上蹿下跳。树枝折断的声音格外清晰，雪粉摔落，就像山脉垮塌。他叫着孙子的名字："玃，玃！"

森林空寂，他的哀鸣没有人理。这与世隔绝的地方，仿佛他是第一个到来，他的母亲和兄弟都没有来过这儿。如此陌生，连鬼都不存在。他只是在捕捉一只猴子。当那只猴子在树上和地上乱跑，他却因为崴脚卡在石头缝里，像一株古老的野草，在黑魆魆的山林苟延残喘。

"啊，咕噜大帝，让他走吧，让我这把老骨头少受折磨……"

他的脖子又硬又冷，像大块的冰凌托着脑袋。红桦的卷皮在夜半簌簌往下蜕，三叶木樋光秃秃的藤子缠着他的胳膊。他的帽子被一只手揭去了，那是树枝和月亮山精在捣蛋。

他气喘吁吁地追，发誓要逮到这个在深夜的森林里狂奔的孙子，他没有选择。他想把他的孙子逼到山崖，让他跳下去。他越过子贡沟、庄子沟，上朱子坪，过锯齿岩，穿荀子垭，翻狉猢岭，到达天音梁子……

我被一千只豹尾追赶到天音梁子的大坪上。我在叔叔种款冬花的窝棚边，看到所有的土地，所有的树木，闪出萤火般的蓝光。天音梁子浮出一个巨大的圆蛋，无数的舷窗往外喷吐出金色的火舌。巨蛋仿佛在上升，像飘浮的气球，被地底下的热雾蒸煮着，像怒放的烟花，那里人声鼎沸。天上飞着巨大的铁鸟，来往穿梭，光芒四射……

我被这奇异的景象惊呆了，仿佛来到另一个世界，连寒冷也没有，四处灵光闪闪。可是祖父在追我。我又一次从祖父的腋下挣出，往回跑，往沉香坡跑。

我爬上那棵高大如巨伞的白辛树，哧溜哧溜登上高处。我在继续找寻我刚才看到的景象，那个巨大的有无数舷窗的金色圆盘，可那里只有黑暗，深重的黑暗。

祖父在大树下跺脚。他瘫软在地，捶胸顿足，太阳穴像有人用石头砸。

树上百多只“饿雀子”拼命啄我，它们口中衔着小鱼睡觉，现在它们纷纷用嘴中的盲眼鱼袭击我。我抓住了一只，它在我手上扑腾，拉屎。我放了它。我手上腥味难闻，脸上、头上被啄得千疮百孔，衣裳被撕扯。后来我忍着，它们闹得没趣了，就靠近我，大家抱团取暖。

“玃娃，快下来！”

我不想听祖父声嘶力竭的喊声，闭目养神。我抱着树干，树下是一千只涌动的豹尾围着我……高山林子的寒气像一把剔骨刀，扎进我的体内。我慢慢适应了。我满身的红毛在这寒气中滋滋生长，越来越浓密。祖父抓胸哭诉，说起他小时候的艰难。冰是从鼻子里灌进去的，泡着那颗心，心苍凉，说的什么一世没啥开心的事儿，鸡一样，扒一口吃一口，山也荒了，人也老了……

老木匠的声音就像树叶最后在枝头挣扎。他甚至下跪，趴在他母亲的墓碑上，那些碑上凹进去的字冷冰冰的，像是祖先的肋骨。可我家为什么会出现一个猴娃？不，他是红毛野人的后代。这样想就让他去吧。

要是在五六月间，咕噜群山盛大花期的日子，汹涌的花瓣总是在午夜从白辛树上落下，像阵阵花雨，装饰着老木匠母亲的坟冢。许多清香的植物依附在墓碑上，苔藓古老，蕨草丰盛，母魂长在，像清晨的雾气和露水一样可亲。修长的松萝垂下，随风飘荡。响泉在潺潺流淌，奔下山去，饿雀子丢下的盲眼鱼在草丛中蹦跶。山水荡漾，天地相偎。可是从今天起，这棵大树对蕺家意味着悲伤。

“……玃，你未必就这样在树上待一生一世吧？你就不怕冻死么？……”

这娃究竟是何方神圣啊？祖父的手抓着白辛树皮，指甲缝渗出了血。多肉的火镰草在墓石上盘踞，野蔷薇和火棘的枝条在这儿汇聚。天快亮的时候，一头老熊依然不知日夜地在林子里“扳膘”；秋天它们吃了太多的食物，无法冬眠，否则肚腹将爆炸。它们爬上树，故意从高处跌落，摔掉身上的脂肪。整个冬天都是如此。

祖父看见山冈在摇晃，星斗直往下坠。豹目珠的光从鹰嘴岩崖顶的黑松上一直扫到沉香坡。月亮西斜，比往常薄小了许多。到了破晓前，风啸如魔，鸡叫如吼，月亮滚下落豹河，群山通红如昼，雪霰乱箭似雨。石块和冰块从空中往下砸，变成峡谷中的冰石雨。

响泉呜咽。他的孙子山麻杆叶一样发红的脸好平静，两只长在额角上的眼睛深闭。扁鼻。大耳。长脸。宽唇。阔嘴。高眼眶。响泉淙淙，拽着冰凌。冬天什么都冻住了，只有一线细细的响泉却不会冻着。他知道，是他的老母亲在地下用身子捂着，给她的儿孙们捂着，给他们水喝。

响泉是沉香坡这家人活下去的所有理由。

二

被冰石雨砸醒的早晨，峡谷里的人家以为是春水解冻。但是咕噜山区的冬天将延续到四月底。蕺家的狗一直不停地叫。是一只西狗，就是藏犬。这条藏犬是杂交种，脸是中华田园犬，身坯是藏犬。比较随和，不认死理，可以随时改变对人的好恶态度。架势很大，栗毛蓬松。年轻时因为一味对人凶狠，激情耗尽，至眼皮耷拉，牙齿外突。如今老了，常趴在门口晒太阳，回忆往事，要吃的就扒拉主人的裤腿。

祖父拉狗去劝我，狗不叫。拉羊来，羊关在崖壁的凹处，羊不叫。这娃咋啦？这娃没爹没娘，满脸善良，眼睛扑闪，苦巴活着，就跟牲口一样。本来就是猴娃，如今更是只猴子了。但你还是人哪，虽不会说话，放羊打柴，铲菌挖笋，采药摘果，刨地负重，样样能行。自己的脏衣自己洗，自己的眼泪自己吞。那些剁豹尾杀豹子吓唬我孙儿的坏种们，你们吓一个憨娃儿，不得好死，死无葬身之地！

“玃儿，娃呀！”干爹贵将军也被叫来喊我。

“玃弟！下来，下来，给你奶吃。”那些被我祖母巫氏催奶成功的小媳妇们也喊。

我紧紧抱着树干。树底下一圈人，吵吵嚷嚷，恨不得拿石头砸我。祖母把大腿都拍肿了，哭得死去活来。有人拿着开山斧和弯刀。祖母是要在白辛树上一头撞死的，她浑身哆嗦，站立不稳，尖声叫骂，佝成虾米。尽管如此，她还是望着树上的我，向我作揖乞求。

贵将军认为冤有头，债有主，一切都是孔不留剁砍豹尾引起的。

“是的。”祖父仔细地回忆夜晚的过程，那只豹尾把他也吓了一跳，人的胆很薄，容易吓破。“另外，”祖父对贵将军说，“有人挖走了此山的镇山石，昨晚山摇地动的，你没察觉么？”

“我睡得死，”干爹贵将军说，“孔不留要不得，谁杀豹本来就犯了国法，他剁豹尾更是错上加错，不可饶他！”贵将军平常就喜欢仗义执言，加上这次是干儿子吓出病来了，那还有孔不留的好，不搞死这杂种天理难容。一呼百应，带着一干人去孔子沟问罪。

孔子沟没找到孔不留，孔不留早跑掉了。贵将军上梁揭瓦，将孔不留的一缸腌菜倒进茅坑里，将蜂箱推翻，在他的门槛上剁了三刀，算是最恶毒的诅咒。这样，如果他生儿子，不是豁嘴就是六指。一个小媳妇将乳汁挤在孔不留的床头，这样会让他天天做脏梦，精尽人亡。

没有找到豹尾，贵将军迁怒于我叔叔麻古，到他家里翻箱倒柜，收缴豹皮，准备将麻古捆成粽子押送政府。但一无所获，麻古也闻风溜了。大家只好咒他的蜂子被“七溜溜”（山黄蜂）咬死，收不到一勺蜜。咒他口腔溃疡，吃松子嗑掉满口牙齿，连女人的奶头也啃不动。咒他在山里迷路，被老熊扒掉脸皮。

一场浩劫过后，我叔叔从山里回来，祖父呵斥他，要他将我拽下来。叔叔一上树饿雀子就在他头上掷屎蛋，黑压压的“饿饿饿”声，把他啄得满头是包。这些黑寡妇鸟，饿雀子，传说是旧社会的小媳妇变的，在婆家吃不饱饭，死了就变成这种鸟，天天喊着“饿啊，饿啊”。它们不知从哪个溶洞暗河里叼来一种透明的盲眼鱼，肠肚看得一清二楚，吃一半，丢一半，这种情况持续了多年。非常好吃的鱼，新鲜的下炖锅，加点腌菜煮，汤鲜如天堂美味，腌制晒干后也好吃，拃把长，二三两重，到了惊蛰雷鸣后特别多。这鱼的鱼鳃里有一颗鱼虱，却是治噎死病的特效药，就是食道癌。山里人吃多了烟熏肉，得噎死病的多，最后吞咽困难，水米不进。将这些晒干的鱼虱磨成粉吃了，食道通畅。祖父说这是蕺家祖上积德，他母亲生前乐善好施，恭敬神灵。祖母则说这是咕噜大帝显灵，白辛树还没这么大的时候，她就在树根下供奉了一尊咕噜大帝像。咕噜大帝一脸龙颜，长须飘飘，身披龙甲。后来被树根包裹，慢慢长拢，咕噜大帝就埋进了树干，现在树根下的那个大乌瘤里，就是咕噜大帝的神像。

一只断腿猴挣脱链子跑了出来，它蹿上白辛树，与鸟抢鱼。它太饿。它是祖父从兽夹子下救出的一只猕猴。先是想杀了泡酒的，被祖母制止了，说，不正好给咱们的猴娃做个伴吗？这只猴子从不与人亲热，落落寡合，即使渴死也不喝水。它会将神龛上的蕺家祖宗牌位咬坏，在上面拉尿。还有自杀倾向，半夜撞墙，你起夜开门时，它呼地冲到你前面，发出鬼叫。它喝磨刀水，这是祖父给它喝的，只喝磨刀水，让它心肠变硬，忘记山林，吃猪狗食。但这猴有严重的抑郁症，满口的牙齿因为啃噬铁链掉光了。它跳上树，拉我的裤腿，刨我的鞋。我被猴子打动了，溜下树。我懂了它的心思和善意，我放了它，让它回山。我第一次给它响泉的水喝，清甜清亮的水，它喝一口看祖父一眼。祖父患有严重的风湿，骨头疼痛，关节变形，他算计着这只猴能活多久。他早就准备了一个大玻璃瓶，装满了苞谷酒，随时准备给这猴处理后事——将它的骨头泡入酒中，再加些乌头、羊角七，那可是治风湿的大药。

第二天天刚亮，门外就有抓挠门板的声音。祖父打开门一看，那只断腿猴又回来了。它哀哀地乞求祖父，门口堆着一小捆柴，这是它的献礼。它身上的雪都冻住了，眼睛上是冰。它跑进屋里，拾起那根铁链，递给祖父，央求祖父重新将它锁上。“好吧，我不生你的气。”猴子重上了链子牵到火塘边，它急不可耐地伸出爪子去刨火中的栗子，烫得哇哇大叫，祖父高兴地敲着它的头说：“你这声音好听。”

这一天，祖父吃过猪油炒饭后到孔子沟下铁猫子，过了一天去收夹子时，发现铁猫子上只夹到几根白毛。

他知道，他惹上了月亮山精。

有一天烤火，他发现背上疼痛难忍，脱了衣裳让祖母看，长了个疔疽，有脓水流出，已经溃烂。

这个冬天他在疔疽和疟疾里挣扎，背上的肉一块块往下掉。他睡在火塘边盖三床被子还喊冷。

他将断腿猴野外拾来的柴全丢下了悬崖，向柴吐痰，撒尿。他把猴子拴在老伴每天要拜的观音菩萨像前，用他的四把斧头将猴子围住，斧头斜砍在地上，威风凛凛，杀气腾腾，冒着铁的恶狠狠的光。

他现在给了小儿子麻古两条路：你必须将那害人的豹皮剁掉，像剁肉酱一样剁了当柴烧；二是，你跟你侄子貜睡到树上去。这两条路兴许能救我老夫一命哩。

睡到树上去是不可能的，他这身壳子一个晚上就会呜呼哀哉，天气多冷啊，雪将许多大树压断，将石头冻裂，落豹河已经有三尺厚的凌了，有人家的蜂子一箱箱冻死，鹿冻得撞树。但等风头一过，他可以把豹皮卖个好价钱。

还有许多款冬花的芽蕾没有掰。有一半的款冬花在地里，没时间刨，也刨不出，地里冻得像铁。款冬花是一味止咳化痰的药，如今都种这玩意儿。

背上疼痛难忍的祖父走出屋子，老伴在门口掰款冬花芽。他的脸色像死人一样难看，好像涂了一层硫黄。他坐在老伴和自己的棺材中间，离老伴远远的，指着雪山说话。“太阳还没出”，“一只羊”，“雾”，“雨要下啦”。如果他心情好，他会说“那一年的泥石流”之类。他说一下，顿一下，说一半，留一半，像个半语子，唔唔哝哝，然后找出工具，干些刨、锯、钉、砍的木工活。

麻古来了，背着背篓。祖父恶狠狠地问他：“剁了没？”

麻古手上拿一根枸骨木打杵和一把镢，是去天音梁子挖款冬花的，他的地在那里。

“不是豹皮吓的。”

“剁了！”

“我说了不是就不是！豹皮不见了……”麻古说。他看着自己病入膏肓的老父亲。

“到哪儿去了？”

“……俺真的不知道哩。”他说。

“鬼扯！”

“把树下绑铁丝网，他不就爬不上去了么？我去买。”他对他父亲说。

“买你妈个鬼，你这狗杂种，看你把事情整成啥样！”

早上我将从树上下来，我只是晚上在树上。我对天空中的黑夜有亲切感，我爱那样高耸的夜晚，我不怕冷，身上火一样烧灼，半夜我就将头埋进我的胸前，面对树干。一些饿雀子也会与我挤在一起，度过寒冷漫长的冬夜。

我下树来，叔叔和祖父停止了争吵，看着我，像看一头野兽。我拿起镢头，准备跟叔叔一起去挖冬花。我们把款冬花叫冬花。

他们想看出我的异样，比如冻掉了趾头，或是重感冒引起严重肺炎明天死去。但都不会。我在夜晚的行为我自己承担，我爬上树，那些豹尾才不会围剿我，它们是世界上最邪恶的毒蛇。

祖母见我下来，赶快端来了一碗蛋花汤给我喝，“玃娃呀，玃娃！”

我跟着叔叔麻古走。麻古问我：“冻不死你！你那么害怕剁豹子尾吗？你爱你的祖父母吗？”

他又说：“我没有人爱。”

他是一个单身汉。

他从我家门口离开时，把烟头丢在了狗食盆里。祖母给了他一双有破洞的手套，这样干活会舒服一点，也暖和一点。

我喜欢阳光和白昼。

太阳出来了。猫在棺材上，鸡也飞上去。两口棺材摞在一起，上面的那口是祖母的，下面是祖父的。祖父断定他的老伴比他先死，老伴大他五岁，可是情况不妙。老伴在猪圈的石头围墙上跳上跳下，腿脚越来越强健，有时两只竹鼠眼睛转得像弹珠，比年轻时还灵活。祖母的父亲是个私塾先生，所以她识字，能写毛笔字。祖父的母亲背着他父亲的尸体落脚于此时，遇泥石流将沉香坡几户人家悉数埋入沟中，侥幸留下巫氏这个活口，就捡了个女娃养着，养成了儿媳妇。巫氏的毛笔还能给少妇奶头上画符催奶，非常灵验。放点蕺老泉藏着的老麝香，更加有效。加上鱼虱治病是她发现的，给她提火酒和鸡蛋的人，比祖父更多。祖父的徒弟虽然散布各地，因为做棺材的活计少，山里人都欢腾地活着不肯死去，赚不到钱，几年都不来看他一次。

天很冷，太阳晃荡了一下就溜到后山去了。祖母给老木匠提来了火钵，当地叫“火伴”，从里面拈了些未燃尽的火屎，让他暖手，双脚也可以踏在上面。

老木匠一边烤火一边钉一把椅子，坡上的白茅飘拂，好像扫着空气中的雪。树枝因为结冰，发出啪啪的呻吟。一棵岩上的青桐突然开花了，花挑满枝。细看不是花，是青桐的果实，在严寒下全炸裂开了，蜡烛样的一根根竖起。

他想清理棺材。盖板上有点脏，铺上草还是脏。棺材的木质不同，老伴的是冷杉，他的是楠木。冷杉是秦岭冷杉，不够，掺了根巴山冷杉。巴山冷杉木质白，秦岭冷杉木质暗，做成棺材或家具看不出。巴山冷杉在海拔高的山口，迎风挺立，叫站岗树，又叫英雄树，死了也不会倒下。秦岭冷杉生活在稍低处的山坡。巴山冷杉针叶锋锐，冬芽厚圆，秦岭冷杉针叶薄长带毛刺，这个很好区分。巴山冷杉成了片儿就黑郁郁的，林场的人叫暗针叶林。冷杉质地不及楠木细腻瓷实，但温暖亲切，摸上去有温润感，楠木冷硬但不易腐烂。皇帝睡的就是金丝楠木，那得有些年头，咕噜山区基本没有了这种大树。祖父打了一辈子棺材，也常带着干粮去深山里钻，想寻到一种既不易腐烂又很温暖的木头，没有。他用过松、杉、柏（包括香柏）、桦、连香木、楸、黄皮树、青檀、水青冈、高山栎、刺叶栎、锐齿栎、山毛榉、马褂木、天师栗、野板栗木和野柿木，都让他失望。

看着横亘在冬日屋檐下的棺材，背上的疮折磨得他夜不能寐，他想到可能要死了。他捡了一筲箕款冬花掰些芽苞来减轻疼痛，就见他的老伴趿着大棉鞋往东头坡边的厕所而去，可是她还未进厕所就遭到了老木匠的厉声断喝：

“到女厕所去！”

巫氏的心脏一阵腾跳，她被这嘶哑浊重的声音镇住了，以为是有什么兽呢。她的确是去开男厕所门的，男厕所女厕所，就家里几个人，平时就三个。很久以前我的哥哥大雀在县城读书回来，却要建一个男女分开的厕所，中间用土坯墙隔开。大雀在县城工作不回来了。祖母快九十了，上哪个不一样么？

老木匠的火气大，因为他快死了。祖母只好去上女厕所。女厕所靠近猪圈，臭不可闻。还有北边吹来的冷风。一不留神滑下去，摔断腿没得商量。“男厕所”“女厕所”“人不留客天留客”，大雀这娃子写这些字是为啥哩？巫氏没有亲人，后来有了这些稀奇古怪的亲人。这很好，这很热闹。老木匠要死了，他差不多要与埋在泥石流下的亲人见面了。一个在阎王殿门前等死的人，还分什么男厕所女厕所？人活久了，就跟石头一样，不分男女。

我的祖母内心一辈子悲伤，她常说她可是大户人家的女儿，过去沉香坡三进三天井的大宅院就是她家的，父亲是咕噜山区德高望重的乡绅，再大的土匪头子也要到她家来拜门子。她一生干干净净，头发一丝不乱。为了干净，她把睫毛全拔了。现在她站着的地方，就是泥石流埋她全家的地方。是老木匠的母亲救了她，当她从泥石流的石块中爬出来的时候，看见晨雾里一个女的牵着两个叫花子一样的小孩。那小孩中的稍小一个就是今天的老木匠。

……她无法忘记那天早晨蓝幽幽的雾，山在她的睡梦里垮掉了。她做梦被子被水淹了，有怪兽啃吃她的膀子，许多人拿木棒捅她的背。她睁不开眼睛，耳朵里嗡嗡直响。她嘴里全是泥沙，灌入喉咙。她从床缝里钻出来，扒开山上滚下的杨花子、茅草、枸骨、过冬青。一根南瓜藤绊着她。她在石头中抽不出手臂，疼。一颗葫芦像是她父亲的头。她把口中的泥巴吐出后才喊“娘，娘”。她抱起葫芦。她在蓝雾里哭。她不知身在何处。这不是沉香坡。她说。她嘀咕了一辈子。她到处找寻，那在石缝中巴掌大的白墙壁、压在土坯中的条石。

那个未来的婆婆，背着男人的尸体寻地方埋葬的妇人，听到了清脆凄惶的孤单哭声。那声音好不鲜亮，好不瘆人，像一根伟大的钉子钉进清晨的寂静中。鸟鸣山幽，天地重创终于平息。一个裹成泥人的影子从废墟上出现了，摇摇晃晃。背尸女人带着孩子在山洞里睡觉，尸体搁在洞口，等天翻地覆后，她的男人也不见了，随泥石流裹挟而去，无影无踪。

“做我的儿媳吧……”过了几年她说。

巫氏清楚地记得这个女人在废墟中挖出了她父亲的钱罐，全是白花花的光洋。女人买了地，她缺一个白花花的儿媳妇。先是说给那个大儿子，可大儿子吃毒蘑菇死了，再给小儿子。不！巫氏誓死不从，她跳崖，摔断了腿。她割腕，流了一盆血。在万般无奈之际，她还是从了，小她五六岁的小后生也从了。一天晚上，小后生的母亲给两个小孩灌了酒，小后生的母亲压住她的腿，不让她动弹，让小后生欺负她。小后生就是如今快死的老木匠蕺老泉。

三

哥哥大雀滑着用箭竹做的雪橇回来，两个孙儿围在祖父的床前。我们按我干爹贵将军说的，挖石缝找了三只冬眠的癞蛤蟆，将肚子剖开，血糊糊地贴在祖父的背疮上。他的眼睛萎缩，眼皮瘦得像竹签，胡子拉碴，几颗牙齿因为寒战都磕掉了。

“给他装一锅烟看。”祖母教大雀。

一碗猪油饭搁在桌子上，已经冰冷了。

大雀给祖父揞进一锅自种的兰花烟，又在祖母的指引下，拿下吊在屋梁上的那个小火柴盒，从里面取出用油纸包着的小块老麝香，捻了点放入烟锅，伸到祖父的嘴里。

“扶他起来。他不喜欢躺着抽。”

大雀把祖父扶起来搂着，他的身上滚烫，却不住地哆嗦，像有人用鞭子在抽。他抽了一口烟，大家都在给他使力，但他抽得很微弱，气息几近无。淡淡的烟子出现了，这让我们很高兴。他的嘴里在嘟囔。他曾经是我们的主心骨，但他现在是一个孩子，需要人呵护，手无缚鸡之力。

“他在说什么？……”

祖母凑过去听了半天，对我们说：“他说……他碰上了月亮山精……他说的是月……月……月……”

奇异的麝香味在漆黑的屋子里弥漫开来，天好像亮些了。祖父的嘴唇只是动了动，像一条僵死的蠕虫。他的背脊像山一样嶙峋，可以看得见沟壑、峡谷、峰刃、野兽踏出的路……

“……他在说……剐了么？……”

“还不剐了！”祖母对着她的小儿子麻古大喊。

祖母不会呵斥儿孙，但今天她发了大脾气。叔叔麻古就往外跑，他听他妈的话。

大约一个小时后，叔叔从孔子沟爬上来，深褐色的毛衣在敞开的棉袄里一闪一现。他在沟口的那棵乌桕树下站了一会。那棵树在平时不声不响，到了秋天就红彤彤的，像一树火焰。此刻它落尽了叶子，乌黢麻黑。麻古腿有些软，然后他往“百步梯”上爬。百步梯是一个游方的和尚凿的，往年这儿有一块碑记着这事，好像是一条从四川过来的古盐道。

麻古的身影越来越大，头仰得很高，满脸鲜血，手上提着一颗羊头，断掉的颈子那儿喷着血泡沫，像打开的一瓶啤酒。他将羊头丢在祖父床前，羊头打了个嗝，羊颈还在咕噜咕噜冒血。

“剐了。”麻古说。

他用一只手托着另一只手，手上的血又脏又黑。手上多出了一根骨头——骨头从裂开的皮肉里支棱出来。

“剐了。”他说。

祖父要他剐的是豹皮，他剐了孔不留吗？

我们兄弟沿着乌桕的根一直往前跑，树根像一条大蟒，半扎进土里，在荒野中与我们赛跑。

一群群山峰埋伏在雪原上，东倒西歪地靠着，卧着，坐着，蹲着。沟里的雪像无数的白坟。雪在膨胀，是雪雾，眼看要冲出山谷，冲上山顶。云冻住了，一排排的云，在山尖上出没，有如猛兽在那儿聚集。

山洞里，我们翻开孔不留的身体，无头羊躺在他身旁。

“他还有气儿，他敢情躲在这里……”大雀透过他的镜片细瞧了，兴奋地说。

叔叔麻古在一边攥住自己的手，他咋不疼，手都断了，他靠在洞壁，疼得只剩下眼白。“……是他砍了豹尾吓傻了玃娃，让老木匠病倒的！将狗日的吊起来一刀刀削他。”

“他也伤了，扯平啦。”大雀看着叔叔的伤手说。他想放孔不留一马。

“……他捂着脑袋往这儿跑，跑呀跑，无头羊跟着他撵……你们不信？他脑袋里的筋一定断了，能给他接上他也是个癫子了……”叔叔说。

孔不留在地上哼哼，有一口没一口地喘气，牙齿冒血，双腿抽搐，嘴里吐出难闻的血腥味，像鸡蛋寡臭了。头上被人割破了，头皮往外翻着，里面的筋断了没有，我们看不到。

“那只惹事的尾巴后来没有出现……我保持了高度克制……现在他的情绪稳定。”叔叔说。

“他快死啦！要出人命的！”哥哥喊。

在他们都一筹莫展时，我从野外迅速拔到了九死还阳草、南星和老鹳草。他们诧异地看着我。“玃……这能成吗？”

这是止血治刀伤的药。我在一块石头的凹处用石头捣药。他们看着我捣碎草药，又抓了一把雪在里面和匀。大雀将药末取出一坨敷到孔不留头上，又扯了一根藤子捆好。叔叔不知哪儿找了根牛绳，往孔不留的脖子上套，他嘴里喃喃地说：“活不了，活不了，就当他是自己上吊的，我们给他挂在树上。”

我再示意哥哥大雀将另一坨药给叔叔的伤手敷上。我们正在给叔叔包扎时，旁边的孔不留诈尸一样从地上爬起来，顶着头上汩汩冒出的黑血就往外跑，那条套在脖子上的牛绳拖曳在后头。

我们顶着狂风，去抓孔不留。

风是从峡谷里翻上来的风，蓝晃晃的，与冰一个颜色。如果孔不留这么跑，他的伤口会被冻住，流出的脑髓就要冻成石头。只有等来年的春天他的尸体才会化冻，你不知他将倒在什么地方。

事实上，我们是在与一个疯子赛跑。我们跑过一排排冰瀑，他要往冰瀑上爬。他跌下来。他往大树上爬，捋下一串串松果。他像一条盲眼鱼那样折腾。他翻白眼。他掉在雪沟里。他手舞足蹈。他倒下了。看着看着没气了，又一个鲤鱼打挺醒过来往前跑。林子越跑越深。他的脑浆往外涌。脖子上的牛绳被树枝越绊越紧。我一把抓住了他，他在绳子里像一头野兽团团转。

我用药渣死死按住他的伤口，不让他动弹。

天色昏暗，雪风在树巅摇撼。一忽儿风将雪全部旋转起来，形成旋涡。我想找到他脑袋中砍断的那根筋，帮他接上。我用腿跪着他，以防他挣扎。伤口里面非常混乱，仿佛一口衣柜，塞满了一堆乱七八糟的衣物。我翻寻时，想到我的祖母巫氏，她可以穿针引线，挑花绣朵。如果她在这儿，准能够找到那根断筋接起来。

他不配合，大喊大叫，手脚乱动，又抓又踢，把脚伸进我的嘴里。我强行脱下他一只袜子，套在他的头上，防止药渣掉落。

四

我在树上睡觉的第十个晚上，麻古喝醉了酒，心里烧，迈出门外，满天星斗正在林子的上空闪烁。光滑的冰川被夜晚的风雪摩擦得吱吱直响。几只鸟在蓝色的夜空中愤怒挣扎，划出锃亮的印痕——那是冬天的天空上英雄的足迹。

叔叔感觉地在下陷，这是醉酒后的恍惚，有的地方又像潮水一样上升，整个山冈都在往半空飞去。唔，这种感觉真好。

“麻古……”他听见一个声音喊他。

“……麻古……”

星星很大，像膨胀的爆米花，裹着一层棉花糖，让人有想舔的冲动。冈子上的铁桦林黑咕隆咚。他把吊在裤带上的小酒壶摸到，拧开，倒进一口，作为醒酒水，含在口里咕噜咕噜地漱。酒有一股煳锅巴味，这就是苞谷酒，刀子烧，八十度。就这个味，像一把刀子往喉咙里戳，后来，再反刍，刀子变成了女人的奶头。他突然想吃奶头。但他耳朵里灌进喊他的声音。

“麻古……”

他搓着手。他手上的伤愈合得很快，玃的草药有这么神么？这猴娃非常神，在森林里闭着眼睛都不会迷路，熊和野猪也不吃他，狼跟上他一天，也就是跟，怎么叫都叫不来其他的狼。单独一只狼是不吃一个人的。村里就说，这不稀奇，就是一只真正的毛猴也会疗伤咧，这种事谁都知道。猴子们拉痢吃什么草，发烧吃什么草，蛇咬伤了吃什么草，不学天生就会。

森林里空荡荡的，谁在叫他呢？这让麻古惊悸，但麻古是个不信邪的人，他倒要看看是什么山精木魅跟他开玩笑。他跟着缥缈的、像老鼠拉尿的声音，他握住自己的伤手——那儿愈合后里面像有几只蚂蚁在啃噬他的骨头，他怀疑是孔不留放进了两只蚂蚁。

叫他的声音有石头的回声，嗡嗡嗡，嗡嗡嗡。他贴在石壁上听，有流水的声响，哗哗地从山体里流过，不是响泉。那声音又转到屋后茶园里，在坡上藏豹皮的地方。

一阵风吹豹皮如鼓的嘭嘭声，像敲着夜丧鼓。

“麻古，麻古……”

豹皮砍掉了尾巴，就不再是豹皮，像是一张狗皮，好像尾巴夹在了裆里，不是狗皮是什么？四肢被竹竿撑着，像是一个长蹼的怪兽，要飞向夜空。他听到了响泉的响声。他想喝冰水，最好是喝上一瓢。让手浸在冰水里，将伤疤里的蚂蚁淹死。那个脑子断了一根筋的家伙，总爱跌跤，并且唱一些奇怪的歌，什么“天灵灵，地灵灵，五百蛟龙下凡尘，九天九气，刀剑纷纷……”他还要怎么害我？……

他在找声音，这当儿，一阵狂风将插在岩缝里的木桩子拔起来，豹皮倏地一下被风刮起。

豹皮飞了！

豹皮旋转，像一个车轮，向山坡上滚去。他跟着这张豹皮，追呀追呀，一直追到他祖母的坟上。他抓豹皮，摸到了冰凉的墓碑。豹皮在白辛树下躺倒了，像是叹了一口气。他全身扑过去压住那张豹皮。

“麻古……”

麻古抬头一望，是他的侄子在喊他！

“……猰，猴娃！你能开口说话啦？”

麻古高举着豹皮跑下坡去，向着屋子大喊：

“猴娃开口说话啦！”

祖父蕺老泉为他母亲立的墓碑碑文是这样的：

呜呼我母本系江汉郡郢南乡牛腿子湾村界内胎元人氏生于光绪甲辰年七月十三日卯时幼处阃闺严守家规后嫁从夫孝养公姑克勤克俭助夫白手起家父系蕺氏亦为母系土地胎元人氏务农勤桑不料长江溃口浸

漶家园尽毁父携母及二子一路乞讨途中染病暴亡吾母哀号数日无土落葬乞棺无门只好背父尸往咕噜山区又遇崩山所幸无事沉香坡村人尽悉埋入泥石父尸无存遂在此落业捡死者荒田于老林扒子鹰嘴岩下拉扯二子慈爱温良处贫贱不低昂吾母故于民国己丑年六月廿日子时撒手东土驾鹤西方堂前子孙两分离囊中金银尽抛荒不爱阳世房廊要住阴间屋场葬于沉香坡响泉旁刊石镌碑卯山西向呜呼云山苍苍河水泱泱孺人之风山高水长

我的曾祖母背着她丈夫的尸体来到这个地方，山崩地裂后，她虽然丢失了丈夫的尸体，但得到了数块荒田、一眼响泉和一个儿媳。我的祖母说她亲眼看到她的婆婆挖出了她家的钱罐。祖母说她家如何家境殷实，她记得父亲在夏天将钱罐的钱拿出来晒太阳，门口全是白花花的银子。

关于我的出生他们全都讳莫如深，甚至不想承认我是蕺家的人，不给我取名字，一直叫我玃。

我的出生是从一次秋汛开始的。

这是一个落豹河的八月，但是水依然澎湃鼓胀。我的父亲蕺三坎，和一些拉纤的人走在落豹河的石滩上。他身材中等，肌肉壮实，腿上的肌肉就像塞进去的一块块鹅卵石。他因为酗酒头发掉光了，光头如蜡。这条拉着人和货物也拉木头的船，走在开始泛红的秋色里。他们从深山走向开阔的河滩，可以看到一些洗衣的村妇，撩起了他们唱歌挑逗的欲望。

“哟嗬哟嗬哟嗬吔吔嗨嗬，坡上的姐儿哟她下河来，吔嗨！我的船上还有绣花鞋，吔嗨！一路走来她一路拐，吔嗨！十个人看到她九个人爱呀，吔嗨！她十一个人爱呀，吔嗨……”

落豹河两岸的村妇，对这些光着屁股甩着肉蛋子拉纤的人见怪不怪，那倒是她们袭击的目标。我的父亲蕞三坎拉在前头，声音洪亮。他的紫褐色的蛋子特别大，被称为“牛卵”，“牛卵”是他的绰号。那两个牛卵在丑陋的肉袋子里收缩、滚动。村妇们专砸他们的蛋子。父亲蕞三坎经常被砸得青乌肿大，就算不被砸破，也会被牛虻叮，被尖锐的石头和树枝戳伤。咆哮的河水在鬼怪一样的礁石上撞得天昏地暗，吃饱喝足的滩师（领航员）坐在船头边打瞌睡边指挥桡工扳舵、纤夫拉纤。“哟嗬嗨，吔嗨，日行弯弯落羊河吔，吔嗨！当牛做马把船拖，吔嗨！肩膀磨成猴屁股哦，吔嗨！背脊晒成乌龟壳，吔嗨！你不疼我谁疼我，哟嗬呀嘿嗨哟咗……”

船逆流而上，水太陡，可这时候有人喊：“河里有人！”纤夫们都让双脚蹬在石头上，脸几乎触地，眼睛盯着脚下的石缝，双手扒着悬崖，与水进行着拉锯战，没有人注意河中，是岸上的人喊的。

哦，一个投水的人。父亲他们先是看到了一团红色的衣裳在波浪里现了一下，又消失了，又从另一个礁石缝里出现。人在这样的河中还会有命吗？我的父亲蕞三坎听见声嘶力竭的叫喊，他停下步子，大家还是把纤绳拽得紧紧。谁能下河救这样一个人，他自己也十有八九会完蛋。那团红色的衣物和漂出来的头发在一个小漩涡里打了几个转，这是起死回生的开始，如果一直被浪冲下去，就会被冲得无影无踪。父亲这时候跳了下去，连衣裳也没脱。这个落豹河是野鬼狂怒之河，怪石嶙峋，水流湍急，一层层的水雾泼得石头都软了。太凉，两个肾总像锥子在锥，是从山洞里流出的冰水。我父亲的水性忒好，船上的滩师不仅不甩给他救生衣，还连连向他摆手示意他赶快上岸。他在水中抓着溺水者，被冲下去两里地。一些人以为他成了陪葬。后来，他们看到我父亲将那个红衣女人背了上来，他脚上流血，肚皮上也洇着血。那个红衣女子被落豹河的妖魔抓得衣衫破烂，头发缠颈，白森森的肚皮隆起，嘴里吐着水藻和泥沙。

那一天，据我的母亲说，河滩上空飞舞着上千只蜻蜓，水中爬出来几十条大鲵，这些娃娃鱼像小娃子一样地拼命喊叫。一场透雨把她的身子洗得干干净净。她睁开眼睛看到了一个裸体的蛤蟆眼男人瞪着自己，这个男人用手托着她的后脑勺，好像做梦捡到了金子一样，嘿嘿地发笑，贴着她欣赏，就像在河里捞起来一筒金丝楠阴沉木，至少一个月有他高兴的。他全身像炭一样焦黑，就像在窑里烧过的。

看热闹的人在议论，这女子是被遗弃的，打工的时候跟人同居，后来男人跑了。回来家里的父母也不要她进门，精神恍惚掉进了河里，或是故意投河的。

我父亲哪听这些，那个活过来的女子眼睛那么黑，身子那么白，衬衫里面的乳房那么大，肚腹也那么大，娃子是谁的，有什么要紧呢？这个白嫩嫩的大女子不是捡了个活宝吗？我父亲就背着这个女子翻山越岭回到了沉香坡。走在路上那女子身体虚弱，没有反抗能力，紧偎在他的怀里，让他对那褐色的乳头一顿好吃，这就吃上了瘾，还进一步想着白捡了个媳妇，白捡了个娃儿。他一路笑着一路小跑回到家就对父母说，是我把她的肚子搞大的。

这孩子就是我哥戢大雀。可是大雀断奶之后，母亲有一天一个人在天音梁子的地里掰苞谷，晚上却没回来，后来就失踪了。大约半年之后，我的母亲突然回到沉香坡，腆着大肚子，问她去了哪了，肚里的孩子是谁的，她的嘴就像上了锁一样，死活不说话。

生下我的那天，父亲与母亲一起在山上出坡干活。我的父亲抱着一块石头号啕，像狼一样长嚎。母亲在红薯窝边的石头缝里，顺着几米长的脐带寻找到我，他们把我从几块石头的夹缝里扯出来，我还不会哭，浑身长满红毛，鸡胸，扁嘴，仿佛过鬼门关时被阎王打了几闷棍。

我的母亲给我喂奶时会浑身发抖，晚上就把我丢到灶前的柴窝里，总是被我祖母捡回来，将我紧紧抱在怀里，或放在用打破碗花花做的棉被上，给我唱哄睡歌。我两只在夜里闪光的绿眼睛瞪着窗外风扫松针、树脂清香的森林和山冈。

我吃松萝，吃竹笋。祖父给我采来了大量的松萝，这种东西本来是一味消肿清火的中药，用开水焯了凉拌也好吃，但更多的时候是猴子们吃的。我的眼睛是苔藓的绿色，身上的红毛越来越旺，好看。可是我的母亲越来越害怕我。有一次，我的母亲故意将我放到一只豹子面前，豹子连看也没看我一眼转头就走了。又有一次，母亲把我放在悬崖上的鹰巢里，过了两天去看，我依然完好无损，与小鹰们玩着老鹰抓小鸡的游戏。

我与哥哥全是野种，我更是禽兽不如。为了把我丢掉，叔叔麻古按照我母亲的意愿，最后狠心丢在了尸场湾，想是让鬼拿走我的魂，让棺材兽把我啃了，但是我爬回了沉香坡。

第二天早晨，我站在沉香坡蕺家的垛壁子屋门口，我的祖父起来倒夜壶，我背对明朗清新的阳光，笑着，一群群蜜蜂跟着我，因为我拿着一块尸场湾的棺材蜜，绿英英的，一滴一滴落在门槛上。

我的祖母闻声出来从地上抱起我，喊我的名字，玃啊，玃啊！心肝娃儿呀！

祖父看着装在碗里的那块棺材蜜，这就是传说中的棺材蜜吗？这个好，这个好！我牵着祖父的衣角，领着他重返尸场湾，在一口老朽的棺材里割了一百多斤百年难见的棺材蜜，并且收了足足三万多只蜜蜂。自那以后，家里的蜂蜜太多，吃得太腻，我就去摘五味子掺在蜂蜜中吃，这种吃法我的祖父也没见过，他们照着我的吃，祖母的老齁喘好了许多。中华小蜜蜂的蜜是百花蜜，有各种野花的清香，不像专挑单一蜜源的意大利蜂。后来，这些从山外引进的意蜂咬死了大量的中蜂，我们的蜂箱才渐渐冷清。

我母亲的死与两个从山外来收购药材的贩子有关。他们顺着落豹河进入我们的森林，在白云缥缈的地方骗我们的药材，骗我们的血汗。

到农历十月，我们要晒大量的柴胡、白芨和川芎。这一天，从崖下河上呼呼吹起的疾风，让两个药材贩子东倒西歪地爬上沉香坡。他们的脸冻得青紫，鼻子下挂着两挂鼻涕，鼻孔里呼哧呼哧地冒着白泡，说这是你的柴胡吗？

我点点头。西狗拼命地吠他们，竖着高高的尾巴，这两个人唬狗说，恶狗村。

一个药材贩子跟另一个说，猴娃呀，猴娃呀。他这身毛，真暖和。

一个说，这个鬼地方，可把人冻死了。他们围着白辛树跑了好几圈，跺着脚说："你家里生火了吗？没有？你这个柴胡给我们，你还有什么药材啊？"

我不能说话，他们知道我是个哑子。我从屋里把篮子拿出来，有人字钗（石斛）、头顶一颗珠。

他们张大嘴巴说："啊，我们翻山越岭五六天，在这个咕噜山区终于看见好药啦，好药啊！你你你你咋卖的？好药啊！泡上酒更好喝，不下两万一斤，两千一两哩。"他们小声嘀咕，生怕我听见。

"但是，"他们找歪，"这是头顶一颗珠？这是鸡巴天珠？这是地珠。天珠你祖父早就吞了，我们还不知道。老头们都饿怂，生怕不能长寿，见一个吞一个。"

一个说："你妈在哪？我的兄弟想见见她，跟她谈价钱。"

另外一个说："他妈真是被红毛野人掳走生下这娃子？"

"你看，他是个哑巴，一身的毛，大冷天穿个单裤单衣……问你八十块零五一公斤，能卖吗？"他们给我做着手势，"这猴娃就是个笨，你看他那一双眼睛，眨巴眨巴的，绿得像蚱蜢，肯定是从山洞里面爬出来的，一双眼睛啊！喂。行了吗？你跟你妈说我们来找她谈。”

我的母亲还在山里采药。我们的屋檐下，到处都是药材。还有八棱麻和江边一碗水。他们拽着我的篮子细瞧，说：“美男子，你看你这一身皮毛，真他妈舒服，我们冻得不行，你能给我们一点火吗？”一个偷了我几颗头顶一颗珠，我就烦了，吼着要他们走，我抓起几块硬硬的川芎朝他们砸去，砸中了他们的脚。他们哇哇叫着说，这猴精果然是石头缝里炸出来的，孙悟空的兄弟。

他们还是觊觎我的人字钗和柴胡，说：“跟你开玩笑的，哪会要你的天珠地珠，”他们说，“你砸我们干什么？你应该去找那个把你变成猴娃的红毛野人！”

我将挖锄丢了过去，薅到了他们的脚踝，他们飞跑着说，再怎么生也不会生这么丑的娃子，害人哪。这么稀烂的形象，你就是野种，你有一双大脚板和一双大手吗？你这么矮小，属于怪力乱神的一类杂鬼。如果你再砸我们就掐死你，省得你在世上害人，掉整个人类的底子。另一个说，如果我是他父亲，早就把他丢到粪凼里了，淹不死你。

当天晚上他们上门来买柴胡，他们对我父亲说你这儿子答应了，八十块零五一公斤。我父亲说，好吧，卖给你们。足足四个蛇皮袋子，放在背篓上面，像山一样的，然后给我们钱。

“你不是说的八十块零五吗？”

“是啊，八十块零五分呀。”

“五分？应该是八十块零五毛，怎么会八十块零五分呢？”

“我们说的就是五分。”

“现在还有分？”

我的父亲是个纤夫，驾船的，江湖脾气，来直的，十分的愤怒，抓住他们背篓不让走，后来就打了起来。药材贩子说你怎么动手呢？又有多少钱呢？五毛和五分不就是五十块钱的差距吗？你打我们一顿？报警！

他们报警是没有用的，派出所离这儿有一百多公里。而且山高路远，这里没有派出所，这里只有良心。我父亲将两个黑心药材贩子的手机丢下了万丈悬崖，将一个人打断了肋骨，两个人装死在地上吐着血哼哧，还没忘咒我们：你家子子孙孙都是红毛野人，生了女的还是被野人抓去……我的母亲被羞辱不过，一看地上又打昏死了人，以为出了人命，撒腿就往落豹河跑，没有人能撵上她，她怀里揣了几块石头就跳进了汹涌的河水里。

五

我开口说话了，干爹贵将军整了一桌酒，一个炖锅子，煮的腊蹄子和洋芋，加了豆腐、海带、晒干的松菌和青头菌。下菜是新鲜的芫荽、小白菜，还蒸了一大碗坨坨肉（腊肉）。有懒豆腐，还有我们送给他的盲眼鱼。

我十五岁那年，突然死去了，不能动弹。我跟哥哥大雀在森林里挖竹笋，我吃了些不知名的花瓣就突然死了。我躺在鲜花丛中，有两只蜱虫从草丛里爬出来钻进我的胳膊，这种蜱虫钻进肉里吸血特别痒，又不能去打它，打它它的头就断在肉里了，你就会有生命危险，只能用烟头去烫，它就会退出来。

那是一个春天鲜花怒放的日子，特别是醉醒花，全是红艳艳的，还有紫色的醉鱼草花、木通花，绿色成串的野核桃花。我躺在花丛里，心想这么死了也值。头顶是密密匝匝的冷杉枝条，苍翠遒劲。青白色的松萝垂到我头上，像森林的灵幡，它们飘飘曳曳。还有野蔷薇的白花缀满树枝，朝我的头上掉，我们叫白花刺。有一瓣落到我的额头上，还有一瓣落到我的嘴巴里。那个清香的气味差一点就让我醒过来了，我拼命地吸呀，吸呀，可是花瓣太小，香味太淡。到了立夏这一天，我们采摘它的花炒苞谷；这一天吃了白花刺炒苞谷头不疼，百病不生，特别有劲。我还会在祖父炒茶叶时偷偷放进一把白花刺的花，我心里就叫它野蔷薇茶，泡一杯这样的茶满屋子清香，我祖母就向我竖起拇指，嘴里发出“啰啰啰”的赞美声，像唤猪一样。

我这样躺到第二天，我吓傻的哥哥才告诉祖父祖母，他们来看了看，就朝我身上泼水，我仍然不能动弹。几个采药人使用了各种方法，祖母还在我心窝上用墨笔画符，采药人对我祖父说这娃子肯定是死了，这种人死不足惜，是个残疾，又是猴娃，长得又丑，饭量又大，听说一顿可以吃三十个苞谷坨子，还不够，到猪圈里去偷食。看看你们家喂的猪，头头瘦得皮包骨头，到了年终，你们一家人吃不上猪肉，这还能成吗？这娃子对你家也是个累赘，他死了是值得庆贺的事，快将他埋掉为好。

我听说他们要把我埋掉，我就不停地流泪，我的祖父刚开始有点动心，他甚至想请求采药人将我背到尸场湾。但我祖母哭着不让，说，他还有心跳，这不是活人吗，再等等，兴许娃会醒过来，没见他在流泪吗？于是赶快用墨汁在我的心窝、手掌和脚掌上画符。

我的祖父觉得他是个做棺材的，孙子不睡个棺材以后要让人骂的，可他的徒弟刘烂蛇说，这完全是浪费，像这样的猴子也睡棺材，对我们做人的不是侮辱吗？顺手丢到鹰嘴岩下就行了，可以喂几只老鸹，省得它们整天在坡上乱叫，叫得人心里阴沉沉的。

白辛树上的饿雀子也叫，有人说，这是二声杜鹃。我知道，它既不是二声杜鹃，也不是四声杜鹃，它就是饿雀子，也叫苦哇鸟。我躺在那里，看到沉香坡上有许多漂亮的鸟，有血雀，有寿带鸟，有火尾太阳鸟，有大拟啄木鸟，有鹧鸪，有灰林鸮，有棕胸竹鸡，有橙地鸫，有长尾雉，有红腹锦鸡，还有红嘴蓝鹊，这红嘴蓝鹊有鲜艳的尾翎，古人叫青鸟。

祖母央求他们不要埋我，因为我没成人，他们只能把我抬到白辛树下，不能进屋。

他们请到了一个叫贵将军的邻村采药人，他路过此地，扎着裤腿，头发很长，胡子飘飘，穿着旧军装，当过两年卫生兵。他从胸前掏出个包裹，摊开是一把扎针灸的细针。看到我的情况，他将所带的二十七根银针分别扎进我的脚板、小腿、颈、颊、肩膀、耳朵和头皮，又搓又捻，又探又抽，还对我的祖父说这娃子是个怪种，活过来就成了精，活不过来嘛，就成了鬼。

半个小时以后我就有了知觉，坐了起来，喝了祖母熬的苞谷糊。就这样，我的救命恩人贵将军成了我干爹。

村长端坐在上席，他精神萎靡，要不停地靠烟来提神，于是我祖父和贵将军不停地给他敬烟，不停地点火。他只穿一只鞋子，另一只被干爹藏着了，这叫脱鞋留客。可他坚决要回家，想天黑赶路，明天一早要参加乡里的政治学习，一周一次，雷打不动。可干爹是个热情好客的人，一年也难见到一次这样的大人物光临寒舍，哪有让他走的道理，哪有不过夜的道理，于是就脱了他的一只红蜻蜓皮鞋藏住了，你走呗，如何一只鞋赤脚走石头山路，何况还是大冷天呢。

“这是什么？”村长取下嘴上的烟问我。

“烟。”我说。口齿不那么清晰，也有一点迟疑，还是回答出来了。

“这个呢？”

“火。”

“火上的这个呢？”

我想了想，我知道是炖锅，但炖锅的发音使我想起了“鬼瞪哥”，就是猫头鹰。

“商哥，不要难为这娃了，你还是那副德性，你们山下人就是这副德性。他刚开始开口说话。”贵将军说村长。

“炖、锅。”我说。

商村长鬼瞪哥一样的眼睛瞪着我。他的眼睛一大一小，一明一暗，一阴一阳，属阴阳眼，一只鹰眼，一只鸽眼。当他做人事时，用的是鸽眼，做鬼事时用的是鹰眼。

“赶得早不如赶得巧，猴娃能说话这可是咱咕噜山区的一件大事，是大好事，大奇事。这表明咱咕噜山区人杰地灵，钟灵毓秀，藏龙卧虎，哑巴畜生都能开口说话……”

贵将军打断他的话：“商哥喝多了。”

“老子才喝了三杯，今天就是拼了老命也要喝上个十全十美——十杯！”他奋力一蹬，将仅有的一只皮鞋也蹬飞到了墙角，“喝！”

酒是干爹自己配制的黄澄澄的金钗酒，又放了当归、党参、头顶一颗珠，还有桃根。据说放了桃根以后吃什么都不会过敏了，蜂蛹、知了、蜈蚣尽管吃。商村长因为爬山劳顿，精力不济，喝了几口金钗酒来了神。

贵将军叮里哐啷把桌上所有的杯子都收到面前，全斟满酒，一个一个喝了，又倒上，一杯杯搁到村长面前，这在咕噜山区才叫敬酒，敬酒人先喝多少，受敬人得一样喝多少。

“将我的军哪，”商村长脸变了，“也吓不住我，不就是六个酒吗，又不是六个毒药。”村长一个一个将杯子丢到口里，又吐出来，像吐六颗果核，发出噗噗噗噗的响声。

“舅子——”叔叔麻古趁机拉起村长的手跟他行酒令。

“你！”村长几乎同时说。

“我输了。”麻古倒了一杯酒进嘴里。

“姐夫——你。”

村长举杯往喉咙里倒去，他输了。他们玩的是“舅子、姐夫、你、我”。

周围全是恶毒的、落井下石的目光。村长总是输，总是喝“姐夫”的酒。

“舅子——我。”

“我——舅子。”

“姐夫——你！”

“我——你！”

“你——我！”

“舅子——舅子——舅子——舅子——”

商村长的鸽眼关闭了，另一只鹰眼恶狠狠地瞪着炖锅，酒、火，还有两个在屋里跑来跑去的主人的孙子。

“不读书的娃都是些野娃，跟老林扒子的红毛野人有什么两样？……”

满天的繁星，高挂在森林和群山之上，峡谷里的树林泛着红光。山骚奔涌，山石哗啦，野狼的叫声击打星空。风的声音是颤抖的，仿佛冰凌在掰折它们。

“告诉你们一个大好消息……”

“啥好事呀，村长？”大伙问。

村长闭了双眼，吐酒气，卖着关子。

“……这是好事，这是好事，所以这是好事呀！”

“政府有什么补助么？”

“只想着要政府的补助，你们这些没用的蛋子。告诉你们吧，明年的春天将是一个天翻地覆的春天。咱天音梁子要建飞机场了，你们知道吗？要削平九座山头，填平九条峡谷。咱们村好不容易争了个孔子沟建垃圾填埋场，国家每年补助咱们村十万，以后咱们就吃垃圾啦……”

“养鸡场啊？”乡亲问。

“飞机场！你们这些土包子，飞机，飞机没见过吗？这里要落飞机。飞机场一造，有很多的外地人要进山来了，咱们就搞旅游，可以卖你们的药材、菌子、苞谷酒、洋芋、土鸡，落豹河就可以搞漂流了。然后，政府就在这里搞个教学点，娃子们天天可回家，那么小的娃子在镇上住读，你们也不放心，饥一餐饱一餐的……”

“我们的沉香坡能保住吗？”麻古问。

“你说什么？沉香坡啊！沉香坡……坐飞机那个爽啊，我是坐过飞机的，娘的我坐飞机到武汉去，飞机上全是漂亮的空姐，个子那个高哟，奶子那个挺哟，以后你们天天能见着……”

村长的眼白一直往上翻，面颊抽动，最后猛地一歪，倒在地上。

手握豹目珠的人整个冬天都在山里游荡。有一天他照到天音梁子断崖绝壁之上，有一群鬣羚一起跃下山崖，落入喑哑冰冻的落豹河。

有几个晚上我在白辛树上眺望，高高的天音梁子那里都会浮出一个椭圆形的巨蛋，就像太阳落山时的蜃景，像打破的蛋黄流溢的那种颜色。那里人声嘈杂，而周围群山岑寂。

手握豹目珠的人，有一天向天空照去，照到天空里有一只苍鹰和一架飞机搏斗，它们打得羽毛纷飞，飞机打不过鹰，发出凄厉的叫声。无数的铁鸟赶来支援，无数的鹰也前往参战，整个天音梁子的上空是一片混战和惨叫声，飞机扇动翅膀，躲避老鹰们的猛啄，飞机被啄得千疮百孔，像是被虫蛀过的南瓜，鹰们在天空胜利大叫……我睡在树上看着这场天空大战，脚下是苍茫的森林、肥沃的大地、动荡的河流、起伏的群山、动人的月亮和奔腾的云雾。

有一天早上我昏昏欲睡的时候，一个人挥舞着豹尾把我吵醒了，他声嘶力竭地站在岩石上大喊：

“一百台推土机开上了天音梁子，一百台，一百台……”

野兽们开始逃难，人们开始拆迁，河流开始堰塞，森林开始倒下，推土机沉重的履带将把那些生活了千万年的种子和根须永久地埋入地下，让它们永远不再生长。

六

一头熊的手在拍打竹笋。这只手被砍过，叫熊掌。已经砍过一千次。这只手，依然掰断竹笋，在岩石间，发出噼噼啪啪的声音。

美丽的春天。森林美丽的春天。大门敞向山谷，那里腾起的白雾像一口大蒸锅。哦，多少热气腾腾的柴火呀。山下的人说，这就是云。水淋淋的山冈，它们洁净，一尘不染。一只动物张着尖利的牙齿在吃松果。它只有一个白森森的头骨，它的肉和身子随白云去了。这个头骨搁在曾祖母的坟上。

雨燕穿梭，狐狸乱跑，蜜蜂乱撞。冷杉和香榧的树脂被露珠擦亮，闪闪发光。

一只蜂箱在大门前，草把路又遮断了。有铁藜芦、商陆，开着暗紫色或亮紫色的花，像是一条条蜈蚣昂着头。它们的毒蜜害死了多少苍蝇、虻蚊和野蜂。连凶狠的旱蚂蟥爬上去，也会疼得哇哇大叫。绿草和树叶像尖刀一样钻出。山蚂蚁在映山红的花蒂上笑着，捋胡须，打饱嗝。还有飞燕草，嗯，飞燕草，一串串高挑着小小的燕子，它们随时准备在春风里展翅飞去。大片的石韦和鸢尾都开着紫色的花，一直延伸到水沟边，水沟里有红尾水鸲在那儿叼水中虫子。大丛开满白花的大叶杓兰，还有茂盛的龙须菜和钉耙莵——我们叫救命草，这两种嫩叶用开水焯了下火锅，再蘸点辣椒酱，真是清凉爽口。还有酸米草，在走路饥渴难忍时，嚼一把又酸又甜又止渴。还有马兰头，还有鸭脚板，它们都是下火锅的好野菜。

森然肃穆的群山在阳光下解开了冬天不值一谈的记忆，开始深厚地绿着，不管不顾。蚱蜢活跃，石蛙歌唱，地下河水猛涨，山洞涌泉，盲眼鱼唰唰往下掉——饿雀子吃不完就朝地上扔着，腥臭满地，花香满坡，雨水充足，万物花开。

商村长给我们说，天音梁子和孔子沟的庄稼都没有了，改革总是要牺牲一部分人的利益，要舍小家，顾大家。那里的山尖要变成平地，要变成比大海还平的平地，要一望无涯，要修一条可以伸展到天边的水泥大道，要建候机楼，来不及挖完的款冬花和种下的党参你们赶快刨起来，不刨也有青苗补偿费，我给大家多争取点儿……

石头从地底下被掘出，互相倾轧。百鸟哀鸣，百兽逃亡。九个山头的月亮山精魂飞魄散，夺路逃亡。藏在山洞的燕子、蝙蝠、野人都将另择新地，推土机的履带像巨人的脚板，一层层碾过这片肥沃的森林和土地。所有埋伏和潜藏在地底的树根都将裸露在太阳下任人欺辱，炸药将山体碾成齑粉，白雾变成黄烟，翻滚在天空。鹰巢与狼窝，发出焚烧之后的臭味。斧头劈杀着乌鸦满天的喊叫。咕噜群山的脊梁被劈断，它们奔腾在这片大地和森林的矫健身影，从云端中跌落峡谷。石渣被推入落豹河，卷起滔天狂澜。炸裂的天河，窒息的航道，漂浮在水上的房舍、鸡窝、树木、柴垛和落叶。新鲜的枝条是最后的青翠。在晚上，整个群山因为砍伐而出现深沉的“醉木”。人们动弹不得，在浓郁的树脂香味中呼吸困难。九个月亮山精的败鳞残甲化作萤火虫在空中飞舞，千千万万颗凝固的松脂在空中跳跃。兰花、朽木、溪河、鹿獐……它们的魂魄在月光下，噙泪抽搐，无家可归。

一辆考察孔子沟垃圾填埋场的越野车开进了森林，听到汽车响，我家的老西狗顾不得年老体衰，一跃而起，飞下百步梯，在沟口截住了汽车，狠狠地咬住了越野车的车轮。孔不留和另几家的三条狗也跳出来，各自咬住了一个车轮。四条狗的牙齿将车轮紧紧地咬着不放，牙齿就像锯子。越野车司机遇上了几条凶猛的野狗，脸吓得比观音土还难看。车上的其他人赶紧关上车窗，在车里大声喊叫报警。

四个轮子被狗咬得吱吱冒烟。谁家的狗啊？放开放开！这山里的狗太恐怖下流。司机无法开动车，口吐白沫，眼睛望着车窗外摇晃的大狗尾。孔不留在坡上举着镢头跳脚指挥他的狗：

“狗哥不要松口！千万别松口呀！”

狗的眼睛一双双红得像乌桕的叶子，紧紧咬着。随着车轮的锉动，它们翻着肚皮，扭着腰脊，拖在地上，还是不放。没一条狗松口。它们的尾巴拍打地面，龇牙咧嘴，四肢刨地，灰尘飞扬。

“这可受罪了，难道没带刀子杀狗吗？”司机问车上的人。那几个人是一个大学规划设计院的知识分子，有笔无刀，一向逆来顺受，能忍则忍，一筹莫展。

“绳子呢？能把它们拉开也好。”他们在车上找，有人找到个破窗器，可以当武器，但没有人敢摇下窗子出去砸狗。

司机看着边上的悬崖，他的腿在抖，狗又咬着轮子。他拼命按喇叭，想把狗轰吓走。路就是过去上山打柴的路，只有一车宽，轮子悬在悬崖上了，再这么咬他们就会翻下山崖，丢了性命。

狗哪里管这个，山里的狗是没见过世面的狗，这么个怪物，四个圆形的腿，还能转动，怪兽哩。咕噜山区的狗都是猎狗的后代，干脆就是猎狗，岂会对这钢铁怪兽示弱，一定要将它咬死，将它的肚腹咬出来，将它圆滚滚的腿咬断。让它不能行走，趴在这儿，然后喝它的血，吃它的肉。

我听到狗群的嚎叫声和汽车喇叭声，飞跑下百步梯，看到汽车在悬崖边挣扎，喷着尾气。狗们的牙齿扎进车胎里了，汽车开动，狗就跟着轮胎一起滚动，叭叭地打在石头上，狗无法拔出牙齿，狗腿乱踢乱打，拼命挣扎。四条狗终于被甩在路上，所有的狗牙都留在了轮胎里，路上狗血洒地。狗们气息奄奄，血肉模糊，像一摊摊稀泥。跟汽车搏斗了一场，以失败告终。

我握着石头，将越野车追了很远，我也是想嗅汽车后头的汽油味，这种气味非常好闻，所以我的石头没有砸过去。车上的人逃过了狗的狂咬，很轻松地唱着歌，什么爱拼才会赢，伤害了我的自尊。他们开着天窗钻出车顶，哈哈大笑说，沉香坡的红毛猴娃，跑呀，跑呀。

我的姿势一定十分难看，还背着个背篓，上坡下坎，截击越野车，虽然我敏捷灵活，但还是跑不过汽车。那些人朝我吐口水，做怪相，用手指当枪扣扳机将我杀死了一千遍。

我和祖父拖回来的这匹西狗，它满嘴血水往外冒，张着嘴喘气，只剩下烂牙龈。看到这狗的惨相，断腿猴和老猫都扑上来，用脚踏，吼，报仇。这狗平时称王称霸，如今也有这一天！断腿猴的表现太兴奋，以为这狗要死了。我祖父就敲刀，猴以为要杀它，垂下铁链老实了。

祖母把手上的水揩在围裙上，问是咋回事，老木匠没有吭声，只是看着地上垂死挣扎的狗。狗贴着地会好受一些，狗是属土的，沾了土，就会有命。

老木匠用弯曲的手指抚摸着狗，半天说了一句：

“他们来了……”

抢宝的人们都上了天音梁子和周围的八座山头，跟在推土机后面，千年的沙参王、党参王、何首乌、五色肉芝、太岁。他们在浓雾中东颠西跑，听到一声谣传，就会像潮水般跑到另一座山头。他们挡在推土机的前面，跟着挖斗下耙齿。有的躲不及的，慢了一步，被推土机砸成粉碎性骨折，但手上抢到了千年大药。

我在天音梁子的雾气中，在推出的一堆杂草里看到了一根粗壮的夜交藤，因为太粗，他们以为是一个树根，可我知道底下有宝，我顺着藤子往下挖，看到了有大家伙藏在下面，一个巨大的根瘤出现了，像是一个巨兽躲在地下。有一对大何首乌，在两米多深的石缝里。我心里高兴得发抖，小心翼翼从土里拔起来，一股药味熏得我精神振奋。我看到两个何首乌紧紧抱在一起，抖落掉土石后，看到了惊奇的一幕，那对何首乌性器官相连，正在交媾，雄性何首乌将阴茎插入雌何首乌的阴道里。我扯出来，估计交媾了几百年，好难扯。扯出的东西粗大，白色的汁液还在淌着。那可是天音梁子森林里真正的山精木魅呀。这两个头顶青藤的何首乌，身上沾着泥污，浑身是黑乎乎的根须，就像野兽身上的毛一样。我把雄何首乌的家伙又插进去，恢复原样，那两个何首乌又紧紧地缠在一起了。

这时雾散了些，有人嗅到了气味，就来围观，终于发出“呀呜呀呜”的惊叹。一个人说：“猴娃，你知道它们在干什么吗？”我摇摇头。“它们在地底下嗨呀嗬……”一伙人哄笑。一个老者挤进来看了，大声咤呼道：“把它们扯开，快扯开，不然以后的飞机就会被夜交藤缠上的。这可是千年木魅，要打散它们！阴阳交合，白虎青龙要出洞，兴风作浪，落豹河要出大事啦！”于是有人赶忙扯两个何首乌，好歹扯出了。可另一个老人却说：“使不得，使不得，让它们连着，不能坏了木魅的好事。阴阳相交，风调雨顺，你们啥鸡巴都不懂！”

一个指挥部的工程人员过来，手上拿着扳手，看到此景，说：“你们在看A片啊？快让开，别挡着我们施工！”

他说着将扳手一下子捅入雌何首乌的洞中。突然那洞中射出一道白液，射入这人的眼里，这人一个趔趄，被夜交藤缠着了腿子，站立不稳，仰面倒在地上，一块石头扎进了他的后脑勺，登时鲜血四溅，这个人也哼哧哼哧地叫着，双腿抽搐踢蹬。他的眼睛也立马肿成了大桃子，鼓在鼻子两边。

在场的村民见出了人命，就扭住我的双手，说：“有没有手机的，快录像当证据，我们可没有动手，全是猴娃这小子干的，我们没有参与呀！”

一个人说：“他干爹说了，这娃子活了就成精，没活就是鬼。他活过来就是个月亮山精，这对何首乌是他用脏物变的，哪有长得这样像人的，就是个榆木疙瘩，跟人的奶子鸡巴屄连阴毛都一样，不是千年成精的精怪是什么？不把它剁成肉酱公家的人活不了啊！精怪找精怪，大家快向他吐痰！”

所有人都向我喷射着唾沫，要把我用唾沫淹死，他们在背后踹我。他们夺去我的一对何首乌，用刀乱砍，让推土机轧。我落荒而逃。

我绕过天音梁子的巨坑巨洞，不小心被一个东西绊了一跤，四肢扑地，一看那个绊我的东西，一个大树蔸子半埋在泥土里，一股浓重的药味冲进我的鼻子。这个朽木疙瘩，谁也没有在意，它已经死了，也许埋在森林里有五百年了，也许有一千年。我用舌头舔了舔，有清苦郁香的药味，我用挖锄将它刨出来，塞进背篓里，死死地摁进去。好大的蔸子！我忍着背部被踹的疼痛，摸黑回到了沉香坡。

“我没有，我没有！”我在到家时就在外头大喊。

“公家的人，撞石头，不是我！”我哭喊着。

我把背篓丢在地上，那个沉重的树蔸子轰地砸到了狗食盆。

祖父用鼻子嗅嗅那个树疙瘩，一会儿，说：“听村里回来的人说了，不是你，是那个公家的人自己摔倒的。玃，吃饭吧。”祖父脸上没有表情，他在桌前放冷了一杯酒。后来他没吃一口菜，将酒倒进自己的嘴里，吞了进去。

“我这辈子从来喝酒的时候都是尽量把自己灌醉，满足别人的心意。玃娃，别怕，那些人欺负你，我们会保护你。”

祖母说：“晓得了，玃娃子，听说好大一对何首乌，那个公家的人抢哩，怪谁，怪自己，有人给你作了证，好人还是多。只是如今这里修机场，人聚了堆，歹人会起哄……”祖母也陪着我流泪。

有花生米和凤头姜。晚上的气温很低，到了五六月，这里依然要在火塘里架柴烤火。

“不要动那个疙瘩。”祖父对祖母说。祖母在棺材旁翻柴火，他是怕老伴把这个疙瘩当柴烧了。疙瘩经烧，烧三天可以不熄。祖母翻弄着这个树疙瘩，心里想这玃娃搞的什么鬼？她看我时，我已经爬上了白辛树，睡在春天的顶端。

响泉在响，夜凉如水。我的身子罩在春天的烟霭之中。但现在还不是红烟黄雾的时节，萤火虫还没有走出来，天上全靠星星点亮。一阵猛烈的梆鼓敲击，是一种藁子木，一筒藁子木，一根藁子木，轰隆、清脆、爆响，仿佛地震。有两只斑羚在飞快奔跑，是曾经被打死的斑羚，它们跳进落豹河奔腾的激流，跨入深邃的峡谷，它们在奔命，与前世一样。天音梁子那儿人声鼎沸，灯光乱射。

我接着看见一只无尾的豹子。不是无尾，只是它的尾巴上的环纹淡一些，粗看没有尾巴。我没有害怕，它在树下瞥了我一眼，它从峡谷那边飞过来，悠闲地走着，它靠近响泉边，它要喝水，它的喉咙一定冒着烟。它从哪儿来？它去哪儿？响泉边游荡着一些灵兽的魂魄，也有在阳间的灵兽。两个世界的灵兽穿梭在我的眼前。

还是说这只豹，豹魂。它的眼睛。第二天，它有如在自己的领地散步，非常自在，眼里含着绿油油的东西，就像把春天装进了身体，它的头上插着一朵杜鹃，它是只母豹。它在阳光直射的崖壁边蜷下，舔着它的四个爪子和淡黄的尾巴，它那么爱惜身体。可是它的皮早就成了人的皮袄，肉成了人的屎尿。它的尾巴恍恍惚惚地摇动着，阳光总能与它相遇。冷杉突然蹿出了很多新叶和果实，是蒴果，好像长着虫瘿。树脂在雾气中闪闪发光，就像缀满了宝石。落豹河的流响是这几天暴雨的总结，显得雄壮大气。大盘尾鸟在歌唱，它们的细长尾翎就像人系上去的。红嘴蓝鹊和蓝褐相间的松鸦在枝头站立，有一下没一下地叫。

这个豹魂的面孔像许多死去的亲人，我这样想时我的父母模糊的影子浮现出来。它仿佛有翅膀，收拢了。它是飞来的，它是孤独的游魂。它在寻找自己的身体。那张豹皮，还有一只尾巴，它们分散在各处。它的目光带着蔑视的警惕，跟生前一样，不过它更自在。

祖父不让我再去天音梁子，他说别与那些人沾边。春天真的来了，阳光无处不在。鸟在聒噪，但它们不是喧哗和叫嚣，会互相礼让，不一窝蜂，唱唱停停，你来我往，此起彼伏。有些啰唆，但不讨厌。天晴的时候，云就脱了潮湿向山顶飞升，升到了天空。从树上往高处看，天空更美，有些晕眩，枝丫织成的网像是装饰。远山如黛，河流蜿蜒，像人的胸襟，把气象推向很远。

叔叔麻古匆匆扒几口饭就去了天音梁子和狂猢岭，他捡回了不少的药，或者一钱不值的树蔸。他的背篓总是满满当当，他很兴奋，说这下他要发财了。他还捡了块石头，说是玉石，说有人告诉他，是一块和氏璧。

“发财的机会你不抓紧，以后只有跟饿雀子一样，天天喊饿。”

我说我喜欢放羊打猪草，不喜欢发财。

“好吧，趁天晴多打点猪草，要是推土机开到咱沉香坡，以后猪草都没有了，山坡被剃得一干二净，我们就再也没有猪肉吃了，只能吃蚂蚁和老鼠……”

老鼠把他的耳朵咬了一个缺口。他果然好像有些发财，身上有新衣裳，抽的是过滤嘴烟。是不是卖掉了豹皮？

他给我们送来了许多猪草，有荆芥子、锯拉草、鸭脚板、马兰头以及一些稀奇古怪的树叶。然后我的祖母就把一些不能吃的杂草垫圈沤肥，让猪站在臭水里拉屎拉尿吃食，睡也睡在水淋淋的杂草上。猪蹄子一辈子站在粪水里，会有些发臭，但异常好吃，是咕噜山区的第一美味。吃臭是我们这个时代的时尚。

通往孔子沟的天坑是一片曾经被伐过的山林，在山路两旁有稀稀落落的地笋草、脓疮草、夏枯草，到处长满了蓬蓬勃勃的大蓟。这些又臭又闷的大蓟，这些恐怖的植物，是怎样越过河流和悬崖峭壁到达白云飘飘的山顶？它们侵占了高山和草甸，代表荒凉。它也叫“六轮台”。为何它有这么文气的名字？大蓟连做柴烧的资格也没有，自生自灭，自我狂欢，动物会远离它们，连竹鸡和雉鸡也不会在这里下蛋。推土机来最好是将大蓟全部铲除干净，如果政府支持咱们一万瓶除草剂百草枯，只杀大蓟，那该多好。

而豹魂就静卧在鹰嘴岩下，藏在高高的马兰头草中间。马兰头在雨后蹿出有两尺高了。我掐叶尖，只能掐叶尖，还会有小虫，那些蝴蝶的幼虫，会蜇手，我的手被蜇了一下，我不感觉疼。被春天染绿的豹魂，走过茶园，每一片茶叶都浸了豹魂的精气，喝得有劲儿。我采了不少的马兰头，我想采一点茶叶，在豹魂蹚过的地方。我跟着豹魂走，豹魂一直到了我家门口，我看到活过来的西狗在狂乱吠叫，它看得见豹魂。豹魂没有理会狗的吠叫，它用舌头舔了舔那个朽木疙瘩，又一阵烟飘走了。

七

晚上的药香是从棺材那儿漫滤过来的，钻进窗子，直达床头。我的祖父三更起夜时，闻到了一股奇异的药香，那时候，悠悠的药香把我从树上熏醒，春夜各种花草的香气正随着露水扩散，榛子花、紫色的鼠尾花、木姜子们的花粉在深夜雾霭般地喷出。虫虺的轰鸣声、石蛙的呱呱声、鬼瞪哥的唳叫声、野猪的交配声和狐狸的求偶声。枭在蓝雾里飞行，鼯鼠在山林中滑翔，草丛中有神秘的小兽簌簌穿过。

清晨，云翻水滥，落豹河的潮汐叩打着山谷。

“它长出了叶子。”祖父对我们说。他很冷静，他的话也很冷静，但抑制不住他内心的荡漾。

那个死木疙瘩，突然蹿出了几片绿英英的叶片，像是新茶的叶尖。晚上的药香就是这个朽木散发出来的，它搁弃在屋檐下，却悄悄长出来鲜嫩的叶子。祖父自言自语地说："这木疙瘩怪哩。"

祖母说："修个机场要从石头缝里推出多少精怪来？"

第二天，祖父对我说："玃，把你干爹叫来。"

这是野猪发情的季节，醉醒花的气味让人飘浮起来，太子参紫色花蕊的气味芳香四溢，当归的伞形花有一缕腥味。红色的淫羊藿花，粉黄色的延胡索花，蓝色的琉璃繁缕花，紫色的鼠尾花，白色的铁线莲花，黄色的探春花，都在路边兴奋异常。我跟着豹魂走了一段路，爬上孟子坡，请来了贵将军。

干爹黢黑的手摸着这个朽木疙瘩，顿了顿，他显然没有信心说出来答案。他思忖着，迷茫地吸着烟，烟头死死地黏在嘴唇上，左看右看，抠疙瘩上的木屑和泥土，看它的正面和背面。他拿不定主意。但是，他好像想明白了，脸突然发白，就像血一点点在他的脸上放走了。后来他说："我走了。"

"这究竟是个啥呀，他干爹？"祖父拦住了他的去路，要问个明白。

"不知道。"贵将军冷冷地说。

"你还说你是个郎中，你把我孙娃儿治好了，这个疙瘩都不认识？"

"人的知识是有限的，"贵将军说，"知之为知之，不知为不知，是知也……但，这是个大药。这是个大大药，特大药，我说到这儿为止。别看它其貌不扬，凡大神器都不显山露水，圣者无名，大者无形，藏得深哩。玃娃不是说推土机推了几十米深么？这么深竟是这个模样……鹰立如睡，鹤立如残，虎行似病，熊吼如傻……这香太奇，不正常呀，这个大家伙一定是咱咕噜山区的药王。这山山岭岭的万事万物，是有联系的，是一个整体。咱咕噜山区森林里的中草药为啥子治百病？一条鱼鳃里的虱子也能治绝症，你们不觉得有点怪吗？

这是咕噜山区有千万年的药王，这些药王千万年修成的气场，它们在一方，那一方的所有草药都会药力倍增。你吃了咱的苞谷米，喝了咱的苞谷酒，包括你喝了茶，浑身有劲，就因为这里有千年万年的山精木魅、虎魄豹魂，在咱这里走动，所有的山水草木都是它们的那种精气神。如果它们给挖走了，死掉了，离开了，这山就没魂了，山抟不住，山就会垮，人也会垮，连天也会塌……这药疙瘩，没土也能生叶子，想想可怕，我说老泉，我劝你爷儿俩还是找一处地方把它深埋起来。这片山冈不能没有它，没了它，不仅所有的草药都没有了药力，整个山都会出事儿的，不信到时你们瞧吧！……”

月亮像一摊猪血涂抹在天空，幽暗的森林飘荡出一种从坟墓里跑出来的苔藓气味。夜色昏暗，山冈上升，峡谷里的流水轰轰作响，像天音梁子炸山的声音。山和大树湿漉漉的，无数被巨浪推上岸边的大石，像是一群群水中爬出的怪兽。鹰嘴岩上的一棵冷杉死了，是巴山冷杉，它站在一些阴沉的树中间，谁都不知道。一个春天里有一棵树死了，变成站岗树，这种风景可以停留很久。它一样在萧萧的风中，每一棵冷杉都是喉咙，无论是死了还是活着，死者一直顽强地站着，保持它们的尊严。

“不可信贵将军的话，神神叨叨的，跟放屁一样。”祖父在屋里说。

“他说的也许是真的……”祖母咕哝说。

祖父提高了嗓音：“哪这么巧，就算是药王，咕噜山区这么大，恰好让我家玃娃找到了？挖了那么多山头，填了那么多峡谷，谁知道埋掉了多少药王，那些成天跟在工程队后头的人成百上千，他们就没有捡到？”

“再怎么人家也救了玃的命。”

“这么说，那还不是瞎猫碰死耗子。去年赵八朗的老婆，被地里垮掉的石头砸了，贵将军竟要赵八朗去学校找童子大便来灌。学校在镇上，走三四个小时，等赵八朗找到一泡童子大便用罐子装回来，他老婆早死了。”

“那是砸得太狠，学校又远，如果像当年，咱落豹河有个小学，灌得及时，他老婆兴许不会死。当年你被石头砸了，不是灌大粪你能活过来？”

“你这老巫婆，别提那事。我本来能醒过来的，让我猛吃了一顿大粪，想起都作呕。”

“赵八朗新老婆小甘的月经来了，我的腿也不疼了，这是假的？……”

赵八朗住在叔叔的崖下，靠近落豹河边。他从贵州又弄来了一个老婆，她多年的妇科病突然好了，并且说来了月经，这是那个女人偷偷告诉祖母的。贵州女人看上去有五十了，其实只有三十多岁，老相，她原来的男人是骑摩托车被汽车撞死的，所以经人介绍，决定嫁到一个没有摩托车的地方——咕噜群山中。

祖母给我说她的眼睛快要瞎了，这段时间她的眼里无缘无故地流泪，因为看东西不利索。她在猪圈的围墙上爬上跳下，可这次看错了地方，脚给崴了，她就剥了朽木疙瘩的一点皮放在水里泡脚，脚竟然不疼了，她的齁喘也有好转。赵八朗老婆的妇科病治好，也是祖母给了她一块木疙瘩的朽皮，让她试试。当然还加了我们家晒干的款冬花、老鸦蒜和前胡一起煎，过去无效，现在忒有效，而且有特效。小甘给祖母端来了自己做的辣椒酱，祖母有半年不敢吃辣椒酱了，她放开肚皮狠狠地吃了一顿，用油汪过，竟然也没齁喘，脸上出现了红色，祖母笑着，下陷的嘴显得很傻气，说：“辣椒酱养人哩。”

雨溅到棺材上，溅湿了那个朽木疙瘩。饿雀子扔下的鱼在雨水里蹦跳，落入响泉。岩上有许多猕猴，采食越来越鲜嫩的松萝。娃娃鸡在沟里叫，白辛树挺拔在雨雾中，门前的野草泛着青光。雨雾像云彩一样浮荡在怪石与树丛间，几只燕子躲在屋檐下喘息。

我把割来的草投喂到岩下的羊圈里回来，看见叔叔麻古用刀在砍那个树疙瘩。现在天气暖和，他的手痒得越来越难受，他在骂孔不留。有一次他抓来了几只马蜂，让它们蜇他的手腕，结果将脸蜇成了大屁股。

“我要去机场工地平整场地，就是伐木，你去啵玃?”见我没回答，又说，“古峪尖、曾子冈、狃猢岭那一带是飞机场最难啃的骨头，征召咱们当地人去砍树炸石填场地。”

他又说:“你会引来豹子的，没听昨晚上的豹子叫吗?”叔叔一脸的难受，因为春天，他伤口里面的蚂蚁又开始爬动了，他怀疑蚂蚁在他的骨头里做窝。“这是个什么大药，不就一个榆木疙瘩么？看它的叶子。”

叶子有点发蔫，甚至有一点沧桑，还被叔叔故意掐掉了一片。

“玃，你想找媳妇吗?”

我摇摇头。

“你分明想，但你得答应我两件事。”

“噢?”

“第一，你得从树上下来睡觉，你不小了，又能说话了，你得过正常人的生活。你知道结婚是什么吗?”

我摇摇头。

“其实你这家伙什么都懂的，我看你就是从山洞里跑出来的月亮山精。结婚就是一男一女两个人睡一头。你这样像个猴子，会跟我一样，一辈子单身。再说第二，你得有钱。你养的三只羊，卖不出几个钱，你不能一个人吃饱了全家不饿。你喜欢吃野果松萝，你老婆以后也不能跟着你一样吃野果松萝，你那些食材，都是畜生野物吃的。你的手上必须有钱，我们可以偷偷去宜昌，把你的这个大木疙瘩卖掉，卖多卖少，你七我三……”

他盯着屋内，生怕祖父祖母听见。他脖子上尖尖的棘皮喉结咕噜咕噜滚动，像鸟的嗉子。

“到了宜昌，听人说很多打炮的，我负责帮你找个小女娃让你打一炮……打炮就是新婚……我咋不想去打一炮？美死了，这是工程队的人说的。”

他又说：“打炮嘛，我也不懂，以为是把炸药捅到女人的下身去，后来才知道，就是行房，鸡鸡当雷管，塞进去放炮，城里人好多新词儿……”

他本来是去采茶的，茶篓挂在腰上，却空着。

“必须有钱，赵八朗找的那个女人还花了他八千块。没有地了，政府补偿的一点能吃一辈子？咱们什么都没啦，唉，得自力更生……”

“能卖多少？”我指着那个木疙瘩问叔叔。

“管它钱多钱少。趁机卖掉，免得我家老头将它埋了。你借机去宜昌玩一趟，你这辈子还没有去过宜昌，宜昌都没去，你枉托了一场人生，跟山林里的猴子有什么两样？这辈子不亏了吗？……这事不能让老木匠晓得。”

“不。”我说。

“你这傻货，为什么？”

“不。”我还是说。

“不喜欢宜昌。”我说。我也不喜欢打炮，我只爱森林。虽然我说不出来什么，但凡是他们喜欢的，我都不喜欢。凡是他们盯上的，都不能让他们所有。叔叔麻古是披着豹皮的人，他们在那个冬天伤害了我，让我至今睡在树上。虽然我不怕寒冷，通红的毛发可以抵御风霜雨雪，但我仍在恐惧中，我已经适应了一棵树。

我要保护这个药疙瘩，让它治好祖母的眼疾和喘病，治好祖父严重的风湿关节炎，让这片森林弥漫着一股微苦的药香。凡是药材为什么都有一股子奇怪的气味？这莫非不是上苍的暗示？所谓药力，就是它的气味？酸酸的气味，沉苦的气味，甘甜的气味，辛辣的气味，咸涩的气味，这些浓厚的气味覆盖在山林，让山林一年四季常青，流水淙淙，花开兽叫，鸟飞鱼跃。

我等叔叔走了，赶快将这个木疙瘩搬到祖母敬佛的房间。那儿有一些农具，有一个老柜子，上面放有一尊观音菩萨像、一个香炉和一些茶油灯。

火笼屋里的火一直燃着，山里的气温对老人是一种折磨，似乎永远寒冷，夏天骄阳似火的时候也是寒冷。祖父往火里加了一根大木，是老栎木，弯曲，有疖，无用。他有时候很抠，有时会对自己很奢侈。我知道他有话要说，添大木就是给自己壮胆。

“……明天你跟我一起去镇上，背苞谷去换点大米，我们再去一趟县城。我不想让你受到山外人的伤害，穿好衣服，把自己裹得严严实实就行了，上身下身都给我穿上。”

我答应了，祖父很老了，我有时会听他的。祖母找出一套父亲生前的衣服，我穿上，虽然很难受，不自在。

鸡叫四遍的时候，我站在门口，将那个木疙瘩塞进爹背篓里绑着。爹背篓是大敞口，打猪草用的。断腿猴喝着磨刀水，它示意要跟我们走，祖父把铁链紧紧地拴在桌腿上。祖母给我们烙了苞谷饼，加了些荞麦面，沾着蜂蜜吃。还包了凤头姜和她从山里采来的薤白，腌渍过的，百吃不厌。

苞谷籽装进一个大化肥袋子里，祖父背着。

月亮红彤彤地挂在山冈上，整个森林都笼罩在灯笼一样的月光里，天有些发青，树枝像千万条游蛇伸出脑袋探进天空。上了狂猢岭，月亮像炭火一样燃烧，好像要取代太阳一样。在这样的森林里，太阳和月亮都不分昼夜地轮替着出现，变换着它们的身份。鸟是最早醒来的生灵，最早的应该是墙角树莺，惺忪着喉咙问："你是谁呀，你是谁呀？"紧接着，白颊噪鹛开始发笑，一定在梦中遇见了喜事，它的咯咯的笑声像泉水一样清亮清亮，与人的笑声相差无几，充满着神经质的自得其乐。我们挤着太多的云雾，向群山深处慢慢走去。

林子里有被人砍倒却遗忘收拾的红桦，有一些为摘取天师栗果而被人拦腰斩断的天师栗树。这些人省得上树摘果，嫌麻烦，砍倒在地上捡拾就行了。果子叫猴板栗，猴子爱吃的，比板栗大，是一味止咳化痰的药材，都是几十年的树了，就因为谣传这些林子也要被飞机场征用，所以这些山民像疯了一样，砍了再说，赚一点是一点。栎木棒子也全都给砍了，做香菇木耳棒的。但是这些栎木都已经退化，长出的香菇木耳产量低，也不知是啥原因，只能做柴烧了。

一只鹰在蓝色的气流上，静止不动，云彩在它的翅翼下沉睡。我在前面，祖父跟不上。他腿不好，静脉曲张，小腿上像绑着一圈麻绳。

"在下阴坡的时候可要小心了，玃啊，苔藓太湿，太阳照不到。等到了古峪尖后，我们可以歇一歇。"

灌丛茂密打脸，头顶的水珠子直往下掉。椴树槲生长得青彪彪的，一些蕨类植物也挤在树干上，好像地底下没有了立足之地似的。春兰和蕙兰在石缝里开花，艳丽的猥实花像钟一样吊着，五角星的紫色桔梗花张大着嘴，叉叶兰蓝色的花朵像绣球一团一团举在树丛间。偶尔有一株珙桐，满树飞舞着鸽子样的白色花朵。

无数的蝙蝠在天空穿梭，无数的鼯鼠在我们的前面滑翔，无数的松鼠在我们身边飞跑，眼花缭乱。看到了那个漂亮的阴地蕨，它的叶片像云朵一样，我们都叫它"一朵云"，是治肺痨定喘的，也治蛇咬和疔疮。我赶快将它的叶子全部捋下来，打算回去捣了让祖母服。我们坐在那里凉汗，祖父心事重重地摸了摸那个大木疙瘩，说，不知卖不卖得出？这一年，我不晓得碰上了什么，我死得了，就怕给你们带来啥的。

“我们回去吗，爷？”我的心里也虚虚的。

祖父不动，他很茫然，“试试看吧。”他说。

林子里有太多的鸟叫声和远处隐隐的炸石声。正说着，林子里响起了一阵雷鸣般的响声，由远而近，来不及反应，就看到五六只鬣羚夺路狂奔而来，它们的蹄子下闪着铿亮的火星，黑色的角倒向后边，四蹄飞快地踏动，一定是受到了惊吓。鬣羚体格强大，也称为大羊、苏门羚，能与虎豹搏斗。

祖父想拉我，我先一把将祖父拽进了路边的岩缝。鬣羚在我们前面疯狂地卷过，像一阵飓风，后面紧接着出现了七八只“扒狗子”。这扒狗子有说是豺，有说叫黄彪。它们盯着了这群鬣羚，可能是饿急了。这些精怪，短头，尖嘴，龇牙，小耳，麻色，眼睛朝下，走路跛行，不疾不缓，不喘气，却紧紧跟着，嘴里发出一种带乞求的、可怜的、委屈的咿咿声，仿佛被人追打似的，可它们专门围猎比它们大得多的动物。扒狗子是咕噜山区最阴暗最凶残最无耻的怪兽，它们好像没有闻到我们的气味，急着去追赶鬣羚。

一只鬣羚在陡峭的石头上打了个闪失，立马就掉了队，一只蹄子没有力量。那些敏捷得像鬼魂的扒狗子飞快赶上去，两只扒狗子跃上了鬣羚的后臀，用爪子紧紧抓住它。

祖父拉着我，不让我声张。他的眼睛一动不动，睁得像酒盅，紧盯着前面。他缺了门牙的嘴大张着，好像窒息了。胡须就像扎了一圈钢针。我大气不敢出，我们的前面有一人多高的胡枝子灌丛。我看到一只扒狗子，竟然将前爪掏进了鬣羚的肛门，只是一眨眼的工夫，鬣羚的肠子就被从肛门里掏了出来，血水飞溅，树上的猕猴吓得叽叽大叫。鬣羚顽强地站着，用短短的尾巴抽打扒狗子，又猛抖臀部。但扒狗子紧紧地趴在鬣羚的背上和屁股上。其他的扒狗子围上去将那掏出的肚肠一阵撕扯就吃完了。那只掏肛的扒狗子将头伸进划开的肛门，几下就钻进去了，接着几只扒狗子也飞身上去，一只只争先恐后地钻进鬣羚的肚子里。

鬣羚用浊重的叫声哀鸣，呼唤同伴救它，可没有一只鬣羚敢过来，哀鸣声像石头击打着森林的雾霭。几只鬣羚在远远的地方吼叫着，踯躅着。过了一会，一只公鬣羚终于冲了过来，其余的鬣羚也不顾一切地转回头来，对着那些扒狗子吼、冲、撞，但它们不敢将屁股对着扒狗子，它们知道这些凶兽的厉害。扒狗子被冲过来的鬣羚吓怔住了，后退，愣头愣脑地缩在一边，舔着嘴上的血。但鬣羚们还是怵了，一番对峙后，鬣羚只好跑开了。那只鬣羚的肚子里还有几只扒狗子，它四肢向外艰难地撑着，已经摇摇欲坠，疼得头乱摆。它想跑，头撞在一棵大树上。它肚里的肠子一定被钻进去的扒狗子搅得倒海翻江。扒狗子是食腐动物，它们爱吃臭熏熏的内脏。

鬣羚倒下了，像一个瘪瘪的气球那样倒下了。几只扒狗子血淋淋地从肛门里钻出来，一溜烟跑得无影无踪。

我祖父手握着开山刀，慢慢走近倒下的鬣羚。他对我小声说："今天我们捡了一张皮。"

我小心翼翼地看了看，这只鬣羚只剩下一张皮了，它被吃空了，血水渗入地下冒着热气。祖父在它肚子上踩了踩，没准备去剥皮，说："这张皮要不得，晦气。"

云朵像往常一样，白悠悠的，森林里像什么也没有发生过。我们翻过两座山峰，过了几条溪河，走上一个悬崖。那里有个老吊桥，就像是一架兽骨，山风呼啸，再厚的板子也会刮飞。

“爷，等我过。”

他不担心我，我抓得牢靠，手脚灵活。祖父拍拍我的背篓，看稳不稳，我就踏上了吊桥。一个在树上荡秋千的猴娃，抓着这么粗的钢索，没有危险，只是背篓太沉。我还是很快过去了，放下背篓过来接祖父。我看见祖父的眼里在说，这娃子什么都行，可就是个猴娃啊。这样的事为啥出现在我们蕺家？蕺就是鱼腥草。难道仅仅因为我们姓里有鱼腥草，就要鬼使神差从平原上来到荒远的大森林里安家，就会成为草木禽兽之家，活得跟一棵草一样？他知道自己快死了，这样的悲伤很轻微，一过性的，不触及心尖，不会让胸口憋闷背脊刺痛，更不会哭泣。

他摸了摸我的额头，一路对我说：快了，快到镇上了。如果有人欺负你，你就跟别人笑笑，我们蕺家祖上从来就是这样的，从来不因为怨恨与人结孽。如果别人逗弄你，你就把自己当作一只猴子。但别人丢给你的食物，你不能吃，因为你不是猴子。你能说话，能分清森林中的花木鸟兽，你比城里人聪明，他们不认识药材和杂草，不认识森林里的花，他们会在森林里迷路让狼吃掉。他们被蛇咬之后，要么打针，要么等死。你却能用那些草药救活你叔叔和孔不留。你的内心里不要认为你是一只猴子，长相丑陋，悲观失望。你在森林里就活了，有我和你祖母在，没有任何人敢欺负你，不把你当人看。如果有胆敢欺负你的，让他们别忘了，他们的祖宗谁不是猴子变的……

八

祖父也找不到路了，我们迷路了三次，像遭遇到黑帐精和鬼打墙。路挖断了，到处不能走。许多人在高高的山上撬石头，乱石滚滚而下，手举小红旗的人大喊："小心！小心！"他们拦住我们："往那边走，绕道！"我们在一堆推土机和汽车缝里往前。汽车拉着石头泥土、水泥钢筋，不停地穿梭。我让车躲车，掉进了一个凼子。背篓里的朽木疙瘩砸在我头上。我砸翻了一盆茶叶蛋。卖蛋老头本想索赔的，看到我，拔腿就跑。有人认识我的祖父，说："蕺木匠，牵着个啥哩？猴子？孙子？"

"是的，是的，孙子孙子。你还好啊，没死啊？"

"今天要被你吓死的，这娃子，咋长成这样啊？"

"你可担待，娃子不是故意的。"

"咕噜山区的猴娃，算是开了眼界……"

祖父拉着我匆匆快走，不与他们多说。

我们终于来到了祖父说的那个小镇。一个炸米泡的开炒罐，轰的一声，把我吓了一大跳，以为是雷管爆炸。两个卖衣服的女人互相拉扯着头发在打架并用外地方言大骂。一个娃子滚到了臭水沟被家长拉起来，倒提着走。

那里有米店，有酒铺，有餐馆，有电器杂货店，有摆摊玩蛇卖药酒的，有满屋堆着腊肉的。山民们用各种山货换大米。我和祖父走进这家店，放下树疙瘩，坐在石头上，看到店里堆放的腊肉里爬出来大黄肉虫，虫子在肉里爬进爬出，比蛆大，比蚕小，模样跟蛆一样。将腊肉打洞，吃得千疮百孔。店主的女人用一个喷火器提着腊蹄子烧毛。猪毛的焦煳味和火中喷出的毒气弥漫在店里，烟雾腾腾。那些猪蹄里的大黄虫被烧得一团团往下掉。门口几只乌鸦歇在一棵树上，时不时瞅着没人下来啄食烧熟的大黄虫。

"这娃的毛烫不？"老板娘故意问我祖父，她的喷火枪喷着蓝黄色的火，"就没治过吗？遗传返祖哩。"

朝天鼻老板说："这哪是能治的。"老板叮叮当当地提着老式秤杆说："蔵木匠，你可不容易。不过机场一修，这里比宜昌还热闹，什么野兽、野人都不会有了，都跑到老山顶上去了，这事儿也不会发生了，你那儿媳……"

"别提了，她死了，上秤吧老王。"祖父说。

"唉，好，好，别提了，别提了。"王老板过秤苞谷再兑换大米。

老板娘提着烧焦的猪蹄，说："换米嘞是啊，以后咱们这儿都是吃米了，也不吃苞谷了。米从北京武汉用飞机运过来，比现在便宜得多。"

祖父说："米也不会白送给咱们吃，还是得付钱。"

"如今这么好的猪蹄都不值钱，哪里说理去！烧这么干净都没人问哦，亏了大本。有飞机就好了，运到北京武汉去卖给城里人吃，说不定里面的大黄虫也可以加工成一盘好菜让北京人吃疯，"老板说，"咱们就瞎编些什么，说这是咱咕噜山区壮阳的虫子，男人吃了一夜八次。'大黄虫子用火烧，一夜挺断十八姑娘的腰'，哈哈哈……"

我们将换好的大米先放在老板这里。经过镇委会时，看到那儿挂着"天音梁子机场建设指挥部"的牌子。一些山民围在那个大门口，扯着用旧床单写的横幅，有几个大头皮鞋警察背着手站在那儿。看热闹的闲人更多，是一些赶街的老乡和老人。满载的汽车给堵住了，喇叭嘟嘟嘟嘟嘟嘟嘟嘟嘟拼命地摁着，就像豹子进村了。几个警察将一个愤怒的妇女抬起来塞进一辆面包车，一个拿手机拍照的人刚拍了一张，就被警察制止了。祖父问了问一个人，说大哥这是咋回事啊？那个男人说找政府扯皮呗，找他们扯皮，能多赔一点是一点吧，穷了一辈子，机会难得。

我们挤出了人群。我听到说，有的村还没拆到那儿就来扯皮了，现在谣言满天飞啊。

地上很脏，积水、泥土和砖渣，还有甘蔗皮、橘子皮、啃光的苞谷棒子。我们走到一个建筑队门口，祖父说他进去讨要两年前的剩余木工工钱，让我面对着墙壁在一个角落里，那儿长着一人多高的野蒿和飞蓬。我面壁而站，突然焦躁不安，肚子像有一百个岩蛙咕咕叽叽地乱叫，我想喝水。一群推土机司机，喝多了啤酒，跑过来拉尿。我以为他们要抢我的木疙瘩，这些司机就站在我旁边，一边拉尿，一边打着夸张的尿噤；他们拉出来五六条又黑又脏的器官，就像从泥巴里刨出来的葛根。一股特别难闻的腥臊味直冲我的鼻子，我受不了了，打了一个喷嚏。那几个人转过头看到我，尿缩回了腹腔，其中一个猛然喊："野人！红毛野人！"我浑身发热，滋滋冒汗，拔腿就往山上跑。

虽然背上很重，但我没命地跑，那些人撵了我一阵，没追上，放弃了。

我一直跑上山坡，躲在树林里，哭着想起了父亲和母亲。但我并不悲伤，我只是哭着将我父亲的衣服脱下，垫到屁股下坐着。不过我怕有人追我，只好再穿上，还把衣领竖起来遮住脸。

树林里有鸟叫，有臭大姐（戴胜），有铜蓝鹟。草丛里有竹溜子（竹鼠），山坡上有鸢尾，有像大雁一样飞翔的淫羊藿花。我突然很想念我的三只羊和断腿猴，还有那只被汽车轮子拔掉了满口牙齿的西狗。

祖父在山上找到了我。我们乘搭一辆客货两用车，我坐在后排。车沿着一条大河在峡谷里穿行，路边有小电站和标语牌，有来往不断的卡车和小汽车交错着，往前往后。山谷里的风劲厉，被汽车拉动得更加猛烈，我的毛往后飞去，凉爽极了。

"我们不要贱卖山里的东西，山里的东西虽然不值钱，但贱卖别人就把你看贱了，你可得记住。”祖父对我说，“有一次我把家里的一个老白铜印泥盒卖给了换米的，三块钱。等有了钱我要把它赎回来，上面錾有‘老蕺记’三个字，过去我们蕺家在荆州开过铜器店……”

我们的车进入了宜昌地界。还没有进城，就有人拦住了车，上来问有没有兄弟卖山货的。祖父给我说，山货就是在这里交易，不进城。祖父用手扰了那个人一下，那个人就笑意吟吟地招手要我们下车，还要帮祖父背背篓。这人矮胖，红光满面，好像喝了金钗酒，脸上亮堂，像铺了层油纸一样。我们走进这个小集镇，全是商铺货栈贸易商行的门面，前面是条小河，像是从咕噜山区流来的，水晶晶亮，后山是黑松林，有一扇悬崖直直地压过来，比天还高。这些货栈专门收购从咕噜山区来宜昌卖的山货，香菇、木耳、奇石皮张、崖柏、黄杨木和各种药材。我们走进一间货栈，货栈可热闹了，来来往往的人，后面有个大院子堆着层层叠叠的麻袋。这就是宜昌吗？这肯定不是，这不是找小姐打炮用雷管炸女人下身的宜昌。晚上我在山腰看见了远远的灯火通明的宜昌，比天音梁子的灯火更旺，一汪汪的灯火，像有一亿只萤火虫聚集。

矮胖老板和蔼可亲，亲自给我们沏茶，还给我喝果汁，甜甜冰冰的，我喝了一瓶还想一瓶。老板会说话：“这娃子怪好玩的，冬天可不冷了。”我祖父说：“可不是嘛。”

对我背来的大木疙瘩，他像没见着似的，根本不提一手钱一手货的事，有时用那双小松鼠眼乱转一圈瞄我的背篓中装的那个东西。他对祖父说：“老哥子，尽管在这儿玩好吃好喝好，今晚就住下不回去了，也没车进山了，我这儿吃住全免费的，没事，你们住在这儿放心。”我们就住进了客栈的招待室。

招待室还有几个从咕噜山区来的老乡，背的也是山货药材。什么文王一支笔、七叶一枝花、江边一碗水、头顶一颗珠这样的名贵药材，官药，也有柴胡、升麻、川芎这些草药。有个缺了一排门牙的老乡显然是常客，走这条路很熟，跟祖父吹牛，他在咕噜咕噜尖上，咕噜山区的最高峰住，他还有一样东西是用油布包包裹着的。

晚上我们吃的是羊肉和土鸡火锅，四冷盘六热盘，喝的是稻花香酒，真正的好火酒。祖父不爱喝火酒，火酒打头，他只爱苞谷酒，但是稻花香也真香啊，祖父喝了七八杯，后来用手罩着酒杯，说实在奈何不了。老板一个劲劝，说绝对是直接从酒厂弄出来的酒，批发价都是一百多块钱一瓶。我不会喝酒，我想吃凉拌松萝，他竟然弄来了一盘凉拌松萝，里面放了木姜子、姜末、蒜汁和剁椒，比火锅好吃多了。

吃了饭我和祖父撺掇那个老乡将他的油布包打开，他说在跟老板熬价。老乡是个觑眼，看东西要让鼻子凑过去。他给我们说，晚上到房子后面来，要过十二点。

到了半夜，我被祖父叫醒到后院。看到竹林后的荒草中燃起了一堆火，觑眼老乡跪着添柴。火上几块石头支着一口破锅，锅里是滚滚乱翻的开水。老乡让我们不要出声，从背篓里拿出那个大油布包，细细地、一层一层地揭开。我先是看到了那油布动弹，后来一个一丝不挂的小娃娃从里面蹦了出来，一股浓浓的药腥味冲入我们鼻子。在火光的映衬下，这小娃儿的脸红得像两朵金钟花，白皮细肉，胖乎乎的脸蛋像个圆球，粗壮的胳膊和腿像藕节。咕噜老乡将那娃儿扯住双腿倒立过来，丢进咕噜咕噜冒热气的开水锅里。

祖父含着的烟咬成了渣子，他把我紧紧地攥着，两只手拘急得像钢筋箍进我的肉里。“这可是伤天害理，不成不成！”祖父想拦，娃子已经丢进了锅中，火光把祖父的颧骨照得像一座山脊。我倒是想看看这老乡弄出什么花样，我看着这娃子的头上顶着一撮绿茸茸的毛，就像夏天在落豹河里洗澡一样高兴，笑逐颜开地往锅里蹲下去，在浓浓的白气中时隐时现。火在锅底下爆炸，那老乡放开了手，双脚远离舔过来的火舌，那火舌发出吱吱的吹哨声。锅里的小娃儿手舞足蹈，双手扑打着沸腾的开水。

那老乡用他的破草帽拼命扇火，火大，雾气翻滚上来。我盯着那小娃儿看他变成什么，一会儿，那小娃子不见了，果然是个妖怪。老乡用一个木瓢子舀了汤倒碗里，端给我和祖父喝。祖父已经吓蒙了，半天才指着老乡说："你、你太不是个人了，你烧的啥汤哩？"

祖父不喝，我也不喝。我定眼看那滚烫的汤里什么也没有，又过了一会，那汤也不见了，火也熄了。竹园的夜斑鸠发出咕咕的声音，后面是山的庞大剪影，月亮像丝巾从竹林的上空飘过来，照见锅里，只有一个比萝卜大几倍的东西，就是支千年党参，闪闪发光，散发出石缝老沟里的苔藓味。月光融融，那党参活脱脱是白玉雕出的一个小美人，蜷缩在床上，美艳无比，这哪是个土里埋的野物！党参精也是咕噜山区九大月亮山精之一。

那老乡摊开油布将他的党参包裹好，用绳子缠绑上十几圈，还朝绳子上吐了一口唾沫。老乡说是在机场工地刨到的。

我祖父说："你这是党参精，你要发财啦。"

那个人说："老哥，你那个大疙瘩，保不定发什么大洋财哩……"

第二天一早，老板就敲门说："早，早，早，老哥，吃早餐了。"他把我们带到旁边一家宜昌小面馆，进去，不仅有小面，还有小火锅，有猪蹄，有肥肠，有酒。

"老哥，来，来，来，喝点早酒，咱这兴早酒，来一杯醒闷……昨天晚上竹林失火，烧了不少。卖党参的那乡亲，不地道，恨我了。那个党参值不了几个钱，我不想要，要他走了，买卖不成仁义在嘛。哪有什么不得了的千年党参，这年头，你想一想，山都翻来覆去地挖透了，能找到几个药根就不错了。”

祖父不喝早酒，他想吃猪油炒饭。好哇，猪油饭也炒来了，还加了荷包蛋。我吃了一碗宜昌小面，放了瘦肉和松萝。

买卖山货和药材的人不少，但这两天，老板似乎无心收货，就是陪我们。到了中午，肚子还没饿，老板又安排我们到街上最豪华的一个酒店吃野生甲鱼火锅，又是四冷盘六热盘，依然喝酒，依然不提药疙瘩的事。老板给我祖父拍打着衣上的灰尘，说：“老哥，把酒喝好，到我这里来，以后我不听闲话的，说在我这里么，没喝尽兴，等于是杀我一样。”他拿出的酒是极品稻花香，这种火酒却不打头，祖父常说，他徒弟们提来的火酒，都打头。

老板说：“咕噜山区的红毛大野人和金毛大老虎可都聪明，浑身披上缎子就称王了，这娃子这么真的好看，太潮了，简直是我们三峡地区的第一大潮人，就是不爱说话。”

祖父说：“嗯老板，他是个半语子，不肯说话，他才学会说话没几天。”

“哦哈哈，不说话好啊，沉默是金，沉默的娃子能成大气候……”

老板硬要给我敬酒，我拗不过喝了几口，眼睛就红了，我说我不会喝酒。老板说，无论怎么样，一个男人是需要喝点酒的。我过去在咕噜山里收山货，到你们那儿去过，你们那儿的人待人多好，随便在哪家，吃饭坚决不收钱，还要杀鸡，生蛋的鸡也要杀了招待客人。认都不认识，啥鸡巴客人，就是朴实好客，有古风。你们那儿的人喝酒比东北人还厉害，进门一杯酒，说是喝冷酒，不喝茶。再是热酒，杀鸡宰羊，喝酒叫漱口，苞谷酒叫漱口水。半斤不叫喝酒，一斤勉强。喝酒有一百零八种酒规，不把人灌醉不下桌，那份情谊哟……

到了房里，我就吐了。这么吃，不说价钱，也不知道老板是什么意思。祖父就说早想好了，因为我们不懂这个疙瘩，一定要让老板先出价，反正大家都打马虎眼。就对老板说了，您说个价吧，我们也得回去了。老板说好吧好吧。

老板也不说话了，伸出一个巴掌，给祖父示意。祖父想想，以为他开出的是五百元，不会是五十吧，五十不够这两天的招待费。祖父觉得这个药蔸子有点蹊跷，就摇摇头。

老板果断地说："老哥，我是个爽快人！"

又翻了一次巴掌，意思是两个巴掌。

祖父又摇摇头。

老板又翻了一个巴掌，意思是三个巴掌。

祖父还是摇头。

最后老板又翻了一个巴掌，四个巴掌了。

这就是两千？两千是多少钱啊，咱们蕺家没有存过两千，家里的家当全加起来也没有两千。

正在迟疑盘算，老板一拍我祖父的手，说："成交了！"

老板立马从抽屉拿出两匝一百元的钱来，神速放进我祖父的兜里，说："你是老手，服你啦，以后有什么还是给我啊。"

老板是连扶带推将我们请出了门，出门时又往我的空背篓里塞了两瓶稻花香，还有两条黄鹤楼的烟，真是满载而归了。我和祖父走到河边，见没人跟上，就颤抖地拿出钱来，吐点唾沫赶快数，是两万，这是怎么回事？两万啊。这个药疙瘩是个什么精呢？

第二章

熊

森林沉默

SENLIN CHENMO

九

早晨的森林有些阴郁，雾气黏滞，苔藓钻出地面。一种鸟声应和着另一种鸟声，一条峡谷倾听着另一条峡谷。群山矗立，云海苍茫，河流的微光泛出林隙，一只松鼠抱着几颗果实放进树洞里。天亮了，树枝渐渐撩开天空的窗帘，鹰从远处飞来。

一棵巴山冷杉剑一样斜刺进黛青色的天空，朝霞从云隙里迸裂出来，如一蓬火，一个燃烧的灶膛。下面，山冈还在沉睡，只能看见轮廓。一会儿，霞光更猛，把青色的云团烧红了，像一些熔化的铁水，像一朵巨大的梅花。

一只小狗熊坐在林子空地的一个树蔸上玩耍。同行的孔不留说："看哪！"

我叔叔瞅了我一眼。我们是去机场工地伐木修路的。

太阳一出来，加上赶路，身上就有些热。鸟在叫，许多鸟在叫。那个大树都伐了好多年，是熊玩耍的地方。孔不留的头伸出去，像一只鹤。叔叔麻古放下担子，他看见那只小熊在那里东摇西晃的，后面应该有一只老熊。那儿有一片草甸和高大的怪石，离墨绿的巴山冷杉林有几步之遥。大蓟长得特别茂盛，这些疯狂的大蓟开着狰狞的红花，但花不像花，叶不像叶，像一群鬼怪。麻古把孔不留戳了一下，没想孔不留跳起来说："你戳我是干什么？"

"你找死呀。"

孔不留这家伙因为脑子的筋断了，管不住自己，往前窜了一步，摔了个狗吃屎。他骂骂咧咧地爬起来，又从背叉子里抽出开山刀，朝小熊玩耍的地方走去。

林子里非常安静，麻古的心一下子就提到了嗓子眼，这个孔不留，最好是让老熊冲出来将他吃了，最不济甩给他一巴掌，将他的半张脸拉下来，让他没了下巴。在咕噜山区许多男人没有下巴，都是让熊扒掉的。

“你是个擒包！”孔不留边走边回头骂麻古。

“你妈的，要死死在孔子沟，别跟老子抛尸野外啊！”

“你管老子！”

“你这个短筋货，你真不想活了！往哪儿跑啊？”

孔不留依然向前去，说：“迟早也是个死。”

他攥着砍刀，手上吐了些唾沫星子，像是给自己壮胆，长长的影子挂在大蓟上，好像身子滚进去了一样。

那小熊看到身后的那个人，停止了玩耍，将脚踩到地上，歪歪扭扭小跑着钻入了冷杉林。

孔不留没有撵，用斧头在朽木蔸上狠狠地劈了几下，将树蔸砍开，然后捡了块石子卡在缝隙里，弯腰往我们这边跑回来。

“狗日的麻古，你晓得老子要干什么？”他得意而小声地说。

“你个短筋货歪点子多，我咋知道呢？”

“好好好。”孔不留因为劈树蔸，汗下来了，他让我们别挡住他的视线，他坐在石壁旁，“等会，你们看稀奇，今天又能搞一顿肉吃了。”

黑脸噪鹛和娃娃鸡在树上啾鸣，刺猬在箭竹丛里爬行，一只猴子在树上蹭痒，冷杉林有风的高远声音，周围没有异样。一会儿，小狗熊又出来了，那个光滑的树蔸是它的玩具，孔不留歪呲着嘴在得意地笑。

小熊坐上树蔸，它发现屁股底下这蔸子咋有了一条大缝，里面还搁着块石头，于是好奇地去抠那块石头。孔不留卡得不是很紧，正好让小熊可以扳掉。小熊刚抠出那石头，裂口瞬间就弹拢了，小熊的睾丸夹在了树蔸里，登时血水迸溅，睾丸破了。小熊发出人一样的惨嗥，无法挣脱。

那小熊在树蔸上，四肢乱抓乱打，树皮乱飞，想把自己拉出来，这喊声却没见到母熊出来。这非常的好，悲惨的嚎叫声在山林里流淌着，回旋着，打到远方的山崖上又打回来。孔不留等不及了就往那儿奔去，拿着手上的开山刀就朝小熊头上拍去，小熊咕噜咕噜哀叫了几声，声音就变小了，呜呜地哭，整个身子也软了，头耷拉下来，孔不留扯出小熊就往山上跑。

叔叔也拉着我迅速往山上转移，以免老熊来报复我们。

晚上，我抱着渐渐苏醒的小熊继续赶路。我给小熊破碎的睾丸用草药敷上了，我不让孔不留动这个小熊，小熊在我的怀里，浑身抖动着，我拍它，让它平静喘息，伤口也会好受一点。它像一条小狗，就跟小狗一样可爱。

一阵霹雳般的爆炸声在野羊峡的三叠泡响起，我们走着走着，竟然不由自主地跳起来，身子悬空，又落到地上。小熊又哼哼唧唧地叫唤起来，空气中传来浓郁的硝烟气味，令人窒息。在爆炸中那一阵腾起的红色光亮和黄尘照彻四周突兀的山丘与黑魆魆的森林。枭和一些夜行蝙蝠在空中拍翅叫唤，声嘶力竭，整个群山笼罩在辛辣的气味中。那些荒野里千百年隐忍的声音被唤醒，天际线优雅的黑色开始碎裂，于是僵硬的山冈骚动起来，像喝多了酒。

一个夜行人迎面走来，他的背篓里一股药材味，手上是挖锄和饭盒。

“老兄，三叠泡在干什么啊？”

“反正不是炸鱼，你们不是去工地吗？”

“这么晚还放炮？”

“你们看见直升机了吗？要用城里的飞机来探宝，热闹着哩，人山人海……”

听说过三叠泡的山洞里有四川张献忠当年的藏宝洞，还有什么大土匪王大牙的藏宝洞。

叔叔麻古递给他一支烟，那个人说：“你们赶路可小心，当心飞来的石头砸破了头，前面有人砸伤了，是死是活还不知道啊。”

他还说，听说这次反正要将峡谷填了，在填之前，要用一千吨炸药炸几个洞找宝。

下起了雨，空气又潮又霉，山风呼啸，把大树拉扯得呜呜直响。树枝的阴影在惊慌中跳动，像有人用一万杆鞭子抽打着它们。

我们到达光柱乱射的地方，雨淋淋的黑夜深处，山顶上一片红光，又一阵黑暗。迷离的灯光中，是妖怪一样晃动的人影，他们穿着雨衣，不见面孔，一个个像河里钻出来的水鬼，那么多人聚集在这儿。

听到一个人说，三叠泡的水潭里，可是有水怪的。他们把水潭填平了，水怪到哪儿安家呢？

“是有水怪，水怪抓岸上的人哩，”孔不留说，“那一年我在这儿打金钗，看到潭中钻出一个怪物，长着鹅颈头，颈有几尺长，我还以为是条蟒蛇呢。可那东西在水中用两只脚噗噗地狂奔起来，像一条船，那个劲头，我当时吓得魂都不在身上，一直跑到山顶才回过头来看，看到潭中的怪物还在潭里来回奔跑，犁出几米高的浪，我吓得下巴脱臼了，到了山顶田爹的屋里，三个人用火钳卡住我的牙床，才将下巴合上去……”

“各位领导，各位工友，天音梁子机场的建设者们，我们芝麻开门大地遥感航拍探宝队，在这里告诉大家一个好消息，通过这几天的努力，我们发现了极有价值的信息，得到了宝贵的、可靠的资料……”

在工地大会上说话的是一个穿着航空服的男人，有军人气质，声音洪亮，两片阔大的嘴唇给人信任感，通过扩音器，他的声音震着人们的耳膜。他站着，用一根棍子指着一张画得像八卦的图说：

“我们的影像数据显示，这儿有异常的回声，有强大的反射波段……我们的直升机上装有最新款的XM—RA100000F超级地下金属探测仪，有目前国际上最先进的激光成像仪和伽马光谱测量仪、磁测仪、重力测量仪。特别是伽马光谱测量仪，能发现地底深达十公里的金矿。今天，我们可以负责任地告诉大家，我们找到了两个重要靶区，非常强烈，不是通常意义的剪切带、环形构造或线性构造，而是这种形状的……”

他用手比画。

“大家看明白了吗？是一个长方形的物件，仔细分辨又分成若干个大小一样的箱子状的东西……这肯定不是矿，是人为的。通过波段比值和主要成分分析，这个可疑点可能离我们要找的张献忠藏宝洞不远了，也许再努力一把，三百多年的谜底和传说就要揭开了！”

在他旁边的是当地的官员，直挺挺地站在那儿，脸上僵硬，淌着乳白色的汗。他故意让自己平静，显得有城府。他开始说话了。

“呃，呃，”他咳嗽了两声，清理喉咙，“感谢芝麻开门大地遥感航拍探宝队，给我们带来的振奋人心的消息，这是大好的正能量，我们要撸起袖子加油干，紧密配合他们提供的数据，吹响向野羊峡寻宝的号角，完成我们工段的工期，以便让道路畅通，让机场早日建成，让我们咕噜山区人民脱贫致富奔小康。有了钱，我们将优先发展教育、养老，发展基础建设，搞旅游小镇，机场一定会给我们咕噜山区带来翻天覆地的变化!”

轮到机场建设指挥部的领导说话了：

“我们的机场建设就是要引进机场加景区加旅游的综合开发项目建设的模式，让咕噜山区成为我国国民旅行的目的地，这里有独特的文化和风俗，因为有了机场，从北京、上海直达咕噜山区天音梁子机场，只要两个小时。我们咕噜山区是真正的中国的中心，从我们这个机场出发，到北京、上海、成都、广州，东南西北，都只要两个小时。我们的负氧离子每平方厘米达到十万个，是城市的一万倍，我们的水可以直饮，我们的蔬菜叫高山无公害蔬菜，我们的茶叶叫高山茶。咕噜山区，天生丽质，我们将配合当地政府把咕噜山区建设成中南地区最大的森林康养中心，在落豹河搞漂流，在这里表演我们的纤夫号子，我们这里的裸体纤夫是世界上独一无二的风景。我过去喜欢唱点民歌，对落豹河的纤夫号子略有认识，真是太好啦。这些号子比如有上滩号子、下滩号子，有悠号，有荡纤号子，有提缆号子、拖杠号子、唤风号子、出艄号子、推桡号子。裸体纤夫在落豹河两岸男男女女也见怪不怪了，这不是色情，这是文化，是非常非常独特的文化，我们正在与当地政府一起，争取将咕噜山区和裸体纤夫、纤夫号子申报世界自然和文化双遗产，让咕噜山区走向世界，拥抱未来！逐步实现农村生产、生活、生态‘三生同步’，一、二、三产业‘三产融合’，农业、文化、旅游‘三位一体’。这三个‘三’，是现代农村、农业、农民‘三农’的新生活新气象，而机场就是带动我们新生活的龙头和财神……”

“让山冈低头，河水让道！”“争分夺秒，与时间赛跑！保质保量，要咕噜献宝！……”

口号声惊天动地，响遏行云。

十

小熊在叫。它想母亲。我扒开树枝，就看见洞里藏起来的它。是岩壁的一个小山洞，要爬上很高的石头。我用绳子拴着它，它的伤口愈合了，但依然整天叫唤。

孔不留之所以把小熊给了我，是我用两包烟换来的。我将小熊藏在背篓深处，还是让人看到了，他们围观着说："看哪，沉香坡的猴娃养头狗熊。"

"不是熊，是狗。"我说。

小熊像狗，我坚持说它是狗。

"熊还认不出？卵蛋没了，你们阉了它啊？这可是保护动物，你们不怕坐牢呀？"

管我们的阮队长，刮瘦的中年男人，中午吃饭的时候把我叔叔叫去，说有个领导来找我们了，事情麻烦了。叔叔去后，阮队长介绍那人说："这是指挥部九助理。"

九助理开门见山地说："听说你们弄了只小狗熊养，不知道是保护动物吗？"

"没有狗熊。这不是狗熊，是狗。"叔叔给他说。

"狗熊狗熊，三分是狗，七分是熊。你说是狗，还是狗熊？"他打开手机，翻出有人拍下的照片给麻古看。麻古哑口了，心想，是哪个不得好死的打小报告啊？打小报告的小人不得好死，全家死光。

"不是的，有人要杀了吃它，我侄子才保住了这小熊的性命。"叔叔对他说。

这人拍打他的手机，“反正证据都在这里，你们快交公吧，放在哪里了？”

“放在哪里也不占你的眼呢，也不找你讨吃的，你管那么多做啥哩？”

那个人说：“熊可是国家一级保护动物，根据我国《野生动物保护法》第二十三条规定，违反野生动物保护法规，未取得驯养繁殖许可证驯养保护野生动物的，要没收野生动物，并处三千元罚款，你们说你们怎么办？是认罚还是交了？”

“要罚就罚，反正我没见着。”叔叔说。

“好吧好吧！”那个人说。他走了。

叔叔在山上找到我，说：“他们要罚三千哩，你还是把它放了。”

我摇头，不让。

刮瘦队长找到孔不留，说：“听说是你在森林里捉的熊？”

“不是啊！”孔不留喊冤。

“还听说是你把熊卵蛋夹破的？”

“活天的冤枉，六月雪哩！”

“你还剁了一只豹尾，麻古是豹皮，对吧？你们胆子真大呀，你们是不是不想交出来？我今天管的是狗熊，让森林公安来收拾你们！”他大声吼着，头发乱成一团，刮瘦的脸像个在锅里煮的骷髅，“你有什么权力夹破一只狗熊的卵子？你他娘比野兽还残忍，你知道你这条命值一颗熊卵子的钱吗？告诉你吧，你们不交出小熊，扣你们一个月的工钱！”

他张牙舞爪发怒，这时，从爆炸工地飞过来几块石头，打着了一棵树，刮瘦队长吓得抱头鼠窜。

手拿炸药包的工人赤身裸体，一个人站在三叠泡深潭边的大石头上喊："把东西拿过来！"

翻着白水的三叠泡岸边站满了头戴安全帽的人，黄色、红色、白色的安全帽在那儿穿梭，就像成群的大金龟子在那儿堆叠爬动。一个头上系着草绳的老头蹲在一块水面突出的礁石上，扶着一棵剥皮松，在那儿点燃了黄表纸。老头的面色跟黄表纸一样，焦黄焦黄，像涂了一层姜汁，又像从棺材里拖出来的一样，向水里滴着朱砂，口中念念有词。一个人跳着脚拿着手提喇叭对众人喊："炸药可不能碰到烟头，你们这些家伙们，等着看黑龙精怎么抓住你们！……"

黑龙精、鹅头蛇精、恐龙精、大癞蛤蟆精，都在三叠泡一个又一个深潭中，无数的人在这儿见过鹅头蛇精在水面疾走，无数的人见过黑龙精在变天时游向云端，无数的采药人在这儿看到一个十头牛大的大癞蛤蟆精，从水中伸出毛茸茸的大手，抓崖上行走的人。你若用石头砸它，它就会从嘴中喷出黏糊糊的烟雾，突然头上雷鸣电闪，拳头大的冰雹朝你砸下来，砸得你满头是包，而离你五尺开外的地方依然阳光普照。

这些山精水精都是月亮山精变化而来，这里住着咕噜山区最多的精怪。黄脸法师堆了两米高的黄表纸和一斤朱砂，还不知能不能镇住邪魔呢？炸药会不会炸到自己的手脚？水中探宝的人们能不能被绳子从洞中拽出？山会不会垮塌？崖上打钢钎的会不会断掉绳子掉下来摔死？……

在老法师念念有词、黄表纸黑灰满天飞的时候，三叠泡的水里突然跳出来许多大白鱼，又扎进潭中。鱼可是我们工地农民要吃的，现在我们工地上的蔬菜和鱼肉都很紧张，不能把鱼填进石堆里，想把潭里的水怪炸个五马分尸，而不把鱼炸成肉末，大伙现在有没有什么好办法？

喊话的手提着喇叭，于是献计的人跃跃欲试，纷纷挤到他的身边。有说用巴豆磨浆倒进潭里，有说马上去摘野桃树叶捣成浆掺沙子倒进潭里，有说干脆到镇上去买百草枯、鱼死净，月亮山精一样毒得死，多大的癞蛤蟆不死呀！毒死的鱼不吃肚肠就可以了。

“水下岩洞里的黑龙精、鹅头蛇精毒不死的，成精了就毒不死！”有人笃定地说。

我知道这根本不需要什么农药、炸药，只要割二十捆醉鱼草来，就可以将里面的鱼和山精醉倒，让它们全漂起来，就可以捉到它们了。但我说不利索，我知道醉鱼草那个东西，却表达不好。在这样的时候，我的声音微弱，没人听，只当放屁。何况我不是一个正常人，他们会取笑我，会说一个猴子怎么有正常思维还能帮政府出点子？但我想告诉他们这就是最好的办法。

献计献策的人吵吵嚷嚷，分成两派，层层叠叠地舌战，根本听不清楚。后来不知怎么打了起来，拳脚相加，有的打落水里，有的砸破脑袋，去劝架的最后也加入了斗殴的行列。

我在心里大声对他们喊：不吵了，你们这些自以为聪明的家伙，只要二十捆醉鱼草就行啦！

打着赤脚穿着短裤的人往水里放导火索，有人用油纸包炸药和雷管。有人站在推土机顶上看热闹，抽着烟乱笑。有的趁乱找到女人扯她们的衣裳摸她们的屁股，女人痛骂着追打无聊男人。推土机冒出一阵阵柴油浓烟，淹没了斗殴的人，他们捂着鼻子咳嗽。现场指挥的人用手提喇叭拼命地嘶喊，拿着树枝抽打那些斗殴者，但那些人已经杀红了眼，根本停不下来。

“砰砰砰砰砰……”这时从水里蹿出来一丈多高的水柱，把那些打架的人惊得跳起来，水中出现了巨大的霓虹，从山的这边挂到山的那边。人们以为是水底的黑龙精、恐龙精、癞蛤蟆精、鹅头蛇精蹿出来了，一个个作鸟兽散，向崖上跳去。

是第一炮的“深水炸”响啦！这太激动人心了。叔叔将我拖着就跑。我跟随逃跑的人流爬到一处石头后面，看到黄烟散后的潭里浮出一层白花花的死鱼。

接着，连环炸开始了，巨大的爆炸将潭边岩上大大小小的石块崩进水中，就像无数大人小人巨人纷纷往水里跳。

这时有许多人出现在潭边的岩石上，将炸松的石头撬进水里。一个人没踩稳，与他撬动的石头一起嗖地掉了下去，他像一个四仰八叉的大岩蛙，重重地落入潭中。我看到那个人在空中翻滚时眼睛朝我看了一下，他完全没有明白他的性命会在一瞬间完结。他的意识是：这种在悬崖上的倒栽葱是一个新的体验。他倒着，在飞跃的瞬间看到的世界是倾斜的，那么多人像是蚂蚁或者野兽。他落下去了，就不存在了。没有恐惧，只有下坠的失重感。穿过烟尘滚滚的空气，刺破风，在水中跌实、重击，然后麻木、沉水。接着水上泛出通红的一片。松鸦、大嘴乌鸦、饿雀子、鬼瞪哥、鹞鹰和鹊鸲，不知从哪里俯冲下来，哇哇乱叫，寻找血腥。它们吸着水面上漂浮的人血，嘴里叼着炸死的鱼。

烧黄表纸和撒朱砂的老法师完全失灵了，他不仅得不到报酬，还把工地指挥部激怒了，以乱搞封建迷信活动的名义被驱逐出去。

用围网捞上来的那个死人，身上有巨大的牙齿印，装进棺材的时候，从那牙齿印里拉出一条长长的青绿色水草，让新闻中心的人非常郁闷。他们已经草拟好了准备发给国内各大网站和各个电视台、报社的爆炸性新闻通稿：灭绝于六千五百万年前白垩纪的恐龙，在咕噜山区一个叫三叠泡的地方被发现，这将震惊世界……

十一

小熊虽然没有了睾丸，但伤好后恢复了活泼，依然很贪玩，整天在山洞里呜呜叫唤。它把洞里我给它弄来的茅草和树枝都扯碎了，把洞壁扒出条条槽迹。我把省下来的饭菜给它吃，给它摘了野果，端阳蔸、四月籽、马桑果、糖瘌儿。糖瘌儿有刺，但它会剥。四月籽比蜂蜜还甜，“三月娄籽四月籽，我吃娄籽你吃屎……”我唱着这样的歌，小熊吃着。我还掰箭竹笋给它吃，但只能中午休息的一会我到山沟里去寻，山沟也挖得面目全非，很不安全。

小熊跟小狗一样，睡觉时我搂着它，它柔软的黑毛，我柔软的红毛，我们依偎在一起，非常温暖，可以抵御山里夜晚降临的寒气。它会在高兴的时候用舌头舔我的手和手臂，跟家里的那条西狗一样。它的舌头带刺儿，它自己也舔它的两个前掌，吧嗒吧嗒舔得很香，就像吃什么山珍海味。人家叫它狗熊是有道理的，它就是一条狗，很像狗。也就是一只阉狗，狗为啥我不能养呢？我弄不明白。

但它并不喜欢跟我交往，它吃饱以后就会呼呼大睡，有时睁着猩红的小眼睛，望着头顶上的石头。它会在石缝里掏什么，它总是走来走去，拉扯自己的耳朵，甚至把耳朵拉出血。它舔自己的手，一直把自己舔臭。加上它到处拉屎拉尿，狭小的山洞里散发出一股挥之不去的恶臭。我每次都要给它清理，然后我们就睡到旁边的一个小洞里，用石头堵住洞口。

熊舔手掌，听说它的掌子有很高的营养，熊在冬天几个月不吃不喝，就靠舔自己的掌子生存，舔一下熊掌可以三天不吃东西，这也是熊掌被视为山珍的原因。

但它会在半夜睡很沉时叫唤，抓自己，抓嘴唇，抓得血淋淋的。它会站起来，露出胸前白色的月牙。据说这月牙的白毛印，是老天爷专供猎人瞄准的，猎人瞅见狗熊站起来，露出胸前的白月牙，瞄准后一枪致命，正在心脏处。

小熊睡觉常常是蜷在角落里，拉着系住它脖子的那根绳子，半夜睡梦中抽搐，发出小娃一样委屈的呜呜声，会摸自己的裆里，大概是睾丸的痛感苏醒了，这种恐惧将跟随它一生。“可不是我啊。”我说。

工友们不知道我在哪儿睡觉，我不在树上，我住山洞里。这是我找到的一个洞，爬上去有四五米高。洞口有几棵蜈蚣刺，有火棘，有三叶木樋的藤子遮着。

我从洞里出来，听见洞顶上一棵漆树在动，我以为是一只羊子，或是麂子。等没了声音，我就走出去。但是有东西在石头背后，有声响弄着树枝。

我捡起一块不大不小的石头甩过去，听到一声“呀”，砸中了一个人。我看见那人跳起来，把草丛弄得噗噗响，嘴里发出公鸡的叫声。那人呼呼地笑着，像一个野人，头发长成了野鸡窝，脑门像个狭窄的鼠夹，歪着肩膀。孔不留成这副模样了，我摆脱不了他，他找过我几次要我给点钱，他说小熊是他抓的，他献给政府不会只得两包烟，至少奖励一千块应该有吧。他想敲诈我，可我没有钱，但我喜欢小熊。

“解手。”我说。

“你砸我干什么？”

“你干什么？”

“不是想顺便抓几只蝙蝠改善伙食吗？口里麻苦，没得味。”

此刻我最希望小熊不要叫，让他发现。不过洞口我用石头堵得严严实实，就算小熊叫，也听不出来是在哪个具体的地方。

“你以为谁不知道你藏的那个小熊？你做得高妙？只是大家觉得你是只猴子，不与你一般见识，天天晚上像鬼一样叫唤，别人没长耳朵？工地伙食这么差，天天吃苞谷糁子，不是我拉住大伙，早将狗熊杀了打了牙祭。如果你不给我点钱，我们这样，要不，咱俩把它杀了，在这里悄悄搞个炖锅，肯定吃得爽。”

我看着他掏出开山刀，在石头上荡了两下。我想将他引开，我使劲往岩下跳去。

“你可别摔死了，你摔得咋样，猴娃？”

我没事，我攀着树干，我跳的时候抓着了一根树枝，落到地上。

“你这呆猴，你不杀熊，会有大事！告诉你吧，母熊来了。昨晚我听见叫了，估计是来寻小熊的，你可得当心啦！……”

三叠泡探索水下洞穴的潜水员，有一个卡在了石缝里没能拉出来，寻找张献忠和王大牙宝藏的事儿停在那里，三叠泡用了五吨炸药炸翻了，什么也没见到。没有黑龙精、鹅颈蛇精，没有十头牛大的癞蛤蟆精，没有什么恐龙精，人们的目标又扑向清风寨悬崖边的“大臭洞”。芝麻开门大地遥感航拍探宝队，声称在大臭洞里发现了异常信号，他们认为，这个大臭洞是当年张献忠布下的障子，不是什么传说的死人洞。一说是张献忠作孽洗劫了咕噜山区，当地有两百多村民藏到山洞，张献忠命令将洞口堵住，留下小口用数百斤干辣椒点火烟熏，两百多村民活活熏死洞中。还有一个传说是大土匪王大牙盘踞在清风寨，常下山抢劫村民财物，奸淫妇女，无恶不作。山民恨死他们，于是在洞中设宴将数百土匪灌醉，然后用石头堵住洞口，点着干柴猛熏，土匪无一幸免，导致此洞百年来臭气熏天，常闻洞内阴魂夜号，此起彼伏，从没间断。

咋爬上去往清风寨大臭洞挂炸药？没一个人敢干。价开到每送一篮炸药一百元的价码，钱就放在大石头上。许多人被这百元大钞折磨得大汗滚滚，包括我叔叔麻古。

有一个人去试了一下，带着炸药，还是从悬崖上滚了下来，好在有大树挡住了他，保了一条命。

“玃娃，只有你才能攀登上去，你去试一下。”叔叔怂恿我说。

我只是在一旁看着，那些人望着被挂在树丫上的那个人，不怀好意地嘲笑他。“你他妈命大呀，钱拿到没？”“就是冥钱，拿不到的，拿得到，队长不亲自上去了么？”

那个卡在树上的人上不能上，下不能下，像哭一样大喊。

一个人拉我背后的毛，我回过头一看，是孔不留，他又拉了我叔叔的衣服，低声说：“这钱是猴娃赚的，还不行动，让人抢趟了！这点高的山不是小意思么？猴娃，你把大臭洞炸开，到时分给我一点啊。”

这两天我与叔叔一起抬石头，我的肩膀都磨破了，四肢疼痛。我正想去试试，叔叔却对孔不留说：“你去正好，摔死了拆迁指挥部最高兴，省得你那破房子开高价。”

孔不留的眼珠子骨碌碌乱转，“你他妈不吉利，老子就想去咋的？猴娃，我们一起上。”

他没让我同意就向领导喊起来：“猴娃上，猴娃上！”

本来我没想让大家知道我是猴娃，祖父还是坚持让我穿上了衣裳，戴着狗钻洞帽子，只留了一张嘴一双眼睛在外头。孔不留大喊时故意将我的狗钻洞帽子摘了，让他们看我满脸满头红毛。我突然被许多人发现了。

“猴娃啊，沉香坡的猴娃，像个金丝猴啊！”

“还有这样的人？”

“听说是他妈与红毛野人生的……”

“好好，看猴娃上崖！让他去，让他去！”

那些人起哄似的怂恿我，让我去送死。我忍着泪往人的腿缝里钻，往外跑。我跑啊跑，一直跑到小熊的洞口，惊魂未定，我哭了起来，喊娘，喊爹，喊老泉我祖父。

小熊见了我，会呜呜呜地过来亲我，它与我有了感情。我抱着小熊，看清风寨悬崖上真的又有人爬上去了。

重赏之下必有勇夫。有几个人用吊绳荡到放炸药的洞口，那个洞口的石头比清风寨的寨堡还要坚固。过去有一条小路，后来被人挖断了。

轰隆隆的炮声响起。

他们炸了三次。

第一声，几块大石头震落下来，砸进三叠泡。

第二声，一堆石头落下，像天女散花，冲向四面八方。石块落入水潭，溅起的水花再一次冲到天上，硝烟黄尘填满了整个峡谷，一些老鸹被熏得掉下来。

第三声，终于将大臭洞炸开了。一股刺鼻的陈尸气味如飓风向洞外喷射而来，像一万发炮弹，那些暗绿色的气体，浓稠得像猪圈里的粪水，它扑向树，树立马变成绿色。扑向崖，崖立马成了绿色。扑向人，人绿了。站在崖下的民工们，一个个绿油油的，被熏倒在地上，变成了绿皮蛙。

没有熏倒的人脸上挂满了黏稠的绿汗，作鸟兽散。绿色的烟雾遮天蔽日。

我听见嗡嗡的声音，比十架直升机的声音还大，从山头飞掠而来，无数的黑老鸹和鹰子先于那些举着旗帜的人往洞里冲，连叫声也是绿阴阴的。洞敞着巨口。

呼啸的食腐鸟们穿梭在悬崖上，变成了绿鸟。

二十名绿皮男人和二十名绿皮女人组成了探宝突击队，在芝麻开门大地遥感航拍探宝队的指引下和施工队长的率领下，呼喊着冲入黑魆魆的洞里。

叔叔麻古也报名参加了突击队，尽管他动作笨拙，但也成功地与一群绿老鸹争挤着进入了洞里，他是个有心人，缝了个暗荷包，如果在里面发现金子，他可以私藏几坨。

“寻找宝藏，咕噜富强！掘地三尺，家家小康！”

叔叔在洞里被熏得睁不开眼睛，浑浊的臭味中有着几百年辣椒的气味，还有那臭气熏天的死尸味。老鸹们掠过人的头顶像黑箭飞驰，苍蝇黑压压地发出巨大的轰鸣，脖子里滴进的臭水像锚一样抓住他，尸臭弥漫成百年的苔藓，布满了犬牙交错的钟乳石。电筒光里，层层叠叠的骷髅和骨架，或坐或倚，或站或卧，无数空洞的圆溜溜的眼窝，像一个个白蚁巢穴。无数镂空的骨架像竹鼠掏出的土洞，遇到外面进来的空气，发出坍塌炸裂的嘭嘭声，就像炒豆子，就像是死人的灵魂，终于在射进来的天光下，从尸骨上撕扯下来，欢快离去。于是三魂六魄魂飞魄散的景象在绿色的妖雾中来往穿梭，死者的灵魂摇摇晃晃惊慌逃窜。人们与死者的骨架、死者的阴魂拥挤在一起。

叔叔捡到了两块铜板，他还可以捡一些，但因为洞内湿滑，在郁闷的空气里碰撞，有的摔倒了，男人去拉女人，又摔在一起。有的男人就不老实了，他们放弃了寻找金子，摸住了女人的身子，以为是块大金坨。叔叔也顺势摸着了一个女队员，抓住了她的乳房。女队员因为害怕这洞中的骇人气氛，也想抓住个男人，嘻嘻哈哈，并不喊叫躲避，人总比鬼好。男人用绿英英的手抓到绿英英的乳房，在骨架上滚来滚去。叔叔摸到了一个肥硕的乳房，他很想亲吻一个女人，他好久没有与女人亲热了。但他的嘴太臭，被女人一巴掌打过来，并粗暴地推开。他以为是鬼打的，但女人的乳房逃不脱，被他紧紧地攥在手里，手感很滑顺，就像在草窝里逮到两只兔崽子的感觉。有的手气很差，到处跑动，像是寻找金子，实则找女人，他们在尸骨堆乱摸，有的摸到了一个干瘪的心脏，有的大喊“放开我”——他被一个死人的手紧紧拽住了，事后想也许是死尸边的武器吧。

“放开我！放开我！哈哈哈……”

空间低垂，有的脑袋被倒吊的钟乳撞破了，有的被骨架卡住了喉咙。有一个突击队员乱摸，抓到了一个胖子的乳房，这胖子虽然是男人，因为爱吃肥肉，把猪身上的肉转化到了自己身上，特别是胸脯，但被人抓了胸，大叫“恶心！恶心”。

几个人挤进了洞深处的水潭，里面的水像是酱汤，水里是横七竖八的骨架，有的骨头斜插在淤泥里。一对男女按捺不住在泥上宽衣解带。电筒照见那个男人布满湿疹的绿色屁股和女人绿得像苔藓的阴阜，大张着腿，电光扫到她的下身像是一口长满苍苔的古井。

叔叔麻古恨不得要趁这美妙的混乱结束他十年的鳏夫生活，他在洞里十分兴奋，多巴胺迅速上涨，双手颤抖。女人的身体真是太有味道了，女人身体的温热、腻滑、肉感是他生命中最需要补偿的东西，这种奇怪的刺激和体验让他尝到了人之所以为人，是他另一种渴望已久的生命，这两种生命合体才是完整的，最好是像刚才这对狗男女……金山银山，不如女人的乳山。千鬼万魂他也不怕了，女人的身子像开水一样烫着他在地狱里冰凉的身子和心脏，女人的手、肘子、锁骨、脸、耳朵、头发、脚踝、肋骨，精瘦的女人的小胸，阴阜的骨头、腰肢，柔软的腰肢和沉甸甸的屁股……他可以任意蹂躏啦，因为——有十多个女突击队员，被里面的古尸气味熏昏过去。

十二

老熊在夜空里叫。在山里的夜空里叫。

群山像煤堆，放在墨绿色的天空下，宛如黑色的浊浪，向远处翻腾。一轮月亮像一只干葫芦吊在空中，在风中晃动。一只豹猫在树上惊慌行走。

狂风吹过山谷，松鼠像泥石流从林子里滚过。这是头母熊，它在呼唤它的孩子。它隐忍着，有时沉默很久，仿佛忘记了，过一会又想起了，它的孩子丢失了。那声音异常凄惨。

熊的吼叫让夜晚笼罩着深厚旷远的悲哀。

这头母熊是顺着气味找到了狉猢岭，吼声中有乞求也有愤怒，它在向人类讨要自己的孩子。那天晚上我感到小熊的躁动，它很恋我，在我的怀里挨挨擦擦，我抱着它刚睡下，它就挣开我，去刨洞口的石头，嘴里发出呜呜啊啊的声音。我觉得它有点怪，但我在给小熊缠绳子时感到它有些发怒，爪子往我身上狠抓。它拉扯它脖子上的绳子，晚上睡觉我是不拴它的，它还太小。刚开始它不吃不喝，也许是因为裆里疼痛，后来对我熟悉了，把我当作了它的母亲。但是这天它闻到了它真正的母亲的气味，从声音中“闻”出来的。熊的视力很差，被称为熊瞎子，但它们的鼻子很灵，能闻风十里。那个小小的红鼻子不停地翕动。它肯定想起了它的母亲，那个声音把它对母亲的思念给唤醒了。

我把它的嘴捂住，它想咬我，我必须捂住。它摆头。我找了绳子，将它的嘴捆起来，不让它叫唤，发出声音。它哭了，它的哭泣是从肚腹里发出的，整个肚腹都在鼓动发怒。我让它仰着，给它的小肚子上压了一块石头，不让它动弹。它挣扎得更厉害。

母熊的叫声漫过山野，忧伤而固执。

如果孩子不在了，它的叫声就是控诉，折磨着整个咕噜山区人的梦。整整一夜，工地上的人都听到了，母熊在工棚周围游弋，叫着，像黄昏唤孩子回家的村妇。

大家知道，熊来了。

工人们都不敢起来拉尿，早上起床，一个个被尿憋得鼻青脸肿的人要找叔叔麻古。我被叔叔抓到工棚前，看着那些恨恨的目光，那些人说：

“猴娃，你的小熊呢？你莫非想让老熊把我们全吃掉吗？”

“这红毛猴头玩大了，不晓人世哩，熊可不是闹着玩的。”

那个什么九助理又来了，叫九峰子，大家说他就是个酒疯子，爱小酒，九助理的酒脸两腮，像两个巨大的红斑狼疮，鼻子粗看就像挂着个新疆大枣，大热天戴一双手套。他给叔叔麻古说过几次，叔叔给我说，把小熊送给九助理算了，他是代表政府的，不然要罚款，还要坐牢。

“如果你养小熊引来了母熊，母熊咬死了人，你不仅要坐牢，还得枪毙。”九助理吓唬我说，还用戴手套的手给我做了一个扣扳机的动作。

孔不留说：“领导呀，这可不关我的事了。猴娃，你还是认了吧？把熊交出来。要么交公，要么扔给老熊。”

“它要吃你。”我对孔不留说。

我看孔不留脸肿得很厉害，他可能一个晚上也没睡觉。他在盘算老熊来了，果真要报复，会不会找他，冤有头债有主，小熊的睾丸是他夹破的。

“你、你别吓我，小熊又没在我手里。看老熊今后吃谁吧。猴娃，你把那个小熊藏哪儿，以为咱们不知道？快把它宰了咱们打个牙祭，让老熊死了这个心。”

孔不留的这个提议，工地的许多人都表示同意，准备去找藏身的小熊。这时叔叔拦住大伙说：

“别这样，我侄子是个可怜人，他只是喜欢小狗熊，当狗养的，也没碍大伙什么事。他一个半语子猴娃，没人跟他玩，让小熊陪伴他，大家就可怜可怜他吧。这娃儿无父无母，一个孤儿，天底下还有谁比他更遭孽的么？说不定这来的老熊是另外的老熊哩，我们捉小熊的时候根本就没有母熊。这小熊也就是一个孤儿，孤儿跟孤儿一起相依为命，各位乡亲不可以放了他们吗？”

他这一席话，让所有的人一时无语。

他又说：“的确我们捉小熊时是没见过母熊。”他问孔不留，让他作证，“你见到过母熊吗？有母熊，你敢下手把小熊抱走吗？”

炊事员黄二棍等九助理走了，凑到这边小声说：“九助理九峰子就是个酒疯子，诓假话，他不是去交公的，给我说他是身体不好，年轻时手淫过度，酒瘾又大，不能满足老婆，家庭面临崩溃。听说熊肉能治这个病，还有熊掌，想弄这只小熊治病。”

但是我看这个九助理，打得死老虎的样子，不像肾虚，肾虚我有草药治他。熊不能给，熊也没这么大的药力，这小熊只是一条小狗，不能给那些邪乎的人吃掉。这狗熊，比狗好玩，咱家的西狗，因为老了，几乎不能称之为狗。这西狗整天卧在门口晒太阳，加上咬汽车轮胎掉了满口牙齿，消化功能更差，更加老态龙钟。

听黄二棍一说，我叔叔就急了，“是你把老熊引来的？”

黄二棍说：“老熊我能引来？说浑话！老熊来也不是什么坏事，咱们用小熊引来怕它咋地？大家准备好棍棒，正好打死它。老熊，小熊，一起宰了加个大餐嘛。”

“是呀，是呀。”

“只是老熊不好对付，护子的老熊最暴躁，弄不好小命都搭上了。”

“这么多人害怕一头熊吗？总得有办法，挖陷阱，下套子都行。到口的熊肉咱们不吃吗？它要吃你，你不吃它？咱百姓的命再怎么贱，总比狗熊值钱吧？”

“听说吃了熊肉，浑身的肉都会炸开？”

“那是屁话，怎么可能呢？但是据说吃了熊肉，躁性，鸡鸡翘起来很难受，一连几天都是翘嘣嘣的……”

“哈哈，那才好，那才好啊！”那些人笑着说。

晚上大风。猀猢岭是大风的世界。接着下起了大雨。有的人以为是落叶，像暴雨，砸在工棚上，出去一看，果然是暴雨。

我给小熊喂了最后的两只蝉，这是我在林子里捉的。我擦净它的口涎，我在心里说，小熊，去见你的妈妈吧。小熊远远地打量着我，蒙蒙眬眬的，好像知道要把它放了，好像有点兴奋，用舌头舔我，用头蹭我的胸前，用脚趾抓我脸上的毛。两只前掌软绵绵的，好像要跪下，两个耳朵耷拉着，黑色的鼻子不停翕动。

但小熊好像又有什么别的感觉，兴奋中焦躁不安地扭动，我要趁那些人到来时，提前将它放了。我正准备往外走，一个人爬了上来，在洞口滑呀滑呀，顺着山沟而来，他一身黑衣，身上瓦亮瓦亮，好像个死尸趴在泥里，蹬着脚下的树叶，稀里哗啦响。我往下一看，这人头发乱糟糟的，是叔叔麻古。

“玃啊，你要到哪里去？”

他见我抱着小熊，指着山沟，问我:“放了?”

我点点头。

“怎么放?”

这时，老熊的叫声出现了，像号丧。不过熊的叫声也很像受伤的狗，尾音拖得很长，但很浑浊，不及狗的尖锐悠扬。熊的叫声像它们自己，有点笨拙，但很瘆人。有一句话是虎行似病，熊直起来像体态臃肿的晚期糖尿病老人。但熊的奔跑速度却惊人，你若惹它，它就像闪电一样扑向你，扒下你的脸皮和下巴。我们村有两个老人，年轻时被熊扒了下巴，关不住嘴，涎一直往外流，胸前的衣裳全都沤烂了。

叔叔察觉我要放小熊，就向沟下大喊:“他要放了，他真的要放了!”

沟底下还有三四个人，都在雨里，他们是想爬上来的。叔叔告诉他们后，一巴掌朝叫唤的小熊拍过去，对我说:“让它叫，你远远地丢了，老熊护小熊，它不会追你。你可得当心点，万一倒点什么霉，你爷爷可饶不了我……狗日的孔不留，可害死咱们了。但愿孔子沟早日成为垃圾场，把这狗日的撵走，让他无家可归……”

就像一辆车翻下山坡，老熊的叫声带着机械事故的噪声，从猞猁岭的森林里漫延过来。我抱着小熊往沟里走，摔在了泥水里，淋雨的小熊不安地哼叫，我拍打着它，把它紧紧搂在怀里，感觉它活不过来了。叔叔拿着刀不停地砍前面的树枝，整个山沟和森林都是流水的声音，大树因为经受着冲刷，叶子呜咽，沙沙作响。

小熊越来越不安，叫声更加急促，想挣脱我的手下地去，因为老熊的声音越来越近。

“放，放，玃!放下让它走!”叔叔从我怀里夺过小熊，猛地往远处扔去。那里有块石头，它撞在石头上，呜呜啊啊，像被痛击了一样。我看到叔叔拿刀的手在抖，全身都在抖，眼睛和鼻子也在抖。他要跑了。

“这个无卵的家伙，你跑不动啊！”

小熊僵硬的身体不协调，嘴里嘟囔，好像在说着什么，它快疯了，因为兴奋不安而疯。它这个样子，它的母亲还能认它吗？我看到叔叔在寂静中的抽筋和喘气，他是大腿抽筋，行走显得痛苦。我还看到了那几个跟随而来的人影。

小熊被扔到很远，它先是弹跳了一下，有些胆怯于泥水横肆，草和石子被它扒拉得乱响，好像一条狗发现了老鼠，蹒跚走了几步，突然就小跑起来。

大家看不到那头老熊，林子昏暝，雨中的天光反射着树的影子，把它们抻长。四野天昏地暗。老熊浑浊的声音像是从地底深处囚禁的声音，它一定是嗅到了小熊的气味，也听到小熊的呻唤。那个暗幽幽的影子好像出现了，前面移动的影子体积在变化，不仅仅是风摇撼树木。

小熊向老熊慢慢跑去，经过了痛苦的折磨，它依然认识自己的母亲。

这时候，前面的林子突然出现了一道耀眼的光，像着了火一般。一声嘣啪的炸裂声，火光越来越大，煌煌闪烁，林子一片通明。火焰冲腾而出，一股肉体毛发烧焦的怪味向这边吹来。老熊嚎叫着，它触电了。

我看见有两头老熊正在空中奔跑，随着那电弧腾起的光芒，老熊们浮动着四肢，宛如在水里划拉着，在雨雾中飞翔。

熊的魂魄飞走了。

小熊愣在那里，一动不动。它显然被惊吓了，它看到它的母亲在火里扑腾、抽搐，倒地又爬起来，拍打着呼呼啦啦的泥水和火焰。

有几个人从黑暗的缝隙里钻出，大声喊叫着，手上挥舞着镐头和砍刀，有的拿着木棒，有十好几个人。

我不顾一切地跑去，要抓住小熊。原来它们让我放小熊是假的，是要用小熊当诱子，引诱母熊过来，进入他们早布好的电网。

那伙人一个个浑身泥糊嚣天，像裹满了牛屎，又像是用茅草扎的人。叔叔没能摁住在地上打滚扑腾的小熊，我却冲上去猛地抓住它，用身子压住了它。

电筒光里，孔不留坐在那头死去的母熊背上，高声嚷着：

“它早就死啦，你们这些搐包，干吗吓成这样？得啦，看它身上的毛好扎人，至少有三百斤来着……”

那些泥巴人围过去，七嘴八舌地说：“是这个家伙，是这个家伙，它要吃什么？这下它吃不了咱们啦，咱们来吃它，人多力量大呀！”

“真死了？小心还有大熊！”

“熊是独心独肝的，不会有第二头熊。没听说公熊跟在母熊后头，只有人才会这么贱，哈哈！……”

小熊好像昏厥过去，并且四肢踢蹬。有人给它吃血淌淌的心肺——那是它母亲的心肺。小熊被冰凉黏滑的肉腥味浸醒，吃它母亲的下水，边吃边呜呜地哭。刚开始它也许不是吃，叼在嘴里不放，好像拉着母亲。

它吃着母亲的心肺，又跑过去看着那些肢解它母亲的人和被肢解的母亲。它用掌子去扒拉老熊的毛，像小时候寻找奶头一样，扒拉老熊烧焦了的嘴和流血的牙齿、胸前白色的月牙图案。后来找到老熊的奶头，它衔着烧得黑煳的奶头，像人一样抽泣。

小熊吸着奶，咋突然变了性子呢？这时人们看着它变成了一只专掏大兽眼珠子的香鼬。香鼬晚上行动，最爱吃老虎豹子的眼珠子。咕噜山区一些瞎了眼的大兽，都是香鼬下的毒手。小熊变成了香鼬，露出尖尖的牙齿，去抓老熊的眼睛，爪子突然铿亮如刀。它掏出了眼珠，闻了闻，放进嘴里，嚼得嘴边黑水四溢，它吞进去了。它噎着喉咙。它眼神不好使，吃了母亲的眼珠子，以后它在夜里就看得见东西了。

我抱着小熊回到了工棚，叔叔说他们都感谢我用小熊诱出了老熊，他们喝酒，他们吃熊肉。但是吃着吃着嘴唇就慢慢地干枯，他们唱歌，他们呕吐，他们敲碗，拍肚子。

我到厨房的工棚里去喝茶，看到了剥光的四只熊掌，就像砍断的人的双脚搁在案板上，白净净的，五个趾头、趾甲，就跟人一样。黑一点宽一点，粗看就是一个人的手脚。

一对熊掌，叔叔说什么得要下，“我和我侄子两个人冒着生命危险去引老熊，分两个掌子不是应该的吗？”

黄二棍霸着那四只熊掌要下锅，他笑着说：“大家都知道，这什么狗卵的熊掌是熊冬眠时舔过的，煮不烂，要煮几天几夜不熄火，你到哪儿煮去？不就是想卖到镇上赚大钱吗？这是大家的，大伙尝尝鲜嘛。”

吃过母亲眼珠子的小熊眼睛明亮多了，东张西望。在我们和炊事员黄二棍吵架的时候，它好像明白了我们在争什么，它盯着那四个母亲的掌子，我不让它看，把它的头埋在我怀里。但它就是不离开，直愣愣地往熊掌看。叔叔不让黄二棍下锅，叔叔是想他费了这么大的力引熊，总得拿点熊身上的回去孝敬父母。

九助理吃过熊肉后满脸通红，眼珠子肿得像桃子，不停地打着饱嗝。他闻声进来问明情况，从嘴里抽出一根牙签对叔叔说：“知道这是保护动物吗？不允许独自占有，大家一起捕猎害兽，就到此为止了，谁都不能说。”

他因为多吃了熊肉心口痛，从口袋里掏出个小瓶子，倒出些小黑药丸丢进口里，用戴手套的手拿起两只足有七八斤重的熊掌。“这熊掌没收了，上交。”他左右手各拿一只熊掌就走了，我们还没反应过来。

后来叔叔和黄二棍是怎么打起来的，没人知道。好像是叔叔骂了一句又不小心踢倒了塑料壶里装的苞谷酒。黄二棍小气鬼，别人喝不到他一滴酒的，平时一口酒分两口吞，这可是他的琼浆玉液，于是抓住了叔叔的领口。地下是熊的血，黄二棍要叔叔把酒舔干净，并且赔偿他两斤苞谷酒。叔叔不敢得罪，只好趴下去，像狗一样舔地上的酒。站在旁边的黄二棍又开了裤裆，那个裢裤里面稀稀拉拉的睾丸，一把就被我叔叔薅到了。黄二棍叫唤，像小熊夹住睾丸一样的叫声，尖锐、稚嫩。也许这疼痛很特别，是第一次碰到，缺乏叫喊表达疼痛的经验，就像个小孩子那么叫。“麻古个狗日的，你绝我的后哇……”

“你疼么，唔，你疼么……”吃了熊肉的叔叔，行为古怪，他抓住黄二棍的裆里不放。他要抓也是应该抓孔不留的，为何抓炊事员黄二棍的？黄二棍再怎么挣扎也没用，他的两只小睾丸被捏散了，肿了。他用金龙鱼调和油搽了，还是疼了一夜，叫了一夜。第二天睾丸肿得像个大南瓜。

黄二棍跟踪了叔叔麻古几天，在叔叔野外拉屎的时候，出其不意地将一根雷管塞进了叔叔的肛门。

没有炸，但叔叔拖到县医院切除了三公分捣得稀烂的直肠。

十三

叔叔麻古从家里养伤后重新回到工地。他的老父母给他和我准备了一坛酱萝卜与一坛苞谷酒，还有腌制的嫩苞谷芯，他还没有全好。那时候寻找金子的飞机早就无影无踪了，但山头削平了不少。送叔叔麻古出门的时候，祖父交代，一切都是那只小熊惹的祸，赶快把它交给公家，凡是经过了孔不留的东西，可不是什么吉祥的东西。

黄二棍的一只卵蛋坏死了，他的老婆死活要跟他离婚。

叔叔走到离开二十天的狉猢岭，一路上是紫色的醉鱼草花，一串串地横在路边和山缝里，它们非常像大还魂草驳骨丹。这些花草，成簇地盛开、袒露，毫无忌讳。

他走上山坡，竟然看到了山坡上开满了深蓝色的醉醒花，哦，一条蓝色的大河，泛滥到山坡的尽头，跌入云雾蒸腾的峡谷。花间蜜蜂嗡嗡，虫蚊飞舞，在阳光下显出恶毒的狞笑。在浩瀚的天空下，风吹过，一浪一浪的醉醒花像大海的波涛，动荡着，让人晕眩。蜜蜂们昏倒了，在地上挣扎，它们的嗡嗡声像雨点一样浸透着哀求、惑乱，落到地上。它们被醉醒花的花粉迷晕了，它们千千万万的复眼肯定看到了恐怖的幻象。夏枯草、大蓟、大戟、鸭嘴茅点缀其中。大蓟在它们的边界上森严守卫。这些美丽的醉醒花，让少了三公分直肠的、身子残破的叔叔，打了一个冷噤，接着又笑了。

他在醉醒花地里痛生生地拉了一泡屎，直肠和肛门依然疼痛，而且总是放屁。

它拉屎的时候就想发狂，醉醒花泡的酒，喝过之后人是会发狂的。他最早在咕噜山区的伐木队，肩扛着051油锯，一个姑娘拒绝过他。冬天分别的时候他邀请她品尝了一种绿荧荧的酒。这个甩掉他的女工后来找了个东北人，但到了东北后，每到下雪天，这女的就会突然脱光衣服，赤身裸体在大雪中奔跑、跳舞，到医院什么病也查不出来。这女的在某一年大雪纷飞的时候脱光衣服跑进了林海雪原，再也没有回来……

远不止这些。喝过这种酒后，摘花泡酒的人摘花的时候做过什么动作，饮者醉后就会做什么动作，但是泡酒的人不会发狂。

叔叔麻古一把把采摘醉醒花，他伸出手爪，龇出牙齿，做抓刨和吃人的动作，他像一匹野兽，怀里揣满了醉醒花，在那里又咬又踢又打，嘴里发出小熊一样的叫声……

一条蛇咬到了我的脚，是一条土公鞭毒蛇，但我马上找到了地梭罗，凉湿湿的，几乎不用嚼，就这么敷在伤口上，慢慢好了。

我被杀熊的事惊吓，睡到了一棵大核桃树上。

小熊的指甲越长越尖，牙齿越来越厉，口涎腥臭，会突然吓人，亲热时会让你身上哪儿疼痛，一看，肩膀上或者脖子上有血棱子。

啃苞谷的九助理正在啃着，小熊从后面伸出手掌夺过他的苞谷，九助理感到嘴巴火辣辣地疼痛，手一抹，满手血。再一摸，嘴咋变长了呢？

九助理的嘴撕开了一两公分，从侧面呼呼冒气。他咆哮着大叫我来："猴娃，你今天可摊上大事了！"

我腿上的蛇伤还未完全消肿，有点瘸，看到九助理嘴在流血，脑袋都有点变形。黄二棍拿着准备给九助理治伤的锅底烟垢，火上加油说："熊是吃人的东西，哪有人来养的？只有山混子才骑着老熊满山跑，这情景老辈子人都见过。熊可野蛮，哪能放在咱们人堆里害人……"

"既然是害兽，就应该吃了。"

"熊不乱咬人的，除非与你有仇，要不就是报应。"孔不留阴阳怪气地说。

嘴流着血的九助理气得汗水直淌，对孔不留说："你真以为你是孔子的孙子？你他妈神经病。"

"上次不是我把您从山洞里救出来的么？一只蝙蝠差点啄瞎了您的眼睛……"

阮队长和黄二棍忙给九助理包扎嘴巴，阮队长很气愤，说：“缴了，缴了！不能等！敢撕领导的嘴？反了吧！”

黄二棍对我说：“撕烂咱们九助理的嘴，就是有意破坏机场建设！老子有的是钱，弄烦老子再炸开你们的屁眼……”

那只小熊有了二十来斤，不是小熊了，它的身子还很柔软，并且因为犯错而发抖，四个掌子在地上乱锉，在我胯下乱动，我扯过它正吃的苞谷，扔得老远。我看到它的眼里没了稚气，没了善意，没有声援我的意思。被逼得没办法，我叔叔找出一个大碗，去了宿舍，然后捧出一碗绿光闪闪的酒来，给大家说：“这样吧，大家都知道我有风湿，在吃这羊角七的酒。这酒不能多喝，平时只能喝一两，这碗有一斤，必是大毒，喝完比百草枯还灵，皮肤一块一块地炸开。”

他又拿出三颗乌头，啪啪用石头砸成碎片丢进碗里，对大家说：“乌头，你们可作证。”

乌头也是有大毒的。我去拦他，是让小熊死去吗？可他不让我说话，他的手抓在我背上，就像插了一把刀，他掀开我，让孔不留制伏小熊，因为小熊本来见了孔不留就躲，就发抖，就夹着后腿快跑。小熊的嘴给掰开了，九助理把他的手套扔过来，让孔不留戴上，这样好用力。

叔叔给小熊灌酒的时候，孔不留的喉结也像喝什么在滑动，黄二棍的喉结、九助理的喉结，都在滑动。他们把我摁住，三把两下，那一大碗毒酒汩汩地倒入了小熊的嘴中，它像牙疼病患者任由人摆弄。嘴仰天朝上，呜呜呃呃地吞咽。我被几个壮汉压在地上，胸口搁着一盆火，好像自己也喝下了这碗羊角七加乌头的酒，那酒浓酽酽的，就是一碗毒药。

然后叔叔放下空碗，将小熊拉到一旁，系在一棵树上，准备看它熊皮肉炸开的好戏。他向大伙分烟，向大伙赔不是，说是他侄子让大家受惊了，还给黄二棍敬了一支烟。

我上去抱紧小熊，但小熊不要我抱，推开我，仿佛不认识我了。我还是要抱它，给它擦着嘴边的酒涎，不让那些人靠近。

一直到傍晚，鸟在树上呼喊着同伴归来夜宿，小熊依然精神亢奋，闹得很欢。它像酒足饭饱一样，还打着响亮的酒嗝，给树上的一群鸟吹口哨，摇摇晃晃地围着树转圈，黑缎子一样的皮毛在夕阳下漾动，不晓得有多么漂亮。

大伙儿围在那儿，看那小熊打着醉拳，歪歪扭扭，就是个山精、山混子，这么毒的酒都没能弄死它。乌头可是真的，大家都认识，全随酒灌进去了，都亲眼所见。

“想让它死，不就一刀结果了吗？”黄二棍说。

“那你咋不亲自操刀，刀是你的，你来。”孔不留对黄二棍说。

“狗日的孔不留，你是不是想害我？”黄二棍说，“今后有谁往上一告，说是我宰杀保护动物，我坐牢啊。”

嘴肿得像大红萝卜的九助理说：“猴娃，这事儿你不把小熊搞死，医疗费我是得找你赔的，伤人不负责不行，不管你是不是个残疾人，你搞死就算了，反正咱也有医保。你搞死了小熊，咱们两清，散了。”他的声音因嘴撕烂而变形了，就像嘴里含着块石子。

小熊还在撒欢，它哪知道这伙人正在讨论它怎么死的问题。它犯了错，抓伤了人，应该受到惩罚，叔叔是想保护我，哪知这毒酒小熊不在乎呢，他也没辙了，大伙也不散去。这时阮队长和九助理在一边商量了一会，九助理拿来一把镐头递给我，说：

“解铃还须系铃人，我是准备了刀，想结果这熊的命。刀就不用了，免得以后说是我提供的凶器。这镐头上写有名字，你自用。”

我接过镐头，镐柄上写着一个字：玃。

大家一阵乱嚷，挤到更前的地方来。捂着伤嘴的九助理用身子挡开众人，等于示意我尽快动手。他咝咝地发着声，一脸哭丧相说：“我的嘴至少要缝十针，破相了，医疗费至少一万不要吗？我就等你灭了熊再去医院。熊掌给我就行了，送去有关部门化验，我不会吃的。”

我把镐头握着。有人说，一万元的医疗费不止，到武汉整容那要好几万。我的眼平视时会很吃力，因为我的眼靠近额头。我用镐头的柄抵着疼痛的胸口，叔叔过来将镐头拿住了下端，对九助理说：

“我来行吗？行吗？我劲儿大。”

“还是猴娃自己弄死，他作的孽他自己解决，与别人没关系。”阮队长说。

一个人拿来一个杯子，递给我说：“猴娃，让它喝点蜂蜜搞掉算了。”

这个人用大指头唆指我。我把那小半杯老蜂蜜拿着，一只手拖着镐头，走近小熊，我用两只手指抠出老蜂蜜，送到小熊的嘴里。小熊叽叽呱呱地吃了，用前掌来抢我的杯子，自己掏，就像掏树洞里的蜂蜜一样。我试着举起镐头，对准它。我想着祖父要拿出一万元的医疗费，我只有这样了。

小熊吃完蜂蜜，看到了头顶上的镐头和一脸昏暗无情的我，它知道自己的死期了吗？它竟然一动不动，用两只沾满了蜂蜜的前掌蒙上自己的眼睛。

我的镐头落下去了，我只能这样。我以为它会乱踢乱跑，夺路而逃，或者与我搏斗，将我的脸撕烂，我做好了准备，也就让它抓去。

镐头砸在小熊的头上，咚地一响，那样下去是带着仇恨的，它会大声呼号，像一头真正长大的熊那样扑来，发疯，咬人。

它的头开了，流血了，它还直挺挺地坐着，用自己的嘴咬着自己的手掌，眼泪从它的眼角流出，亮晶晶的。

一片安静。没有熊叫唤，也没有人说话。后面是黑沉沉的人墙，跟山影一样沉重，伸着脑袋，都像木头一样。

它可能太疼，可是不吭声，嘴角耷拉。它后来歪倒了一下，但又坐直了，还是捂着眼睛。它应该像一堆泥石流倒在地上，我会看着它死去，看它挣扎，肉乎乎的身子抽搐，然后吐出血水和白涎，四仰八叉，露出它胸前白色的月牙印，那样才会了结。

我又给了它一下，我下手狠，我是真的想了结它太令人操心的生命，没有人喜欢它，它没有了母亲，也不能发情，没有欲念，就是回到山冈森林，也不过是个行尸走肉，没有活着的意义。

它还没有倒，血溅到我的眼里，像石灰一样磨人。我已经累趴了，胸口像有人用刀子在戳。我大叫一声，就往山沟里跑去。

我跑进一户正在搬家的人家，有正在烤火的村民，他们见了我，立马大喊起来："野人！野人！"

几个人出来拿起扁担拼命撵我，还有狗。我被追了两里地，后来爬上了一棵高大的青冈栎喘气。远处沉睡的山峰像无数个女人的乳房，森林僵硬，知更鸟发出声嘶力竭的夜啼，像一根根钢针刺向夜空深处。我没有了小熊，我得回家去，家里还有一条老迈的西狗和我的三只羊。我习惯了一个人独处在大树上，听溪水流淌的声音，树脂的香味像虫子一样爬出来，还有清香的水马桑和双盾木花，在夜晚浪浪地送来它们的挑逗。

我想回去给祖母捂脚。我梦见她的脚冰凉。

十四

小熊躲过了一劫，竟然没有死，又活过来了。在叔叔的求情下，大家没继续要它的命，也觉得它快死了。可小熊的伤口愈合得非常快，它凝固的血挂在脸上，对着太阳依然手舞足蹈，它看到我时依然站立着双手拍打，用舌头舔我的手和脸，它的伤口像一个十字从头顶往后脑斜过去，但是它依然气宇轩昂，小眼睛里没有哀怨和仇恨，好像砸它的不是我，好像没被人打过。

他们认为我和那个小熊都是山混子、月亮山精，黄二棍到处说，是山混子都喜欢吃炒猫头鹰的肉，就是鬼瞪哥。猫头鹰的肉要用黄表纸包裹，山混子吃了之后会现原形。现了原形，你是一只虫也好，一条蛇也好，一根千年朽木也好，就容易对付处理了。

晚上他们瞒着我和叔叔出去林子里打鬼瞪哥，鬼瞪哥在树林里瞪着一双双鬼眼。

黄二棍带着一口小铁锅和画了符的黄表纸去找鬼瞪哥，准备找到了就架锅煮肉。

黄表纸是请人画过符的，他们在老林子里转悠的时候，看到一个人拿着老虎钳夹着东西，嘎巴嘎巴响，那人手上正在分解钢丝。但是，因为是在晚上，黄二棍他们看到的只是一个人影，人影跑了，钢丝丢掉了。

那个人往林子深处跑时，从折断树枝的熟悉程度看，是个在林子里常来常往的人，而且看他的头发，就跟苞谷缨子被风吹乱了似的，孔不留说是麻古。他们在小熊的颈子上看到过新钢丝，但没把工地上丢失了许多钢丝绳联系在一起。

他们在狂猢岭的老沟里打到了一只鬼瞪哥，就在那儿煮了，用黄表纸包好，放进九助理的无纺布公文包里。第二天早上，他们在讨论怎么给我吃的问题上产生了矛盾，黄二棍说埋在我的碗里，然后他来假惺惺地说是专门关照我弄的一块兔肉。九助理就要上来帮腔说他代表领导向我慰问，奖励我一块肉。这牵涉到组织对我的亲切关怀和慰问，我虽然是个猴娃，也会感谢领导，从此会振奋精神，埋头苦干，为天音梁子机场建设做出我应有的贡献。领导已经注意到这个猴娃，他们已经向上级汇报。我的存在有重大的科研价值，关于人类遗传、野人传说之谜，说不定会在我身上解开。对我，他们一定要加大保护力度，我的存在就是我们生态环境保护得好的明证，是绿水青山的明证，是人与自然和谐相处的生动事例。

我把小熊牵到工地，找一片草坡放在那儿。中午我端着饭和菜去草坡与小熊一起吃，我得给它匀一半让它吃，我摘下草帽，敞开祖母给我缝的一件纱布长褂，凉快透气。祖母叮咛我一定要穿上，免得别人嘲笑我。

我将饭拨出一半放到一个土钵里，还取出一些我抓到的虫子、摘到的野果。小熊饿得大声喘气，见到食物就像见到母亲一样，把地上的草渣和土块一股脑全吃进嘴里。

九助理过来，从他的提包里拿出黄表纸包的肉，是几块煮熟后变得褐黄的干肉。他先是给小熊的土钵里丢了一块，心疼地说："看你这小熊瘦成这样，多少天没吃肉了？"又搛起一块大的肉，看看四周说："你为照看保护动物，自己老是饿着肚子，我们领导悄悄研究，给你和小熊一些兔肉，是卤过的，你吃了可不要跟别人说啊，千万不能让你叔叔和孔不留知道，不然他们要造反的。"

他并没有立即放进我的碗里，他斜睨着旁边吃过那块肉的小熊，小熊吃得很爽，一副连牙缝也没填满的饕餮样子，好像吃十块也不解馋，后腿立着，前掌鞠躬，乞求九助理再赏赐给它一块。九助理害怕这熊，伤嘴还是肿的，虽然缝过了。他见小熊站起来，先是一惊，变了脸，权衡了它颈子上的钢丝绳，跑过去狠狠地踢了它一脚。小熊也不小了，完全是只大熊，神态看起来还很稚嫩，但爪子尖硬。小熊被踢，没有怒，还是想讨肉吃，它退让了一下，一个趔趄，四肢着地，哈着精瘦的舌头，要吃，也用诅咒的眼睛看着他。

“你吃。”

肉落到我的碗里。

我吃了。很好吃，放了盐巴，还撒了点辣椒粉和孜然。我不喜欢吃肉，爱吃松萝，但这肉太好吃了。我看见九助理心上一块石头落地的轻松，捏着那张油腻腻的黄表纸，得意而阴险地笑了一下，鸡啄米似的神经质地点着头。他看着一只苍蝇叮在小熊的眼睛上，还是点着头，拉起我的肩膀，打量着我，有画符的黄表纸解除了他的胆怯，胆子壮了，问我：

“你觉得味道咋样？”

我想着这家伙恨死小熊和我，咋会给我们肉吃？我没有答话。他自言自语地说：“半语子啊，这猴娃……”

“我现在坐一会儿。”他又说。

他说他脚痛，却不说嘴痛。他的嘴消了肿，但嘴角缝得太多，像爬着一些草履虫。他绞着双手坐在离我不远的一块石头上，睁大眼睛盯紧我，看我变回什么原形哩。

他的眼里射来猎叉一样的光，是置我于死地的，好像要把我神秘的来历看透，好像要把我钉在一棵树上、一块石头上，如钉死一只蜥蜴。他捏着手指的关节，嘎巴嘎巴地响，以消除内心泛起的恐惧。但黄表纸的符又把他撑起来，过了一会，内心残存的、顽强的、古老的恐惧又钻出来，他从公文包里拿出一个手机来给谁打电话。后来，黄二棍屁颠颠地来了，还来了两个陌生人。他们一阵嘀咕，要看我现原形。

但是猫头鹰肉的滋味还在我嘴里香滋滋地回旋着，我一定会让他们失望。我的小熊在长满野豌豆的灌丛里，在开满了红色和蓝色花朵的地方撒欢，寻找马桑蔸。树莺在歌唱，山鹟在跳跃，啄木鸟在啄虫。

小熊没有现形，我也不可能现形。他们现了形，疲惫、僵硬、焦急，互递眼色。我躺在山坡上美美地睡了一觉。

等我醒来，天已经黑了，那些人也不知跑哪儿去了。我把小熊牵回洞中，不到半夜，整个狖猢岭就下起了暴雨，天空好像一口大水缸往山岭哗哗地泼泻。晚上我和小熊都开始拉肚子。大约是猫头鹰的肉不干净，被他们肮脏的手拿过。小山里有其他野兽的叫声，但我不怕，我只有等天亮去寻草药来止泻。

一整夜的雨，整个山冈都淋得瘫软了，我在山坡上找到些乌梅和鱼腥草的叶子给小熊吃了两把，我自己也吃了两把。小熊虽然腹泻，但因为体态已经成熟，倒显得有几分沧桑，像是在森林里生活过很久似的，一只很有主见的、能抗击各种凶险的狗熊。

“它一定是想喝酒了。”

叔叔趁我出去解手的工夫，又倒来了一碗绿汪汪的酒，灌给喜欢喝酒的这只熊喝。我纳闷嗜酒如命的叔叔，自己平时都舍不得喝的酒，为啥对一只小熊这么大方？但我看到这熊在钢丝绳里，在地上做撕扯动作，像在吃一只动物或是一个人。它喝下酒之后浑身冒着热气，显得更加饥饿。泻是止住了，却很亢奋，两只小眼充血，那眼睛里有深邃的、绵延的杀机。它的爪子抓挠着，叔叔都不敢靠近，他的手伸得很长喂它喝，一副随时准备逃离的样子。

熊被我牵到我们当天的工地时满身酒味，叔叔让我把它钉在一片醉醒花草中间。草长得很高，熊歪歪倒倒卧在花丛中。我因为腹泻太严重，就先跑回工地的宿舍，找卫生员讨药吃。

雨还在下，但已不是那么急，整个狖猢岭在湿漉漉的雨云中穿梭，雾浓得像猪蹄汤。雨过后，漫坡的芒萁和狗脊蕨伸长卷曲的嫩芽，金龟子出现在它们的上面。夏枯草、齿萼报春、玄参、过路黄和醉醒花，红红绿绿，黄黄蓝蓝，五颜六色。嵯峨的山峰像巨兽的利齿，张着大口，齐声吼叫在天空下。天空是暗蓝色，被暴雨刮洗得干干净净，就像新婚的床单。黄臀鹎、松鸦、斑鸠、山椒鸟或沉或清地鸣叫，声音轮番滚动，之后，黑漆漆的短脚鹎在灌木中跳跃，发出独一无二的婴儿的哭声。一只刺猬或是一只狐狸在那边窜过。马鹿菌、鸡油菌、松菌、奶浆菌和有毒的鹅膏菌、白鬼伞都突然从草丛中蹿出来，亭亭玉立，搔首弄姿。

云山浩荡，岩石闪光。

乌云先是从喧闹的天音梁子上升起，接着天昏地暗，众鸟扑翼，森林里啪啪直响。巴山冷杉林突然骚动不安起来，一只鸟跌落在石头上唳叫。大雨即来，山洪即到，大伙草草地收拾了工具就往驻地赶。

回到宿舍，山洪暴发的声音就从五里外的工地传来，那儿有一条河，如果不是撤得快，所有工人都会隔在河那边。狃猢岭像一锅煮沸的硝粉，清香的树脂和植物香味立马被那呛人的霉味取代。连阴云黑雾都想幻化为山洪，凌空而降，冲毁我们。有刚修好的道路噼噼啪啪垮下的声音，就像一座山倒塌了，时不时像重锤把我们的心敲击一下。

熊没有回来。叔叔麻古将它忘在了那边的山坡上。

我像掉了魂似的埋怨叔叔，我在工棚外边站在雨水里大哭，抓住工棚前的树撞头。可是叔叔说究竟是人的命重要，还是一只熊重要？当时山洪已经下来了，非常危险。

我在那儿哭了一阵，就往工地跑，一直跑到河边。平时那只是一条干沟，沟里全是累累乱石，是豹子经常出没的地方。传说有人还在沟里打死过一只豹子，现在它浊流滚滚。水也不知道是从哪里来的，哗哗地流向下游，浑黄的水冲击河里的石头，发出惊天动地的声音。我喊熊，它没有名字。我的喊声被惊天动地的洪水声淹没了。我沿着河边向上走，都是洪水，向下游走，还是洪水，一浪赶一浪的洪水，没有窄处。

我爬上一棵大树，但伸向对岸的枝丫太短，我往上爬，爬到很细的地方，如果往下跳，只能跳到河中心，离岸上还有老远，结局只能是被淹死。

我搬来了一根朽木，有些长，却只能搭在河里的一块石头上。看那石头，长着青苔，又是斜着的，我上去走了一步就差一点滑落到水中。

我在河边转来转去，想听到熊的叫唤，没有，也许它早就跑了，但我断定它还在那儿。我似乎看见熊在如注的暴雨中扯着钢丝绳团团转，哀号，困在泥水中。它的脖子被钢丝绳子勒出一条深深的大口，但它依然想挣脱这根钢丝，去往山洞避雨，或者唤主人来解救它。

走到一处相对平缓的河边，我试着将脚探下，突然像有一头大兽在水下拽我的脚，我一下子滑倒了。我迅速抓住水边的一根藤子，身子就被水带着浮了起来。我紧紧抓住不放，被水扯着，我想探下脚，踩到实处，可身子在水上轻飘飘的，我呛了几口水，拽着藤子想爬上岸。这时，一个人拉住了我的手，是叔叔。他嘿嘿笑着将我拖上岸来，倒背上我就跑圈子往下倒水，我迷迷糊糊，他放下我又给了我两巴掌，把我打醒了。他的疼爱像是惩罚，他看着我，眼里和脸上全是紧绷着的像狼一样凶狠的寒光。

“你找死啊？”叔叔一点都不客气，呵斥我，他又笑了，“那头熊总会有人要的，你急什么？”

“谁？”

“有人要的，有人肯定比你急。”

他把我一个人丢在河边，怒气未消一路骂骂咧咧走了。

大伙儿躲在工棚里烤火聊天，或者斗地主。我回去的时候不知怎么，竟然看见叔叔手把着漱口的杯子，工棚里全是酒气，有一个煮的马兰头炖锅，加上采来的一堆青头菌、见手青菌和松菌，有在小卖部买的花生米，有我叔叔舍不得吃的腌生姜。酒呢，也是他的药酒。他今日好大方，还劝酒。

“一只熊总不能就这样让老虎吃掉吧?”

“那是的，但狂猢岭光溜溜的，哪还有虎呢?”

“我们村过去有个叫张三的，他在狂猢岭打死过一只虎，常把虎皮披在身上去打猎。那虎皮很神，左滚变虎，右滚变人，后来怎么都滚不了右边，就变成了一只老虎……”黄二棍说。

“我们山头上住着一个孤寡老头，有一天早上起来，一板斧在门口就砍死了一头野猪……”九助理说。

“我见过熊带四子的，非常稀少。一般是一子和两子。熊什么都吃，夏天吃端阳莼、马桑莼，秋天吃花栎树果子、青冈栎果子、椎栗、板栗，特别爱吃蜂蜜，俺家里的十几桶蜂蜜，有一年被老熊吃光了。秋天就下山来掰苞谷，掰一个丢一个，所以熊是害兽，该打!”孔不留说。

“碰上熊，要走‘之’字，不能走直路，你若在跑时找前面的大树，然后迅速闪开，后面的熊躲闪不及，一头撞在大树上，倒地而亡。这是我老舅亲自遭遇的一次老熊，那头老熊四百多斤，就那么撞死了……”

喝到兴头上，他们按照咕噜山区的酒规，喝门杯、敬杯、还杯、对面笑、转杯、急流水、赶麻雀、跳杯、催杯、炮打隔山杯、左右杯、同凳杯、转弯抹角杯……他们吃的是一锅烂菜。

“酒没有了。酒我还留下三四斤，如果谁能把熊牵过河来宰了，我全赏他……”麻古说。

“当真?”孔不留站起来扯着叔叔的耳朵说。

黄二棍说:“麻古，虽然咱们是仇人，但能喝你的好药酒我很感动，我去试试。”

他站起来，脸上有亢奋的红丘疹。核桃鼻子变成了松菌鼻。

“你那水性不行。”麻古连连摇头。

“老子横渡过长江，你信不信？……有两个麻古？……”他可能吃多了见手青菌，有了幻觉。

“你干脆说黄河。”麻古说。

“今天老子就不信这个邪，看那熊是什么山混子，老子三步跳过去不湿鞋。”

“要有个人陪着。”麻古说，他看孔不留。

黄二棍摆手道：“算鸡巴毬，酒不够。”

他一边笑着一边揎袖子，好像要靠这个换酒喝。

“熊是会游水的，我亲眼看到一只老熊带着一只小熊过河，一点事都没有。”孔不留说。

黄二棍边走边笑，还把菜刀交给孔不留说：“刀磨快点，等我半个钟头。”

我看他从火堆旁站起往外走时，打了一个冷噤。我叔叔怕他反悔，还抢先恭候在门边，是给他让路的样子，十分谦卑和敬仰，好像一切恩怨都化解了。太阳也有即将出来的征兆，雨点越来越小、越来越细，云雾越来越白、越来越薄。青山如画屏，天空如水洗。

黄二棍走出去带走了浓厚的酒气，人散了，有几个喝多了在火塘边打盹。我叔叔难道一点不心疼他的酒么？

一个小时还没见黄二棍回来。我估计他回不来了。叔叔回工棚宿舍蒙头睡觉了，但他在床上翻来覆去。

孔不留叫上我去看看那伙夫怎么样了，我迟疑没去。又过了一个小时，到了傍晚时分，还不见黄二棍回来。我们决定去河边。

我们走到河边，碰到了一个人，用手套扬着同我们打招呼，是九助理，他一脸的恓惶。

河水好大，咆哮如雷，从山上冲下的水像瀑布一样陡峭。黄二棍能过去吗？没有任何痕迹证明他过去了，仿佛从人间蒸发了一样。

土黄色的太阳趴在西边的山冈上，照着奔腾的河水。我们的眼睛掠过河面，看到的对岸是一片死寂，傍晚的静穆就像是默哀，河水像一个喝醉了酒的人吐出的秽物，一片难闻的腥气。

“老黄——”我们喊。

“冲走了，也许。”九助理沉重地说。

他泥塑一样，呆若木鸡，望着湍急的河水，一动不动。他不停地吞着涎水，他的胃好像坏掉了，样子十分难看。对岸有只灵猫死死盯着我们，但是它不会说话，不会告诉我们对岸那只熊的情况，还有一个人的情况。

第二天我们找到了钢缆，拉牵着过河，过了河，老远就看到了黄二棍，黄二棍只剩下一副骨架子，那只熊正舔着鲜血淋漓的嘴巴，它显然吃得太饱，在钢丝绳里又拉又扯又蹦跶。我们看到这一幕，没有人敢走近，恨不得往后跑，跑过河去。九助理要大家齐上，几个人过去操起棍棒就朝小熊打去。棍棒是新砍的，棒头上有留下的带尖的枝丫，就像狼牙棒一样，一棒下去，熊就皮开肉绽。我没办法喊了，这熊吃了人，再喊他们要打死我的。几个人一下、二下、三下、四下，熊头上冒血，嘴巴里冒血，脖子上、背脊上都冒血。熊拴在一片开阔的醉醒花中间，醉醒花虽然被饥饿的熊踉踏得有些狼藉，但雨后却出奇地茂盛，蓝英英的花就像绸缎在风中轻轻飘摇，秀美异常，就像村姑唱的一首山歌，在一缕一缕飘过的白云间舒展着她们绝世的美丽。

熊把地上刨出一个大洞，黄二棍倒在旁边，他龇牙咧嘴的，从来没有这么可怕。人死之后会是这么一副鬼样子，真是让人不好想。他的头只有半个，两个眼窝是空的，蚂蚁在里面爬进爬出，里面淌出来黑漆漆的液体。肚肠拖出一地，衣裳和皮肉都是一条一条的。九助理拿棒子在他的周围一顿乱敲，好像是要唤醒他，可不能复原他呀。人撕扯开了就是一堆烂肉，不再是炒菜、蒸馍、馋酒的黄二棍，再说黄二棍也没有了，两只手是完整的，连在两根细长的尺骨上，左手抓着草，右手摊开，手心里有一汪雨水，映着蓝天。

叔叔麻古捡拾起死者的一只鞋子，想交给谁，因为脚没了，只剩下两个趾头。他弯腰摸了下那残存的趾头，被雨水洗白了，趾甲很长，弯曲着，有点像兽的脚趾。他把鞋子放在死者胸前，有人弯着腰想看看究竟是不是黄二棍，但衣裳和鞋子都是他的，应该没错。有的人记不起了，才一天，大伙儿就记不起他穿什么衣裳，身上有什么特征。忘记一个人太简单。

"应该是他。"孔不留拨拉他的头颅说。

"应该没错，他是怎么过河的？"

"他水性好，所以……有时候，人不能水性太好……"

"我是开个玩笑，哪知他当了真。"叔叔哭似的说。

"饿酒哪！"

"熊怎么能吃这么个大活人？何况这钢丝绳子是拴着的？"

"而且是头小熊，命该如此啊！……"

熊还没死，它只是在大雨初晴的山坡花丛中喘着气，但也气息奄奄。它不明白这些人为何要将它置于死地。

毫无疑问，它因为饥饿吃了太多的醉醒花草，它是会发疯的，它又喝过醉醒花酒，它闻到了那个过河来解它钢丝绳的人身上的醉醒花酒味。那个人头上精湿，披头散发，身上水淋淋的，就像个水鬼。熊在山坡上拴得要发疯了，淋了一夜的雨，饿，它在山坡上像一摊泥，喊叫，喊它的主人，喊我，貜。没人理它。它吃过母亲的内脏和眼珠子，它看到那个从河中爬起来的人时，它母亲的眼珠子让它看到了一团灼灼燃烧的大火从自己的身体里升起，一个吃人的麻古的影子在前面示范着它，它醉醺醺的，它扑向这个人，像一阵风一样就抓住了这个人，牙齿嵌进肉里，吸他的血液中美妙的醉醒花酒。它的嘴里伸出来它母亲的牙齿，咬出一个个洞来，像小酒杯给它斟酒。

孔不留那天躲过了一劫，他醉倒在工棚里呕吐，这是麻古十分遗憾的。

……小熊因为吃了它母亲的眼睛，就有了四只眼睛，这四只眼睛盯着这个人，这个人围在蓝光闪闪的醉醒花中间，醉醒花蓬蓬燃烧的火焰，就像焚烧他一样，把他的脸烤得像一头夜豹子一样阴森发蓝，他手上拿着棒子，像有一万条豹子的尾巴竖起来，在醉醒花中潜伏，向它攻击。一万只蓝色的豹尾，像一万条蓝色的毒蛇，吐着一万条蓝色的信子，喷着蓝色的毒液。那些蛇、信子、牙齿、毒液，像雨点一样射向小熊的身体。它躲闪，它暴跳如雷。黄二棍以为它认生，说，不认识我啦？老子给了你多少骨头吃？老子就是伙夫黄二棍哪！他靠近它，看到钢丝缠在树上，就不怕了，就想一棒过去。可那熊站立起来，竟然围树转了一圈，将钢丝绳转长了，呼地扑向他，一把拖过去，钳住了他的双肩，黄二棍怎么摆脱也摆脱不了。太突然了，黄二棍征服了汹涌的河水，却大意了这只无卵小熊。他的酒醒了，意识到生命完蛋了，绝望是他最后的感觉，疼痛是绝望的尾声。熊的舌头一舔，他的脸皮就没了，再一舔，一块肉又没了。它扭动屁股，一个横扫，肋骨一排出来了。它把他掼在地上，双脚踏着，厚厚的屁股坐在他胸前，他呼吸困难，马上就窒息了。再掏，用香鼬的爪子，比香鼬的爪子大十倍，掏进心窝，乱捣乱抠，它的所有动作都是叔叔麻古狂乱的吃人动作。它自己成了麻古。它四只眼睛里一万条蓝蛇像火焰一样坍熄下去，它听见有人唤它，它的四眼中看到整个世界都是蓝色的大棒，棍棒交加，朝它猛泼，在蓝茵茵的花丛中，四只眼中的眸子一只一只熄灭，就像有人吹灯。它被自己的血呛住了。它在醉醒花里乱摇乱晃，挣扎哀嚎，天就黑了。

第三章

蜂落！

蜂落！

森林沉默

SENLIN CHENMO

十五

天音梁子那一片天空被灯火燎亮的时候，整个咕噜山区突然变矮了，森林突然变矮了，直指青空的山峦仿佛增加了几百座。夜晚来临，祖父戢老泉在远远的沉香坡，看到了无数金丝雨燕和蝙蝠冲出溶洞，汇集在红灿灿的森林上空。野猪乱窜，麝獐撞在石崖上，它们留下的奇异香味，布满了崇山峻岭。

就在我回到沉香坡的一个晚上，一些人手举着火把，越过落豹河谷，来捉拿我叔叔麻古。

从天音梁子过来的抓捕队，在孔不留的带领下，必须经过落豹河上几块狰狞的石头，他们会胜利地站在石头上，看水流澎湃，也能看到沉香坡后面夜空中高耸的鹰嘴岩喙嘴。

到处都是泥泞，人疲马乏。野猪在林子里发出喷气式飞机一样的唬唬声，一群飞鼠惊了，无声地滑翔到对岸。

“的确太滑，他娘的，我脚下绑的草绳断了，还有没有多余的绳子？……”工地保卫科朱科长说。他说话嘶声哑气，抽了太多的烟。但现在他被烟瘾折磨着，不敢点火。

“我这儿有，领导……”孔不留赶快解开自己脚下的草绳来交给科长，自己干脆提着解放鞋打赤脚，他的鞋子被泥泞扯掉了几次。在朱科长弯腰准备系绳时，孔不留早就抢先蹲下，去帮科长系上。他多缠了几道，让朱科长抬起腿，扶着他的肩膀。

“他在工地上天天嚷着吃肉，有人说他故意逗大伙吃熊肉，把黄二棍生生害死了……”孔不留说。

“别提熊，出事了谁都不好受。今天是为钢丝绳来的，老孔，”朱科长说，“再说，熊的卵子是你夹破的……”

“我是听了麻古的话，你们还不相信我吗？他从小就偷鸡摸狗，他偷钢丝绳就是设钢丝套套兽的，加上他对政府征地怀恨在心……”

“孔不留你才对麻古怀恨在心，哈哈。”跟在后头的商村长说。

“我说商村长，天音梁子的坡田那得走多远？”朱科长问。

“你们说远，山里人说不远，有点田难哪。从这里去镇上赶集得走上大半天哩，村里人种地都有窝棚。”

“守秋的时候可热闹了，不瞒领导说，等猴子下来，狗熊下来，就用铳打，打鼓敲锣放鞭炮，梆鼓驱兽最好，既可驱兽，也不把兽打死，符合如今的生态保护；梆鼓用的木头最好是藁子木，声音亮堂，跟枪声有得一拼，传几座山呢，野兽没有不怕的。在窝棚守秋啊，唱歌的，讲古的，吃肉喝酒的，好热闹有趣。几寸厚的腊肉，我们叫坨坨肉……”孔不留说。

“守秋太好玩了，现在把机场一修，可就没有了，也没秋了，唉……”商村长叹气说。

“老孔你不要说吃肉，咱们都前胸贴到后背啦。商村长，你能不能到了安排咱吃点什么？”一个人说。

村长说：“呵呵，你们去人家家里抓人，还让人家给你弄肉吃喝酒，哪有这等好事？”

“我没说喝酒……”那人分辩道。

“就算有吃的，你也不怕人家放毒？”

“好啦，声音小点，别吵吵嚷嚷的，老孔，你说那养熊的猴娃是咋回事？说点听听，赶瞌睡。”科长道。

“那猴娃村长知道，让他说嘛。就浑身红毛，本事大着啦，在树上睡觉，跟猴子一样灵巧。他不仅养熊，还养过白乌鸦、豪猪、白麂子、白羊。他家里前后种了许多花，好多百合，还有好多龙爪花，听说城里叫什么彼岸花。他养的豪猪奇怪了，跟狗打架，一身的豪猪老刺全扎在狗身上。那狗是西狗，后来中了豪猪毒就蔫了，像个八十岁的老人，整天提不起精神。他家的狗虽然高大，你们别怕，跟羊似的……”

商村长烦孔不留说：“你少说两句，话痨啊。”

孔不留嘟囔说：“我不是在给领导汇报工作嘛……”

月亮像一枚生锈的铜镜贴在山冈上面，雨后的云彩黏糊糊地成团拉扯着，像破棉絮在夜空中飘荡。虫豸轰鸣，此起彼伏。猫头鹰发出咿呀的清唱，像有贵重的东西遗失掉了。啄木鸟笃笃的啄木声宛似失眠者在敲打着床沿。森林里有许多鬼火闪烁，有的是野兽亮晶晶的眼睛。萤火虫像成千上万提着小灯笼的精灵，在森林中游弋。野狼在远处的山冈上孤声呼唤，表达它的心声。星光闪烁，露水晶莹，树枝们在怯懦地窥探，森林充满了理智。微风从豁口吹来，贴着山坡滑行，就像鸟儿失落的羽毛，刷着人的脸颊。空气里有死去蘑菇的朽霉味，也有清新的植物在恣肆生长的香味，草木总是香的，草木的气味让人深呼吸。在林子中穿行，一会儿是暗的，一会儿又是明的。树林疏密站着，好像在恭候这些人的到来，它们是千古看客。

一道巨大的巉岩横亘在抓捕队前面，岩上长着几棵刺棱棱的山毛榉和矮灌木，鬼影幢幢。岩石的瘢痕和巨瘤伸出山体，看久了，山在向前奔跑，那是云彩在飞快飘散的幻觉。月亮突然深藏不露，怪岩显得神秘诡谲。

“应该是往左，还是往右？”朱科长问。

“我来看看，领导……应该往左，左，左！”

只听到“嗖”的一声，从空中呼啸而过，像一根皮鞭挥响，保卫科的一个保安就像被鱼钩挂上一样，突然倒吊在树上，头朝下脚朝上在空中晃荡。没吊上的那只脚乱踢打，好像被什么神秘的刀斧劈成了两半。

"套住了！"朱科长嘶哑的声音吃力地喊。

一伙人急吼吼地往后退，害怕前面还有什么厉害的家伙。有人终于上前去抓住了那个倒吊的保安，又有人扶住了那棵弓弩一样的树，不让它摇晃。

"还好，还好。"有人说。

电筒光线里，那个保安的脚还被勒着，死死地被钢丝套勒着，勒破了，在流血，细细的钢丝镶嵌进了他的肉里，还有嘎嘎嘎的声音，不是人的骨头，是树。因为这个人太重，树太细，承受不住这样的分量。那个人哭喊着：

"放我下来。快解开，我操他娘的！"

这套子只有孔不留会解，村长也上去了，他们一个抱着那人的腰，尽量把他往上提，防止他的脚被钢丝绳勒断，一个去解钢丝绳。

"电筒，电筒呢？"

又上去几个人一起把那个保安托住，因为紧张和羞愧，孔不留大汗淋漓，像是喝了热酒。那个保安总算被解开了套子，放到一块空地上，嘴里发出嘘嘘的呻吟，像是被蜘蛛网缠住了一般，因为疼痛不停地打嗝，口中臭气熏天。

"你总算捡了条腿，不是'铁猫子'，是'铁猫子'，你的腿早断了。"商村长安慰他说。

"老孔，你确定你是孔子的第七十四代孙？"科长问他。

"是的，是的，家谱上说的，领导。我本名孔繁留。我不会写字，嫌麻烦，就改成孔不留了。"

科长哈哈大笑起来，"不留啊，不留不留不留，不能留，你这蠢货，把我们往哪儿带啊，带到沟里了……”

“领导，哪里哪里，我们常走的。是有人故意下的套子，我哪知道啊，领导……”孔不留连连说。

“钢丝套取下收好，这又是证据。”朱科长说。

“这套子都锈成这样了，是陈年老套子。”村长说。

朱科长显然不高兴村长的说法，“我们走了八个小时啦，从天音梁子到凉魂垭，下野羊峡，到曾子冈、弓弩垭，再下子贡坡，过锯齿岩，到尸场湾，到狂猢岭，到孔子沟、落豹河，我们靠喝山泉水补充体力，忍受蚊虫叮咬，冒着被电网扑杀和钢丝套勒脚的生命危险，为了将犯罪嫌疑人抓捕归案，保证我们天音梁子机场的顺利施工，为机场早日建成保驾护航……”

有人给他点上了一支烟。

两个人扶着脚踝勒得稀烂的保安爬上高高的石岩，因脚踝疼，这人没站稳，又滚下岩去，卡在石缝里嘶唤。那地方有些枯瘦的苞谷秆立着，找了很久才找到那个人。

“有没有人推你呢？”科长问。

“记不住了，这该死的地方，又是石头又是套子，老子今天倒霉透了！人住在这里，跟地狱没两样……”

“没有绊到什么绊子吧？”

“倒没有。算了，活该老子背时……”

“祸不单行……”村长说。

正说着，突然悬崖树枝一阵乱动，像一阵阴风吹过来，接着雨点般的小石子就落到他们头上。

“泼猴！”

孔不留一声喊，大伙都蹲下来抱着脑袋，或者抱头乱跑，黑暗中有被砸得哇哇喇喇的声音。

“是泼猴，天音梁子周围有几群猴子都撵到这儿来啦，大家可要小心……”

可是有人用电筒照射，看到一个黑色的影子像闪电消失在树巅，比猴大，很大，很矫健，树木发出喳喳捌断的声音。

一个人被砸得满脸是血，并且嘤嘤泣泣地喊：“我快死了，我快死了，我好丑啊，我流血啦，我见不得人啦……”

“究竟是猴子还是那个猴娃？”朱科长说。

“我觉得啊……我、我没看清楚。”孔不留说。

“如果是猴娃，他怎么知道你们要来？”村长说。

“他爱在林子里半夜打晃晃。”

“孔不留你可以闭嘴吗，听村长说话。”村长不耐烦地说。

“好，好，好。”

朱科长哈哧哈哧地喘气，喉咙发出低哑的咔咔声。“大家累不累？这里海拔不过三千二百米，你们有没有头疼和憋气？”

“有幻觉。”有个人说。

“幻觉啊？是你把人家媳妇搞了，还是人家搞了你媳妇？哈哈！”

“扯淡，一闭眼，就是坨坨肉加苞谷酒……”

“有这样的好事你他妈就是当处长的料，我只想吃根苞谷，不想苞谷酒……”朱科长说。

鸡叫了。鸡鸣在山梁子上，一声一声地发颤，仿佛凌晨清癯的空气把它拧弯了。

天亮的那一刻，群山发出轰轰的响声，就像山崩。山在挣脱黑暗漫长的奸淫时表达着它的愤怒。

经过赵八朗家，赵八朗早起的女人看到那么多人就往屋里跑，村长叫住她说，小甘，你别声张。那些人以为到了沉香坡，立马围过来，把那个外来女人吓得撞上了门。商村长忙说："不是这家，不是这家！"

再往上爬，一个个疲惫不堪。他们悄悄绕过一个蜂箱就堵住了麻古的大门，这个蜂箱是一根圆木凿空的，有些破旧，上面盖着一块树皮。里面有三万只蜂子。有一天，叔叔麻古将这个空桶放到门口晒太阳，从森林里飞来二十多只侦察蜂，直奔这个蜂桶。他的屋山头还搁着几只空桶，从来没有蜜蜂光顾，按他说，人穷了，蜂都不来。可是突然来了一群侦察蜂，侦察蜂飞走一个小时后，从森林里浩浩荡荡来了一群野蜂，它们是从别处分蜂后在老蜂王的带领下，投奔麻古这只老蜂箱的。这可怪了，这么老旧的蜂箱，没有新的长方形蜂箱好看，甚至里面有霉味，但是，运气来了门板都挡不住，那一个上午，他就收了两万多只野蜜蜂。

清晨的浓雾打得人睁不开眼睛，太阳没有出来的意思，雾水哗哗滑落，他们包围了麻古的家，开始搜查屋子。从缺角的石阶踏进门，歪斜的大门像没有人居住似的。大门大开，檐下的檩子往下垂挂，瓦塌下来了，墙上黢黑。有许多土蜂打出的洞，像密密麻麻的弹孔。

有一些霉味从飘浮的阴暗中冲出来，像有人拿着火钳朝他们的鼻子里捅。窗台上还放着一只蜂箱，一张没人睡的床上也放着一个蜂箱，核桃摊在堂屋里，一看就是家里没有女人。

家里有些穷，饥寒起盗心，朱科长分析。

"商村长，政府的补偿是非常到位的，你该没克扣村民的补偿款吧？"科长开玩笑说。

"刻薄！刻薄！"村长说。

"听说政府第一天与征地村民签合同就达到百分之九十以上。"

"这倒是的，这倒是的。不过你们出的是钱，村民讲的是对土地的感情，种了几辈子的地没了，你们理解村民的感情吗？所以，你们今天的早餐，我只能试试看了。又抓别人的儿子又要别人给你备早酒，人家不好想啊。”村长感叹说。

“有个苞谷啃就行了，不喝酒。”

“廉洁廉洁！我说朱科长，你也给我们反映反映，补这几个钱，有的村民几顿酒就喝光了，咱没了土地，要想村里致富奔小康，请你们帮忙找上级说说，到时候，通了飞机，我们村里承包一架飞机跑运输行啵？”

“哈哈哈……”朱科长抽筋一样笑起来，“好啊，好啊，这是个好办法，一定能赚大钱。村长，你开过拖拉机吗？”

村长说：“我开过。”

“那就好嘛，开拖拉机跟开飞机差不多，你就是机长啦。”

孔不留插进来说：“那今后我在飞机上干什么？”

“打扫厕所。”朱科长说。

“好吧！革命工作没有贵贱之分，不管怎么说，有个事干有口饭吃就行了。”

祖父听见狗有气无力地叫，也是一种提醒：有人来了。

“他们抓麻古。”我给祖父说。祖母从猪圈的墙上跳下来，她每天如此，手上拿着喂猪食的瓢，脸色发青。祖父没有说话，将狗拴到厕所门口的枇杷树上，狗的喉咙里发出呼呼声。噪鹛在狰狞地尖叫，黄喉鸦在急遽地哑叫。白辛树上的饿雀子跳上跳下，“饿饿饿”地幸灾乐祸。

“他哪儿死回来过，老婆子你看见了吗？”祖父大声质问他老伴。

祖父的断指拿着烟杆，他急颤颤地过来，惊恐，失落，悲伤，两片嘴唇抽动着，像两条蹦跶的盲眼鱼。

“老泉爷呀，恭喜你，”村长大声地讽刺他说，“沉香坡出了个强盗，我这是第一次听说。”

他的话是说给朱科长听的，这让朱科长很恼火，早餐对苞谷酒的想象破灭了。朱科长看着老实巴交的老两口。他和这一帮人一宿没睡，人困马乏，浑身疼痛，还有一个伙计受伤，差点没被钢丝绳套吊死在树上。

他接过村长给他的烟也不高兴，他听说咕噜山区的待客是进门一杯酒而不是一杯茶，哪来的酒给他？

“有吃的没？”村长问我的祖父。

“老人家，你家麻古在哪儿？”朱科长没想吃上东西，想把人逮到了事。

“我不知道，不是在工地上嘛。”

“早跑了。老泉伯，你可不能诳警察啊。”孔不留说。

那些穿保安制服的也像是警察，反正乡下人分不清楚，孔不留也分不清楚。可村长这时候火了，把鹰眼睁圆道：“孔不留，你闭嘴，这里暂时用不着你说话。”

“我、我、我是讲真话……”

“老泉爷，给他们弄点什么吃的？”村长说。

“你家孙子猴娃呢？”朱科长问。

孔不留用手示意不远的白辛树给朱科长看。那树上是一些乱飞的黑鸟，树下是一些死鱼。

祖父一动没动。祖母也一动没动。

“再搜搜。”朱科长对那些人说。几个人到厨房找水乱喝一气，将火辣辣轰隆隆的肚子灌饱了。

我将羊赶出圈的时候，他们看到了我。孔不留说：“那就是猴娃。猴娃，快来见领导。”

正在周边搜查的那几个人看见了我，纷纷拿出手机围上来，啊，大神啊，可以和你合一张影吗？连朱科长也乞求说：“好神奇，我也想合一张影。”

一个保安合了一张横的，还要一张竖的，说人照大一点，多照几张，有个保险，你在手机中间点一下，光线不好，好像是逆光，我们换个角度。猴娃，我好崇拜你!

孔不留咕噜说，不就是个傻子吗？朱科长要大家合影后赶快去搜，这样打草惊蛇，一定是空手而归，一个夜晚白白浪费了。山岩下有一个凹壁，里面是羊圈，有人已经去搜了，没有。厕所和猪圈连在一起，也没有。屋里屋外，都没有，床底下都搜了。

“麻古他犯了什么事呀？”祖母问他们。

村长眼巴巴地用鸽眼盯着墙上挂着的一些苞谷和辣椒，又用那只鹰眼盯着科长，等待他回答老人家的话。

“算了吧，不在就算了。”朱科长的喉咙完全哑了，气息微弱，就像要牺牲了，一绺头发吊在额前。

后来他们每人拿了一根烧苞谷边吃边往山上走。

响鸟在空中发出奔放的叫声，一架轧苞谷的大水车在落豹河边飞快地赶着碾子，水车被飞溅的流水推动，不紧不慢却气势雄壮地走着步子。花栎林子里，开口箭、射干和鸢尾盛开着淡紫色的花，铁线莲一片片绿意葱葱，紫色的醉鱼草花，扬起笤帚般的花絮，像一条条晒太阳的大蜈蚣，明朗的峡谷在滚烫的激流中高歌。

狗依然在有气无力地叫，声音短促，表明它是尽职尽责的狗，但是因为雾湿了它的毛，呼呼地喘气，后腿挠着裆里，估计睾丸上有虱子，咬得难受。

祖母在厨房的盐罐里面挑出一小勺盐，噙在嘴里，气才顺些。她昨天敬菩萨时眼皮就不停地扯动，眼里雾气汹涌，就知道没有好事。今天她依然点了三盏茶油灯。等那些人走了，她赶快在菩萨面前跪下念叨：

“观音菩萨、孔子大帝、咕噜山区的山王天子、梅山七怪、黎山老母、天音梁子的迷魂教主、伏魔关圣帝，保佑我儿孙平安，逃脱虎狼之威，百兽之逼，远离灾殃，除去神官之罪过，邪祟之恶事。生不逢时，天无宁靖，恭请咕噜大仙，派遣狮座将军，铜头铁尾，让我儿麻古，身不现形，背插双翅，苍空飞走……”

祖父看到祖母在那儿虔诚地跪在蒲团上念念有词，这是她每天的功课。她前面是被烟熏黑的木雕的菩萨，她匍匐在地，念的时候是闭着眼的，她的麻白色头发扎成一个小髻，她对着地说。她会说上半个小时。她虔诚得皮包骨，但对她的子孙充满了保护的渴望，她双手皴裂，染着猪草的绿汁。她这样念叨就像个精神失常的老人，陷入了另一个幻觉世界的秩序和真实。但当她爬起来时，她是一个正常老人。

打断她与菩萨的唠叨也许会不好，祖父等着她差不多完了，问她：

“麻古究竟去了哪儿？”

他以为老伴一定知道儿子的去处，儿子从不亲近他。这个儿子一个人吃饱了全家不饿，或者只要闻到酒香，就会来老父亲家蹭饭，但他自己也总有酒喝，有肉吃，家当不多，酒壶有七八个，陶瓷的，铁的，铜的，锡的，铝的。

“麻古干了傻事？”祖母问，“干了傻事迟早要抓住。他的那些核桃还没晒好，冬花还没挖，他跑到哪儿去呀？听说机场还得挖你老母的坟……”

“你听谁说的？”

“贵将军，不是他说天音梁子、孔子沟的坟都要平吗？”

“胡说，放屁！放你娘的屁！”老木匠怒了，这话不许说。

“你娘算完了……”

“住嘴！”

猪圈顶上，是一层木板，用几根木料托着，上面铺着苞谷衣壳子。那里有时候霉豆豉，有时候放腊肉。现在放着一些废弃的背篓、洗洋芋的木盆、犁，祖父给几个孙子做的木三轮车、摇窝……她爬进猪圈时，上面传来响动，落下一层粉尘。有粉尘落进她眼里。

“你个杂种，抓去才好啊。”她喃喃地说。

雾气没有散，蕺老泉往响泉去挑水，响泉里响着奇怪的响声。山冈上跳动着一块块的云彩，落豹河谷很深，苔藓和腐殖质的气味，仿佛被拧进了许多劣质薄荷。从峡谷里爬上来的湿漉漉的雾气，阴森变幻，几株山楂晃着黄色的花，像一些鸟雀挤在树上。鹰嘴岩上的冷杉林在遥不可及的地方，前仰后合，呜呜叫喊，一群猴子在上面。它们看到了麻古吗？他昨晚梦见麻古上了鹰嘴岩。风很大，他顺路捡拾了几条盲眼鱼，呵斥朝地下拉屎的饿雀子。他放下水桶，在麻古屋里兜了一圈出来，走到那个搁着兽头的祖坟前。茶园里一片岑寂，商陆、胖婆娘腿长得飞快，高过了茶树。鸟的叫声嘈杂，毒蟾蹦跳，跃上石头。小路白茫茫一片，隐藏在悬崖峭壁中。雾中的四野凄凉、惶恐，都被弄惊了一样。雾里透出的天光是石灰的颜色，雾像巨石滚动在头顶，发出轰隆隆的声音，好像暴雨将至。

“……天音梁子要削平九个山头，九个山头上的月亮山精要败走麦城？九个山头的石头山魈要逃向哪里？九个月亮山精被九千九百九十九个死鬼抬着，手拿棺材木做的手杖？九座山谷里万年的苔藓精、刺楸精、漆树精、五色灵芝精、帚霉精、岩包精都落荒而逃，无家可归？白辛树、天师栗树里盘踞修炼的蟒蛇精要成龙归海？……再来一场泥石流把九个山头的月亮山精和暴雪山精冲到天上，打下铁翅膀怪物……把那些大铲车大卡车大铁碾大推土机大挖掘机大雷管大广告牌统统扫平……”

他摇撼着坟旁的白辛树，那些饿雀子扑扑地飞起，哇哇大叫。

十六

贵将军断言：膏肓神攫住了麻古。膏肓神在他的肚子里，剥夺了他的意识。贵将军说："你们听说过膏肓神吗?"贵将军讲，哪个脏腑旺盛，它就藏在哪个脏腑里。如果此人纵酒无度，膏肓神就藏在胃里；如果此人好斗讲狠，膏肓神就藏在肝脏里；如果此人心思不正，想干坏事，膏肓神就藏在他的心脏里。他说麻古好酒贪杯，还与人争强好胜，盗窃国家财物，这膏肓神就在他的体内奔跑，居无定所，所以他烦躁，莽撞，失魂落魄。

手握豹目珠的人照见一只豹子坐在滚烫的大石头上，那只豹子站了起来，大汗淋漓，捡了块尖石头扎红桦树皮。红桦皮裂开后流出乳白色的汁水。这个豹子竟露出人的嘴巴，去接桦树汁喝。这个披着豹皮的人，是麻古。

他的舌头舔着甜丝丝的树汁，伤疤的痒窜入肚腹，像蛇一样在肚子里咕叽咕叽地游走，他想找一把刀把自己的肚腹挖开。

"呼喽——呼喽——克克——克克——"猫头鹰瞪着鬼眼鬼鬼祟祟地叫。

"臭——姑姑——臭——姑姑——"戴胜在树巅上，头顶一撮美丽的羽毛。

树莺像一个多嘴婆："接姑娘——过端午——嗯嗯——没得盐——没得油——接姑娘抓毬——"

可他听到的树莺叫声是："麻古麻古麻古你娘抓毬——"

他之所以跑掉，是看到黄二棍被熊啃得四分五裂，那只熊被乱棍打死时，他看到熊的两只眼睛里全是他麻古杀人的影像，熊倒在狂猢岭上，总算吃了一个人。

头顶是缠在树枝上捕食小鸟的毒蛇“土不呆”。无数的土不呆在孔子沟东头的密林里，土不呆们跟树皮一个颜色，三角形脑袋随着树枝晃动，麻古估计抓他的保安队不敢进这条沟，他与蛇同眠，念着退蛇隐身咒语：“存吾身，化吾身，吾身化为山中树木去藏身，风吹树叶匹匹动，不知哪匹树叶是吾身……”

他看见了两只熊，他知道一只为熊魂，一只为熊魄。两个鬼熊跟着他。熊魂是太阳山精，熊魄是月亮山精，它们想来夺我的命。它们张牙舞爪，四只眼睛里全是麻古吃人的样子，麻古你娘抓毬，它们在说。它们认识麻古。

树木起伏，蛇头齐舞，山林深邃，风好大，风摇晃着树枝，黄色的土不呆蛇就一起摇头晃脑，像乡下的教书先生。鸟声轻喃，蝇子草和香薷疯狂生长，飞蓬开满白花。好吧，行，你们跟着，你们吓不住我，你们死了，而我活着。只是，你们的魂魄还在这个林子里游荡，而且将永远游荡。这是一件不错的事情，森林是你们的乐园，森林可以收留所有死去的灵魂，可以藏下一切，从蛇到蚂蚁，从旱蛭到红毛野人。但是这种好事将在这里结束，我是说，孔子沟将成为垃圾填埋场。

一块大广告牌立在那里，刚刚竖起来的，上面的喷塑写着：

孔子沟填埋场为天音梁子机场垃圾场，总库容400万立方米。一期工程规模150立方米，垃圾处理量90万吨；二期工程规模250万立方米，垃圾处理量150万吨。

正当太阳射向沟里的时候，叔叔麻古看到两条蛇纵身跃起，咬住了一只美丽的戴胜，“臭——姑姑——臭——姑姑——”它的声音消失了，蛇紧紧缠住戴胜，它的冠状羽毛在蛇的嘴中抽动。

蛇们爬上了高高的广告牌。“嘎儿——嘎儿——”一只刚歇下的松鸦也被土不呆蛇逮住了。一只乌鸫“吱吱”地飞过来，又得意地模仿着树莺的“接姑娘——抓毬”的叫声，突然“吱”的一声，被蛇缠住。“午……午……午……查克——查克——”一只锦鸡落入了蛇口。

“我把你带到孔不留家吧，让你认识下从小夹掉你睾丸的人。”他对熊的魂魄说。

在月亮升起之夜，他靠近了孔不留的家。那曾是落豹河一带的富有人家，前庭后院，有大天井，他们说这是孔子的后裔，有一块大匾在他的门口：斯文在兹。后来，高高的石阶已经歪七竖八，残缺不全。从缝里生长出一些结了蓝色小果的木防己和伸筋草，以及顶芽狗脊等张牙舞爪的植物，门口一个高高的大石槽装满了绿褐色的雨水。谁也不清楚孔不留的祖上是怎么来到这深山老林的，是怎么衰落的，又是怎么只剩下孔不留这个单身汉的。有人说，这房子是他祖父分的地主浮财。这房子是地主关犯人的，死了许多人，没人敢住，他爷爷住下了。

屋里有一些木柜，像货架，搁着孔不留这些年用过的坛坛罐罐，这是一个单身男人的生活痕迹，有炫耀的性质，舍不得丢弃。还有几个背篓，屋子被烟熏黑了，墙缝长着蕨。墙上有“文革”报纸，木橛子上挂着一些塑料袋子，不知装着些什么，蛛网在到处疯狂繁殖。

因为没上锁，他想孔不留应该在家，还没有搬迁的动静。这房子太老了，听说孔不留要搬到镇上去，那里有还建房，还是楼房，孔不留要翻身了，要住到天上去。麻古的肚腹里倒海翻江，不知是饿得疼还是痒。他坐在火塘边，火塘是冷的，灰也许是前年的。他后悔没有捉两条蛇，生了火就可以烧烤。他还是找柴来生起了火，并将火塘顶上吊着的几块肉皮取下来，放进火里烧。两个熊魂熊魄也端坐在火塘边的椅子上，照理说鬼是不近火的，这让他十分恐惧，又一想不就是个鬼嘛，又不是真熊。仔细瞧熊的裆里，看不清楚是公是母，有没有睾丸。这使他怀疑自己是在梦里，在梦游。他掐了一下自己，将手放到火上烧了一下，疼，是真的。他又想怎么把这两个兽的魂魄关在孔不留的屋子里，他扒出烧好的肉皮，有香味，是真正的肉香味，熊对这些不闻不问，证明它们是影子。他就吃了，肉皮太硬，但总是食物，往嘴里填，往肚里咽，能不让肚子叫就行了。看到墙角里还有洋芋，他又抓了几个放进火里。烧了个半熟，拿起来，左手右手来回地倒腾，太烫，洋芋冒着热气，已经烧煳了。他慢慢递过去，递到熊魂的手边。手有形，但手碰不到，给它们吃，它们只顾玩耍，根本不朝他看。

“天皇皇，地皇皇……”他念。熊魂熊魄，你们为啥非要跟着老子，你们究竟想把我怎么着？他在心里大喊，又不敢出声，他快疯了。他困得不行，眼皮在打架。正在迷糊的当儿，再睁开眼睛，分明看到这两个鬼熊爬上了那黑不溜秋的柜子，看到二熊抓出来一大捆钢丝绳，这分明是工地上的新钢丝绳。愤怒的熊魂魄手脚并用，想把它拧成麻花，把它拧散。它是想到这钢丝绳锁住了它生前的脖子，最后让它发疯，咬死并吃掉了一个人，最后被更多的人打死。

钢丝绳是孔不留从工地上偷来的！熊的魂魄是想告诉我这个吗？

他还是念隐身咒，“存吾身，化吾身，吾身化为山中树木去藏身……”

麻古走到自家田里的时候，剩余的苞谷都被轮胎车辙碾过了。薄暮浮现，野猪在林子里嚯嚯打斗，一只明鬃羊拖着巨大的身子望着他——一只抽烟的、长着人头的“豹子”。小月牙在森林的边缘亮起来。

麻古上了一个坡，绕过一条胡颓子和马骝光等灌木遮蔽的小路，一条狭窄的山沟里，他的坡地上，苞谷的叶子卷起来，有股烧焦的煳味，田垄里飞翔着密密麻麻的萤火虫。熊的魂魄跟着他，它们在田垄里像云彩一样飘浮，掰着苞谷。他猛然看到它们的脖子上都套着锃亮的钢丝绳。

一些树的魅影站在岩坎上，在纷乱的羊胡子草和鱼腥草丛中，也裹着团团的黑影。

叔叔麻古汗流浃背，一阵一阵的冷风从水沟里蹿起，水声像众多赶集的脚步。哦，他听着风吹苞谷茎秆的沙沙声，这使他有了一些伤感，无缘无故的。

夹杂着有些石片的、还算松软的土地耕种了几十年，他种过冬花、红薯、洋芋、苞谷，也种过兰花烟，他想把它改成茶园，让云雾歇在这碧绿的茶园里，潮湿的、睡床一样的土地上。到了秋天，他会睡在这垄头的窝棚中，手拿着炮仗，偶尔点上一个，敲打着祖父用整木雕出的梆鼓。在酒的滋润下，放一杆老铳，如果有老熊和大青猴进沟偷苞谷，他就会向它们开火，让啄火的滚珠轰轰地射向那些害兽。不过现在不允许了，他会朝天开枪。

夜晚的咕噜森林上星空茂密，蓝星、白星，还有红星、黄星，就像是一个星星的果园，果实累累，半夜醒来，星空在壮阔飞腾，月亮突然间升起来，就像是它们的村长。

……逡巡垄上，会发现一个野鸡窝，捡来一窝野鸡蛋，再扯一把野韭菜，回去炒了下酒。会有一条蛇，盘踞在茅草上晒太阳。要么让它自己离开，要么活捉。倒提着，几下甩，蛇的骨头就散了，丢进蜂蜜苞谷酒里，泡了喝。爹不喝火酒，他也不喝，火酒是城里做的，土酒是自己酿的，喝得放心。一百斤苞谷酒曲做好了，可以酿四五十斤酒，全是刀子烧，喝那个酒口不干，不打头。森林里什么不能吃呢?

竹笋、菌子，最好是鸡油菌、松菌、青头菌、奶浆菌、刷把菌，下火锅，腊肉炒地耳、木耳。下火锅用脆生生的石耳和树耳。有灰蓼头菜、马兰头、山茴香和鸭脚板凉拌，益母草做汤，杠板归下火锅也鲜，紫苏做鸡汤。最好吃的下酒菜还是老母亲的坛子菜，有辣椒、小竹笋、向日葵的芯、萝卜、藠头……他爱吃的就是这又辣又咸又酸的泡菜，那些鼓着绿色气泡的泡菜坛子有三个，放在母亲敬菩萨的空房里，酸酸的气味和敬佛的香味纠缠在一起，因此泡菜是有佛性的，吃了会宁神静心，百事不想，进入仙境……他的口水不自觉地淌了出来……我喜欢躺在羊胡子草上，头枕着薅锄，嘴里嚼着野生的小勾儿茶，估算着今年的年成。不过躺在沟垄里也是幸福的事，田里很久没来了，都被机场征了。有野猪来过，它们刚刚拱过的田里大窝小坑，远处，野猪在撞树，它们爱闹。

沟边有一个稻草人，是用硬茅草扎的，歪在石头旁，穿着他哥哥推船时穿过的破烂T恤，在风中摇摆。一只寂寥的翠金鹃叼着一条大毛虫站在茅草人的头上，又飞下石坎，那里估计有个窝。空中传来四声杜鹃的清唳："爹爹烧火——爹爹烧火——"

他饿了。

他正躺在干燥的沟垄里睡觉时，有什么狠狠地压住了他，他的手臂和腿都一阵生疼。睁开眼一看，轰隆隆的人声，七八个影子站在他眼前。他被人翻过来，七手八脚地绑上了绳子。那绳子一圈一圈就像捆猪，让他动弹不得，想抹一把眼睛也不可能。

"捆好了，捆好了！"

"你害得老子们在山里跑了三天三夜，你这鸡巴人是为啥哩？"

"跟你说过别跑了……"有人喊科长，"朱头，搜他身上什么也没有。"

"这豹皮也是证据呀。"朱科长从哑得无法出声的喉咙里挤出声音说。

“我说了，麻古会睡在这里……”孔不留哆嗦着嘴巴得意地说。

“孔不留，豹子的尾巴可在你手上哩。”村长揪住他大声说。

漆树湾这一家灯火通明，照得森林一片喜庆，崖上的草木明晃晃的。一头一头的猪正在被捅刀子，一个杀猪人十几个帮手，嘴上叼着刀子的屠夫要求大家让开别挡着他杀猪。

十几头猪躺在屋场上，大锅煮着热腾腾的开水，几个女人在清洗心肺，翻肠肚，砍掉的猪头用绳子挂在树枝上。这家人家姓魏，他家养了十几头猪。

他们走到魏家屋场时，麻古是捆着的，朱科长开宗明义地就对屋场上的那些人说，麻古偷窃了机场工地的钢丝绳。可那些人说，钢丝绳有个鸡巴用啊。

那些人捋着袖子杀猪的杀猪，磨刀的磨刀，吹猪腿的吹猪腿，刨毛的刨毛，翻肠子的翻肠子，没有谁关心这件事。麻古因为又饥又渴，站立不稳，两个保安扶着他也牵着他。这七八个人像残兵败将，都好像要睡过去的样子，但猪的尖叫声给了他们一点点的兴奋，何况他们闻到了厨房飘来的香味。

一个人给麻古端来了一杯水，他坐到屋里的柳木椅上，他的鞋被脱掉了，一只猫过来舔他脚上的汗盐，两只蟑螂也爬上他的脚。他跺脚，他的手还在绳子里。

他们让麻古坐在一间堆放农具的屋里，所有带铁的家伙，各种农具，连一个粉碎机也搬走了。老魏说他们将搬到政府安排的县城边去种菜，新屋给他们建好了，地也分了。猪赶不走，要翻山越岭，只好全部杀了，腌成腊肉背出去。

两个看着麻古的保安瞪着凶狠的眼睛，看他想挣脱绳子里的手，手都快锉出血了。

“我可没有偷你们的钢丝绳。”他说。

“你仔细想一下，也许忘记了呢。”

“没有，绝对没有，老黄也不是我杀的，是熊吃了他。”

“你再想想不急，老魏家十几口，我们为什么不抓他们呢？”

“那是因为你们想喝心肺汤……”

村长给老魏说：“搞点吃的，这是喜事。”

老魏给了村长一支烟，说：“我又不归你管了，这账记到谁的头上？”

村长本来给他鸽眼的，听到这话，鹰眼亮了，吼着说：“这鸡巴老魏，搬走了交情就没了？一个机场一修，农民本色就丢啦？我们走！”

老魏说：“这还当真，巴不得，帮我吃掉这些肉。”

“有碗心肺汤就成了。”

“那还用你吩咐，心肺本来是给狗吃的。”

“狗日的老魏！”

满满一锅心肺汤的香味夹杂了辣椒、花椒和木姜子的气味，保安们都饿得不行了，手拿着大碗候在锅边自己给自己盛。他们汤也要，但都想捞锅底的实货，两个人抢着勺子，把手烫着了。他们把筷子夹在碗底，另一只手腾出来去抢酒杯。杯子就是一次性的塑料杯，软塌塌的，干脆先喝上一大口，免得溢到地上，溢到手上的就吮进嘴里。一个人等不及吃了一大块心肺，太烫，眼珠子都凸出来了，噎在那里半天出不来气，脖子抻得比鹅还长。一个人忙去拍他的背，帮他顺气。“干杯！干杯！”他们自己给自己说。真爽啊，有肉，有酒，还有热汤，一切全有啦！几天来的跋涉，被蛇咬，被竹虱咬，被钢丝绳套，还摔跟头，都过去啦。

“看你们，等等再吃，像饿牢放出来的！”朱科长对他下属的吃相感到羞耻，有损人民保安的形象，厉声喊道。

但大家停不下来，如一群饿狼，根本没听见他们的头儿说什么。有的吃得太辛苦，酒一进肚，眼皮打起架来，失手掉了筷子，捡起来说："他妈的真想睡个觉，吃啥都没床好……"一个人趁机夺过去那人的酒杯："那我帮你代了。""代你个卵子，酒给老子，没酒的事！"

大家净顾了自己吃，这时朱科长才想起屋里有个麻古，就对孔不留说："给麻古送一碗去。"孔不留打了些汤，没几块心肺，端进屋里。

"吃不吃？"

麻古的手还绑着。一个保安对孔不留说："你喂给他吃。"

"我吃完了再给他吃不成吗？"

"先让他吃。"

孔不留就自己空着肚子喝了两大口酒，含了两块滚烫的心肺在嘴里哈着冷气。

"喝酒不？"孔不留没好气地问。

叔叔麻古撮着嘴巴不停地喝酒，他太想酒了，嘴里也塞满了心肺。他想拉尿，他就说他要拉尿。虽然他感觉没有尿，下身已经不存在了。但一看到孔不留他就想朝他泚尿。那又短又扁的脸，五官挤得快窒息，脑门顶上与麻古打架劈开的伤没长头发，白滋滋的，像是一条小沟。

被叫烦了，一个保安过来骂骂咧咧地说："不想让老子们吃饱了？你这害人精几天几夜害得我们饿肚子，还让咱们的人溅了血……"

"那是要血债血还的。"孔不留说。

孔不留粗暴地将麻古的后背扒到灯光处，绳子捆成死结，他找了半天才找到结，因为酒精太烈，他的指头是软的，他弯腰用牙齿去咬，终于开了。他让麻古自己松绳子。还没退一步，麻古的绳子就朝孔不留挥来，迅雷不及掩耳，将孔不留手上的碗打翻在地，溅了他们两个一身，麻古大声说：

“你这狗杂种，自己偷了钢丝绳，还想害我吗？老子绝对饶不了你。”

孔不留像杀猪一样喊起来。但门外的杀猪声更大，没有人听见孔不留的喊声。麻古把孔不留紧紧地按在地上，打了他几个耳光，又捡起地上的心肺塞进他嘴里。他想尿尿了，现在有了尿意，忙掏出家伙来把尿泄到孔不留头上，泄在他嘴里。终于有人进来了，来拉扯他们俩。孔不留爬起来就往外跑，“快捆住麻古！”

“捆住你个狗娘养的，钢丝绳是你偷的！”

“麻古讲酒话！”

“你诬告我，以为老子不知道？是熊魂告诉了我，孔不留把钢丝绳藏在他柜子上，是一盘新的！”

麻古撵孔不留，孔不留跑向朱科长。但朱科长是领导，坐在上席上，端着架子不想下来。他在与村长和老魏碰酒，还在火锅里择花椒吃，他喜欢吃花椒。

他看着孔不留跑过来，麻古举着粗麻绳要大闹天宫杀气腾腾，朱科长站起来呵吼道：“麻古撒野，你好屌啊！”朱科长学过散打，一把就薅住了麻古的绳子，把他顺势拽了一个趔趄。

“孔不留才是小偷，老孔才是呢！我没有了土地，你们为什么抓我啊？”叔叔麻古又哭又喊，“我地没有了，你们还抓我，你们好狠心哪！”

他的喊声引来了老魏和他的老伴，他们看着麻古，也抽泣起来，边哭边说：

“我们马上要离开这里了，好舍不得，就这几千斤猪肉，还有几百斤苞谷，也要酿成酒带出森林，祖祖辈辈住的地方哩……”

老魏用黑黢黢的手揩着眼泪，他的伤心被麻古全部勾起来，这时在屋场上翻肚肠的乡亲也都抽泣起来。有的劝老魏和他的老伴。

“你是何时搬家呢?”一个保安问老魏。

“明天，明天我小舅子的车来，停到狂猢岭那边，我们搬运要背十几里才能上车。只好今天连夜杀猪，连夜背出去。”

“机场通了，乡亲们致富就有希望了。”

“家都没有了致个什么富?致哪门子富?咱只想世世代代住在这儿，陪伴祖坟，啥都没啦……”

风横过森林的上空，夜里的风格外大，越刮越荒凉。没有猪叫了，猪全躺在地上，成了一条条的尸块，就像经过一场大杀戮，整个土地和空气都暧昧瘫软，树枝哗啦啦地摩擦着石头，夜晚的山峦和峡谷都在淌着泪水。好憋气，人喘得慌，黑压压的林子雾往上腾。

朱科长拍着筷子大吼一声说:“孔不留，是真的吗?”

“麻古陷害我!”孔不留喊冤。

“又有事做了。”村长无可奈何地打着哈欠说。

“得弄清楚，不能等到天亮!”朱科长从上席下来，僵直的双腿摇晃了半天，他指着门外朦胧的向下倾斜的小路果断说。

几条狗在那儿争抢猪下水。

十七

“现在蜂子就该你照顾啦。”这是叔叔麻古被抓走后，祖母交给我的事。

她常常从敬佛的屋里走出来，对着坡下那个石板屋顶的房子骂麻古。到了夏天她的齁喘病会好一点，常常含着盐才能大声詈骂。她常和祖父吵架。

关于麻古碰上月亮山精，膏肓神进入体内的事说多了，祖母不信，但祖父坚称贵将军说的是对的，不然，他披着张豹皮跑到田里去睡觉是为什么？如果用醉醒花酒和熊瞎子去借刀杀人，就有膏肓神在作怪，偷钢丝绳是膏肓神指使的，自己的儿子还不知道么？他没有这样的恶习。

蜂子不要太多照看，叔叔有一箱蜂，我们有两箱蜂。祖父的蜂箱放在厕所屋顶上，也会引来许多蜂子。叔叔有几个新蜂桶用桦木凿空的，放在屋后，却只有他门口的那个破蜂箱有蜂。其他的无论怎么也不见飞进一只蜂子，这太神秘。蜂子喜欢什么蜂箱，喜欢什么人家，只有天知道。

我看着叔叔的蜂箱，因为叔叔对我好，我要帮他做点事，等他回来，我相信他会回来。三只羊吃叔叔屋前屋后长出的草都够了，那里有长得茂盛的野苜蓿、淫羊藿、白三叶、马鞭梢，羊们吃饱了就去舔墙角的硝盐。

这些天，如果没人，“七溜溜”就来了。早上去看蜂箱，发现七溜溜咬死了不少的蜜蜂。祖父说，这种七溜溜专门吃蜜蜂的。它像黄蜂，但比黄蜂的腰更细长，金黄色，看着就可怕。可是我知道，它就是在更高山上生活的黄蜂，是从鹰嘴岩上飞下来的，咬死蜜蜂后连同蜂蜜和小蜂带回自己的巢里，喂养小七溜溜。我守在蜂箱旁，用苍蝇拍打。七溜溜飞走后，果然会回来。它并不惧人，我站在旁边，看到它飞来，绕着蜂箱飞上一圈两圈，就踅到蜂子进出的小孔边，抓住蜜蜂，用它的毒刺刺入蜜蜂体内，蜜蜂马上就会昏迷，不几下就仰面朝天了。但我能准确地将七溜溜拍死，没有一只逃脱，打死的七溜溜就装到一个矿泉水瓶子里。

我打七溜溜时，断腿猴也来帮我，它上蹿下跳，身手敏捷，用褐色的眼睛看着我抓，也看着七溜溜飞行的轨迹。它看着我抓，后来它就明白了，没等我出手，它就扑上去抓，结果被七溜溜蜇得哇哇大叫。我制止它。它能分清楚黄色的蜜蜂和金黄色的七溜溜，这种金黄色的蜂子收缩着腹部，十分瘆人，也许这就是它称王称霸的颜色，让所有的蜜蜂胆寒。

祖父见到瓶子里一天比一天增加的七溜溜，很高兴。用这种野蜂泡酒，可以治顽固性的风湿病。他把这些蜂子倒进酒瓶里，它们漂浮在酒上，甚是恐怖。

到了割蜜的时候，我们的蜂箱和叔叔麻古的蜂箱都摆到了屋场前，我割来了艾蒿，先用棍子敲打蜂箱，再把艾蒿点燃，将蜜蜂熏出去，不能伤害它们，也不能惹怒它们蜇人，蜜蜂急了，也会蜇死人。

祖父将蜂箱倒过来，蜜蜂们就炸了锅。我拿着点燃的艾蒿在箱子周围熏，蜜蜂群密密麻麻的，不肯离巢。熏走了大部分的蜂子，祖父将蜂蜜割下来。我们没有摇蜜机，基本是手工割。先将蜂蜡割下，一块块的蜂蜜就是收成，一箱蜂差不多割出二十多斤蜜。

我和祖父起个大早，将蜂蜜背到镇上去卖。

古铜色的秋天，松脂的香味在森林乱窜，空气干燥，白云浮动，万物静谧。我们只能翻过鹰嘴岩的一个垭口列子垭绕道去镇上。

每一座山冈都是寂静的，在远离机场工地之外，世界一如过去。山坡上果实累累，红色的槭树成了森林的主角，红叶滚滚而来，仿佛是地火腾起。野猪悄悄地用蹄子在地下刨着搜寻食物，它们没有发出声音，但有很大一群。我们只管走，野猪这种凶兽，你不惹它，它也不会惹你，相安无事。松果和核桃，都叭叭地从树上落下，砸到地上，还有猴板栗，就是高大的天师栗的果子。

越来越清澈、越来越瘦小的溪流，冲刷着石头，带走落叶。空气中酝酿着一种甜甜的味道，路边有死去动物的骨头。一只麂子越过溪水，回过头盯着我们。一只狐狸拖着火红的尾巴隐入林中。更多的啄木鸟发出紧急的“笃笃”声。一头熊在树洞里掏着野蜂蜜，没在意我们的经过。岩羊在山头瞭望。娃娃鸡在草丛里，像婴儿一样啼哭。我们小心翼翼避开了湮没小路的胡麻，它会让我们痒得难受。还有在秋天疯狂嗜血的旱蚂蟥。猫儿屎像佛手一样成熟了，吊裂在藤子上，我摘了几个给祖父。还有五味子，已经不多了，被猴子们和其他野兽吃光了，余下的像珍珠一样挂在藤蔓上。木防己的蓝果、麦冬的蓝果、蛇葡萄的蓝果，蜈蚣刺、金线吊乌龟、千金藤、枸子、海棠、紫金牛、七叶一枝花、红茴香的红果，一树树荚蒾的红果，那么多长在悬崖上的野柿子的红果，那是真正的秋，到了冬天也不会掉落，除非鸟雀将它们啄光。还有紫色的茶藨子果，有黄色红色的龙爪花，风铃草紫色的小花都藏着掖着在草丛中闪现，柴胡一簇簇黄花，玉簪一串串紫花，滚滚的香菊像金色的流水，大火草、打破碗花花也吐出了长絮。百鸟和鸣，毛猴飞蹿。

一群嗡嗡的蜜蜂跟着我们。祖父越来越背不动了，我执意将蜂蜜桶背到我的背上，加上一些菌子和松果，我背篓里有一百多斤。我们吃五味子，喝溪水。祖父坐在石头上就难站起来，我发现他整天唉声叹气，脸上像是下过一场雪。他常常坐在他母亲的坟前，自语说：“快了，快了。”

他听谁说的，沉香坡也要开发，打通落豹河峡谷，这儿会成为景区。我们的祖坟都要被刨掉吗？祖父伤心的是这个。

村长说，这儿成为景区后，我们就可以在家门口卖蜂蜜，卖山货。但祖父能等到这一天吗？

祖母要祖父和我在镇上给她买回了一米五的大香，葵花秆一样粗，每天都烧，花去了十斤蜂蜜的钱，求告天上的所有菩萨保佑他抓去的小儿子平安无事。因此那个敬菩萨的屋子里烟雾缭绕，这加重了她的齁喘，眼睛快熏瞎了，还加上两盏茶油灯的烟雾，她就趴在那浓浓的烟雾里求各路神仙。

那天祖父坐在门口看雨，看到山下的小路上有一个小小的人影，他操起那根带刺疖的打狗棒。他因为愤怒，喉咙里呼哧呼哧地响。等那人爬上百步梯，他忍住心脏炸裂，像一匹狼一样扑过去。

还没等祖父抡起棍子，叔叔麻古哇的一声大哭起来。天气十分的冷，他把鞋子用塑料纸包好揣在怀里，一双赤脚满是泥泞，背篓里还有些路上捡拾的菌子。他瘦得像个又硬又臭的乌龟壳，光秃秃的头上被雨水刨出纵横的深皱，在父母亲的棺材旁坐下来，一声声地嗳气。

“你，你！”祖父气得说不出话来，祖母闻声出来拦住了呵斥的老木匠。他见麻古气不顺，端来一碗野花椒水，麻古咕噜咕噜地一饮而尽，看着他的父母，眼睛一动不动。

“是个神经。”他的父亲想。

“我去祭田。”麻古说。

他关在看守所每天晚上噩梦连连，梦里全都是那块田里老熊出没，啃他的胳膊，扯他的睾丸，扒吃他的五脏六腑。黄土无缘无故地埋他，埋齐脖子，让他不能呼吸。泥巴一阵一阵从脚头朝上涌，常常飞沙走石，或是几个土球里蹦出几个妖怪，有漆树精、红毛野人精、狐狸精等月亮山精，还有像孔不留这样的侏儒石头精。他跟孔不留关在一间屋子里，两人在里面干了一架，又多关了两个月。

我扶着叔叔麻古，路过孔子沟，那个大木瓜形的山沟都刨得干干净净，树没了，石头都挖走了。一些人正在铺巨大的防渗布，一个大的水利拦洪坝也露出了端倪，这是防止垃圾污水流入落豹河。

他从狂猢岭往下走，记不住他的田究竟在哪儿，一切变了样子。

他拿着一根避邪的桃木棍，还有一块石头，用石头将桃木棍钉入地下。我想起与叔叔在窝棚里睡觉和吃烧核桃的情景。

一个人站在一块石头上，他是老魏的小儿子，戴着破草帽，袖子上箍一道黑纱，他看到我们，咧着大嘴笑着与我们打招呼：

"哎——"

他像一个稻草人那样晃晃悠悠的，他们家不是搬走了吗？我们走过去，他给我们说：

"麻古你今年的蜂蜜收成咋样啊？"

叔叔把手伸过去又收回来，说："从号子里刚出来。"

小魏"哦"了一声，用石头敲打脚下的石头，"有人说是你打死的豹子，挖出了那颗豹目珠坏了咕噜山区的根基，是么？"

"哦哟，老子哪有这么大的本事……你这是？……"叔叔指着他手臂上的黑纱问。

"豹目珠就是镇山石……"

"你家哪个死了？"

"豹目珠究竟是哪个挖的？"

叔叔艰难地摇摇头，他想说话，他的门牙好像没有了，黑洞洞的嘴里，舌头像石灰一样发白，"豹目珠？我可是第一次听说这东西……"

这时候，豹目珠的光点在鹰嘴岩的崖壁上一点点地向上移动，绿得像一粒翡翠。"这就是豹目珠照的么？"他说。他折断了那根祭田的桃木棍，接过小魏丢给他的一支香烟，挣扎着说：

"我真的是第一次听说豹目珠……"他绝望地说。

他贪婪地看着崖上的光点，像一只山精的眼睛晃动在鹰嘴岩上。

下过雨后的群山，像泼了一碗葱汁，山脊形状僵硬，松鸦在峡谷里飞，紧跟在涨水的涛声之后。白色和蓝色的云影，一层一层，层次分明。鸟声将我从树上唤下来。饿雀子们在晨雾里抖动着翅膀上残存的雨水，准备去山洞里捕鱼。一排山冈在骤雨初晴时像斜靠在天空的大兽，让白云给它们挠痒痒。云彩是山的寄生植物，一定会有云彩攀缘而上。

叔叔给我一个蜂箱绑在背篓上，让我背着，他自己也背了一个。我们要背到海拔两千五百米的孟子坡，那儿离鹰嘴岩很近。他是个养蜂的好手，他只有靠养蜂了，他希望能增加几箱蜂子，多割些蜜。西狗跟着我们，它一路走一路啃着青草，想必它肚子里缺什么营养，毛色很差。

鹰嘴岩的喙嘴是秃的，叔叔麻古告诉我，过去鹰嘴岩还是完整的，有人爬上去过，听说上面有各种千年药材。但这儿的埡子下有两家人，一家姓焦，一家姓乌。喙嘴对着阴坡，焦家种的粮食总是颗粒无收，焦家就说，鹰把他们的粮食全啄了，鹰屁股正对着乌家，也怪，乌家耕地会耕出一窝窝石蛋，黑黢黢的。焦家就在山上架了火炮，将那个鹰嘴给轰断了，从此才有收成。但鹰嘴岩却成了绝路。

路上的小松鼠在藏着果实，我们叫它们叼郎子。我们把背篓放在石头上小憩时，两只叼郎子围着一棵红豆杉不停地转圈，翘着扫帚般的尾巴，惊头慌脑。叔叔愁眉苦脸地坐在那儿看天，对我说："孔不留太坏了，不然那张豹皮也不会被收缴去。"

"算了。"我说。

"他更惨，家都没了，房子都没了，这个坏蛋，害人的坏蛋是一定不会有什么好结果的。"

路在深深的荒草里，一些凹进去的石岩中有零零星星的蜂箱，但大多只有稀稀落落的蜜蜂进出。这些放蜂箱的好地方都被人占了。再往山上走，那儿到处是灿烂的香菊，堆砌着一些野兽的骨头。我们抓住树上坡，拐了几个弯，到了一片荒冢，坟墓的石头都歪歪斜斜了，春天时插的一些清明吊子都委入泥土。

“这里不会有人放了。”叔叔说。

四周寂静，坟冢荒芜。我们围着坟墓走了一圈，没看到有蜂子飞舞，棺材蜜也不是那么容易有的。风在垭子吹过时，这里就已经有了深深的寒意，这里海拔太高，会有蜂来此筑巢吗？

他把背篓里的酒精炉子、钢精锅、蜂蜡拿出来，将酒精倒入炉子里，又将两块蜂蜡放进锅里。

他选了两棵大树，将他的两个蜂箱放稳，看看不会当着风口，也不会被野兽掀翻，蜂箱上压了大石头。他点燃酒精炉，一会儿，锅中的蜂蜡溶化了，空气中是蜂蜜的甜味。

有一只蜜蜂飞来了，又有一只。只有三五只，它们围着炉子转，却对炉子旁的蜂箱不感兴趣。蜂蜡慢慢煮干了，蜂不再来。叔叔很沮丧，说：“要是背到鹰嘴岩上面还差不多，但是人上不去呀。蜂子就这么多，蜂箱却越来越多……等一会看……”

他趴在一个坟墓上，闭着眼睛嚼一根草。他给我讲，那天他去他的田里祭田烧香，身上带着刀子，如果碰到孔不留，就跟他同归于尽了，但是，等他回到白云飘飘的沉香坡，他的复仇欲望很快就消退了。我知道他不会，他只是说说。在这儿生活的人，不会有极端的念头。这儿的人做事都比较随性柔和，虽然穷，但内心有忖度，虽然遭了罪，但会原谅他人。因为在这里，每天都是这样艰难的生活，到处都是对头，不过万物花草会劝慰你，宽阔的旷野和山川河谷会消解它。没有绝对的悬崖，到处可以迂回转圜，生活就是这么残缺不全，一切都是合理的，没有谁刻意与你过不去。

他爬起来说，我们掐些马兰头回去。情绪在另一件事情上化解了，他想着马兰头凉拌或下炖锅，他的父亲有腊肉，还有酒。看到他父亲早晨起来捧着猪油饭吃，这个世界就是平安无事的，而且脚下搁着一杯酒。

是七溜溜酒。

喝过这个酒之后，叔叔麻古的头肿得很大，这酒有毒，他又没有风湿，而且祖父在酒里加了雷公藤和乌头，治风湿必须加这些。

门口的那箱蜂子成了他的宝贝，他的家里就这箱蜂子了。窗户就几根木齿，冬天也没遮拦。他将蜂箱狠心搬到房里的窗台上，刚好放一个蜂箱，那蜜蜂就从窗户里进出。他是慢慢移动的，一天移一米，这样让蜜蜂能记住自己的巢。这样万无一失，蜂蜜不会被人偷走，也不会被熊偷吃。有时候猴子也会偷蜂蜜。

祖父来到叔叔的床前，看他的头肿得像一个南瓜，眼睛就剩下一条缝，许多蜜蜂围着他的蚊帐飞舞。

“你哪里不舒服？”

麻古不作声，在床上哼着，抓着自己的肚腹，祖父一看，麻古的肚皮全抓烂了。他陡然想起贵将军说的膏肓神，膏肓神到处走窜，不是把儿子的脑袋都挤满了吗？

贵将军救过他的孙子玃，他相信贵将军。

“你抓啥呀？”祖父故意问。

麻古抓的是孔不留留在他伤口里的蚂蚁。有时候，夜深人静的时候，麻古听到蚂蚁用钳子样的嘴啃噬他的五脏六腑，发出嘣哧嘣哧的声音，一排排尖利的牙齿就像吃树叶的松毛虫一样，几个来回就吃没了，肚子里就空了一块……

祖父就试着大声说：“你撞上了白毛精吗？”

他侧耳倾听，果然在麻古的肚子里有声音：“你……撞上了……白毛精……吗？”

这不是回声，这是麻古肚里的应声虫。他翻了翻儿子的眼皮，那个眼珠子里的火要灭了，像一块火烬。

这娃子咋整？他很难受，祖父将我拖出来，让我火速去请贵将军。

“总是有办法的。”干爹贵将军给麻古开了三服中药，他说，“我这里有当归、白术，还加上贯众、土花椒、乌梅——这三味是驱虫的，驱虫镇邪，还有一味雷丸，应声虫最怕雷丸。雷丸除蛊毒，怕不是孔不留给他种了蛊。如果吃后，有寸长的白虫子从肚皮上爬出来，就证明我的药有效，这是古医书《别录》中有记载的……”

我在森林里寻找干枯的雷丸，还有土花椒。

秋天里的红桦和黄栌都金黄耀眼，荚蒾与火漆果红光闪闪，斑羚在晴朗的林中奔跑。我远远听见睡在床上的叔叔要求我说：“玃，玃！快拿把剃头刀来帮我划开肚子，帮我划开——”

“雷丸！雷丸！”我在森林里喊。雷丸是些干结的菌子，但干爹要我寻找的是有响声的菌子，所谓雷丸就是要有响声。

我总能找到他们要的东西，在森林里，没有找不到的。

给叔叔熬药让他喝。

第一服，喝过之后，他不停地打嗝，半夜打嗝的声音比熊的鼾声还要大，吓走了一些路过的獐麂。贵将军说这是肚里的虫子——不管是应声虫还是蚂蚁，被杀得叫喊的声音放出来了，他让叔叔张着嘴睡觉。

第二服药，熬得浓酽酽的，雷丸在药罐子里发出嗒嗒嗒嗒的响声，像打雷一样在罐子里跳跃。喝完了药汤，贵将军要叔叔将雷丸整个吞进去，给了他一杯酒，数十颗雷丸轰隆隆地滚进喉咙，在身体里横冲直撞，肚子里哗哗啦啦像是倒了防洪堤。

第三服之后，他的手臂上爬出来一些小白虫子，这些小虫子是从毛孔里爬出来的，叔叔痒得更加难受，发疯一样地将虫子掐死，用指甲刨自己的手臂，手臂上鲜血淋漓。他要我泡了一桶辣椒水，将手臂放进桶里浸泡，说是要杀死那些小白虫子。他大声咋呼，仿佛肚里还藏着一个麻古。

这太难受，叔叔麻古痒得爬起来在林子里乱跑，祖父拉不住，祖母骂贵将军弄的是害人药，我只好又去叫干爹。

一只黑鹰啄食着一只竹鼠的血肉，黑色的眼睛忧郁地鼓着。树脂从树缝中淌下来，粘住了一些草上的蚂蚁。大雨将至，云彩呼啸着向西涌去，森林里的色彩在雨水到来时变得黯淡无光。我上盂子坡，看到发情的鹿撞着叔叔的空蜂箱。是一只公鹿，这儿没有了母鹿，这一带也许就是这只公鹿了。风刮下来的时候，山毛榉的坚果嗖嗖打在那只可怜公鹿的背上。

我发现羊不见了，原来它们趁我不注意，找到后山的一个阴坡，吃那儿茂盛的淫羊藿。那儿开满了鸢尾，雉鸡在里面呜呜地叫。

一个人突然从山上直嗵嗵滚下来，衣衫不整，失魂落魄的，像个山混子。

“玃，把口水给我喝。”他对我说。

叔叔，他又活了，精神抖擞。他说：“我到青龙潭，洗身上的虫子，在那儿发现了一个宝。你猜！”

我不猜。我猜他疯了，真有膏肓神缠住了他。

“一棵头发树，从来没见过的，我这是要发财了！就像女人的头发又细又长，没有叶子，全是头发……”他牙齿打战，因为激动，脸扭曲成一团。

“白毛？黑毛？”我问。

“绿毛。”

那就不是祖父说的白毛山精，他碰上的是绿毛山精。

“那也是命中注定的，我绊了一跤，滚了好几个跟头，头也磕破了，还被蛇咬了一口。我昏头昏脑地爬起来，就看到了这棵树，天哪，满树闪毫光，披着一树绿毛，连叶子都没有一片，你说奇不奇？运气来了门板都挡不住呀！”

但我没敢告诉他是祖父要我去叫干爹的，要干爹下大药，下大药要么治死，要么治活。

叔叔拉着我回家，他急切地要把这事告诉祖父。

“你再说一遍。”祖父说。

“头——发——树。”

祖父歪着头听，麻古的肚里有“头发树”的声音。

“虫没打下来。”祖父说。

“我不吃药！”麻古突然喊。他听到断腿猴链子的哗哗声。

“好吧，你这狗日的，我倒要看看你能生一棵头发树来的。”

“我跟政府谈！”麻古说，“不要钱，换两亩地咱种也就值了。”

“在哪个地方？这周围几十里地我哪儿没去过？哪有这样的树！你还是老实点，再不能干骗政府的事。”

“少管闲事，我跟林业局报告了。”

“你说它究竟是什么树？”

“我若知道就好了，你那个大疙瘩卖出了大价钱，你当时也不知道啊。”

“你个狗日的还不是想偷出去卖吗？”祖父揭了他的老底。

“我没有！”

“没有，不是你哄玃？”

祖母插话说：“他怕你这个死老头子背不动，再说了，不就一块木疙瘩吗？你碰上了个宜昌傻货，给你两万，你一辈子没挣过这么多……”

“一分钱都不能动，两个孙娃的。”

“两万哩？”麻古听进去了，“说什么两万？”

祖母说走了嘴，祖父连忙制止，说：“快去喊你干爹来治他，少生些妄想。”

事后叔叔问我那么多钱啊，我只是笑笑，我不会说。再说我不想说话，我对钱没有任何兴趣，不管他怎么引诱我都不会说出来。

“那你先画一画。”林业局的人是个秃头，他将随身携带的笔和本子拿出来，让叔叔在本子上画下那棵树。

叔叔接过笔，就像接过了一根大棒，横在手心里，皱着眉头怔望着商村长。

“这笔千斤重哩。”村长哈哈笑着说。

他凑过来帮叔叔握好笔，让他在纸上画。

“你按你看到的样子画嘛，怎么画怎么好。”林业局的秃头说。

村长为他着急，说：“你看见什么画什么，你说头发树，头发一根根不会画吗？”

叔叔说他的手冻僵了，把手伸到火炉上烤了烤，说：“这玩意儿可不好画，在心里。”他痛苦地指着自己的胸。

他画了一些歪歪斜斜的线条，树不像树，桌子不像桌子，石头不像石头。

秃头说：“青龙潭有八头牛大的大癞蛤蟆你见过吗？”

“没有。”

“有一簸箕大的乌龟你见过吗？”

“没有。”

秃头觉得这个人还老实，就没有再逗他，但还是希望他画点什么，画详细些。

“树的样子，你也画不出来吗？”

叔叔恭恭敬敬地放下笔，就像放下一尊菩萨，“我就、就这样了……就是这样。”

“可这是什么树啊？你画不出来，我们怎么给你判断呢？”同行的一位林业局的人说，“我们局李工是总工程师，可是一位林业专家，华中林业大学毕业的，什么树没见过？那你带我们去吧。”

“不给钱，我是不会去的。”麻古说。

“那我们没有看到树，怎么给你钱呢？”

“先订个合同吧。”

“政府你还不相信？”

“我不是不相信政府，我要看到钱嘛。”

僵持时，祖母已经将酒菜都端上桌了。村长就给他们说：“大家先喝酒，老泉爷家盛情难却，大家坐下，边吃边谈吧。”他帮着摆桌上的筷子。

林业局的人说：“进门不是喝了一杯酒吗？好奇怪，你们进门就喝酒。”

“那是冷酒，现在是热酒了。”村长说。

“好吧好吧，管他热酒冷酒。”林业局的人坐上八仙桌，拿上筷子，在腋窝里抽了一下，算是擦干净了，就搛桌上的酱菜，放进嘴里，嘎巴嘎巴地嚼，心中为又辣又酸的味道欢呼。他们让我也上桌，说这娃子咱们一起喝酒。我摇摇头。

秃子专家对村长说：“你呀，应该充分挖掘村民致富的路子，他叫……”

“玃，都叫他猴娃。”

“我知道宜昌一些景区，又是找唱歌的人才，又是找会做法事的端公，搞民俗表演。你猴娃可以到那些景区表演赚钱啊，读过书吗？”

“没。”

“哦。”

“他说话晚，今年才开口，是迟了点……”

“会说话了，却又跑到树上睡觉了。”

林业局的人很惊奇：“还在树上睡觉？那你到景区里去表演天天睡在树上多有意思啊！一天至少给你开一百块钱表演费，你干不干？你同意我帮你联系，就是打工嘛，说不定不止一百。你这个条件是全国独一无二的，都传说咕噜山区有红毛大野人，那那……”

“他不是红毛野人，我娃子顶多是毛多点。”祖父不高兴地说，他把筷子搁在桌子上。他不允许别人说我。

“哦哦不是这个意思，我没说他是红毛野人，我这是为他好，给你们挣钱养老。蕺大爷如果会唱咕噜山区的民歌，我可以带上你去宜昌的景点唱歌。你去吗？”

“我不会唱。”

“可惜了。我认识一个老农民，也是八十多了，当地的山歌大王，在景点跟着好标致的艺校毕业的小姑娘们一起唱歌，都是十七八岁的女娃子，好快活。后来有一个妹子还爱上了这老汉，最后他老牛啃嫩草，两个人结了婚，还生了一个小娃子，那才叫艳福呢。还有一个叫‘三寸钉’的网红，比一头猪高不了多少，是个侏儒娃子，表演用舌头穿针的绝技，也是在景区谈了一个一米七的漂亮女娃子，两人结了婚……”

“有生育能力么？”村长问。

“生了个女儿正常得很，漂亮极了。我说猴娃你出去演出，给你老爷子带一个漂亮的孙媳妇回来，那多好啊，你不高兴吗？这深山老林里大炮都轰不到一个女娃，让你们叔侄二人都成单身汉？……”

火锅里煮的拳头大的肉坨子和洋芋，还有红葱菌、猪拱菌、雁鹅菌、见手青菌。另一个火锅里煮的是紫苏泡椒盲眼鱼，香气逼人。

“平常我在家一个人从不喝酒，越喝心里越荒凉。跟你们老乡一起喝酒，真幸福。酒又香，菜又有味道，太幸福了。”秃头李工侃侃而谈，他刚才发僵的双手灵活了，筷子就像镰刀一样，嚓嚓嚓嚓地飞快挥舞着，把肥厚的腊肉收割进嘴里。

村长说：“李工说的是大好事。”

叔叔麻古听得津津有味，问：“我能不能去宜昌呢？”

村长说：“没哪个扯住你。你麻古一无文化，二无技术，在宜昌不得饿死？”

李工说：“等机场修好了，不是优先要你们村的人去机场上班吗？”

村长说：“有这个政策，叫什么社区反哺。”

可是祖父明显不高兴，气氛上不去，李工就说：“咱说个笑话，县里的人把板栗炒仔鸡叫板栗炒未婚鸡。”他自己哈哈笑了，还端起酒杯给祖父敬酒，可祖父不喝，村长就凑过来对林业局的两个人说：“来来来，大家喝酒。”

打工赚钱的事，我祖父想都没想过，他不会蚀这个人，让人把我当猴耍，当稀奇看。

李工因为喝酒了话多，还是想活跃气氛，就又说起了笑话：“我再给你们讲个故事，我们韩非子湾林场有个山民，他的母猪老是怀不上，就去问镇上的兽医说有没有办法？兽医说办法是有的，万一配不上就搞人工授精嘛。这个人呢，回去看到母猪不敢下手，在猪圈里喃喃自语，这时恰好一个村民路过，看到了，问他你在猪圈褪了裤子干什么？他就说，兽医讲，这猪怀不上，要我给母猪人工授精，你给我出出主意，我现在下不了手，我在想，万一这母猪以后生下的猪娃像我，我不出丑了么？哈哈哈哈……”

这哪里是在活跃气氛，这分明是哪壶不开提哪壶，就像是在影射我和我的母亲，气氛更不对了。

“……好好，”李工抹了胡茬上的酒水说，“挣钱又不是不正当的挣钱，再跟你们说个故事吧，我们庄子沟林场有个老头，女儿在城里赚了好多钱回来，建上下两层的楼房，就有人说他女儿是在城里做小姐卖淫。有一天，他偶尔偷听到了，心想，怪不得女儿这么多钱，原来是在卖银子啊。就打电话问女儿，你是不是在城里卖银子？女儿就搪塞说是的。别人经过他家时羡慕地说，你女儿好孝顺，给你修这么大的房子，她是在做什么生意？老头说，我女儿在城里卖银子。哈哈……所以啊，你们要挣钱嘛，现在这个社会挣钱还管那么多干什么，有钱就是大爷！”

他说得我有些动心了，我能挣钱，如果一天有一百元，这是很多很多钱，也不是卖银子，我的幻觉中看到了三峡的景区里出现了我的身影，我要走出森林到一个敞亮的地方去，我要去挣钱。我吃了两块腊蹄子，不知为什么，眼泪叭叭地掉了下来。

“李工就是恩人，他是为你们好。”村长说。

“你们想好，想好了让他们来带人，你们这顿酒我不会白吃，得给你们办点事对吧？”

然后他就唱起了咕噜山区的民歌：

高高山上一棵树啊，
风雨来吹，野猪来拱，
浇了三百六十担水啊，
长成了一条绿色的龙，
雷火烧，太阳烘，
斧头砍来一命终……

有了歌声，大家就高兴了，就敲着桌子。李工说：“莿大爷的酒太好喝了，没有喝过这么好的苞谷酒，我喝遍了咕噜山区，这是最好喝的，放了头顶一颗珠，还有黄芪和蜂蜜，这个甜味，是不是棺材蜜呀？”

村长说：“一百年的棺材才能有蜜蜂做巢，太少了。”

“反正，这酒喝了不活一百岁那是不依的。”

“我还有七溜溜酒。”见李工夸自己的酒，祖父就热情地将七溜溜酒拿了出来。那些酒瓶里的野黄蜂看着吓人，可李工说：“我正好有风湿，给我来一杯。”

另一个也说来点尝尝。

李工说：“这可是败家的喝法呀，倾其所有，你们待人太好了，咕噜山区森林里的人就是不一样，太纯朴善良了。不过，麻古，你今天灌了我多少杯？”他问我叔叔。

“没多少。”

“你告诉我两点，一、你真的看到过头发树？二、你想要多少钱？”

喝了酒的叔叔嗫嗫嚅嚅开不了口。

“你、你们不信嘛，不信算了……说你们不相信，我还有更爆炸的消息，我看到过一棵五米多高的拍手树，比头发树还珍贵，有一尺多粗，四季常青。”

“拍手树啊，你说的酒话吧？”村长说。

“我还没说完哩，你只要对它唱歌子，满树的树叶就像人一样对你拍手鼓掌，如果你唱的歌好听，嗓门大，它就拍得飞快，叶子的声音特别响亮……就这样，啪啪啪啪……”他示范了几下，“倘若你瞎唱，唱得不好听，调子号丧，声音悲惨，它就轻轻拍手，像是安慰你一样。如果你唱得很慢，它的叶子就垂下来，好像很害羞的样子……”

“神了，真神了。这个拍手树我倒是听说过，这个不会骗你。我听说过，但是实话说没有见过，”村长说，“老泉爷你听说过吧，见过没？”

“没。”祖父说。

“咱们先把头发树说个价，麻古。”

“我报告给你们，你们要不要，随你们的便。就让它长在山里，自生自灭，或者砍了当柴烧。”

“这样说吧，咱们就是真心来看这树的，不然跑这老远打鬼！你说的这两棵树，真的存在，不是哄我们，如果真是咕噜山区《植物志》上没有记载的，我们要给你奖励，省林业厅、国家林业局也会奖励你。然后我们要对树进行编号，要加以保护，每年给你点保护费。”

“你们的话，我不敢信了。”

“政府说话是算数的，我今天就是代表政府，你说个价。”李工把筷子拍在桌子上，两只手放在他面前吐出的骨头和鱼刺上，有些气急，脸喝得跟断腿猴的屁股一个颜色了，舌头像一块烧红的炭。

“你出。”麻古说。他想起他父亲说的，在宜昌卖木疙瘩时，就是让别人先出。这个李专家肯定知道这头发树的价值，故意不说的。

“你发现的，你出。”

“你们出。”

村长观察这个人头脑清醒，看起来不会有什么膏肓神附体啊，喝了酒还很明事，方寸不乱嘛。不能上林业局的套子，这麻古在机场工地上混了几天，变精明了。

“给你两百块钱。”逼得没办法，李工只好咬牙说了。

“一棵还是两棵？”村长问李工。

“一棵我也不干。”叔叔说。

“你那树是金子啊！男子汉大豆腐，爽快点。”

"不少于一千。"

"也不是你的，山里的树，是国家的。就是个发现奖励，政府的钱也是钱。你说个大致的地点，看我信不信？这一带，我老李也走到了，咕噜山区的山山水水，我老李哪个没跑啊，在这里我已经待了四十年了。"

"那我说，青龙潭山壁上有一个大夹槽，你们爬进去过么？里面长着千年的党参、万年的黄芪。黄芪已经成精了。有一窝金钗（石斛）不少于一亩，你到不了那儿，有许多催生子（飞鼠）守着。青龙潭下面有溶洞，要潜水进去。"

"你进去过？"

"我当然进去过。"

"你看见过张献忠的金子啊？"

"那么深，我能走到底吗？"

说话间，喝了七溜溜酒的两个林业局的人看着看着脸就肿起来了，头皮发痒，拼命抓挠。

又是头发树，又是拍手树，这酒不能喝了，这里的人都神经病哩。

他们站起来，对麻古说："就一千块。那你带我们去看看好吧？现在你看我们的脸都喝肿了，浑身痒得难受，必须看到树，确定了再给钱。要弄清是不是国家级的保护植物，是不是在《植物志》上无记载的新品种？我们也不可能拿现金给你啊，现在各项规定和财务制度非常严格，局长审批后交给我们的财务室，也只能打到你的卡上或存折上。不仅我不能取现金，而且要公示的，明白吗？你是一个农民，按农民的想法是不行的，现在外面的世界你们根本不知道。现在是怎样的一个社会，怎样的进步？上海北京的高楼有多高，新建的大桥有多长，你们也不知道，政府机关怎么在运转，你们更不知道。"

“我哪管你们的政府怎么转，我发现了一棵稀奇的树，你们给我点钱就行了。我种地、养蜂，我侄子养羊。或者你们给我几亩地种就行了，现在我地也没了……”

“带上我们，走！”李工不断地拨打他的手机，在这根本就没有信号。他很烦，恨不得将手机摔到地上，眼睛也肿得只剩一条缝了。他不停地喝凉水，想稀释七溜溜酒的毒。

“好吧，我家貜跟着去，不害我的孙子就好。”祖父对李工说。

“害？哼！我是想帮你一把，就是同情你们嘛。我也没说猴娃是红毛野人，就让他去冒充好了，去赚几个轻松钱不行么？也不枉吃了太婆一桌好菜。太婆，太婆的菜太好吃了，但我恨死七溜溜酒。”

这之前，有联系过。河南来这儿偷偷逮猴子的看见我了，想带我出去闯天下，但祖父不允许。他说那些河南人自己都像叫花子，有钱你赚？不就是耍猴么？过去我在县城见过，但是林业局的就不同了，他们是村长陪同来的，不会骗我们。再说，宜昌离咕噜山区不远，景区都是在森林里面，我是能适应的。一天一百元真的诱惑人。

十八

由于下过暴雨，山路湿滑。路上的腐殖质遇水即软，又黏又稠，撕扯着人的鞋子。这里海拔高了，一路上秦岭冷杉竖起的蓝色果实像一排排灯盏，巴山冷杉的果实则像一颗颗大碧玉。松鼠搬着橡子和锥栗。五味子在灌丛间一串串地红了一大片，“猫儿屎”也在成熟，老鸦枕头果就像挂在藤子上的一个个小枕头。一树一树的海棠果，一树一树的毛板栗，高山上的红叶红得特别艳，也过早地开始凋落。

村长带着一大盘绳子，他一路骂骂咧咧，想赶走晦气。前面过去的干沟我们以为没水，却是满满当当的一沟怒水，比落豹河窄不了多少。听到哗哗的响声，村长在一个土包子上对我们说，有一个怀孕的女乞丐，在这里难产死了，埋在那个包子上，这里阴气太重，我们赶快生一堆火，有了火，可以退鬼气。

沟两边是茂密的树林，把天都罩住了。我们赶紧找来一些树枝，由于刚下过暴雨，很难将火点着。李工在包里找了一通，将一本笔记本撕了十几张引火，总算把火烧起来了。烟火一腾，天空似乎明亮了一些。

村长让麻古背着那捆绳子，可叔叔毕竟是四十多岁的人了，我一路帮他背。烤了会火，我们站在沟边，看山洪咆哮。村长觉得还有另一个声音，凑到麻古肚子上听，麻古的肚里有东西在胡乱扑腾，仿佛在煮汤，又像肚子里有个集市。

是说咋心慌的，原来还是有膏肓神，这是个什么山精啊？

“过不去了。”村长给林业局的人说。

“我们可以等等，”林业局的两个人坐在石头上，气喘，脸肿还没消，“老是下雨，这地方咋这么多雨？我们正好等等。”

“我们吃的不够，我就炕了几个饼子，大家现在吃吗？”村长从一个化纤背包里拿出来饼子，还有盐水煮过的干笋，干豆腐只有三块，他说没准备我来的。

“他吃素，他喜欢吃松萝、野果，他就不吃了。”林业局的人说。

“猴娃，你帮大伙摘些野果来。”

他们不给我吃，我就跳到山崖上，摘了些猫儿屎、老鸦枕头果。我用衣裳兜了一大包下来，他们抢着吃。

村长对林业局的人说，我们过不去河，要返程回去了，这水不能一时退去，晚上在这山里头会冻死的。

林业局的人说可以生一堆篝火，再找个山洞在里面待一夜，等明天看水退情况。

但村长衣衫单薄，冻得瑟瑟发抖，他拼命吃着猫儿屎想增加热量，对他们说：

“不是我老商打退堂鼓，就算能过去，你能听麻古的话么？领导，我们村的人都晓得麻古身体里有个膏肓神，他如今没有脑子了，全凭膏肓神指挥……”

他们是背着叔叔麻古说的。

李工说：“迷信！山里人喜欢迷信。”

村长说：“月亮山精是有的，在深山老林里生活的人跟你们想的不一样。咱身体是用什么做的，与你们完全不同，咱这环境，吃什么，喝什么，遇到什么，都不同，恰巧麻古吃进去一个膏肓神呢？”

李工和另一个人笑得捧着肚子。“荒唐，荒唐。”

“你们没见麻古肚子里咕噜咕噜乱叫吗？”

“那是饿的，或是有胃病消化不良。”

“天天吃消食的五味子会消化不良？整天牛一样地干活，又不像你们领导坐在办公室一动不动，会消化不良？你没闻他打出的屁，跟死尸一样臭，就是块石头在他肚子里也会消化成稀屎。”

“他不是直肠切了一截吗？拉屎不正常，这都影响到他的消化功能。肚里闹腾不是什么大不了的事，顶多吃点黄连素，什么鬼呀神呀，你们真是太扯了。还是多出去转转，见见世面吧……”

“说不清，就是我的那盘绳子不要了，我也要回去，这个地方阴气太重，你们都在说胡话。”村长很烦。

“那可不行啊！”李工对村长说，“如果真的有这样的树呢？如果他说的是真的呢？发现了一个新的物种，这对我们咕噜山区、对你们村不是一个巨大的宣传吗？马上要搞旅游了，飞机场一修，旅游就要开张了，这不是一个卖点吗？如果这里有了稀奇古怪的树，你这里会发大财的，每个村都要挖掘不同的旅游资源。”

村长说：“你别哄我了，咱这鬼不生蛋的地方，城里人跑来干什么？打鬼啊！”

李工央求：“你还是带我们去吧，现在是秋天，山上的野猪老熊、豺狼虎豹多啊，都下山来吃庄稼和粮食……”

“现在还有什么鸡巴粮食，庄稼地都被征掉了。”

村长执意要走，林业局的人也动摇了，他们看了看天色，还是下午三点多钟，也吃饱了，手上的糖分在水里洗得干干净净，乏解了，汗收了，至少精神不是问题。一路上林业局的人都在试探麻古是不是诳他们，现在，必须拿出点钱来。

李工就说：“这样，我先给麻古一百块钱，你给我弄些头发树的头发丝，一把也行。你和你侄子猴娃觉得能过河吗？”

我是没问题的，只是叔叔不行。我可以从树上往下跳。但是一百块钱太少，他们小瞧了我们，以为我们是叫花子哩，叔叔不知哪里学来的动作，双肩往上耸了耸，表示他不愿意。

“那就两百。再没有多的了，我说了，这是定金，预付的。其余见到了真头发树和拍手树再给，一棵再付九百。”

另一个人说：“我们李工是省劳模，高级林业工程师，相当于正科级干部，你们尽管相信他。”

实话说，李工心切，他说他是一个神秘主义者，历来在关于红毛野人的问题上，他站在有野派一边。所以他很想去看个究竟，他很喜欢森林中神秘的动植物，如果见到一棵也好。他这一辈子学术上也没有什么成就，基本上混日子，如果发现一个新的物种，这对他是再好不过的事，可以写一篇像样的论文，发在核心期刊上，可以提一级工资，再在行政上提到副处，也不负这满头掉光的头发。

村长听见一阵蛤蟆叫，那种急雨似的呱呱呱呱声，让他更加心慌。他以为是一群野猪在林子里拱泥，分明是蛤蟆的叫声，呱呱呱呱就是雨后的蛤蟆叫。

“麻古，洒辣些，同意就接钱，你能不能过去搞一把头发？不行就回鸡巴转！”村长说。

咕噜山区的人知道，在森林里听到蛤蟆叫不是好事，会引来更多的秽物。他听见林子里有叭嗒叭嗒折断树枝的声音。

两百元就像是真的，李工将口袋的钱拿出来，好像就两百，拿在手上。

“猴娃可以过去？”

“他行，”村长说，“他从空中走，树巅上全是路，这娃子神通广大的，到宜昌要成大名，真的不骗你们，他在树上行走，如履平地啊！”

“那就好，”李工说，“一、不打收条，二、出事了不是我逼的。自己游过去或者想别的办法过去。”

我看到叔叔将钱揣进口袋了，他怎么过去？这证明他没说谎，那棵树是真的。只有这样，他一定是这么想的，沟中间有一块大石头，上面有几棵树，先到大石头上再说。果然，叔叔看准了大石头上有一棵很粗的山毛榉，他麻利地把绳子抛到树上缠住了。他在绳头上绑了一块石头，石头缠在了树干上。他经常采药，会有许多办法。然后，他把绳子系在岸边的一棵树上，他因为瘦小在绳子上没什么分量，轻巧地顺着绳子往水中间的石头爬。

但到了水中间，人还是很沉重，贴到了水面上，一个浪头打来，叔叔全身就到了水里。我们看到，叔叔在水里紧紧地抱住绳子，双脚也绞在绳子上面往前爬，他仰着头，拼命露出鼻子和嘴巴呼吸，他喝了好多水，若一松手就完蛋了。他抱住绳子，我们拉着绳子，希望能把绳子绷紧一点。但水的冲击力太大，好像无数的怪兽在水里拉他，大石头上的树也拉得摇摇晃晃，他终于浮出了头，还没有落水。好了，最后一把，他抓到了大石头。

这太好了。他爬上了石头。他躺在石头上。他松开手。

“麻古，再过去！”他们喊。我知道，叔叔再怎么也过不了另一半沟，等于把他丢到了孤岛上。

“我可以走了么？”村长说。

我拦着村长：“不能走。”

我拦着他们，我发怒了，这是让我叔叔去送死。可我叔叔也不争气，就两百块钱，干出这种冲动的事来。

“他总有办法。”李工说。他明知道叔叔没有办法了，不能进，也不能退。

“你也过去吗？”林业局的人问我。

叔叔麻古坐在那块大石头上，在脱衣服绞水。浑浊的乱滚滥翻的洪水一程接着一程，我爬上一棵高大的香果树，抓住一根树枝，从树顶上飞跃过去，落在了叔叔头顶的那棵山毛榉上。我在空中飞过湍急洪水的一刻，看到林业局的那两个人昂着头，望着我，嘴巴张得像个山洞。

站在大石头上，才知对岸还有好远，我心里一暗，叔叔完了。

我在树巅上又一跃，到了对岸高大的青冈栎上。我是想让他们见识见识我，一个在树上睡觉的猴娃。我到了对岸，浑身还是干绷绷的。我在那边，再细看这边，林业局的两个人已经没了踪影，我和叔叔就被抛在了这荒野上。我听见叔叔在怒卷的大水中，在那块黑色的石头上发出哀号。这还不是他最悲惨的时候，艰难的命运才刚刚开始。

他叫。他在石头上，像一片树叶上的蚂蚁，卷入奔腾的河里，只能听天由命了。

“你回去，叫老木匠喊人来！”叔叔喊。

我在想我怎么能帮一下叔叔，我在青冈栎上看着水中的他，我不可能把他拽到岸上来。

我再一次爬到树巅，再一次像一只猴子荡过了大水沟，落到原处，看到远处那两个人在远远的崖边向我招手。

村长也跟他们在一起，他喊道：“猴娃，来啊，你叔叔已经没治了，要钱不要命啊，等明天退水他自己回去。你去宜昌吧，你的好日子在后头哩……”

就这样，我跟着林业局的人走了。

听到叔叔得救回家的消息，是我在宜昌的一个风景区开始表演的第八天。

还是先讲讲我的叔叔吧。

他被什么吵醒了，迷糊地睡了一会，朝天上看，板斧鸟在扑打北风，发出声嘶力竭的鸣叫。世界冰凉，身上的衣裳未干，就像在冰窖里睡了一觉。因为悲伤，已不知道寒冷，就像一块石头。他爬上树，让自己卡在枝丫里。

水似乎小了一些，因为声音没有那么暴力。这大约是夜里最暗的时辰，雾气浮动，森林黑漆漆的，有一些来自天空深处的微光，但是没有星星，也没有月亮。他坐在树上，抱着双臂不停地抖动，想着他的侄子，是如何在树上度过一个又一个寒冷的夜晚……突然他看见了水沟两岸出现了许多绿荧荧的亮点。

从树上滑下的残存的雨水或是露水，浸得他直打牙嗑。现在他还寒毛倒竖，冷汗直从头上冒。白色的雾气从树林间漫过一层一层又一层，那些绿荧荧的亮点时隐时现。他还听到了两岸传来的咿咿唧唧的声音，时聚时散，时大时小，莫不是碰见了月亮山精？

叔叔麻古迷迷瞪瞪熬到天空露出了淡淡的青色，鬼应该退隐到森林中去了，接下来是鸟语花香的大白天。慢慢地，他看到两岸黑乎乎的、长着绿荧荧小眼睛的石头都走动起来，莫非是些山乌龟？他瞪大眼睛，要看着这些麇集在两岸的东西是些什么妖孽。结果他终于看到了一些活生生的怪物，这些怪物长得跟一堆堆落叶和腐物似的，麻褐色刺棱棱的毛，小耳朵，跟狐狸一般大小，但又比狐狸腿长，一个个夹着尾巴，眼睛绿幽幽的，那些光就是从它们的眼里射出来的。小小的脑袋上全是牙齿，犬牙交错的牙齿，外龇的牙齿，没有规则的牙齿，这不是扒狗子么？他心里大喊。哪来这么多的扒狗子？从哪儿蹦出来的？逼着他干啥呢？

碰上扒狗子？它们要扒我肚肠？麻古盯着那些流着涎沫望着他的怪物，心想它们就是来掏我肛肠的。麻古心里凉丝丝的，这两百块钱就让我把命送了，有没有人来救我啊？这老林扒子里怎么喊也无济于事，好在他的背叉子里有一把随身带着的砍刀，就掏出来握着铁家伙敲树，“嗬嗬”地叫，吓唬它们。山洪还没有退去，它们只能望洋兴叹。

两边的扒狗子有四五十只，可能更多，它们不约而同地朝着麻古而来。他用砍刀敲打着树干，有了砍刀心里还是有一点踏实，同时他大吼。那些扒狗子只是匍匐在地，又站起来。有的后退两步，并不离开，仿佛它们已经司空见惯这种恫吓。它们仗着狗多势众，并不在乎河沟中树上的这个人。他的刀可以劈下去，一刀结果一只，只要不腹背受敌，不让扒狗子拖着他的腿，将他拖倒，他可以猛砍，一只、两只、三只、四只、五只、六只……他看着它们，想象一只只砍死它们。可它们会拥上更多咬他的腿，爬到他身上，它们有的是爪子，然后钻入他的屁眼……

屁眼开始疼，继而浑身燥痒，肚子里好像有个怪物在呼呼爬动。

“好在有水……”麻古庆幸他跳到了这个大水的孤岛，他是盼望大水快快退下去的，现在却不希望大水退了。这两群扒狗子找食无望，等久了，它们应该先退去。

然而，红火的秋阳一下子就蹿了出来，先是阴天，风还很沉，后来云淡风轻，太阳像一只狞笑的老狐狸钻出来了，而且水退得很快。到了下午，沟底的石头渐渐裸露，水变成了一条小溪，优雅地、疲软地、有一线没一线地流动，所有的扒狗子突然汇合，过了溪沟，到了树下。

有没有采药的人？放羊的人？或者偷偷砍树的人？有没有一个路过的人？侄子会不会叫人来救他？村长和那两个林业局的人去了何方？是不是他们几个人也在路上碰上了扒狗子，将肛门扒了？但是这些扒狗子的嘴巴一个个干干净净的，没有血迹，一个个饿得像嶙峋的怪石，扶老携幼，就像一群森林中的难民。这是一群饥饿的扒狗子，有好几个月都没有见到荤腥了，眼前这个树上的中年人肯定是它们等待已久的大餐。

扒狗子在咕噜山区神出鬼没，有见着，有没见着，大都是传说，因为它们是最稀有的月亮山精，幻化成最龌龊、最恐怖、最鬼头鬼脑、最残忍无常的山林恶鬼。想到此，麻古就不停地颤抖，手一松就会摔下树去，成为它们的美食，成为几根带血的骨头……

到了这一步，饿得头昏眼花的麻古只能拼命呼叫，想找个救星。

“玃呀玃呀！猴娃呀！老爹呀！救救我呀！……”

好在扒狗子不会爬树，它们在树底下抓挠着，就像在磨爪子。它们听到树上的人惊天动地的喊叫，刚开始有点骚动，但并不退缩，埋着头或者仰着头，在那里转圈。麻古想起他母亲房里烟熏火燎的菩萨，要是背着出来会怎样呢？就像打猎的人背着张五常的雕像往山上走。他饿得头昏眼花，吮吸树皮里的湿气，朝树下大小便，打在扒狗子身上，它们互相舔舔，跑开，又跑来，不惧秽物，并且兴奋起来。

他看着云雾慢慢变成了轻纱，太阳又落到西边的树丛，一些傍晚归巢的鸟叽叽喳喳地拖长声音叫唤，仿佛是召唤更多的鸟儿回家。森林里有菌子的香味、野猪的叫声，但他必须面对这可怕的一群扒狗子。

死期来临。

他头上山毛榉的坚果落下来，砸着了他。他去摘，用开山刀在树丫上砸，砸不开。他没了力气，就丢下去，那些扒狗子闻了闻，只当他丢下一块石子，只是盯着他，仰着一排排丑陋不堪的靴钉样的牙齿。

又一个黑夜到来了。他想这样挂在树上饥渴而死比与扒狗子搏斗而死更令人难以忍受，他想这些扒狗子也许会睡觉吧？是的，那些绿荧荧的眼睛有的熄灭了，也有的三三两两在燃着，一些狠毒精明的扒狗子在值班，轮流守候着这个树上的人，等他掉下来。

他的眼里出现了幻觉，看到他的父亲和母亲朝他走来，母亲还端着一盏敬佛的油灯，周围的云雾一团一团地移动，他看到村长拿着许多钞票向他走来，林业局的人却在一旁仰天怪笑，仿佛喝多了。他的喉咙里冒着火，用手接尿喝。他看到森林在飘浮，向远方飘去，越过一个个深壑大谷。他看到他掉落下去，一群扒狗子在撕扯他的皮肉……一个扒狗子叼着他的眼睛，假模假样地舔了几下，然后一口吞了进去……他后来耳朵里听见一阵阵蜂鸣，他看见自己蜂箱的蜂子向自己飞来，嘴里衔着一颗颗米粒大的蜂蜜。蜜蜂的嗡嗡声掀开了森林间隙的阳光，褐色的雀鹰、松鸦，斑斓的蓝鹊和五彩锦鸡都围绕在他的石板屋飞舞，屋顶有炊烟，门口有鸡叫。野鸢尾在屋前屋后盛开着，这多么美好，家多么美好……

晚上蛤蟆的叫声格外起劲，呱呱呱呱呱……他看到祖父的茶园里一些黄臀鹎和大山雀在茶树上跳跃，他看到茶树中藏着的一个窝，里面有棕头鸦雀的鸟蛋，好漂亮的天蓝色……那些影像，时而清晰，时而模糊，好像在巨大的蛛网里。麻古好生伤感，张着火辣辣干绷绷的嘴喘气。唉，人的一生好荒唐无聊，在深山老林里跟野兽没有两样，怎么奔波也是瞎的，最后总归被比你凶狠的野牲口吃掉，怎么都是一堆白骨的下场。

趁它们睡了悄悄溜下树，像一片树叶踩着雾气从它们的缝隙里逃走，快速地离开这条小路，从崖上跳下去，它们就撵不上了。最好是再来一场大雨，来一河山洪，老子跳下水顺水漂走，说不定会捡一条小命……

第三天，必死无疑的命运似乎要降临到他的身上，他做好了跳下去与它们拼杀一场的打算。有时候他会呜呜地叫上两声，像一条垂死的老狼。

祖父对小儿子的荒唐行为非常犹豫，第三天才想起这个儿子，在洪水中的树上下不来，也没有回来。他想儿子也许这样饿几天，肚里的膏肓神就会饿死，儿子就会像一个正常人一样了。他去找贵将军和赵八朗，三个人举着竹子火把，手拿大砍刀，寻找到村长告诉他们的那个曾经埋了孕妇乞丐的沟边。

他们在山里走了一天才找到这个地方，看到有一大群扒狗子将树啃得都没了皮。他们挥舞着火把和砍刀将扒狗子全部轰走，从树上取下已经昏迷不醒的麻古。

十九

我在宜昌景区的表演就是睡在树上。我整天睡在树上。景区的老总说，这儿是4A景区，虽然偏僻，但风景优美。他们说给我买了五险一金，说这个我不懂，一个月反正到了时间就给我三千块钱，包两餐，早餐自行解决，但早餐我也能吃到面条和懒豆腐。我睡在进入景区的一棵高大的没多少枝丫的香樟树上，这棵香樟树至少有三百年树龄，可惜已经死了，是他们从山里买来的，但没能够存活。

他们给我穿了一件金色的背褡，一件金色短裤，为的是让游客看我浑身的红毛。

“红毛野人与山里女人杂交生出来的猴娃，玃！玃！猴娃！猴娃！”那些人在树下喊。我对他们露出笑容就行了，不要回答，他们要我不说话，他们宣传我不会说话，但听得懂人语，可以向游客伸出剪刀手，让他们拍照。

有时候我会下来，与他们合影，每拍一次照收十块钱，他们得七块，我得三块。但这些钱都进了景区老总的口袋，给我算账时，我得到的很少。

哥哥在我们县城听说我在宜昌景区表演，他托人带话反对我让别人参观，说这是没有尊严的事，但是我不懂什么叫尊严，没有人欺负我，打工挣钱，我不过是一个长相奇异的猴娃，为什么我的哥哥长得那么好看呢？

我无所事事地坐在树上，没人拍照的时候我就睡觉，树上按照他们的想象搭了个野人窝，用茅草和箭竹叶。这里的气温比咱们咕噜山区的气温高很多，暖洋洋的，有太阳的时候，会有鸟在我的头上盘旋，白云在眼前飘过，还有远处水面上旋转的大水车，静止不动作为景点的白帆船，还有唱歌的幺妹和阿哥。他们在那个凉亭里，每天几场唱着，打情骂俏：

男：货郎我把鼓摇哎……

女：四姐我把手招哎，要买丝线绣荷包啰，

男：你要的个东西嘛我知哟道啰。

合：哎嗨哟，依儿呀儿哟，你（我）要的个东西嘛我（你）知哟道啰。

男：黄四姐哎，

女：你喊啥子嘛？

男：我给你送一根丝帕子哎，

女：要你一根丝帕子干啥子嘛？

男：戴在妹手上啊，哦，行路又好看嘞。

女：是的嘛。

男：坐着有人瞧吵我的娇娇儿，

合：咿呀呀儿哟哎，呀儿咦儿哟，坐着有人瞧吵我的个娇娇儿。

男：黄四姐，

女：你喊啥子嘛？

男：我给你送一对玉镯子儿哎。

女：我要你一对玉镯子儿干啥子嘛？

男：戴在妹手上啊，行路又好看，

女：好哇！

男：坐着有人瞧吵我的娇娇儿。

合：咿呀呀儿哟哎，呀儿咦儿哟，坐着有人瞧吵我的个娇娇儿……

这些红男绿女，在公开场合表达他们的调情，生活充满乐趣，生活多么美妙，接着将有爱情，有爱情的果实，有家，有生娃下崽。而咕噜山区的深山老林里，我的叔叔却被膏肓神折磨着，在汹涌的洪水中也许早就冻死了，挂在那棵山毛榉树上，被野兽啃吃了。但这里的男人们蓄长发，吃烧烤，谈情说爱；女人长得圆溜溜的，丰满迷人，天天手机上刷淘宝，叫外卖，尽情享受着身体和生活的狂欢。他们搞假定亲、坐花轿，假出嫁，假哭嫁，哭得昏天黑地。锣鼓叮叮当当，音乐哗哗啦啦，抛绣球，给小费，哄游客，杀肥猪啊，假拜堂啊，喝交杯酒啊，条件是交一百块钱，那两个杯子从来没洗过，喝了一万次交杯酒，那个娇滴滴的“新娘”按了一万次男人的头让他们喝，喝了入洞房，入了一万次……

我来的时候，景区的老总下了很大的赌注，在报纸上进行铺天盖地的宣传，他请来了宜昌城里所有的记者，包括电视台扛机子的人。他们不让我说话，让我沉默、闭嘴，让我装哑巴，他们说我就是个畜生、野物，是个野人。他们说我这种东西不是人，是从咕噜山区深山老林抓来的，刚刚被人发现，说是经什么国内灵长类专家鉴定，为现代人类与红毛野人杂交的后代，正在进化中。

果然，这个新闻出来，看我的人就多了，他们对我指指点点，树下还有一些花花绿绿的展板，全是关于红毛野人之谜的，这个诡异的展览，把神出鬼没的、属于咕噜山区人认为的月亮山精中一种的红毛野人，弄得神秘兮兮。说有的史志关于野人的记载有三千多年的历史，叫什么狒狒、枭阳、大玃、夜叉（就是鬼啊）、人熊，说战国时一个诗人还写过野人：“若有人兮山之阿，被薜荔兮带女萝。既含睇兮又宜笑，子慕予兮善窈窕。”说咕噜山区是野人出没之地，为世界四大未解之谜之一。咕噜山区的野人传说非常古老，李时珍当年在采药时，记载此地“多毛人”，在咕噜山区，目击红毛野人的次数多达四百多次，有四百七十人看到过二百五十一个红毛野人。还有野人脚印展览，用石膏灌的，达四十八公分。有说咕噜山区野人有多种，有一种是秦朝修万里长城避难到深山老林的，时间久了，就浑身长毛，吃生的，五大三粗。你若是被野人抓住，只要说“修长城修长城”，野人就怕了，会放开你撒腿就跑。展板上有许多山民讲述看到过野人的经历，咕噜山区的人认为这些红毛野人是月亮山精、山混子、山怪，一会儿变高，一会儿变矮，一会儿是男的，一会儿是女的，游手好闲，在山里混吃混喝，打群架，跟社会上的流氓混混闲杂人员两劳人员一个样。还有说野人是从养生地出来的，是冤气不化，尸体不烂，长一身红毛，三年一满，力大无穷，就撑开棺材爬出来的。咕噜山区有一本流传的手抄本叫《咕噜红猿传》，说这些野人是红巨猿的后代，它们的脚趾宽大，长有蹼。还有说是南方古猿或拉玛巨猿的后代。他们还编造了一个我母亲与山混子红毛野人的故事，是如何被抢去，如何怀孕，如何生下我的。说红毛野人是从坟包里钻出来的，男女野人不能通婚，男野人必须抢山里的女人，女野人必须抢种田的男人，这样才能生出小孩……

我每天坐在死去的老樟树上，或者被唤下来与人合影。晚上我睡在异乡的山林里，景区有隐隐的灯光。那些白天喧闹过后的地方，空无一人，只有夜猫、黄鼠狼和几只果子狸在各个垃圾桶寻觅食物，没有人搭理我。我睡在树上，但没有白辛树的温暖踏实。望着极其陌生的山，太小，有一点点悬崖，有马尾松林和新栽的桂树、红叶石楠、栾树、樱花。马尾松林里透出的鬼鬼祟祟的灯光，让我想起沉香坡上高耸入云的鹰嘴岩，那冒着深蓝色雾气的落豹河谷，那对面山顶上出现的红彤彤的早霞，那此起彼伏的野猪打斗声，那猕猴清长的嗥叫，那金丝猴嚓嚓嚓的叫声。狼的叫声特别能让人入睡，将夜空抻扯得很长，那声音，就像一把剑，刺向没有边际的群山，让睡意越来越苍茫。还有那些饿雀子，它们叼来的盲眼鱼，它们故作神秘的“饿饿饿”的叫声，半夜挤向我，一起缩着脖子享受着芬芳的高寒山区的夜晚，一同分享着星光的播洒，响泉像一面清脆的铜锣。那只断腿猴现在应该越来越虚弱，它离那坛苞谷酒越来越近……

我还得回去收秋茶，整理茶园。茶树是老实生长的植物，没有那些捣蛋且无用的野草那么疯狂，一年蓬、马唐草、水苎麻、醉鱼草，只等一场雨，明明锄干净了，又会蹿得比茶树还高，仿佛一天可以长出一米。悬钩子、鸡矢藤、鹿藿、蝇子草，就像植物中的群蛇，是专门来纠缠茶树的。火棘、胡枝子、鼠李，是来争夺地盘的，它们俨然是这块土地的主人。茶园在曾祖母坟下坡，那道响泉就是从白辛树那儿流下来的，白辛树宽大的阴影时常在茶园里横移，有一小片茶树被饿雀子丢下来的臭鱼和鸟屎污染，但一场雨一下，茶树又油亮油亮了。到了春天，茶园到处是可食的马兰头、山茴香、鸭脚板、野茼蒿，底下有豆瓣菜、岩板菜、革命菜，还有很嫩很嫩的白茅芯和白蒿尖。如果吃炖锅上火，祖父会搞些绞股蓝须来泡水喝，这几年绞股蓝在镇上很好卖，还有小勾儿茶，在茶园边也蓬勃生长。茶园旁的紫色飞燕草花、醉鱼草花、醉醒花、红色的迎春花、黄色的蕙兰花、绿英英的连翘花、胡枝子的粉红花、乌头的紫花、还亮草花、大火草花，恣肆开放，无拘无束。

到了秋天，最后一茬秋茶在如火如荼的山林之间采摘，还要割蜂蜜，但得给蜂子留一些过冬的蜜，将它们移到檐下或包裹一些草帘，防止它们冻死……

不过我认为最有趣的是护秋，请人看兽迹，就是在秋天的庄稼地看野兽的脚印守庄稼。干爹贵将军是看兽迹的高手。比方说，如果一头野兽在一块田里吃了庄稼，它按原迹返回，这天晚上它肯定会再来，今晚不来明晚肯定来，这两天你得好好地守了；如果它吃了庄稼，再笔直走出田，它就不会再来了，你就不必守了；如果它的脚印跟来时的脚印呈45度角离开，三天后它一定会来，这两天你就不必守了；如果是呈90度角离开，四至六天，最多六天它一定会来。所有的野兽都是这个规律，野猪、熊、豪猪、猪獾、麂子、獐子，都差不多。贵将军根据兽迹还能看到野兽的岁数，可以活多久。健康的兽，脚印踩下去，正中间有一个坑，有坑表明此兽足下有一坨肉，证明兽很健康；无坑印，表明此兽正在衰老或正在生病。寿岁呢，看指甲印，指甲一个长，一个短，不健康；一个弯，一个直，也不健康；两个起翘的，证明此兽快死了。足印起包不起坑，也快死了。看寿岁，还可以看足距，后蹄子（爪子）踩到前蹄窝里，有一半寿岁；后蹄踩不到前蹄窝，此兽寿限到头了……

我听见长江三峡的西陵峡在远远的地方呜咽，有不明动物站在峡谷的一块石头上发出嚎叫。也许是人。山坡不远的城镇灯火通明，照亮了夜空。汽笛像垂死哮喘的病人，发出浊重的呼吸。黑魆魆的峡谷和山冈，在月光的照耀下格外凄凉。

我突然流下了眼泪，睁开迷茫的眼睛，望着四下里黑洞洞的世界，我好孤单。没有我的祖坟，也没有熟悉的老西狗的吠叫，没有鸡叫声，也没有蜜蜂的嗡嗡声。叔叔麻古门口奇怪飞来的蜂群，已经有三四万只了，每一只我都熟悉亲切，见到它们亢奋地搬弄着山里的花粉和蜜源，我纵然不尝一口，也觉得这沉香坡的空气里流溢着蜂蜜的甜味。我们叫蜂糖，是蜂酿成的糖。

我在没有树叶的老枯树上无法入眠，半夜会被莫名其妙的汽车声、火车声惊醒，睁着眼睛，缩在树上，像有人要拱倒这棵没有树根、已经死亡的古树。我看到一群野猪，从黑暗的深渊浮上来，睁着铜铃般的眼睛。他们在满天星斗的衬托下一起向我和樟树奔来，红宝石一样射出的目光像一排排刺刀，搅得雾气寒光闪闪。我感觉到这棵树会同我一起重重摔倒。

我咳嗽，患上了严重的感冒，开始发烧，鼻子塞得厉害，头痛欲裂，寒战。我想如果是在沉香坡，祖母会给我烧一块放在梁上的熏老狼肉，吃一顿就好了，在这里我却老好不了。

有一天我跌在卫生间里起不来，我爬上坐便器蹲着排泄，看到冲水厕所有水哗哗流动的时候像是听到了响泉，我有一种要将卫生间里的水喝个精光的冲动。我因为喉咙太渴，不停地喝龙头里的凉水，结果我喝了几口凉水，一头栽下来。去抬我的人摸到我浑身发热，用牙签将我的人中刺出血，让我清醒。然后一个瘦丁丁的大姐让我跟她去一个中医诊所里打针。这大姐是景区宣传科的，那个展板上关于野人和我的故事都是她编造的。三根骨头架两根柴，也不知道她结过婚没有，长着一张寡妇脸，说不上漂亮，也说不上不漂亮，哪儿有点不对。眼睛深处憔悴，因为缺少男人调教，一看就偏执，认死理，不饶人，毒舌，说假话。她也时常化妆去表演一些调情节目，唱些黄歌："姐儿生得高架架，一对胯儿像杨叉，小情郎爬到杨叉上，左一下，右一下，好像糯米杵糍粑……"

她给我穿上衣裳，说你这个样子怕会引起围观，你不知道你长得多难看。我点点头，承认难看。我们驶出景区的公路，我看到在山上的高处有一只熟悉的鹰，它飞翔的姿势，让我突然想起我被丢在鹰巢里的童年，也许这是想象，也许那时在襁褓中的我没有记忆。但是我和小鹰在硬戳戳的鹰巢里争吃腐肉，睡在小动物们的骨头和残羽上，我记忆犹新。他们说鹰巢那儿的千年何首乌有很多，都是何首乌夫妻，会在晚上出来，在树上荡秋千，半夜看到它们在月光下玩耍，它们是咕噜山区最高处的月亮山精。

我来到了城区，看到了宜昌的楼房。宜昌楼房的阳台，全像是喜鹊搭建的窝巢。这么多的窝巢，一排一排地垒着向天空爬升而去，他们原来和我一样睡在鸟窝里，他们虽然穿着光鲜，细皮嫩肉，长得跟电视上的人一样，但他们却睡在一个个大鸟窝里，所有的人，所有的宜昌人。

大姐在路上说，她不相信西医，要带我到一个全宜昌最有名的中医诊所去。她说那儿有个老中医被称为当代华佗，每天从全国各地来治病的人排几里路，连外国的病人也不少。那儿的药很灵，疗效很好，全是从咕噜山区悬崖绝壁上采来的药，有许多千年党参万年黄芪什么的。

我们到了这个中医诊所，果然门口人头攒动，一直排到大街上，还有警察维持秩序。站着排队的有担架，有轮椅，有大喊小叫的，有疯疯癫癫的。有人在叫号，有人在抢号。我们挤进去，迎面闻到了一股浓郁的奇异药香，抬头一看，在大堂中间，有一个阴陈木大台子上，放着一个大树蔸。这树蔸好熟悉，我走近一看，啊！不是我背出来的那个药蔸子吗？大堂四周，全是锦旗，什么华佗再世，什么杏林高手，什么起死回生，什么药到病除，天下的美辞都写在了锦旗上。

我靠近那个药蔸，下面竟然写着“世界药王”四个字。有它在这里，这家药铺所有药的药力要增千百倍。我用手摸了摸，陡然感到身体有了温热，精神变得清醒，肺部也轻松了好多。稀奇的是，它没有用土和水养着，树蔸上长出的叶子青翠可爱，绿油油的，比在我家门前时长得更好。

带我来的大姐说，这么多人，可咋办？我看着那个老中医，长髯飘飘，面目沉静，有仙人气象。拿着病人的脉，看着虚空处，慢慢腾腾。然后让一个年轻的女子开药，他口述，声音很小。哪是他狠，是药狠。整个药铺的药吸收了那无名药蔸的药力，就成了神药。

我就说不找他看了，就要两味草药泡水喝就行。我要了咕噜香菊和虎耳草。一个年轻的医生看了我喉咙，说我是重感冒，中西医合治，要输液。我不要输液，我只要咕噜香菊和虎耳草泡水。

我问年轻的医生，这药蔸在哪儿弄来的？医生说是他们诊所在去年的三峡地区中草药节上拍来的，一百八十八万八千八百元。前几天，一个香港老板要花五百万买去，我们所长坚决不卖……我听了打了一个激灵。

医生嘱咐我不能再睡在树上，但我坚持睡在树上，我的咳嗽声像一头夜晚的野兽，让景区的人不能入眠。在他们的全部反对下，我只好睡进他们安排的房子里。不过晚上我会被无数的豹子尾巴包围，开着灯才能退下豹尾。我睡着了，也会噩梦连连。

他们给我穿上绒衣。我喝了这两种草药泡的水，咳嗽才稍微缓解。三天之后，我被他们送到宜昌火车站，送上动车，开往省会城市武汉。

二十

火车像一条飞奔的巨蛇，游动在江汉平原上。两面是成熟的稻谷，有的田里已经刈割，并被人放火烧了秸秆和谷蔸，像是遭受过雷劈。那是旷野，天空下的地平线很远，云彩比山区悠闲。天气干燥，没有雾，房屋和田野交错在眼前驰过。

车厢里，我被他们捂着口罩坐在角落，他们让我少喝水，以免经常出入引起恐慌。他们怕我跑了，把我挡得严严实实。他们小声说话。一个人穿着白大褂，像是护送我去治病一样，他们给我说是去省城检查身体，因为我的咳嗽严重，宜昌无法医治。

我在一种空虚的恐慌中，我咳嗽得双眼暴凸，但我依稀知道他们是想让省里的专家来研究我。听说省里许多吃了饭没事干的专家，要研究我这一身的红毛。他们要给我褪毛？

“现在，你可以闭着眼睛睡一会儿，这种火车很快，不到两个小时就到武汉了，武汉去过吗？”

我“说”我没有去过，我用摇头表示。我不知道他们会不会杀我，在飞快的动车上，我靠着车窗往外看着，明媚的平原上一览无余，那些追赶我的豹尾都被远远地抛在后头，留在了夜晚的三峡和咕噜山区。

火车比野兽快，它没有腿，可以在铁轨上像风一样滚动，这是怎么回事？它那么快，可我的家乡咕噜山区已有飞机场，即将有飞机。如果能坐上飞机到达省城，那是一种什么感受？我现在坐在软软的火车上，头枕着高高的靠背，看着车厢里滚动的红色电子屏，现在时速每小时一百九十公里，车厢内温度25℃。

河流和湖泊……巨大的白水……蜿蜒的浪花……世界很大，仿佛无边无际，所有我曾经幻想过的东西在这奔驰的火车上都不值一谈。坐上火车，内心优美，没有了咕噜山区那么多阴暗迂曲、神神鬼鬼的东西。

他们正在玩一种叫“斗地主”的扑克牌，吆喝着，我们在包厢里。他们连看一下我也没有，我感觉他们是要把我运到某一处卖掉。我记得小时候有许多河南来逮猴子的人，捉了猴子，就关进铁笼子运走。

我记得他们捉猴子的办法，就是用一个笼子，里面放一些猴子喜欢吃的水果和蜂蜜，然后在旁边搭一个窝棚，等猴子放松警惕后进里面去吃水果，然后就拉下笼门关进去了。

这是一个建在山上的像宫殿一样的学校，只有在我面对夕阳玄想的时候才有可能出现这样的景致。蓝色的琉璃瓦和高大威武的古老建筑，从我住的地方可以看到远处的大湖，一望无际，波光粼粼，仿佛天空都沉溺进去了，世界都凹陷在水里。在岸边，竟有一栋栋高耸入云的建筑，大约就是一棵棵紧抓在岸边的大树墩吧。

我被几个穿白大褂的人推进了一个空旷森冷的、电流声嗡嗡作响的地方，为首的是一个中年人，他的眼睛有些阴鸷忧郁，这让我更加忐忑。他们叫他牛教授，是个什么副主任。有一台大机器，圆形的大孔中伸出一张床一样的东西，他们让我躺下去，绑上我，给我的手、脚都夹上了许多夹子和线头，胸前也贴了一些东西和线头。我躺在上面，一个年轻的女孩对我笑着，并抚了两下我多毛的脸说："你现在可以闭上眼睛睡着，你会梦见你的森林……" 她姓花，有人叫她花博士。在一个白发教授叫什么谭主任的指挥下，那个床开始移动，我缓缓地进入圆形舱中。我闭上眼睛，好像躺进一个精致的山洞里，手上、腿上和胸前紧贴着的电线就像千万条松萝的沁凉，又如一条条细小的蛇，溜滑地缠着我的身体。那个床似的、棺材一样冷冰冰的东西，在不停地倾斜，我好像要掉下去了……

我向山顶飞去，一只鸟，一只戴胜，一只巨大的戴胜。为什么是一只戴胜，驮着我向鹰嘴岩高高的山顶飞去？我们叫戴胜、山和尚、臭大姐。臭大姐披着长长的五彩凤冠，展开比伞还大的羽毛，它一路叫着："臭姑姑……臭姑姑……"

"臭姑姑……臭姑姑……"

它在歪斜的气流中往悬崖下滑翔，又像箭一样地冲上去。我紧紧地趴在它的身上，山下的村庄、森林和河流隐约可见。残破的峡谷和刀锋般的山脊像大地隆起的皱褶，被黑松遮蔽的山坡，有白色坚硬的、寸草不生的岩石。"臭姑姑"的声音穿透云层，切开森林和浓雾，沉郁的巴山冷杉林在太阳下面像黑色的旋涡，它们张牙舞爪……哦，群峰退去，星星闪现，高高的鹰嘴岩迎面撞击着呼啸的大风，星星被一层层掠走，云像羽毛飞落峡谷，天空如水晶一样寒冷。鹰巢像众多的坟冢，像英雄们的坟冢。竹鼠在箭竹丛中奔跑。豪猪顶着奓开的硬刺，在毛茛和钩藤中探头探脑。蛇菰和狼毒翻山越岭来到这高高的崖上，落草为寇。

“哦，猴娃，你好！鹰巢，你好！”

一群红脸猕猴，攀附在巴山冷杉上看我，它们像天上的居民。一只猴子坐在鹰巢中。

夜色来临，白昼的光线被悬崖切去，冷杉林中突然摇曳着豹尾……一只哨猴端坐在一棵枯树的树巅，正怀抱一轮明月，目光炯炯。所有的植物都像鸟一样垂下它们的翅翼，整个群山明亮如昼，落豹河像一条银蛇游荡在群山之间……

我出现在阳光撞碎的玻璃窗下时，摇曳的树影提醒我回到了人间。那些树太过干枯，没有苍苔和松萝，在山坡上形影相吊，守护着石头和落叶，守护着蓝瓦下深深的阴影。

他们对我充满否定和疑惑。他们的数据和分析认为：

1. 玃（音）的第一种推论为痴呆症，或称唐氏综合征。玃虽说二十岁始会说话，但健康活跃，智力基本正常，会辨识森林中多种植物、鸟兽和各种草药，懂其药性与所治病症，令人不解。

2. 超级返祖。从玃的骨骼测知为“亦猿亦人”。不仅比尼安德特人、北京人原始，且类似于拉玛古猿和巨猿。超级返祖相对于局部返祖多毛、有尾、多乳。超级返祖罕见，但总体特征为现代智人即我们人类。

3. 疑似与野人杂交之后代，无可信证据，但可解释玃骨骼及生理诸多猿类特征，其确系现代智人（Homo sapiens sapiens）所生，家族中无此种现象。

4. 是否为与大青猴杂交之后代，亦无可信证据。

5. 通过头颅和全身CT扫描后与婆罗洲猩猩（Pongo pygmaeus）、

黑猩猩（Pan satyrus）、南方古猿非洲种（Australopithecus africanus）、北京人（Homo erectus pekinensis）、现代智人（Homo sapiens sapiens）比较，与拉玛古猿有相似处，门齿、犬齿、臼齿尤像，但齿尖不是巨猿研磨齿，而是人科特征。下颚骨介乎古猿和人类之间。

6. 根据皮尔逊（K. Pearson）公式计算，玃的脑容量为655毫升，与北京猿人（850—1 300毫升）及爪哇猿人相似或略低，落后于直立人。

7. 玃的盆骨为猿型盆骨。

8. 玃属小头型，如排除与野人杂交，最可能是隐性遗传，妊娠早期胎内感染。属遗传性疾病——Down综合征（白痴）。

我听见那个穿着白大褂的中年人阴沉地说："……总的情况表明猴娃天生愚笨，完全不能适应人类生活特别是现代生活。他们让他坐在坐便器上，他非要蹲上坐便器，致使摔下来了，摔破了脑袋。他的脑容量才655毫升，因此智力低下，落后于直立人。他平时不穿衣服，睡在树上……"

"他睡在树上，据说是因为被一张无尾的豹皮惊吓后才这样的……"那个戴眼镜的老谭主任说。

可这位中年人马上反驳："他蹿上树且睡在树上，不惧咕噜山区零下十几度的严寒，这也不是人类行为，纯粹是猴子的行为，是兽类行为。"

"但是他的长相还不错，可以说很有特点，有点像周星驰主演的美猴王。"女博士笑着说。

"长相是人类的长相，但他的盆骨是猿型的盆骨，这应该没有异议。"中年人说。他的嘴唇和手都在颤抖。

"虽然脑容量小了一点，可他的认知能力惊人，对植物、对中草药的认知已不是我们的大学生能够相比的，他的野外知识足够我们学习，这要研究，不可太快断言。虽然脑容量不大，可有超灵现象，这是很特别的，需要我们仔细研究。”老教授说。

那个中年人嘲讽地说：“研究这些最容易的就是神秘主义，他在森林里生活，懂得些花草很正常，应该与野人没有关系……”

“我也没说他就是与野人有关系，我要说的是，我们做科研的人，不能仅仅依靠几台仪器就随便下断言。我还是要说这句话：不入虎穴，焉得虎子。咕噜山区是一个神秘的地方，它有许多的生物未解之谜，地质未解之谜，甚至气象未解之谜，必须到那里进行深入了解、深入研究才有比较接近科学的结论，要耐得住寂寞，要吃苦，要走破几双鞋、磨破几层皮。野人和玃，一码归一码，上帝的归上帝，恺撒的归恺撒……”

他们在那儿争来争去，最后没有一个结果。我进行了一系列的检查后被那个女博士送下电梯，后边赶来的中年人板着面孔给我说：“我们将把你送回你的老家，因为现在你无精打采，咳嗽厉害，口腔溃疡，严重便秘，心跳达到每分钟一百四十，武汉和宜昌都太过炎热，你又有多毛症，有中暑症状，并可能患上严重的抑郁症和妄想症，听说你在半夜大喊‘飞机’，有从半空中落下的恐惧。你选择坐飞机回去还是坐动车回去？”

“飞机。”我脱口而出。

他们把我送到机场，验明正身，坐上了经济舱。

哦，飞机起飞啦，在飞机起飞的一刹那间，有一种失重的感觉，耳朵里嗡嗡乱响。那些状如森林的城市像一蓬大火在我的眼前熄灭，天空在上升，到达蓝色的高度，河流和湖水像石英在脚下几千米的地方闪耀。没有风声，我被一根安全带绑缚在座椅上，双脚无处搁放，舱内有些憋闷，呼吸困难。我飞越到白云的深处，在更高的地方，逃脱于那些嗡嗡作响的机器。白大褂。阴暗的眼睛。争吵。他们研究我，心怀鬼胎，口罩捂嘴，面色苍白。他们用各种各样的工具、数据，想证明我是一个白痴，然后将我从这个诡异繁杂的城市驱逐出去，把我送到云端，想让我一头跌下来，掉进波光粼粼的大湖中，砸碎一片大水。

……天空被云彩遮蔽，豹尾在舷窗摇动，一个个在天空中行走的人此刻也许趴伏在飞机的翅翼上，坐在那里晃荡着双脚。他们披着鼯鼠的大蹼，脚下抹着大癞蛤蟆的油脂，手举松明，像咕噜山区的月亮山精。他们在白云上哭泣，抓着舷窗，像溺水的人，身上满是白云的泡沫。他们随机翼飞行，像蹲在船舷上的鱼鹰。

空姐的大腿和手臂在走廊上晃来晃去。我想撒尿。

“先生，请问您喝点什么？”

“我想撒尿。”我从口罩里唔唔哝哝地说。

我让他们带我到机舱后面，拉开一个似乎根本打不开的门，里面有在宜昌景区用的蹲便器。但这种玩意儿跟宜昌的不同，是用很少的水冲洗的，冲洗时发出巨大的扑哧声响。哦，我在一万米的高空上撒尿，太爽了。

我坐到椅子上，往舷窗外看，感到我要掉下去了，睾丸一点点缩着，我要掉到连绵起伏的群山腹部、森林和峡谷里……

“尊敬的乘客，今天是咕噜市天音梁子机场正式通航的第一天，我们是首航航班，现在，在我们的航班上，有来自省政府的领导和白云航空公司的领导。天音梁子机场，是我国内陆海拔最高的机场，是深藏在森林中的机场，该机场建设削平了九个山头，填平了九条峡谷，使用了炸药五百万公斤。高峰期每天使用炸药超过五万公斤，投资达十五亿元人民币。机场跑道修在天音梁子之上，长度四千五百米，海拔高度三千五百二十米，仅次于稻城亚丁机场和昌都邦达机场，边坡总长为六千八百米，最高边坡高度达到一百五十米，超高的挡土墙，施工难度为全世界之最。天音梁子机场项目得益于国家促进经济平稳较快增长的政策，得益于国家对深度贫困地区的关心和投资……”

“我想撒尿。”我说。

我在走道里走来走去，两边都是被绑缚的人，但他们面色沉静，仿佛未有绑缚的痛苦，他们挤成一排一排，没有行走的缝隙，他们或闭目沉思，或翻阅飞机上的彩色读物，或者用电脑看一部电影。

“各位乘客，我们现在遇上了强气流，飞机会有些颠簸，请大家系好安全带坐在自己的座位上，卫生间暂时关闭……”

“可是我要撒尿。”

飞机像喝过酒一样开始往两边摇晃，又像坐在汽车上下陡坡，抛了下去，又爬上峰顶。机舱里传来了“啊啊”的惊呼。我真的憋不住要上厕所，我在那儿嘀咕的时候，飞机好像平稳了一些，我往下看，我们在白云深处，那些红瘆瘆的闪电在云堆里撕扯着。送我回去的人让我别闹了，说你坚持一下，飞机马上就要到达天音梁子机场了。

白云变成了乌云，我们的舷窗外什么也看不见了。飞机似乎悬停在空中，像静止不动的一间屋子，一间铁屋子。

“各位乘客，希望大家系好安全带回到自己的座位，卫生间已经关闭，现在飞机正在下降，再过二十分钟将到达天音梁子机场，我们的首航仪式就要顺利完成，在此感谢大家的支持和厚爱，感谢大家选择白云航空公司……”

将这个房子建在白云中间，就像挂在云彩上，像一只鸟笼。在这里生活将是多么有趣，可以打开门到白云里坐坐，采摘云端上的花草果实，在白云里游泳和睡觉，在白云的边坡上打滚，在白云里耕种土地是一件轻松的事情，用不着镢头和挖锄，不用怕震破虎口，打出血泡，割破手脚。在那儿种石枣、花椒，种上杓兰、蕙兰、春兰，用白云炒着吃蘘荷，种上孩儿参、沙参、麻糖果、刺菢，种马蹄香、蛇菰、马桑，还要种上绿油油水淋淋的茶叶，让白云上全是茶园，让灵猫、麂子、松鼠在这儿奔跑，让火尾太阳鸟、血雀、大山雀、红嘴相思鸟、锦鸡、戴胜、白鹡鸰、红尾鸲、寿带鸟、红嘴蓝鹊在茶园里振翅高歌。红嘴蓝鹊是神鸟，是土地公公养的鸡，应该在云中生活和歌唱……

绑在座位上是多么难受，为什么不可以在机舱里奔跑，在行李架上睡觉？打开舷窗爬到机翼上去荡秋千、翻筋斗？……好难受呀，膀胱快炸裂了……

已经过去半个多小时，为什么还到达不了天音梁子机场？

“机长睡着了吗？”一个人愤怒地问。

“好像在往回开。”一个人说。

这时一个个子高高的空姐走过来，那个愤怒而焦急的人问她：“请问乘务员，为什么还没有到达机场？”

那个漂亮得像天仙的空姐，笑意吟吟地回答说：“我也不知道，等下会通知的……”

“……各位领导，各位旅客，我们抱歉地通知您，由于咕噜山区大雾，飞机无法降落，我们在空中等待了半个小时，还将继续等待云雾散去之后降落，请大家坐在座位上。”

“返航？回武汉？这他妈操蛋了。”一个人说。

另一个人说：“我是经常来咕噜山区办事的，这里一年有两百多天是雾气弥漫，只有秋天有一阵子不会有雾，莫非没有气象专家的论证吗？”

有人说：“论证有什么用，这样的茫茫野山，哪儿找历史资料去？

有了钱，人就牛了吧。”

飞机上一片沉默肃静，强烈的气流，飞机在滚滚的浓云中颠簸，像一只落豹河中抛跌的小船。

飞机依然在咕噜山区的上空盘旋，如一只迷航的鸟。又过了一个小时，飞机上开始供应饮料和小袋包装食品。

“请问您喝点什么？”

我胡乱地点了一下，是一种黑色的饮料，像药汁一样，又甜又酸，冲鼻子，喝下去就打了一个嗝，冰凉冰凉的。

我们终于在半夜时分降落在那高山顶上的机场，降落在叔叔麻古的田里。我看到了那个在冬天的白辛树上看到的巨大圆盘，闪着清冷的光，在一些窗户里。在这片古老森林中，在淡淡的雾气和浓云密布的阴天，我看到周围的群山和森林像黑色的围墙，但它们突然变矮了，宛如一群群黑熊在弓着背往后退缩。一股寒冷的气流，像拉扯着这圆盘的候机楼在上升，有如一只在夜晚出没的怪异猛禽。在这片古老的夜色里，这圆盘建筑又像是一个大蘑菇，孤零零地蹲在山顶。宽大的跑道上有几星鬼火般的灯，它是怎么出现的？它与那些山冈和树林、河流和峡谷究竟是一种什么关系？与它们一同生长并崛起的吗？在这清冽的山头上，它擦着悬崖移动，那么沉重和忧郁，没有安全感，像盘踞在山头的一条巨蛇，时刻准备逃匿，仓皇离去。

我回来啦。我听见蜜蜂的嗡鸣声，西狗的吠叫声。我爬上白辛树，响泉嘹亮地欢迎我。夜风像亲人的抚摸，我躺在大树枝丫上，几只饿雀子立马靠拢过来，我睡了一个好觉。不一会被噪鹛的叫声吵醒了，一会儿，一只强脚树莺又开始了不厌其烦地骚扰我：

“你是谁，你是谁？你是谁哪？”

“我，玃。”

"你是谁，你是谁？"

"玃，猴娃，认不出啦？"

"你是谁，你是谁？你是谁哪？"

"猴娃，玃，从武汉回的。"

"你是谁，你是谁？"

"拜托，滚开！"

"你是谁，你是谁？"

"查户口啊？"

"你是谁——"

我猛摇树枝，将它们撵走了。

鹰嘴岩上早就红了，让我昏沉的不一定是鸟，是太勤勉的早晨。饿雀子们一起飞走觅食去了，山冈和大地像一个老农，老得不需要睡眠。铜蓝鹟浑身生满了铜锈在枝头打盹，灰胸竹鸡在草丛里呵斥："地主婆！地主婆！"树莺又在一棵香榧上跳来跳去，继续好奇地跟我说"你是谁，你是谁"。山尖亮的时候格外静穆，就像斜靠在天空的大兽，大兽没有名字。大兽无声。大兽躲在深山。大兽在远方。哦，我回来了。天空中所有的云彩是为它们存在的。大兽叫山，郁郁葱葱。

一群白颊噪鹛在白辛树巅上，像遇上喜事一样的，发出咯咯的笑声。

给猪喂食的祖母从石墙上跳下来发现了我："这不是猴娃吗？"

她从石墙上面跳下时，看起来很高，但她八十多岁的腿脚，却没事一样，身轻似燕，她本来瘦得像燕子，跳下时悄没声息。她手上抓着一把红薯藤，一把猪没吃的枯干的藤子。

"我是坐飞机回来的。"

"飞机？"

"是的。"

"村长也没有坐过飞机，我们的猴娃出息了！昨天村长还在这里坐着看飞机呢。"

祖父从屋里出来，他每天都会准时出来，把烟杆杵在地上，坐在棺材边。两口棺材又上过一遍桐油，金灿灿的。

他只是说了一声"噢"。

叔叔用背篓背着蜂箱走过来，朝我笑笑，他说，玃娃你差点害死我了。他说他又背了五个蜂箱上孟子坡，这是第六个了，不管有没有蜂子，他得多放点，广种薄收。

这一天，叔叔背着一只蜂箱，看到了二十多只蜜蜂从外面归来，好像嘀咕着什么。他虽然并不懂蜂语，还是感到这可能是二十多只侦察蜂。那些侦察蜂突然飞腾起来，追赶一只七溜溜毒蜂。我也是第一次看到弱小的蜜蜂与庞大的七溜溜毒蜂搏斗，一只蜜蜂跌落下来，被七溜溜蜇中了。又一只跌落下来，死了。咕噜山区的蜜蜂完全不是七溜溜的对手，但今天它们与之进行着拼死搏斗。

叔叔背着沉重的蜂箱去抓空中的七溜溜，他竟然抓到了，将毒蜂衔在嘴角上，背着蜂箱上了山。

二十一

叔叔回来已经是鸡叫，他浑身是水，从山里跌跌撞撞回来，口中念念有词，他的手上还拿着一根白森森的大骨头，像棒槌一样粗大。

据他回忆说，他走到放蜂箱的孟子坡，放下蜂箱，看到上次放的蜂箱上，搁着一根大骨头，很有些时间了，雪白雪白，就像风吹雨打很久似的。他有些怕，在周围转了一圈，没发现异样。他说是到曹爹屋里看了一下后出的事儿。那天不知道为什么，他就想去看看。曹爹曾经一个人居住在这个高山的屋场上，有十多年。他有个儿子在镇上开三轮车，很少回来。有一天曹爹就死了，是被采药人发现的，发现时已经是一堆枯骨。但是后来他开三轮车的儿子，把那些骨头捡到一个坛子里埋了，就埋在屋场后头。坛子虽小，坟却很大，用石头垒的，就像一个石头掩体、一个小寨子，就像曹爹一个人累了，坐在这儿歇口气，吹吹风，依然善良，没有恶意。山里的坟都没有恶意，不会吓人。

曹爹在石崖下的屋子有一点荒凉，但很坚强，主人死后没有倒下，越来越结实。干打垒的墙，打得那么好，曹爹是准备活两百年的，可他七十二岁就死了，死后旁边还有一个装酒的小锡壶，是醉死的，这也很好，一个人醉死在深山老林里，是幸福的。

走向曹家屋场去的路上，全是茂密的马兰头，还有开花的紫菀、岩蕨、唐松草，石崖下有虎耳草、钻地风、天蓬子，开着张牙舞爪的花，结着心怀鬼胎的果。乌蔹梅和岩爬藤从地上出发，慢慢地爬上废旧的山墙。某一天当它们占领屋顶的时候，这个曹家屋子就被森林湮埋了。

门是开的，旁边的厨屋已经歪斜，还晾着一件乌黢麻黑的旧衣，门口的石头都散在各处，还有破旧的雨鞋、烂T恤、狗食盆、竹竿、饮料瓶、雨衣，墙上用墨写着“要改恶从善。要报父母恩”。还有红色的可辨认的大字“农业学大寨”。堂屋里堆放着苞谷芯，床上有一个歪倒的蜂箱，虽然没有了主人，但依然有零星的蜂子飞进飞出。一团破絮里有拱动的东西。蛇？鼠？

手上拿着大骨的叔叔，听见肚里的膏肓神在喊“小心，小心”，他开始念“当归……白术……雷丸……”在这深山老林里，谁都怕雷丸，这屋子里的鬼也会怕的。

他在墙角找到一根棍子，是曹爹上山割漆用的斩棍，还有一个圆木招桶，一把割漆刀。斩棍是对付漆神花毛姑的，斩棍辟邪，他拿起来，去捅那床破絮。突然，从絮里蹿出两只黄鼠狼，嗖地从窗子上逃走了。

一股奇怪的香味留在屋子里，比屋子里的霉味浓烈。这气味叔叔吸了两口，止不住又深吸了几口，就有些恍惚，头像搁在了云里。

他一手拿着大骨头，一手拿着斩棍，赶快去撵那两只黄鼠狼，出来一看，无影无踪。

他晃晃悠悠地回到坡上放蜂箱的地方，又从背篓里拿出炉子、钢精锅和蜂蜡来熏，吸引蜜蜂。可蜜蜂不来，倒是飞来一些汗蜂子，不酿蜜，很小，腰很细，你流了汗，它们会停在你身上，吮吸你的汗水。

孟子坡林子里旷世安静，甚至没有一声鸟叫。他用手中拿着的大骨头敲打腐叶和马兰头。他不由自主地往崖下的曹家屋场看，看见了一个人影在那个窗户里一闪，他的身子一下子就冷了。蜂蜡在锅里嗞嗞地烧着，他口干，想下山，他拿着那根大骨头和斩棍，收拾了东西背上背篓就往山下跑。

他沿着那条在阳光背面的小路一直往山下跑，他听见水沟里有灰背竹鸡在凄厉大喊："地主婆！地主婆！"他听见了水声，难道这是响泉？太快了，飞回来的？但这沟很熟悉，又记不起在哪儿见过。

眼前是一条河，没有落豹河大，没有落豹河清，头顶上巉岩历历，倒过来生长的花栎树挂着一串串的橡实，有猴子好像在山背后打闹，发出咿咿呀呀的悠长叫声。

烟云弥漫，雾气腾腾。这条河中间的石头上青苔肥厚且长，像是拖曳着一些溺水女人的长头发。两岸也全是厚厚的青苔，犹如一群群趴在水边的绿毛大乌龟。树木倒伏，歪七竖八，树林里的光线黄碜碜的，像害了大病。

“我莫非遇上了黄鼠狼精?”

黄鼠狼精也是月亮山精的一种。上次遇上了扒狗子精，这次……

他看到了一群野猪!

这次是野猪!

命歹了，怎么都是危险。

还没有开山刀。

他清楚地看到在林子里的一个空地上，几头野猪竟然被套着绳子在耕田，后面是一只长满肉疔的大怪鸟，长长的脖子，有许多头，一数，有九个头。这不是九头鸟么？九头鸟用翅膀赶着野猪，野猪一路用嘴拱着地，地拱得像一条条梳齿那么整齐……他好奇地往那儿蹭，慢慢靠近。但肚里的膏肓神又在捣蛋，大声喊着什么，他念着“雷丸、雷丸”。野猪咋这么听话？又碰见了九头鸟精？叔叔裆里紧得不行，但那些拱出的地让叔叔麻古很感兴趣。这森林中竟能开辟出一块土地，黑油油的，它们种些什么呢？这地给我就好了。

正这么想着，趴着的树枝断了，麻古一个趔趄，弄出了大响动，那只九头鸟往这边一看，看到了什么，丢下野猪，拍着翅膀飞走了。那些野猪也停止了拱地，回过头来。这些身上全是稀泥巴的猪，像史前怪兽，一个个翘着长嘴，鼻子里喷着粗气，野猪也是能闻很远气味的，跟熊一样，它们竖着硬毛，伸出獠牙，一双双通红的小眼睛直逼麻古。叔叔麻古想着点子，心想有枪把这些野猪打死，这地就是我的了。可他不知危险临近，野猪在九头鸟面前虽然老实，在人面前却是所向披靡。这些滚过泥的野猪，像披着古老的盔甲，以獠牙为武器，排成一行，嘴里发出嚁嚁的声音，匀速前进，朝他包抄过来。没有退路，后面就是那条河。那根大骨头无法对付这一群猪，招架不住，三十六计走为上。他仗着跟哥哥在落豹河学的一点水性，大吼一声：

“雷丸啊！”奔了老命往河边跑，闭上眼睛就跳入汹涌的河中。

叔叔麻古浑身冰凉，回家就发高烧，嘴里咕咕噜噜的，肚子里发出腹语，他叙说经过曹爹的屋里头，惊动了两个黄鼠狼精，迷迷糊糊走错了路，又碰上了九头鸟精。祖父见他胡言乱语，无可奈何，要我赶快去叫干爹贵将军来想办法。

贵将军拿了他的小刀，与祖父商议后，给叔叔灌了一碗孟婆汤，把他麻翻了，划开他的肚子。在他肝与脾之间的护心皮里，发现了一条两三寸长的黑虫子，拉出来，是个活蹦乱跳长着蛤蟆嘴的小孩儿，鼓起乌溜溜的黑眼珠子，寒光闪闪的牙齿，一双鹰爪。贵将军迅速捏住这个小怪物，小怪物尖锐的牙齿还是咬了他一口，贵将军狠狠地将它丢到玻璃瓶子里才松口。

这人形虫在瓶子里，给它饭、肉，都吃。贵将军将盖子盖死，要将它闷死在瓶子里。这怪物在瓶子里上蹿下跳，发出呜呜的声音。

“这终于还是膏肓神，我拿回去制成药丸，可治山里人的疑难杂症。病在腠里，疾在膏肓，这是老医书上说的，恭喜麻古又捡了条命……”

缝好了伤口的叔叔麻古，睡得十分香甜，脸上平静了，肚子也平静了。祖母跪在菩萨前给他念着《金刚经》。

第三天早上，醒来的叔叔问我去哪里了？原来这些日子他在梦游。我重说了一遍去宜昌了，他说他想喝酒。祖母就将采来的龙须菜、籽粑蔸叶子下腊肉。炖锅热气腾腾，祖父给他的儿子斟酒，隔着火塘碰杯，问他好点了没有。看着他气色明显有改善，神志也恢复了正常，非常高兴，说：“虽然你没了田，就把蜂养好，总可活人。自从修机场，动了森林，月亮山精满山乱窜，它们也在跟你一样开荒找田。人生要过三灾八难七十二关煞……”

叔叔突然问我们，他背回的石磨子放哪里了？我们都说没看见石磨子。

祖父不高兴了，这儿子咋不说背回的金子，却说沉重的石磨？

但他的精神好多了，他问我在宜昌吃的什么，跟我开玩笑说找了小姐没有，去三峡大坝玩了没有？还说我坐飞机时，在云端上看到豹子没有？

他说多年前山里就没有了豹子，咋就来一头豹子让人打了，还挖出了镇山的豹目珠？这豹子一定是天神派来的，在云中生活跑下来的，到了傍晚，各种野兽都会驾着云彩到处奔跑，跑进咕噜山区的森林中就成了精……

他在说酒话。他的背篓丢了，他得再编一个，他会编，手很巧。

我用棒子敲打着升麻，升麻必须用棒子打。叔叔要我与他一起到茶园上头的山上砍竹子来劈篾编背篓，我正在屋里拿开山刀，突然听见祖母发出惊天动地的叫喊：

"蜂落！蜂落！蜂落！……"

祖母眼不好，但耳朵尖，她从猪圈的围墙跳出来时，听到一阵类似天上飞机的轰鸣声，但又与飞机不同。她不由自主抬头一看，一群群的蜜蜂在空中成团飞舞，原来是蜜蜂发出的嗡嗡声。

"蜂落！蜂落！蜂落！……"

祖母像一个矫健的年轻人，冲上坡，冲向屋里，迅速找出家里的那面铜锣，冲出来当当当地猛敲。蜜蜂像一团金色的云在飞旋，从白辛树上，飞过屋场，到达另一面坡下。祖母必须用猛烈的锣声扰乱它们的逃跑，扰乱它们的大脑，让它们迅速落下，把它们网住，这可是叔叔的财产呀。

"蜂落！蜂落！"祖父也喊起来。我和叔叔冲了出来，叔叔想找什么，他应该找网，但他已经慌乱了。他的蜂箱里，有上万只蜜蜂像洪水一样从箱孔里涌出来，就像一个人拉肚子。

这是分蜂。这个时候，是蜜蜂在王台有新蜂王快孵出时，老蜂王在蜂箱里待不住了。工蜂们将王台做起后，新蜂王出世，就是它的天下，老蜂王必须带着大约一半的蜂子飞出去，在侦察蜂的带领下，去寻自己的新巢。

要拦截它们！

一年有二十多斤的野蜂蜜。这四周还有几个蜂箱没有一只蜂来，必须让它们落下，乞求它们做这里的主人。这一跑至少是一两万只。

逃跑的蜜蜂黑压压地在屋场周围打转，它们被锣声惊吓了，不知道怎么飞。

我泼水，从灶屋端出来一大盆水。祖父挥土朝蜂群砸，一定要让它们阵脚大乱。

叔叔拿出来捕蜂的网，网在一堆农具堆里，他拖出来时，蜂群正往峡谷里飞去。

祖母使出全力敲锣，蜂群飞走了，她还在当当当地敲，脸色木头样地敲，敲破了锣，还在敲。

叔叔肚子上的伤口还没好，他追了一段，又跑回他的屋场。他摇了几下那只蜂箱，空了一样。

风呼呼地吹，整个大山的植物都摇晃着脑袋。大蓟小蓟，水蒿臭蒿，都在生长，蜂在飞。冷杉墨绿，茶园深绿，灌丛翠绿，蜂在飞。

“蜂落！蜂落！蜂落！……”

祖母在风口向峡谷飞去的蜂群敲着锣，像是送行。后来锣声就稀稀地呜咽了，像是一个绝望的人拿着脑袋往石崖上撞。

峡谷里荡着空空的回声。

第四章 一只戴胜

SENLIN CHENMO

森林沉默

二十二

我家的断腿猴在清晨的寒冷中颤抖。松鸦在很远的山上叫。山上一家人家不知是笼罩在云雾里还是炊烟里。安静的茶园够到太阳了，感激地明亮着。鸡在啄草，蹦芝麻叶或车轴草叶。断腿猴望着门前的远山，从山上打下来的阳光分外灿烂。它的一只手永远抓着链子防止让脖子难受，它实在太瘦了，皮毛脱落，露出一块一块的白皮，但是它的主人也在衰老。我想将它偷偷放了。我把它牵到林子里，唤到了一群野猴，断腿猴看到树上的猴子，使劲往我胯下钻，它的眼里露出极度害怕的神情来。那群猴子平时与我相安无事，此刻却有几个泼猴用果子砸我们。带头的猴子人模狗样地坐在树丫上，发出奇怪的声音，像是指挥它的队伍。我听懂了它们的意思，它们讨厌这只与人类太亲近、有残疾还套着链子的同类。

飞机从头顶上经过的时候，猴子们总会发出凄厉的唳叫，这里是飞机下降准备着陆的必经之地，飞机的叫声像是用石头磨铁锅。但是森林是沉睡的，树木老到腐朽，苔藓肥大，水淋淋的，兰花的幽香从里面飘散出来，树冠弯向悬崖，靠近蓝天。我特别喜欢注视那些像森林脂肪的苔藓，它们可以生长在树干上、树蔸上、石头上，特别在那些裸露的树根上。它们是如何悄没声息地漫漶在森林中的？这些最安静却努力生长的苔藓，它们是人迹罕至的象征。树在雾气中支撑着，那些奇怪的树仿佛被苔藓的扩张拉向了诡异的死亡。树很可怜，一根凶残的粗藤子蛇一样死死缠着一棵桤木，但是桤木依然顽强地活着，估计被纠缠了五十年。一点一点，你无法摆脱它么？桤木开着一串串白色的花，将花枝伸向很远，叶子绿中带蓝，充满光泽。它被这根藤子缠上是不幸的，也许这就叫命运吧。它必须这样活下去，在挣脱不掉的时候与它共生，它遭遇的一切，让它的一生都在几近窒息中活着。树跟人的命运是一样的，只是它们全都无声，沉默和忍耐是它们全部的生命。离它不远，还有一棵即将倒伏的树，我从小就见它这样，可能祖父出生时它就这样，就这样横着长，一半在泥土和腐殖质里，铁线蕨披满它的全身，它们是怎样爬上一棵树，让这棵树长满了羽毛，而且张牙舞爪？连细小的枝干上都是蕨，仿佛这里不是森林，这里是蕨的天下，而树是弱者。在森林中，树有可能是弱者，可怜兮兮地被任何物种侵犯。树究竟是什么呢？它们什么也不是，连它们自己都忘记了自己的身份，卑微地、艰难地、挣扎地活着，往阳光和天空中生长。

我牵着断腿猴，赶着三只羊，端着一壶奶去干爹贵将军那儿，在长廊般的森林和悬崖遮挡的阴郁峡谷，野猴子们狞笑着，它们尖削的牙齿和嘴巴仿佛在诅咒。断腿猴那样害怕，它注定了只能在铁链里生存。一根藤蔓突然靠近我，触须在晃动，想缠上我，它们窥伺了很久，寻找着对象。它们以为机会来了，但是我又走了，树叶在枝条上晃晃悠悠，心怀叵测。水声朗朗。鸟叫声对这一切不闻不问，它们才是与天空靠得最近的明亮的白昼。而夜晚，没有人能够对付我。这片森林的夜晚是我的亲人，月光下黑黢黢的树影，将森林推向更为安全的远古，所有的树和鸟声都是道路，月照松林，山披白雾，这是最好的生活。

林子里有很惨的鸟叫声："噗——噗——噗——"但是戴胜的叫声没有这么激烈，传来的翅膀拍打的声音、撕咬和抗争的声音，也夹杂着猴子胡乱喊叫的声音，那是两拨猴子在斗嘴。

断腿猴不走了，这个路上，常有大雾出现，还有帽子时常被人揭去，脖子里的毛巾不翼而飞。叔叔在这里说有人让他背石磨。熊也有时候会横在道上，像一尊弥勒佛那样怪笑着。

我听见一个人的呻吟声，隐隐约约，但分明是人的呻吟，在猴子的叫声和鸟的打斗声中，在地心深处。我再听了听，以为在这里遇见了月亮山精，还是一个女人的声音。我寒毛紧竖，循着那声音寻去。

我在崖坎边上，往下观察，有一棵树有茬子，显然是新鲜压断的，茬口白白净净，不像是雷劈的，声音正是从那里发出的。

我顺着石坎一步步踩下去，看见一个人在那里，是红色的冲锋衣，还有红黄相间的大旅行包。真是个女的，躺在石崖下，她是摔下来的。她很漂亮，一身背包客的装束。这种人在咕噜山区的森林里经常见到，有的是活的，有的是死的。

“玃，玃，你是玃吗？你还认识我吗？救救我！还有一只鸟！”

我甚至想后退，在这荒无人烟的深山老林里，怎么会碰见一个漂亮女子，而且好像见过？但她的声音一定是人类的声音，不是鬼神的声音。她好像是从坡上摔下来的，而且折断了一棵树。她的手上，握着一只戴胜鸟，她手上有血，血是从那只鸟的头上流出的，不知道是她手受伤还是鸟受伤。那棵折断的树压着她的身子，还有一些垮塌的土石。我去搬树，她说她的脚伤了，是石头砸着了她。我搬开树，指了指她的手上。她笑着说，我手没伤，这只鸟在流血。

我再仔细看了看，那只鸟的眼睛在流血，她的整个手上全被血染红了，地上还有一摊血。

“是它的不是我的血，”她在喊，“我只是脚伤了。”

她对那只鸟比对自己的脚有兴趣。好吧，我要止鸟的血。问题是，这只鸟这么小，哪能流这么多的血？我刚才听见了鸟的打斗声，没晓得这鸟现在在此人的手中。一只鸟与另一只鸟打架，一头兽与另一头兽打架，在森林里每天都有，打死的，打不死的，很正常。我希望这只鸟活下来，希望能救它，但是所有生物在森林里的死亡和诞生都是无声无息的，没有人关注。

这个女孩双手捧着瑟瑟发抖的戴胜，用一张纸巾按压着它的眼睛，一会儿纸巾就洇红了。我迅速找到了南星、七七芽，我怕自己嘴脏，用石头捣烂，去给鸟敷。鸟的确还是活的，没死，还在流血，它的血是热的，比人的血还黏稠，我将药交给她，让她按到戴胜的眼睛上。

那只戴胜的眼被草药覆盖，一会就止住了血，这是当然的。戴胜在她的手上缩成一团，也许它身体里没有血了，却还活着。女孩说："它会活过来的，我刚才看到它被几只鸟围攻，它好勇敢，结果它被啄成这样。它这只眼睛要瞎了。"

我不知道它是否会瞎，但它可以活过来。我说："它叫臭大姐。"

她说："它学名叫戴胜，它的头冠好漂亮。我是坐飞机来的，有人刚才陪了我一段路。你还认识我吗？啊……"

她的腿动了一下，就开始喊疼。她的脚踝砸伤了，好像没有伤着骨头，谁知道呢。我扶她站起来，她站起来后，那只伤脚不能用力，疼得皱眉，嘴里发出咝咝的抽气声。我已经回忆起她就是那个在武汉的实验室里，用手摸了我脸的那个女博士，但她到这里来干什么？

"我背你……"我指着崖坎，表示要将她背上去。

但是她手中有那只鸟，止住了血，她还是捧着。我让她放下，那鸟在地上，好像因为受伤的那只眼睛蒙着药，伏在地上，不停地发抖，鸟站立不稳，或者在惊恐之中，血流尽了，浑身冰凉。我示意她放下包趴在我背上，我先背她上去，再来拿包。她照做了，瘸着腿，伏到我背上，手上还是拿着那只鸟。

我顺着石缝抓住树根往上爬，好在她不是很重。她紧紧地抓着我，手上的戴胜在我面前晃动。我将她背上了坡，然后再下去帮她拿包。包很大，有几十斤重。背包客们恨不得将家背在身上到处跑，不嫌重。

我看了下她的脚，主要是崴了。她把戴胜放下，从背包里找出来一种药，往脚上滚动涂搽，有一股浓郁的药味。她说没有事的，是石头砸到了。我找了几片送子草和接骨草来，要她自己嚼，然后敷在伤处。她看着我手上的草，不敢下口，说这是什么草？我就摇头，有的我能说出名字，有的说不出，但我知道它治什么病。她不太相信，又问，你给戴胜敷的什么草药？我又摇摇头。她拿出手机，打开，拍下我采来的草，但没有信号，她想必是找答案。她说，这是一款认识花草的软件，一照就知道是什么花草，但是这儿没有信号。

“我大致知道，这是接骨草，叫八棱麻，果实可以吃，是吗？”

我说是。

“这个应该是送子草，就是茜草，小孩拳，果实很小却很漂亮。你都认识啊？”她看着我，“你在森林里很聪明，他们说你很蠢，是白痴，你知道各种草木禽兽，你只是表达不出是吗？”她嚼了满口，然后敷在脚踝处，那里已经青了，她拿出自带的白纱布绷带，将敷药的地方紧紧缠好。她坐下来，再拿起那只戴胜。这鸟不抖了，它的精神来了。我对她说：“你喝奶。”我捧上给干爹的羊奶，女孩闻了闻，喝了一口，皱了下眉，感觉不错，就咕噜咕噜连喝了几口，又嘴对嘴地喂戴胜，她掰开戴胜长长的弯喙，将口中含着的奶滴到它嘴里，戴胜急切地吞咽着，它流血太多，需要补充水分。然后，女孩又从背包里找出一管药膏，挤出一点，去掉它伤眼上的药渣，涂到它眼上。她抚摸着戴胜美丽的头冠和黑白相间的羽毛，说：“太漂亮了，真的太漂亮了。”她看戴胜喝奶后精神好了许多，她把手摊开，看鸟能否再飞。戴胜明白了女孩的意思，张开带花斑的翅膀，飞了起来，飞到了远远的树上。

"它的生命力太顽强了。"她说。

我们去看它飞落的树，就在那树上，不一会传来了戴胜"臭姑姑"的清脆叫声，声音依然洪量、霸气，它没有被打败。

"你去哪儿？"我问她。

她说："你的家在这里，我知道。陪我来的镇上的人告诉我了。现在……你能帮我找到你们村长吗？镇上的人告诉我他姓商，我想去村长家。"她说，森林太大，她可能会失踪，今天没遇到我，她也许会死在这里。她说一个镇上的干部陪她来的，但吃坏了肚子，只好回去了。他们来时给村长打了电话，让他到沉香坡接她。她说她来过咕噜山区，但这个地方没来过。她是来支教的，她想在这儿办一个教学点，因为我的原因，她很有兴趣，所以要求把点选在这儿。她说她想消失在森林，与世隔绝，不要繁华。森林在天边闪耀，白云在山尖垂立，群鸟飞翔，万物花开，咕噜山区在这片大山和森林中不停地咕噜，它们的话好听，水声好听，咕噜山区就是个咕噜神。

她患上了抑郁症。

她的耳朵里每时每刻有人在唱歌，她有幻听症。她还有广场综合征，不想见熟人，不愿社交，只想一个人待在屋子里。她知道她病了，她吃药，她要摆脱那个环境，她要到远方的森林中去。她请了半年病假，她想与抑郁搏斗。

她碰上了一只受伤的戴胜。

"戴胜也叫棺材鸟。"她说。

"我叫花仙。"她说。

花仙或者花仙老师，已经将祖母凉拌的折耳根消灭了大半碗。祖母笑眯眯地看着这个新来的女老师，喃喃说："花仙子哩。"

可是她抽烟，喝酒，与村长划拳赌酒，花仙老师竟然能划这儿的拳。

“舅子——我！”

“姐夫——你！”

“我喝，我喝……花仙老师你、你、你这么厉害，莫非你是当年这里大土匪王大牙的压寨夫人赵花仙转世？”

村长喝了酒，说：“你、你、你给飞机场的领导说一说，让我们村承包一架飞机，然后我给你搞教学点。”

花仙说：“我不跟你搞交换，搞教学点是市里的红头文件，你搞也得搞，不搞也得搞。”

“王大牙的小老婆赵花仙当起老师来了……”

林潮响了起来，大风折断树木，屋里暖意融融。村长今天穿得周周正正，这地方终于来了个支教的女老师，这在沉香坡一带简直可以说是破天荒的喜事。已经安排村民去收拾打扫河边的药棚，这是过去镇药场在这儿烤药的几间干打垒棚子。村长已经喝得晕晕乎乎，腋窝里的汗像水一样淌，他是第一次无法把一个城里来的女孩子打败，他不知道这个女孩子是什么样的人，他的脑子里会有一些稀奇古怪的念头。他听说一只戴胜流了一碗血，戴胜也没有一只碗大呀。但是这里的孩子必须要接受教育，不然的话他们整天想着的就是月亮山精，肚子里又有什么膏肓神，不就是一条寄生虫吗？

这儿离机场并不太远，从天音梁子撵出的金丝猴群已经转移到了这里，它们的皮毛像金色的霞光一样晃荡在松萝中间，可能还有一些野兽不惧飞机的嚣声又回到了这里。白辛树上的饿雀子依然可以从深山的溶洞里叼来透明的盲眼鱼。早上的阳光五彩斑斓，青苔依然在奋勇争先地爬上大树，苍鹰依然在头顶盘旋，逮食兔子和竹鼠，松鸦一样在歌唱。商陆花、胖婆娘腿花、大蓟、七七芽花依然盛开不败。深烟色的天空中，星云翻滚，黄芪、金钗、头顶一颗珠、七叶一枝花、江边一碗水和打破碗花花依然劲鼓鼓地在腐殖质中生长，春兰、蕙兰、扇脉杓兰、火烧兰依然芳香尽吐，血皮槭、鸡爪槭将越长越高。所有树林里的灵魂都聚集在这里，没有逃遁和悲伤。到处是生存的智慧，自然的光辉。村长梦寐以求的就是想租一架飞机，因为他被飞机降落的噪声折磨多日之后，总是梦见自己驾着一架飞机在天上杀年猪，这是一个奇怪的梦境。今天他在吃饭的时候和大伙讲了这个故事，贵将军给他解梦说，梦见天上用刀和流血不是好事。可祖父说红色是喜庆哩，在天上杀猪的，有领袖气质，商村长可能会调到镇上当副镇长或林业站站长。村长说老子又不是公家的人，不想当什么官，只想驾个飞机过过瘾。

“总之，我想驾飞机。”村长说。

二十三

烤药棚在落豹河边，石板为瓦，有了课桌，有了孩子们，但没有灯。开学的那天，每个孩子提了一盏灯，有马灯、铁皮灯、玻璃罩子灯，也有带电池的灯、充电的灯。

“你应该读书，我认为你异常聪明，如果你读了书，就能证明专家的鉴定报告是扯淡的，你明白吗？他们否定你是现代人，说你是遗传返祖，是白痴、傻子。现在，你能给我从一数到十吗？”

我数了。

“你的父亲叫什么？”

“蕺大坎。”

"你的母亲叫什么?"

"大姑。"我说。我还记得他们都叫她大姑，但那已经是很久了。

烤药棚门前用墨水写着一个牌子：沉香坡教学点。

几间屋子都被烟熏烤得漆黑，像是涂过沥青。有的地方露出了土坯。屋顶上生长着瓦松和小松树、小樟树，从林子里漏下的光线都被四壁的黑色给狠狠地吞噬了。

我是最大的学生，她一定要我读书。

夜晚，她躺在乡亲为她铺垫的丝茅草床上，她所渴望的大片森林正厚重地向她蓬拢，向她所有的意识逼来。森林发出的骚潮声来自远古，让人莫名震怵，不由得你不警惕和敏感。心丢到很远了，竟然丢到这儿，远离了那些恶心的人与事，无聊的心绪，如置身在宇宙的边缘。这个地方太神奇，森林如此淳厚和遥远，值得信赖，鸟的叫声像标本一样清晰笃定，像历史的痕迹。时间混沌，到处是生物行走的沙沙声，包括风和露水、落叶和果实。

"我不是因为恨而来的，是因为爱。但我无法摆脱。……我喜欢这儿的一切，以后我会喜欢一切的世界。如果我来到这里，我将无条件地爱世界。不，我将无条件地爱咕噜森林。"她在日记中写道。

我坐在最后。一共只有七八个孩子。她有时候会撇下我们，让我们背诵课文，自己一个人坐在教室门口看山、抽烟，呆呆地望着远处奔腾的落豹河，看石头上跳跃着一两只水鸟。

有一只船经过，上面载着几筒木头，或者一些苞谷、化肥，一些食品饮料箱。船卡在石头缝里航行，她会把烟头弹向它们，然后回来，手拿着粉笔开始上课。

"玃，你能帮我背点水来吗?"她看着我身上的毛在阳光下闪动，她会喊学生，"大家都到玃身上取暖。"那些孩子们就一哄而上，拼命地挤向我，把我压在下面。我抱着头被挤在墙角里，阳光正在屋檐下。那些不知从哪儿窜出来的孩子非常快乐，发出变形的嬉笑声，仿佛他们从来没有这么开心过。在没有这个教学点之前，他们和他们的家人在哪儿呢？在哪个山褶子里活着？他们有男有女，有的漂亮，有的憨笑，有的结巴，有的拖着鼻涕。他们上学途中会给花仙老师摘来野果，有的是八棱麻果，有的是老鸦枕头果，有的是核桃。今年的老鸦枕头果很酸，也许是雨水太多的缘故，不过花仙老师很喜欢吃。或者不吃，放在桌子上。他们的家长还会给老师带来好吃的蒸腊肉，还有酱藠头、腌木姜子。她还在山上摘了许多紫色的、翠绿的松果，把它们一串串吊在窗户上、门楣上。她用烤药人丢弃的酒瓶养花，红的白的黄的，一束束的花，还有虎耳草、熊耳草、醉醒花草。

她让我弄点木姜子来，煮家长给她的腊肉。她说她就是因为有一年在这山里吃木姜子上了瘾，才爱上了这里。现在没有了新鲜的木姜子，但我们有腌过的，一样好吃，木姜子捣碎腌藠头，另外用木姜子煮盲眼鱼。我第二天给她提来了一罐，是祖母专门给她做的，木姜子依然青翠欲滴，跟她窗口挂着的松果一样。这些植物只要生长在咕噜山区，就算死去后也不会蔫黄，死得青翠，死得有尊严，跟生前一样可爱。

祖父还给她带来了苞谷酒，祖父说喝酒抽烟的女子就是英雄豪杰。

“来，咱们喝一杯。”她用舌头舔了舔酒，仰脖子就是一大口。她太享受，咂巴着嘴，也许是山里气温太低，海拔较高，她的嘴唇乌紫，像一个裂开的蔷薇果。

桦皮诗 NO.1

一只草鹿在落叶下奔跑
在霜雾中它有蓝色的头和犄角

恶兽盯紧它的足迹
它的家有八百八十公里宽。它裸奔。
它咀嚼着，简朴，有道德感，贞洁，但弱小
我恨你。一个瞎子在森林里大声说
我恨你，我立刻变成了疯子、鬼，和秽物
当我说我爱你，我变成了一朵花

我在人间卑微低下
我在林中高贵清洁
不是离开，而是消失。
不再猜测和愤怒于你肮脏的语言和狭隘阴暗
我置身荒野，成为女神
我的舌头、听觉和眼睛，献给草木、鸟兽
必须带着刀子去爱
我逃亡于快乐的割礼。
只可惜，这不属于你，永远
坏人只能一辈子在污淖中挣扎
仿佛志得意满。

她将这首诗写在她从红桦剥下的桦皮上。红桦蜕皮，她剥下后压在书里，就会像一张纸那么平整。她把它们剪成长方形。

她是在诅咒一个人。摇曳的灯火映在黑漆漆的墙上，划出了许多影子，她的脸泛着油光，鼻梁坚硬，眼里有深沉的夜雾。

她穿草鞋。她的行为有些古怪，她坚持要把我祖父的草鞋买下，硬塞给了祖父五十元钱，说是让他买别的鞋，她说穿着草鞋太舒服了。她坐在打草鞋的板凳上，腰里捆着腰叉子，还有鞋耙子、棒槌，用的是芒草，加一些祖母平时攒下的布筋。她把这些工具用一根钎担挑到学校。当然是我帮着挑的。钎担是两头翘着的，可她竟然一学就会。这个钎担两头放绳的楔子，是鬣羚的蹄筋箍的，鬣羚的蹄趾正好是一个凹槽。花仙老师赞叹这样的农具太精美了，只有这块土地的农民才能做得出来，他们在森林里，想象和创造着这个世界上最美丽的农具。而这个特殊的钎担是祖父年轻时做的，木头是板栗木，挑一千斤也不会折断。

花仙老师琢磨着打草鞋，还加了些她带来的彩色毛线，这让她很开心。学生到了日上三竿才上课，就是太阳爬上鹰嘴岩一尺多高时，学生才会三三两两地来齐。无非就是识些字，算些数，然后讲一些故事，讲武汉，讲大学，讲外国。那些孩子大多是辍学和留守儿童，主要是嫌镇上读书太远，晚上没有家长接，还费电池和松明子火把。

花仙老师动员我去上学，祖父与她爆发了一场争执，“玃是个放羊娃，是个猴娃，他都有二十岁了，”祖父伤感地说，“他就是只野猴子。”

他说的是我在树上睡觉。但花仙老师认为孺子可教，她说:“我相信他完全能够接受教育，奇迹一定会在他身上发生。读书之后，他一定会自动回到地上来。”

她与我祖父打赌，赌的是一百斤苞谷酒。她坚定地说，玃一定会回到地上，在人群中生活。他可能拥有比我们更多的智慧，我们所不能达到的灵气，他认识的东西远远超过我们的想象。他懂河流和花朵，懂山冈和树木、野兽和飞鸟。她说我不是来调教他的，我是来向他学习的，他的大脑里装着整个森林，他有许多神奇的生存技能，他知道那么多草药知识，是谁教他的呢？这太神奇了，他会让许多人对他着迷。

那时候，商村长在旁边，他说，这狗日的是有许多精怪的东西，不然宜昌怎么会让他去表演？你们那么多教授专家怎么对他产生兴趣？咱这里的人，这里的山水，真的是太神奇了，还有许多神奇神秘的事儿，以后利用你们网络的优势，多在网上宣传我们这儿的美景，让我们的乡亲早日脱贫致富。只是不要把我们落后的东西写出去，要看到光明的一面，多宣传正能量。花仙老师大笑说，哈哈，那是当然。

花仙对我祖父说："您不用担心，就算獲不读书，他也不会是一只猴子，他只是一个异类，与我们不同罢了。"

祖父问："你是城里派来研究他的么？"

花仙说："不是，我是想来这山里帮助孩子们。对于一般的孩子，你不识字就真正是一只猴子，即便是一只灵巧的猴子，也还是猴子，如果你识字，你就是人。"

祖母用父亲的旧褂子给我做了一个书包，还钉了扣子，防止我从树上跳下时，将书本和笔倒出来。不过过了几天，我就有了一个花仙老师送我的双肩书包。但是我不像是去上学，因为我可以赶着三只羊去河边，我在山坡上把羊拴好，拴在我的视线之内，防止野牲口拖走它们，然后就去听课。我坐不住，何况我穿了衣裳，身上发烫。我在教室门口走来走去，门口的小操场上摊晒着学生们在路上采的药，主要有柴胡、牛夕、独活、头顶一颗珠、破血子、小丛红景天，花仙老师说这些卖了可以为我们买文具和体育用品。还有一些菌子，鸡冠菌、松菌、刷把菌、鸡油菌、青头菌等。这些菌子有的给了花仙老师，有的带回家去。

我给她采来了一些花牛儿腿、花椒叶、黑脑壳叶，还带来了祖母做的泡菜，她喜欢吃泡凤头姜，泡僵蚕根。她已经有半个月没有电话，也不能上网。"可我还没有疯掉。"她说。她站在后面的山头上，拿着手机到处找信号，她嘿嘿地笑着说："手机跟废铁一样。"

她在日记中写道：

那些荒野里古老的声音响彻了无数个世纪。我爱倾听。群山之上是黛青色的天际。秋天树枝僵硬。那些死去的巴山冷杉，以极端蔑视寒冬的气势站在风口。傍晚时分，山冈上所有生灵都消失了，鸟的叫声显得很孤独，像是哭泣，烫到人的心里。远处的天空有一条橘红色的云，像一条红色的溪流，一直拖曳到暮色深处。白色的云带在山顶逶迤，像是夜晚浮出来的泡沫。

她穿着自己打的草鞋，约我一起去走访辍学儿童。我们走进王家寨，那儿有许多恶狗，本来山里的狗像狼一样，是半狼半狗，赶山狗、猎狗，嘴上有箭毛，未见过世面，对付山里的野兽必须凶狠，否则会小命不保，但这些狗对付生人也像对付野兽一样。往王家寨的路上，风景无比美丽，花仙老师看到了红桦皮翻卷，就会把它剥下来。秋天红叶汹涌，鸟儿全都沉默，无声地啄着满树的果子。天空很高，飞机拖着长长的白烟，朝着天音梁子而去。

“多美啊，美死了。”她总是说美死了，美死了，美死了。王家寨老王家的两条狗，浑身都是牙齿。狗咬着，房子在悬崖的凹槽里，这里是王家祖辈做土匪时的一处老寨，居高临下，一夫当关，万夫莫开。石砌的台阶，石砌的墙壁，坚固异常，赵花仙就是当年在此的压寨夫人。花仙老师说：“她的重孙不读书，很可能会重新沦为土匪。”王小喜的爷爷还有一套国民党的军服，过去常穿着下地干活。有一天来这儿采药的人在外喊“斗地主了，斗地主了”，小喜的祖母一听又开始斗地主了，想起当年自己男人被批斗的情景，吓得半死，在屋里用一根绳子吊颈死了。其实外面喊的斗地主是一种扑克玩法，可怜的老太婆，完全不知道。

好在是干爹贵将军带去的，将两条守在门口狂咬的狗撵进了旁边的林子。家里没人，小喜也下地去干活了，花仙老师给小喜带来了课本、文具和书包。在这个悬崖洞中，有一股小泉水流过，有当年堆码在崖边做武器的石头，有在石壁上凿出的存放粮食和弹药的方洞，有《毛主席语录》。厨房里有劳动的痕迹，带泥的力士鞋、背篓、镰刀、洋芋、挖洋芋的镢头及箢箕。火塘的灰是热的，用大整石凿的水池，估计有一百年了，里面的池壁上长着青苔。

贵将军给花仙老师说，他会告诉老王。因为狗咬得慌，我们离开了王家寨。可是两条狗跟上了我们，我们离开很远，正下山时，两条狗从岩上跳下来，仿佛中了邪，朝我们扑来，一只狗咬住了花仙老师的裤腿，然后撒腿就跑。等花仙老师掀开裤腿，竟然出了血，不过只有一点点。贵将军说，老师你要到镇里去打狂犬疫苗。花仙老师说，没事，没事，森林里的狗，比城里的人干净。

但干爹还是赶快找泉水洗了她的伤口，将狗齿印用火烧过的小刀划开，让它流血，再让我们去他家，用肥皂反复冲洗，我已经在路上找到了牛筋草，用石头砸烂，加上干爹家里的红糖，给她包扎。干妈又刮了些砧板缝的残屑包在伤口上，说这是防疯狗病最好的。但花仙老师说没事的，真的没事的。

干爹整了一个腊蹄子火锅，一定要招待城里来这儿支教的老师，硬是将小喜和他的父亲找到了，让他们来陪花仙老师。老王是一个低着头生活的人，他的儿子小喜也低着头，像是犯了什么错似的。老王看不出年纪，头发胡子乱糟糟的，就像是个鸟窝，怎么都不说话。干爹端了酒让他喝，他喝了，却不搛菜，双手夹在裆里，眼睛看着地下。小喜也这样。我让他吃，他也不吃。他比我小许多，才十一二岁。花仙老师问他：

“你想读书吗？”

小喜没说话，点点头。干爹代他们父子说，这娃子读了一两年，在镇上住读，因为经常感冒咳嗽不会照顾自己就没读了。花仙老师给老王说："养儿不读书，只当养头猪。"她说："森林里的孩子在大自然中成长，他们的精神发育是完整健康的，森林的知识，他们知道得非常多，但如果掌握了一些文化知识就像老虎长上了两只翅膀，能在空中飞行了。"

小喜的父亲答应将孩子送到学校。这天晚上她很高兴，在我干爹贵将军家里喝了两杯酒，在回来的路上她说："其实，我教你们知识，但我不喜欢知识，有知识的人爱说假话，心肠狠，阴暗歹毒。有知识的人会很坏，我只是找一个借口待在森林里，就是这样，我恨那些有知识的人，他们坏起来比野兽还坏。"她还说："我被山里的狗咬了，我很幸福，乡下的菜狗，这种狗叫什么你知道吗？叫中华田园犬，被中华田园犬咬，我太幸福了……"

她穿着宽松的棉麻衣裙，头发又长又直，有点焦黄。她额头发亮，嘴唇丰满。她喜欢植物和鸟。她吃懒豆腐、腊肉火锅、一锅炖，野菜和家长送的蔬菜全煮了。她自己烧锅巴饭，炕洋芋，自己在火塘里烧板栗。苞谷粉放在饭里，是我们吃的"金包银"，她说这太好吃了。

雨后的落豹河峡谷像一个大灶台，腾着雾气，雾气白得像羊奶。坡上的茶园翠绿，刚出生的叶子，在一瞬间全钻出来了。山很清洁，云就会缠上它。落豹河里的石头被大雨洗得黑漆漆的，像是焦炭，有一些彩色的石头，它们经过水洗，美丽大胆的纹路清晰跳出来，非常漂亮，趴伏在水中，像一个个气球沉在水里。

"这是什么鸟？"她看到一只在我家白辛树上蹦跳的鸟问。

"是蓝矶鸫。"我说，加上比画。

雨在稀稀落落地下，像是云雾滴着水珠。但鸟在下雨时依然觅食和鸣叫。那只蓝矶鸫的叫声那么悠扬，蓝得那么好看。她说："它这一身蓝染得多纯啊！……上帝怎么调的颜料？上帝是美术学院的博士后！"

又出现了一只血红色的鸟。

"看！"我指着说，"血雀！"

好久也没见到血雀了，这只血雀竟然出现了，就像是专门给花仙老师看的。

"啊！"她小声地叫道，藏在茶垄里看。

那只血雀，通体血红，只是翅与尾有少许的黑色，但色彩搭配得非常漂亮和谐。它在那儿，在鸟叫声的间隙叫着："掏耳耳，掏耳耳，叽尔叽尔……"它们的叫声理智，清亮，阳光，柔情。蓝矶鸫却调皮地发出"嗞嗞"的叫声，一会声音就滑到高处去了，又好像在模仿别的鸟儿。她拿着手机去拍照，想靠近一点，她弯着腰，蹑手蹑脚。但是云雾让天色很暗，鸟被树叶遮挡，身子扭来扭去，没有好角度。

这时候，火尾太阳鸟又出现了，这是咕噜山区五种太阳鸟中最漂亮的太阳鸟，它拖着长长的细尾，细尾是火红的，像一道火光拖曳在尾巴上，当它们飞翔的时候，就像尾巴着火了。"这是一个舞火者！"她说。

她简直石化在那儿，瞪着不敢相信的眼睛，在那儿说："怎么有如此漂亮的鸟儿呀，上帝为什么如此偏爱鸟儿啊！人为什么长得这么丑陋？又是秃头，又是龅牙，又是塌鼻子，还他妈双手发抖……"

还有红嘴蓝鹊，也是那么美，太美啦！它们的尾巴也很长，叫声像喜鹊。说是蓝鹊，但尾羽是宝石样的紫蓝色。我告诉她，咕噜山区的人不打这种鸟，它们是土地菩萨养的鸡。

她说，为什么这儿有这么多漂亮的鸟？而城市却只有蹦蹦跳跳的麻雀？你认为城市很好吗？人不是在森林中生活的吗？人类古老的故乡就在森林。她给我讲人是怎么由猿变成人的，是什么时候走出森林的，而鸟，就是恐龙的后代。

我告诉她白辛树上的饿雀子，它们从山洞里叼来的鱼，她吃的酸菜鱼就是这种鱼，它们不停地叫着“饿饿饿”，因为它们是旧社会的小媳妇变的，受瞎子婆婆的气，总是吃不饱。它们叼来的盲眼鱼，我们叫洋鱼条子，这种鱼就是她的瞎婆婆变的，它们要叼来狠狠地啄死它。

“你看。”我告诉她茶垄中的一个大山雀窝，在齐膝的茶树中，一个很小的窝，它知道我们不会伤害它们。还有棕头鸦鹊的窝。大山雀的窝用非常细柔的草编织而成，有的是植物的花絮。花仙老师看着那个圆圆的窝巢，说：“太精巧了，鸟没有手，就用一个嘴织得这么精美，我真的怀疑鸟都是灵巧的女人变的，而且是乡村的女人变的，连有手的人也不可能编得这么漂亮精致。”大山雀有金色的羽毛，它以为我们看不到它的巢，大胆地靠近我们，然后突然扑向我们，就是挑衅，它嘴上叼着一只虫子。它是要保护巢的，它扑啄我们后，就朝着另一个方向退，让我们把注意力集中在它的身上，我们只好去撵它，它还是扑啄我们，我们再撵，它又退，它就是要把我们引开离它的巢更远，是为了保护巢中幼鸟，防止我们伤害它们，真是聪明又狡猾的鸟！

茶园里的草会疯长，像雨后的蘑菇。特别是一些藤子，你专心在采茶，朝脚上一看，藤子就缠上了你的脚和你的茶篓，跟旱蚂蟥一样……这是香薷……羊胡子草……小勾儿茶……鸡矢藤，也叫鸡屎藤，臭，有鸡屎味，能做成糖水喝，解酒，消肿止痛……一年蓬……开小白花的，蝇子草，乱缠在茶树上……

蝇子草的花萼是一筒筒的，“好怪啊！”她摘了一串下来。

“治屙痢……”

“猴娃你是精灵，你全都知道啊？”她很高兴。

我是不是月亮山精，我自己也不清楚。但我有我的感觉，森林会默默无声地传递给我，野兽都会用野草给自己治病，狗毛色差了也会啃草吃。我还跟干爹贵将军进山采药，跟祖母，跟祖父，跟许多人一起干活，我记住了。草木、蘑菇、野兽，哪些善，哪些恶，你心无尘念在这里，都会有悟性和直觉的。你活在这森林里，万物与你为善，会告诉你所有的秘密……

她来帮我祖母喂猪，也像我祖母一样从围墙上爬上爬下。她对祖母头上的绣花包帕子端详了好久，坐在门口，她让祖母解下头上的旧包帕，祖母说，这还是年轻时绣的，很长，有五尺长，有梅花喜鹊的图案。咕噜山区的女人，只要生了娃子，怕风侵后头痛，就会包这种绣花帕子。那些绣花的图案复杂，绣得精细，是一种叠绣，非常费时，看上去，梅花和喜鹊就像是真的，花在怒放，喜鹊在枝头鸣叫，好有立体感。

“您教我绣花吧？”她向我祖母跪下了。祖母虽然八十多了，但头发不掉，没有白发。她说出她头发好的秘密，给花仙老师拿出了用皂角果捣碎的洗发汁。她给了花仙老师一大把皂角果，教她要先用锤子砸开果实，将那些捣烂的碎屑放入盆中用水泡，反复揉搓，然后用一块纱布将碎屑过滤，就可以洗头了。花仙老师照做后，洗出来的头发果然比她的化学洗发水洗得乌亮，有光泽。祖母说，如果加一点淘米水就更好了。她照做，头发真是色泽油亮。祖母让我带她去山上捡皂角。我们捡了满满一背篓，她制成了半桶皂角洗发水，给所有学生洗发。大家的头发都闪着光，黑暗的烤药棚学校都亮了几分。

二十四

茶园被露水打蔫了，痴痴地静。粗榧上二声杜鹃叫着“饿，饿”，但它们不是饿雀子。向阳的茶园够到太阳了，感激地明亮着。新采的秋茶是另一种味道，玃给我专门制的野蔷薇花茶，是把初夏采的晒干的野蔷薇花掺在茶叶里，泡上一杯，那个香啊，是令人百骨皆酥的香，是令人五脏六腑通融和蔼的香，他还采来了晒干的夜交藤和五味子，用来泡茶喝，五味子是新采的，紫红色，一串串，就这么吃，连籽一起吞，不仅安神宁心，还能治胃病。我每天喝的是野蔷薇花茶、五味子夜交藤茶，睡眠好多了。后来他又帮我弄来合欢皮，这是治抑郁的，喝后精神愉快，心情舒畅。我甚至停了舒乐安定，也能睡上几个小时，顽固性的失眠看来在森林里要治好了。所以说，玃是个唐氏综合征患者吗？不是，你有严重的偏见，你相信书本知识和仪器，你并不想实地考察，不想进入一个人和一块土地，你太不了解他，你也不了解森林，他是一个森林中的精灵、异人。你挣扎和纠缠在那个污淖社会的名利中不可自拔，而一个研究者的灵性被榨干，面目全非，成了一匹社会怪兽……

玃果真睡在树上，他很虚弱，他祖父说他受到了惊吓，他紧紧抱着树。我用手电筒照他的时候，他真像是一个野物，让人新奇甚至恐怖；可是当他下到地上来，来到学校，坐在他祖父给他做的课桌后时，他就变成了一个人，一个纯净的人，有着山里乡亲的温厚、胆怯的人，一个正常的人，他的眼里，全是渴求现代知识的光……

……我害怕黑暗，漫长的夜将我扔进无底的深渊，让我窒息。落豹河的嚣声，像没完没了的杀戮，满河的水和石头都是哭泣与愤怒。那些河水下滩的声音，我往生命的激情上想，它们同样是伟大的。在这里，所有的生命都非常强势，显示着它们的能量，攥住劲儿生长，高旷的星空在窗外像奔腾而来的钻石，寒冷却有着它的执拗劲儿。巨大的山峰和黑暗的森林，拱抬着沉重的、宝石累累的天空，不让它坍塌下来。在这里，可以看到宇宙的真相，在没有星空的那些城市，人们并不知道山体和森林付出了多大的代价，才能让天空如此高远，迷蒙的星星才没有坠落下来。

我有时会眼睁睁地等待着天明，像野兽一样竖起双耳，对，是竖着双耳警惕地聆听屋里屋外的响动。山很安静，有时候，忽略掉落豹河的声音后，在没有下雨的时候，落豹河的声音比较轻言细语，仿佛是个疲弱的人在赶路，有赶不完的路。那种旷世的安静就像是飞升到天空，人的周围没有任何障碍，整个肉体世界和精神世界一马平川，肉与灵。但是高寒山区的风横扫森林和群山的时候，会发出呜呜的吼声，像一个变态女人的叫床。每天夜里，你若是倾听，都会听到群山发出的一阵阵怒气，这是荒野的吟唱，是它们狂热、单调的语言。一座山会如此深沉，那些过往岁月的回忆会如此雄壮，经受过煎熬和痛苦，但它只是在半夜发出类似巨人的呓语般的吼叫，然后，它会睡去，仿佛盖着厚厚的毡子，温顺、蜷伏。生命如此善良，愈是久远的生命愈是善良，而且有着耐心，漫山遍野、年复一年地活着。

她在日记中写道：

天亮大约是在六点的时候，竟没有一点延迟，一寸一寸地到来。我过去从未注视过的，那种从漆黑到白昼的神奇变化，悄悄来临的无形。那种混沌昏沉的白昼会让人混沌昏沉一天，灯光下，没有黑夜，只有山冈和荒野，因沉默才如此敏锐和真实，像命运一样让人挺住，才能够对付岁月。让人在心上磨着，对白昼的渴望会成为偏执的想法，荒村的鸡叫不是白昼的开始，那是更折磨人的一段时间。看看表，只不过才十二点或者一点，离天亮还有很长一段时间。吃一颗安定，这样可以忘掉两三个小时黑夜的折磨。我找朋友开了二十盒安定带着。我失眠，有黑眼圈，有隐隐约约的眼袋，月经不调，下身有气味。有时候嘴里也会有一些气味。为了对付深不见底的恐怖的黑夜，玃的祖父将多年前在山里打死的一只草鹿的大角给我，挂在门楣上，可以退鬼。而且，每天晚上吊在门闩上，如果真有拨门的盗贼，它落地的声音会很大，惊醒我，因为角是空的。

鸟的叫声开始时就是天亮的真正开始，我就胆大了。听说，鸡叫的时候鬼就退走了，就怕人了，但是鸡叫的时候天还是漆黑一团。只要鸟开始叫，山里就会有醒来的鸟兽人声，白昼的力量非常强大。深夜也偶有枭和猫头鹰的叫声，但天亮时，最早叫开的是一种小鸟，叫柳莺，轻言细语，像报到的小学生。白颊噪鹛的“嗞嗞”声呈丝絮状，拉扯不断似的，像一个孩童误吃了辣椒。有一种鸟，我还没弄清它是什么鸟，发出“哆哟哆哟”的叫声，一声一声，不紧不慢，不卑不亢，在稀落的晨光里，就那么一寸寸叫着，洇进白昼。有一种鸟叫着“溜溜圆，溜溜圆”。有一种鸟叫着“乖乖，乖乖”，它叫谁乖乖呢？但每一种鸟都不急于发声，像很懒散的，宿酒未醒的，叫的是咕噜山区的方言，没有汉字可以对应，大致如此。有一种鸟叫“酒呀，酒呀”，另一种鸟叫的是“酒上没，酒上没”，这两种鸟都是酒鬼转世。有一种鸟虽然急迫，发出“滴滴滴滴”的声音，但喉咙婉转，有几个弯儿，转得缠绵，细细的喉咙里有千山万水。连鸡的叫声也受到感染和熏陶，比平原的鸡叫得好听，夹杂在那么多鸟的叫声里，鸡们也叫得清脆、清亮、雄壮、悠扬，像游龙一样，一下子冲上了山巅……

雨下了两天，今天天终于晴了，推开窗，东山红了，是红雾。云雾浮在早晨的山间，一动不动，山和草木也一动不动，它们有着难以想象的定力，这是它们千万年修成的。

将清晨从山后和河边采来的野花插到那些旧酒瓶里，黄色的千里光的花朵像伞状，这是咕噜山区的几百种菊科植物中的一种。萝卜花是十字花科，紫色的花朵坚挺，白色的是马兰花，就是咕噜山区的美味野菜马兰头。但更多的是咕噜香菊，有一股逼人的清香，满坡都是，路边一线线全是。花仙老师采了许多，晒在门口，我告诉她做枕头胆，可以治失眠。她的失眠很严重。

她在日记中写道：

天晴后，云在山顶形成孤云，仿佛故事结束了。雨水在溪沟中奋力奔流，发出的响声是对这几日暴雨的总结，声音真诚瓦亮。那些秋天的野花赶紧开，空气中传来浆果羞怯的甜味和落叶绝望枯萎的气味。但森林里的常绿植物很多，高大的巴山冷杉和秦岭冷杉总是绿的，黑沉沉的绿，从来不肯枯萎和凋谢，一百年一千年来都是如此。只有一两株经受不住光阴的折磨，死了。死了还是站着的，孤零零的，枯黄地、干瘦地站在石头上，没有针叶，只剩下发黑干枯的顶端，但这丝毫不影响那些冷杉林的雄壮和伟大，不会让人太过伤感。大量的常绿树种在悬崖上，在深切的河谷间，白楠、红楠、青冈栎、丝栲、橡树、木姜子、荚蒾、水丝梨、马醉木，还有那些油亮的灌木，黄杨、羊母奶、老鼠刺、悬钩子、水马桑、忍冬、醉鱼草。

那些藤本有勾儿茶、串果藤、大血藤、钻地风、青风藤。老鸦枕头果、猫儿屎、松果都有它们的清香，猫儿屎和八月炸、五味子我都吃了，在山里，有各种晚熟的果实，红色的苦糖果，紫色的忍冬果，红色的海棠、火棘和南赤瓟……

森林里果实掉落的嚓嚓声，像是有一个隐形的人在收拾着林子里的东西，准备回家过冬。你也许会有一种由浅入深的孤独感和警惕感袭来，但这很美妙。

有一天，我对这片森林带着一些信任注视的时候，发现树叶红了。先是一些黄色，再是一些浅橙色，峡谷吹来的风往身体里灌的时候，对季节的转换心里会咯噔一下。还有水，水凉如冰。在夏天，这儿的水因为是从山缝里钻出来的，会格外砭骨，这儿的水是冷血动物，但囤积在水桶里以后，会温和一点。水是可以直接喝的，我试过多次，没有让肚子坏掉。水无论在任何时候，都丰沛如初，充满激情。森林涵养了太多的水，加之这里雨水充足，几乎每天下午都会下一场，雨不大，一阵，把空气滋润了，又会停住。然后云雾就腾上来了，雨水唤上了大量的白雾，峡谷和森林永远像一个大锅炉。云往一个方向飘动，或者凝滞在山谷里一动不动，就像用筷子打泡松的豆花，仿佛这里是神仙们住的地方，是仙境。我没有看到过仙境，我认为这里就是仙境。任何人都好像很难到达这里，只有鸟、猴子，和不多的在此隐居的山民，稀稀落落的几个人，守护着这片大山。那些山上的箭竹，一丛一丛，间隔是那么均匀，仿佛是人工种植的，但这是谁种植并莳弄的呢？神仙。

我看见一只小小的林麝（香獐），当我与它相遇时，它站在一块石头上啃食苔藓。它乌黑发亮的皮毛、警惕的大眼睛、直竖张开的大耳朵、黑油油的嘴。后来它受到了什么惊吓，从高高的树上跃下，跳到一块大石头上，越过了一个高堑，就像飞起来一样。他们说：麂跳八尺，獐跳一丈。它们善于跳跃，只在清晨和黄昏出现。它们生性胆小，经过时，因为惊慌，会留下香得令人打喷嚏的麝香味。它会爬树，站在树丫上。那双远离世界的野地的眼睛、啃吃自然草木的黑色嘴唇，它的身体为何会佩戴如此香味的珍宝？它的眼睛、动作，都那么洁净，皮毛闪着黑黝黝的缎子样的光，像真正的诗歌一样，像我喜欢的盖瑞·斯耐德的诗句，充满质感而又皮毛松软，富有弹性。“烟雾漫下山谷……冷杉果上树脂闪光/越过岩石和草地/新生的飞蝇麇集……饮着锡杯中冷冽的雪水/穿过高旷宁静的空气/俯瞰千里”喝一杯雪水就可以俯瞰千里，是一种什么样的胸襟啊！雪水会让你高瞻远瞩。

“在蓝色的夜里/霜雾，天空因月亮/而发光/松树冠弯向雪蓝，淡淡地/融入天空，霜，星光/靴子的嘎吱声/兔迹，鹿迹/我们知晓什么”

森林里的东西，我们真的什么也不知道，那是我们祖先的远古的家当。那些草木、山川、河流，远离了我们。一些生活在这儿的遗民，与它们融为一体，看守着我们祖先的财产，却不知道它们的珍贵和秘密。那些来自上帝对大地生命的悸动，苍穹下沉默的群山，是静止的神祇，它们因静默而庄严优雅。竹鼠在竹根下噬咬，鹰在峡谷盘旋，鼯鼠在林中滑翔，鸣禽在大喊大叫，松鼠在树上神经质转圈……这一切，对我们究竟意味着什么？

美丽的旷野、山冈、峡谷和森林，到处是断裂的石峰，隐藏的树林，飞泉流溅，矿脉闪耀，蒸气弥漫，没有什么像一座山和一片森林那样更充溢着生命的激情了。它流水丰沛，源源不断，它的生命深邃、绵延，永远有着大自然赋予的青春。

露水在每一片针叶上凝结，在针叶和阔叶上闪耀，花开得如此千姿百态，它们凭着自己的坚守和创造，点亮自己，不屈不挠。

这天上课的时候，花仙老师端出一个盆子，里面有一条娃娃鱼。

是王家寨老王让小喜带来给老师补身体的，也是对王家的狗咬了老师表示歉意。小喜穿得很有喜感，个子高，却穿着小时候的衣服，扁头如娃娃鱼。那条溜滑的娃娃鱼有两三斤，因此蜷曲着尾巴，嘴里发出咿咿呀呀的小孩的啼哭声。

“这个是不能吃的，同学们，它是保护动物，是受国家法律保护的。只因这里太偏远，我们不知道，但这是不允许的，要坐牢的。就算国家不保护，我们自己的内心也要拒绝吃这样的动物，你听听它的声音，多么无助，像一个失去母亲的小娃娃在啼哭。你们没听到它就是一个失去了母亲的小娃娃吗？……”

她说得我的心一阵揪疼。

“我们经常吃它。”小喜说。

“你吃了多少？”

“记不清了。”

我说：“娃娃鱼好钓，用绳子穿一条大蚯蚓，放到溪河里或深潭里，就能钓起好多娃娃鱼。”

小喜说：“我一天可以钓一两百条。”

“不能吃森林里的动物，它们与我们在同一个森林生活，我们不能欺负它们，同学们，我们一起把它放到河里，怎么样？”

我和小喜抬着脸盆，我们来到了落豹河边。花仙老师对着河水，手拿着娃娃鱼，对它说：“放你回去吧，哦，放你回到你的家里去，好好地去玩耍吧！”

那条娃娃鱼在水中好像听懂了她的话，甚至回过头来看了她一眼，然后游动着四肢，摆着厚厚的尾巴，往水中的大石缝里钻去，一会儿就消失在深水中了。

因为信号不好，她拿着手机去很高的山崖上搜索信号发信息。她爬到学校后面叔叔放蜂箱的那个盂子坡，祖父给了她一个背叉子，里面有磨得飞快的开山刀，沉手，这是自卫的武器。为防止山上的旱蚂蟥，她虽然穿草鞋，但穿上了厚厚的袜子，还用塑料袋扎紧，后来她买了一双长筒雨靴，这样旱蚂蟥就不会钻进她的肉里去了，她也更像一个山里人了。

昨天我与学生们放了一条娃娃鱼，我第一次触摸这种黏糊糊的动物，听到它受屈的叫声，我怀疑它是夭折的孩子变的。听说，要吃娃娃鱼，你把它倒挂着，它的黏液会往锅里掉，那些分泌的黏液，做汤是最鲜的，黏液还可以做女人的面膜。

她坐在那个无名坟的石碑上，拍了一张不明动物头骨的照片，发给与她说话的人。

这个白森森的骨头，像是一只鹿的。这就是咕噜山区的景色，在群山的深处，远离人烟。头上是红叶，脚下是落叶，深厚的腐殖质少有人踏动。一只刺猬披着露水，缩头缩脑地在前面的山坡下，踩在青苔中，睁着果球一样乌黑的眼睛，嗅着落叶和空气。它的眼睛明亮而惊恐，它们受的伤害太深。我曾经在我生活的城市，看到街头一个挑担卖刺猬的人活剐刺猬皮，血淋淋地将刺猬的肉从皮里拉出来，血在他手上溅得到处都是。并不好扒，肉与皮不好分离，扒刺猬的人脚踩皮，双手拉肉，那是活的，一条鲜活的生命就这样扒出来，皮肉终于分离，刺猬还没有死，像脱光了的小孩一样叫，像娃娃鱼那样叫，几乎是一样的叫声，好像所有哀求的叫声，所有生物哀求的叫声都是一样的。看到娃娃鱼，我就想到那只被活活扒皮的刺猬，它们早就变成了城里人的大便，顺着下水道冲走了，化为乌有，没有痕迹，这样的杀戮像没有发生过一样。但刺猬的疼痛是怎样的，如何用人间的文字来形容这种疼痛？“活着就是去撕裂，死去，就是被撕裂。”还记得阿米亥的这句诗吗？

我逃离你的世界的时候，我就逃离了整个世界，而我的世界正在建立，它日夜成长，拔地而起。而且这个建立的世界那么干净、纯朴、善良、遥远。我想起一个人说的：在最远的地方，我最虔诚。说真的，我不想再联系你，我把你的电话和微信甚至微博都删了，我不再关注你，我不想知道你的世界，纵然你的世界光辉灿烂，都是专家名流，名媛高官，但我不会将就。我只是想告诉你，我并没有失踪，这个信息会传到我亲人的耳里。你不是我的亲人，说穿了，你不过是我曾经崇拜的一个学长，一个隐形性伴侣，如此而已，要是失踪，我不过是在那个城市失踪了，而且也许将会永远在那个城市失踪。你贪图炫耀享受，却害怕承担责任，在教室里看起来是正人君子，跟学生们侃侃而谈怎样生活和做人，可你的内心阴暗混乱，充满焦虑，为抬高你自己，不择手段，沽名钓誉，追名逐利，自私冷酷，毫无底线，你也许只能做一个不大不小的知名学者吧……

我爱高亢的群山，深切的河谷。我在这里生活，虽然，永远不能再进入那样热闹的、可能会在专业上占有一席之地的世界，但花仙却不是为这些东西而生的，我宁愿教山里孩子们知识，也不会在你们的世界苟且。那些东西，只是在你的生活中放大了，放大到要与人争个你死我活的地步，但它们的用处在这深山老林里一钱不值，好笑，可笑，可怜。

高喊崇高和灵魂的人，高喊知识分子担当和真理的人，其实内心里只有苍蝇飞舞、蛆虫爬行。谎言、欺诈、荒淫、攀附、偏执、无聊、自私……那些所谓教授专家的内心何其龌龊肮脏，在你的学生面前，你不停灌输所谓灵魂、崇高，你的灵魂又在哪里？我曾一度被你蛊惑，怀疑人真的是否有灵魂。现在才发现，没有灵魂的人才可能大谈灵魂，卑鄙的人才谈崇高和高尚。一个人的灵魂是与森林和群山绑在一起的，没有它们，灵魂安在哉？课堂和书本上慷慨激昂宣谕的灵魂，其实就是内心的虚妄和美化的自己，强词夺理，冠冕堂皇，而内心的肮脏无耻左右了这一切。第一次，你问我灵魂在哪里时，你知道我是多么震惊，我还是个医学院大四的学生……那天你们来到我们学校，来到我们的展览室，当我讲解人体解剖时，我向你们讲解哪儿是心脏，哪儿是肺，哪儿是肝、胃、肾、脾、大肠、小肠、盲肠、结肠、直肠、前列腺、子宫，那些人都在认真地听着，你却突然用不太标准的普通话，带点儿欧式的腔调问我：请问灵魂在哪儿？这突然的问话让我一下子蒙了，让我觉得晴天霹雳。一个医学院的学生，我们只解剖人体，从没有人问我们这具人体里，灵魂在哪里。哦，你唱的是咕噜山区那高山上遥远的歌，那像灵魂一样神秘深邃的民歌，那是灵魂的声音，在云端里萦绕，我终于触摸到了灵魂，这个神秘的东西……我当天就委身于你，在学校的操场上，紧紧地抱着你……我战栗，你引领我来到了一个新奇的世界……

……你就这样轻易拿走了我二十二年守着的贞操，你的眼睛过去看是忧郁和浑浊，现在看是卑琐和阴鸷，甚至卑下。虽然你人到中年，却因为有药的支撑，让你有足够的力量征服我的肉体，在我的身体里横冲直撞。当你拼命干时，灵魂并不在身边，只是两具黏污的肉体纠缠碰撞，你粗俗地喊着，那些汗液和精液的酸臭气味令我作呕，因为灵魂让我向你靠近，但是我们都没有灵魂。天很黑，没有星星，灯火溃散，夜凉如水。我茫然，我献给了一个向我打听灵魂在哪里的人，一个无耻的男人。在外面，你是人杰，在我眼里，你是人渣……

二十五

“大家叫我花仙子，不要叫我老师，好不好？”她对同学们说。

“我喜欢别人叫我花仙子，我喜欢花，我的笔名叫花仙子。”

可是我们不知道笔名是什么意思，就这样叫了，花仙子，花仙子。但家长和乡亲们还是叫她花仙老师。叫老师是对她的一种尊重。

我们在田里刨冬花，花仙老师帮我们刨，然后背回屋场，待用硫黄熏蒸后再晒干。祖父在坡坎上用石头垒了个洞熏蒸。可是花仙老师反对我们用硫黄熏，说这是药材，会害人的。但是我们过去都是熏的，不熏不白，再晒，越晒越红，越红等级越高，能卖出好价钱。

贵将军过来说，花仙老师说的是对的，硫黄有毒。

她坚持要我们把火弄熄。听说硫黄有毒，祖母也骂祖父，说害人是要遭报应的。

冬花有漫长的生长期，要赶快抢收，在十二月风雪到来之前收完，到了二月又要下种，将那些根排在田垄里。

叔叔去挖白芨，白芨要用开水烫了再晒。我带着花仙老师去山里挖白芨，但她的许多问题我回答不出，无法表达清楚，我依然不太会说话。我们上了冷杉林，那里有云雾草、分筋草，也有川贝母、党参、细辛、羌活、独活。什么林子有什么药材，药材是与树林伴生的。党参现在人工种植了，真正的野生党参也少了。

在沉香坡东边的水青冈林子里，有藁木、伸筋草，也有党参、独活，还有棒打的升麻、大黄、厚朴、淫羊藿、柴胡。上到斜坡的冷杉林，要经过一大片白花花的草甸，那里经常有野人出没，猴子们在此打闹、交配。也到了麂子的发情期。我们挖了不少的野葱，可以炒蛋，也可以用根表寒，它的学名叫薤白，非常好吃，可以腌着吃。云雾草是治眼翳的，接骨丹的枝治跌打损伤，皮还可以治痨伤。祖父在他的药酒里放了伸筋草，治风湿骨痛。

再往鹰嘴岩去的那片水青冈林子里，有女儿红、龙牙齿，屙痢用立止。玉竹参专门用来炖肉吃，治火眼，因为山高水寒，六月还得烤火塘，得火眼的人多。花仙老师就在我家里吃过玉竹参炖肉，我祖母的火眼就是这么治好的。破血丹的作用是治产后出血，特别是难产的孕妇，用破血丹可以治大出血。这里面还可以挖到老龙须的根，是退烧的。

走着挖着，只听花仙老师“呀”的一声，好像崴了脚，我去看，见她捋起裤腿，有发白的齿印，还渗出了血。一条蛇，她踩到蛇了。我一看是条烙铁头，剧毒蛇，它正往落叶中爬走了。烙铁头长着青苔的斑纹，远看就像一块石头上长了苔藓，又像是竹笋壳，所以也叫“笋壳斑”。我要去打，被花仙老师拦住了，说它是保护动物，是蛇中熊猫，没想到在这里被它咬着了。我细看好像咬得不深，因为花仙老师穿了厚厚的裤子。我赶快把她扶到溪边，迅速清洗伤口，她也拿出随身携带的小刀，划开伤口，让血流出来，然后她要我找了一根细藤子，将小腿被咬的上方死死缠住。她问我，你有办法治吗？

我飞快地进入了林子，很快找到了治蛇咬的药来，大金刀、小金刀、六月寒，就是没有采到避蛇参，但我有把握她没事。森林里的说法是你在哪里被蛇咬了，哪里一定会有治蛇药，而且很近，这都是上苍安排好了的，问题是，你要懂得药并认识药。我把满满的一大把放在她的面前，洗净，迅速让她嚼，迅速敷上。那条蛇早就无影无踪了，它刚才是在路上晒太阳，准备冬眠了，咬人只因踩到了它，好在它力量不大了。她坐在溪边石头上，摸了一下刚才这块蛇爬过的石头，她用笔在一个本子上写着什么，我去看，她是在画我采的这些草药的简图，并记下名称。那个本子就是她的日记本，她会写下密密麻麻的字。还有诗，分行的，有许多空白的就是诗。我不懂诗。

我给她说，山里人被蛇咬了从不去镇医院打什么针，有药治。回去，用祖父过去打猎时做火药的硝，再加上他烟锅里刮下的烟油敷，解毒最好最快。

我用刀给她在红桦树上割汁，用刀划开树皮，树汁就慢慢流出来，我们用嘴去接。红桦树像是坐月子的女人，有汹涌的乳汁，又酸又甜。我们痛饮着，她也去割。

周围还有铁匠木、花栎、野板栗、苦桃、橡树、华山松、铁桦、峨眉蔷薇、麻糖果、五味子，还有些刺莓。我们的背篓里装满了药材和好吃的野果，刺莓打霜后特别甜。她还撕了许多大块的红桦皮。

被剧毒蛇咬了，除了有点肿，并不碍事。这得感谢玃懂草药，森林里有许多治蛇咬的药，书上并没有记载。说起来我是有意来调教他的，可他告诉了我那么多森林的知识。他的智商比我们高很多，至少比我高，甚至不能用智商来衡量，他太灵异，完全在我们的教科书之外存在着。他不止一次救我，我刚来时受伤摔下岩石，如果不是遇到他，早就死在山沟里了，也不可能在这里再写什么。我喝到了红桦汁，然后用红桦皮写诗。红桦，多么独特的树种，在初冬，在那片针叶和阔叶混交林中，所有的叶子都差不多褪干净后，它以嘹亮的颜色让山林透出温和的气息，使这渐渐寒冷的高山多了一种难以描述的魅力，呼应着四周那红了黄了的森林。在这样的时候，红桦征服了我们，给我们的心增加了些微的激动和惊异。它的乳汁汩汩流淌。它红着，不是叶子红，是心里红着，好像内心有一股火焰，它脱下了一件件外衣，剥落了一层层皮，像一个强健的幽灵，像是传说中咕噜山区的月亮山精。当所有的树都用皮包裹着它们严实的躯干，像些循规蹈矩的人，但红桦却大方地敞开胸怀，脱掉那些束缚它的外衣，露出它健康的、丰润的、光滑的、青春的、高贵的肌肤。哦，我也想跟它一样在这片森林里裸奔，在这个山林里像传说中的山鬼，披头散发。正因为它有饱满的生命汁液，那些只会索取的人发现了它，用刀子划开它，吮吸它的身体，它乳白色的汁液，让它伤痕累累，一刀一刀，旧伤口上添新伤痕。美丽的树，我唯一能做的是在你的红皮上写诗安慰你，我无法阻止你把身上的乳汁流尽。加缪说，人要活到必须让自己流泪的心境。我的心境此刻正是如此，我在远方赞美流血的红桦……

——亲，把我的心带走，不要让我再孤独，不要让我的心飘零。几年前我的灵魂就被你带走……

——（一个拥抱的表情）

——哦，我要你，你真的席卷了我，亲，要你……我们就像在一起一百年了，就像一千次亲热过……我要给你我的一切，所有的天地旷野都是我袒露绽放给你的生命。亲爱的，我会让你失了魂魄，我要让你快乐到巅峰……

——（一个红唇表情）

——哦，就像狂风暴雨的一种抽象，或者是胡言乱语，深深地wen你。我与你的交融中，我要吞了你，把你的一切含在嘴里。

——那就互相咬吧（一个拥抱和微笑的表情）

——性灵相通，血脉交融……

——（拥抱和红唇的表情）

——你为何爱我？为何要把我放在心里？为何让我在最孤寂的时

候给我温情？……我只想哭。

——别哭，亲。

——爱大于一切……逗逗你，问你，能够有我，你之前有预感吗？或者若干年前有遇见或者是否梦中有过？……

——感觉到你汹涌的电流……

这是旧手机里保存的唯一的对话，唯一的胡话。这是纪念，她没有删。所有都删了，就这段没删。

窗外秋虫哀鸣，天空高远。

——你喜欢做爱吗？

——你呢？

——你呢？

——你说。

——你说。

——我喜欢。两个人赤身裸体的进入。吮吸。抽动。纠缠。翻腾。把这沉重的世界甩了。高潮。飞起来。进入云端。我要吮吸你，含着你的舌头做爱……

——你甩了沉重的世界，我的世界依然沉重。你什么都有了，我却一无所有。

——（一个尴尬的表情）

——男人喜欢跟很多女人做爱，而女人只喜欢跟一个男人做。这就是不同的世界。

——（一个愤怒的表情）

她还翻出了这一段。她果断地删了。

桦皮诗 NO.2

九月。果实纷纷落下
十月。草鹿和野猪开始发情
卫矛的果荚裂开
各种菇伞在秋雨中褴褛
云影呼啸而去
森林里到处是蜜蜂的嗡嗡，像是电锯车间
树脂流淌，像眼睛
一只雀鹰啄食一只死去的野兔。
煤雀喊叫。蚯蚓和蠕虫回到泥土深处
十一月。森林落叶满地
瀑布可不要止息
盛开的花朵可不要湮埋
山崖上的雪松、冷杉、连香，你可不要折断
飞鼠、灵狐、野人，你可不要灭绝
那些被飞机的引擎声吓得乱窜的麝獐，你可不要丢弃你的香囊
那些砍伐时飞起的锯末，你可不要醉倒杀手
鸟翼与太阳一同上升。鹿在清晨吐着浓浓的热气
松果炸裂。雨前的鸟声暴动
野猪在岩下避雨，噘着长长的尖嘴
毒蟾爬动。大鲵狂叫。闪电撕扯天空
树木静止不动，像是石头雕成。松鸦在林间跳跃
云杉让风吹去花粉。枭和蝙蝠在夜雾里穿行。狠狠的
叫声被群山掷回，像钢一样响亮。

……你注视着一只松鼠。落叶丛中放置着一挂黑色的果实，那是时间的结晶。也是祭奠。天开了。树枝渐渐撩开天空的窗帘。雪鹰从远处飞来。在死去的树蔸中，蕨类水淋淋地披满了凹进去的地方，生长着一丛水苎麻。一丛更大的蘑菇，带着斑点，伞沿是一圈白色，好像可以吃。在一棵树的腐朽的虫洞里，金色的蘑菇伸出来，就像金子。它们长得像牛仔帽一样潇洒多姿，俏皮好玩。它们的性格就是好玩。另外一些红色的菌子像是蛤蜊爬在树上，上面缀着大叶藓、地钱等苔藓植物。石蕊地衣和卷梢地衣在栓皮栎上恣肆狂欢。两棵白色的伞菌姿态最优雅，如知识女性，但谁都不敢走近，连苍蝇也不敢，它们是有毒的。一棵橙黄色的大蘑菇像男人雄起的器官，那么巨大，从腐殖质中冲出来，傲然挺立。森林绝不是阴柔的，一定有悄悄的雄激素，一定有英雄主义，有莽汉，有男人的魂。那些死去的种子和精子，会变成植物再次出现在这静静的森林中，这沉默的世界里。

一只木耳像一只透明的耳朵，聆听着这森林中的动静。它靠在树干上，它透亮，就像是一个健康人的耳朵。树根像巨龙从倾圮的老墙里爬出来，开始向前游走。它毫无忌讳，从前面的大门围着墙壁爬到后门，似一条大蛇，一条半扎进土里的蛇，它让人恐怖。它不想钻进土里，它就是要扶着断墙，一步步将这个老房子抱住，用根，用令人胆寒的根。因为人退出这里后，它变得骄横，从土石里拱出来，这是荒野给它的力量。树根是属于荒野和废墟的。一些黑鸟在虬枝盘曲的柿子树上乱飞。它们的屎落满屋顶。重要的是，它们占领了这儿的天空，它们的存在比太阳更强烈，是加深这儿的荒凉和恐怖的，是为这个屋场唱哀歌的。它们属于怀念和回忆。回忆之翼是黑色的，就像这些黑鸟，盘旋在旧屋之上，栖息，飞翔，歌唱。

桦皮诗 NO.3

想起你臃肿的身体
我徒劳还乡。秋夜如此遥远
在你的世界，我是肉欲的畜生
在森林，我是花仙子，一捧泉水
到处是乌鸫的低语
狩猎者半陷在灵狐的毛皮深处
兽道上空无一人，它们被自己的脚印挖出陷阱
我听见伤口嗞嗞作响。山吼、地喊、树哼
有梦尖叫在肮脏的诺言里
灵魂失踪在地狱
童真打开坟墓，笑靥如蛇的信子
我赤裸身躯不再是无耻放纵
而是与森林合谋，照亮花影
云海一定会从岩石的底部挤出
冷杉在风口高举着旗帜嘶喊
树林在狂风中燃烧，发出呼呼的声音
虽有雅琴，却无白雪
纵是高论，何入云端？
天有霾色，人有哀颜
白雪入污淖，青云化噩梦
灵魂忤逆，汇入渍流
日出之前，等待天黑
结束黑暗的是一滴露水

我自生火塘，自煮老茶
把心脏放在野外的月光中暴晒，冻裂
像一根芒刺钉在风中
峡谷是孤独的喉咙。灵魂乱石累累
遗弃在荒野。沉默的森林
摁死衰竭的心。
青苔在裸露的根上生长，根基深厚，它们拥抱岩石
伟大的青苔，悄没声息地覆盖森林
爬上高山和树巅，成为水淋淋的往事
安静了一万年，不语
树在雾气中支撑，仿佛
被青苔拉向了死亡和诡异
成为青苔的宫殿和穹隆。
为你死很容易
为你活着却很难。

……你在咕噜山区的所谓科考项目，最终的成果是带回了五十个黑黢黢的火山蛋和几首炫耀的山歌。这个地方远古是大海，大海有火山，火山喷发的岩浆到水里凝结成圆溜溜的石蛋。地壳隆起，大海退去，喜马拉雅造山运动，那些黑色的石蛋镶嵌在山岩上了，成为地质演变的记忆。挖的人多了，从几十元一个到如今几千几万元一个，你雇用了一辆汽车将它们拖回来。你说的是一年，但在那里你待了断断续续不到两个月，你装病。你在争取省自科基金项目上，让我陪你去送过多少只火山蛋？有人说那是锰结石，乌黑发亮，闪着光，里面还有别的元素，比如金、银、锡、玛瑙。你的项目要生物学会会长的

推荐，我们的导师告诉你，你应该去找这个人，可你认为导师是为难你。你说，他不想让你出头，他什么都想抓在手里，在学院，他要成为永远的学阀，在他的手下是一个悲剧。可我说，你这样说你的导师合适吗？你反问，他打过你的主意吗？你太恶心，你会这样想？我不是在你的蛊惑下报考到他的门下的吗？不是为了当你的同事，你的学妹，以方便你招之即来，挥之即去吗？你在给学会的会长送去那个直径达一米的火山蛋时，他还是全国核心期刊的主编。这个火山蛋在广州可以卖到十万元。你说，你必须把他干了，你的意思他就是一杯酒。后来你就请到了他，你带去的茅台酒，说你把它干了。你说，导师谭三木的理论经不起推敲，不应该是这个学科的权威，权威字眼不妥。你的导师在咕噜山区发现齐口裂腹鱼的命名，其实是学生帮做的，他没有去那个山里。他的野人研究是哗众取宠。你无所顾忌地说导师的坏话，你说，他在那个位子上太久了。你觊觎着那个位子，等不及了，要抓住这个机会冲一个奖。

“我的论文还行吗，会长？”会长是湖南人，爱吃鱼头，你点了十斤剁椒鱼头，是洞庭湖的胖头鱼，野生的。“嗯嗯。”会长吃着鱼头和鱼头上的红剁椒，抽着你的1916，他是个烟鬼，却也是个学术滑头。他不表态。他说，我先看看。他是权威。你与他碰了十杯，你喝的比砒霜还苦。“你先不要急，要仔细地考证，要得到更准确的数据。另外，奖的事，其他几个评委你可要打招呼。”“是哪几个？”你问。“但这是要保密的，不就是那些人吗？”你试着说出了几个，张三、李四、王二麻子，看他是点头还是摇头，是笑还是沉默。论文发表在头条的事，也没有说答应，也没有说不答应。

一颗火山蛋就能打倒他？他是有坚持的。

你站在武汉长江大桥上，破口大骂：“你真以为你是他妈学术界一根大葱啊？”

后来你说有人给你讲，他是很贪的，两条烟也打不倒他，你应该买一箱，抽死他，让他得肺癌，他才高兴将一百万的学术项目给你。他说组织专家论证，那都是走程序，掩人耳目，形式而已。

你还是背着火山蛋去那些人的家里。在你的家乡，有一种鱼肚，就是鱼鳔，是一门特产。你一箱箱让家人寄来，然后，鱼肚加上火山蛋，你去敲门，请人吃饭，低三下四，完全没有尊严，有的还封了红包，红包就是超市的购物卡。

“玃，我跟你讲这些你知道是什么意思吗？”她问我。

我说：“我不知道。”

“你真不知道。你不知道因为你是森林里的野猴娃，我不知道是因为我只喜欢森林……”

你说，你要请一个重量级的评委先说话。那是个秃头，是副会长，有几根头发舍不得剃去，留了老长，恨不得一根头发有一厘米宽，好盖住他闪亮的秃头，但那是欲盖弥彰，不过聊以自慰，自欺欺人。

“你要我介绍到《大野》核心期刊发表么？”“嗯嗯。”你们选择在秃头家乡的一个小菜馆里喝酒，是秃头点的地方，他只吃家乡菜，什么蒸菜和扣肉，还有田螺煮南风盐菜。你把你带来的鱼肚也让老板娘煮了一锅，鱼肚肥厚，圆糯筋道，让秃头副会长吃得忘乎所以，说，他有丙肝今天也喝几杯。他说：“丙肝是手术输血得的。冰焰博士，你得个大奖什么都有了，少操许多心，现在是得奖的时代，向你的导师学习，他就是扎在咕噜山区弄出了大名，咕噜山区少有学者去，随便发现一点什么，就是开创性的学术成果。他发现了几种裂腹鱼，他追踪金丝猴种群，几乎把性命都丢了。在野人界——我们叫不明动物研究学界，也有许多开创性的研究，比如，他认为野人在咕噜山区分几个种群，有的进化得很好，有的还有了原始宗教。比如他说看到有几个野人在早晨时，必拜太阳，将太阳当作了它们的图腾，这不是震惊世界的么？”

你说，学会现在经费不足，你可以找企业老板赞助一些，学会的年度学者奖，是不是可以考虑下你？这个副会长说，你要扎实做学问，沽名钓誉的没有人服，你不被人服，你上去了当主任也没有威信，威信就是你有响亮的成绩。省里的奖有什么用！你要在全国拿大奖，像你的导师一样。你想的是有项目资金，你就可以在手下有一批人马，与你的导师分庭抗礼，提前让他那个主任跛脚，你真的太急了。另外，也没有人取代你，你好好去山区山野，到时都是你的，你整碗端去，你急个什么？……副会长喝酒后的直率话让你太难受。你说，可是，可以拿这个奖到市里批到一百万的自科基金项目。秃头副会长说，你要那么多钱干什么？现在的项目资金吃不能吃，喝不能喝，审计严得很。但我明白你的心事，副会长让你难堪，你恨不得掀桌子，我知道你的内心，别人夸你的导师你也会嫉妒，你很变态，很病态，非常变态。在下那个狭窄楼梯的时候，你故意不去扶喝醉的秃头副会长，看着他一脚踏空，滚下楼梯摔断了三根肋骨……我看到你故作惊呼时，那一闪而过的幸灾乐祸的诡秘笑意……

桦皮诗 NO.4

世界感谢我的赞美。孤独的阴影在暗泣
一万种新奇的幸福系于一片叶子
不用甜言蜜语，没有鬼鬼祟祟
一个青翠欲滴，一个病入膏肓
孢子在爆炸。喷出粉红的烟雾

死亡在你们中间蔓延
一粒种子爬出来
有更多的种子被松鼠埋入地下，并且遗忘
它曾被刺猬和豪猪的毛刺带向四面八方
这些受伤的旅程，它看见自己的芽子
整座山冈，一个女人的身体
缀满凤仙、叉叶蓝、人血草和石斛花的香气
漫山的野菊，漫山的野菊，漫山的野菊
奔腾的誓言，如岩浆流淌
但愿我第一个歌唱它们
“大地像个孩子，即将入睡”（露易丝·格丽克）
手握豹目珠的人，坐在山梁上
他是流浪的光源
疯长的旌节花，锯齿的对叶刺伤了我
我投靠于伞状的刺五加果实
龙胆草的花如紫色的铁锚，像飞燕
宽大的槖吾茂盛如初，在落豹河边
它的花像卷舌，喷吐黄色的雾霭
醉醒花醉呀醉呀醉呀
顺着我的阴道，花市的旋涡
一个坟墓的入口
一把黑色的刀。

“……恭请观世音菩萨、文殊菩萨、太阳菩萨、月亮山精菩萨、咕噜大帝、王母娘娘、土地公公、孔夫子菩萨、孟夫子菩萨、老子菩萨、财神爷菩萨、太上老君、无量菩萨、祖师爷、药王菩萨、弥勒菩萨、龙王爷、地藏菩萨，托请你们，一个个都要保佑，给你们烧大香，烧高香。天和地，地和天，保佑我们蕺家子子孙孙一帆风顺，要活到一百二十岁，人畜兴旺，梦想成真，财源茂盛，百病不生，无灾无难，工作顺利，学习进步，满屋子的人都要保佑，也要保佑花仙老师长得像王昭君，胖的像杨贵妃，保佑我们玃娃子能成为识字的人，从树上下来睡在床上，睡在枕头上……”

祖母在菩萨面前口齿伶俐，她蜷缩着身子，头埋在地上，满怀虔敬地念念叨叨，恨不得把心挖出来给菩萨看。她跪在那里，断腿猴望着她，对她每天的念祷很紧张，东张西望。

秋雨像回到了又一个四月，青苔依然在裸露的树根上生长，响泉中的石头上，青苔也跨过去了，在这人迹罕至的地方，它们膘肥体壮地生长着，走到水中，爬到树上。有一棵树，快倒伏了，病病歪歪的，依然未死，它的身上，全是苔藓和蕨类，看不出是什么树，它以为自己就是苔藓和蕨。生命活成了异类，融化在所有植物中。

这是晚秋了，太阳的势力不如往前。天晴时，抬头一看，整个群山都在红色、黄色和金色中。群山和时间的炼金术，让这样的秋天展现在极少数人的面前，让他们享受着这大山的气势、这漫山遍野的活色生香的红叶、这一树树如火如荼的灶膛。阳光已经泄露出来了，树叶少了，天空显得开阔深邃。我们和祖父喝了些酒，往山上的草甸走。她一路采撷着那些香菊，香菊层层叠叠地长在枝干上。她将金黄色的香菊编成花环戴在头上，在山上奔跑。

“哦，玃同学，美猴王，快给花仙子送花来！”

她倒在花草丛中，突然脱掉了她的外衣，脱掉了毛衣，脱掉了衬衣，从肩膀上拉下内衣，散开了头发，她疯啦，她全脱光啦！她怎么啦？她醉啦？

我在森林里、山坡上到处跑，给她大把大把地采来了香菊、千里光、白酒风毛菊、黄鹌菜花、打破碗花花、火绒草花。山崖上还有好多紫色的风铃草花、黄色的空心柴胡花、迎风招展的一串串玉簪、大火草，还有白色的四瓣地雷根花、龙爪花、忍冬花、结骨草和霍香草花。她是真正的花仙子，她睡在花丛中。还有地上的那些落叶，我搂来通红的鸡爪槭、乌桕叶、黄栌叶、红枫叶，我不想让这世界看到她的肉体，我用山荷叶盖住她白闪闪的胸脯，盖住她的下体。她打开手机，让我在镜头中看到她，教我按中间的圆点给她拍照。她说你的手可不要抖啊，你很善良，你只管照，这里只有我们俩，世界都死了。你不要害羞，没什么，人的肉体在这森林里不值半文钱，你怕什么！

她让我远照，近照。她白得令人眩晕的胸脯，她拿下胸脯上的树叶，那像菝葜果一样的紫红色乳头……阳光很暖，风很柔，山坡上的草甸亮晶晶的，像一汪湖水在荡漾。她疯了一阵，在花丛中睡着了。我走近她，看到她的脸上挂着泪珠。她在梦中哭泣。

“……把我的衣裳扔到落豹河里，我要成为野人，跟你一样，美猴王……靠近我……靠着我……”她喃喃地说。我好害怕，我靠近她，到了秋冬，我身上的毛就开始密了，细细的绒毛布满全身。她像一只山鹧鸪钻进我的毛里。“好暖和呀，美猴王，你的身上是一个火塘。”

我靠近她赤裸的身体，不敢动弹，一只手肘支撑着我的身子，任她挤着我，我紧闭着眼睛，有些醉意，感到她就像是一只小动物。她的身体冰冷，身上起了一身鸡皮疙瘩，并且在微微发抖。

“……哦，别动我，别动我，别动我好吗？……”

她吐着酒气，声音像梦一样遥远，仿佛我们都不存在了。云雾从峡谷里升起来，像晒得蓬松的绒毯，往我们身上奔卷而来。她说的话，就像是半夜一只鸟的梦呓。我的手触到她的肩膀，她翘起的乳房靠在我的体毛上，那是橘黄色的猫乳果、扶芳藤果、卫矛果、小石枣、亮晶晶的野樱桃……太阳太暖，草是热的，那是山上的丝茅草。她躺在花中，躺在我的怀里，她真的睡着了。她梦见了什么？白云像水壶开了的水蒸气，红的山、绿的山、黄的山，棱角分明。她很冷，现在不冷了。一架飞机从山脊上、从空旷的天空飞来，带来雷一样的嗡嗡声，非常沉闷，仿佛大地在震颤。她突然抓住我，“啊！”她害怕，她从梦中惊醒。

飞机的声音留下轰轰的回声，在山壁上撞来撞去，在树梢上绕来绕去。她闭着眼睛，好像还在噩梦里挣扎，她抱紧我，在我身上乱抓。她抓住我的下面，那儿突然像硬挺挺的蘑菇往上疯长。我被她挤倒在地上。她翻过身来，又被我压下去。她的手在抖，却不由自主地牵引着它……“啊，啊，啊……”她失声尖叫紧紧地抱住我，不停地扭动。飞机的轰鸣持续不断，她在飞机声中喊叫，松鸦不怀好意地在林子里疏叫，她拼命地撕扯我，拔我的红毛，咬我，上下翻腾。

“狠狠地操我，我是婊子！……”她哭喊着，酒气冲在我脸上。

后来她像从梦中醒过来一样，两只眼睛陌生地看了我两眼。她抱着她的衣服，拼命地往落豹河下跑，她跳进河里，用石头和青苔搓洗自己的下身。

二十六

晚秋的山上，还有许多野菌，鸡油菌、重阳菌、马鹿菌。马鹿菌极像马鹿的角，重阳菌在砍伐过的树蔸上，又多又好吃，我们也叫它雁鹅菌，即雁鹅飞来时，这种菌就生出来了，浅黄色的，加腊肉一锅炖，香满一个坡。还有晶莹剔透的鸦巴果，有酸酸甜甜、一身虎纹的酸叶秆。

那天的事像没有发生，如在梦中。她也不再叫我美猴王。

有一天她对我说："玃，晚上陪你的祖父祖母，他们年岁大了，怕半夜有个三长两短，你应该尽孝，你明白尽孝吗？"

我收拾了一间屋子，铺好床，就从树上下来了。祖父看到我睡在床上，他们不明白我为什么突然从树上回家。像一千个夜晚一样，祖母喊我洗了睡，我就上床了。

我告别了树栖生活。

"我与老师赌的一百斤苞谷酒，怕要输了。只要你下来不再上去，两百斤也值！"祖父对我说。

但有时候，我见到叔叔麻古，我会回到白辛树上，我也说不清这是为什么。我爱在树上夜不能寐，看飞机机翼上红灯的闪烁，看天上的星空，看圆盘似的飞星在空中飞翔。在咕噜山区，这种巨大的飞星时常会出现。

雀鹰在上空盘旋，大铁坚杉的树根从土里拱出来，像一条恐怖的大蛇。花朵和果实毫无忌讳地拼命生长，从不炫耀，在漫长的岁月里，它们像山里的人一样美丽结实地活着，等待人类幡然醒悟，回到它们的襁褓中。

雨雾在山谷里沸腾，白色的云烟飘到山腰，沉入谷底，又从另一个地方浮起来。云很轻，很白，好像还会有雨，因为雨云在聚集，向上冲，要冲到天上，再落下来时就是雨。这是一个雨与云彩互相搏斗的混乱山谷，像大河奔流，气势汹涌。山谷显得格外诡异，格外阴森，格外深邃。鹰嘴岩上的巴山冷杉像在天上，一棵巨大的冷杉斜刺进黛青色的天空，有如一个英雄手持长矛与天作战。有潮湿的菌类气味和浆果气味在空气中流淌，很重。她把那些有可能在春天开花的植物，无论认识的或不认识的，都移栽到了学校前后一条长长的曲折的斜坡上。她每天都在栽种。她要用鲜花迎送学生。

哦，看，山像切割的条状腊肉，山民们腌制了一整个山冈。山峰如锯，犬牙交错，在阳光下像一尊尊怪物，站在森林里。云在远方翻腾，永远是这样。山像一个火山口，腾出永不止息的烟雾。我不能不在这仙境里。

山与森林保持了天地初创时期的那种羞怯、简洁和坚贞，从地衣苔藓到每一根根须，它们在石头上开疆拓土长成一片森林的漫长过程，是严酷岁月的见证，那些冰凉的石头深处，刻着寒冷岁月敲骨吸髓的记忆，古老的时光与我们的呼吸节律是一致的，我们的心跳就是森林的心跳，这让我们与天地保持着平衡。

一夜风声如吼。一夜星空如殿。银河倒悬，万山懵懵，松涛呜咽，天地相应。想起东坡《前赤壁赋》：寄蜉蝣于天地，渺沧海之一粟。哀吾生之须臾，羡长江之无穷。挟飞仙以遨游，抱明月而长终。知不可乎骤得，托遗响于悲风。东坡定夜夜枕星空，瞰长江，人何渺小，心何飘忽。

这些山上的植物被大雨洗过，全都干干净净，安安静静，一声不吭。仿佛在说，再也没有比我们更干净的了，它们露出了最销魂的沉睡姿态。睡吧，睡吧，这十一月兜头的一场雨。白雾白得像刀子刮过的骨头，陡峭地上升，毫无规则地飘动，像懒狗的魂魄。此刻你在山中，刚经受了一阵雷暴，溪河猛涨，飞泉咆哮，宁静的山冈像玛瑙一样发亮，如此盛大庄严的淋浴，不信洗不净人间所有的撕裂和屈辱。

云彩娴静得快昏过去。一个打草人的背篓遗忘在山中。石头上的大树靠什么站立和扎根？苔藓越来越干，雨季过去了。有云像偷牛贼爬上了山脊，它们在窥伺着，准备行动。水声在远处，在峡谷深处激荡。有鸟的叫声往山那边移去，叫声像无形的云，滑下山谷。

山中何事？松花酿酒，春水煎茶。皓月凌空，星汉倒悬。枕石漱流，醉卧花影。我活得像疯子。我热爱所有山中事物，毫无悲秋，没有感伤。

蒙肯说：男人通过吹嘘来表达爱，女人通过倾听来表达爱。而一旦女人的智力有长进，或者醒悟过来，她就再难以找到一个男人。因为她倾听的时候，内心必然有嘲讽和厌恶的声音响动。

……我更加诅咒你，更加想念你，虽然你是个流氓。你什么都得到了，我什么也没有，除了我的身体。你希望我爱你，是希望我牢牢地在你的手里，你备受名利摧残的身体需要女人激励。在无数个夜晚，在你那个所谓实验室旁边不被人注意的角落，那个只有一张床的狭窄小屋里，在连你家人也不知道的地方，在漏水的马桶边洗澡，然后冒着滑倒的危险性交。第二天一大早，天也许还没亮，我只好悄悄溜走。然后你又衣冠楚楚，在实验室里，或是站在讲台上，给那些学生们讲着灵魂和怎么做人。

“这不叫虚伪，这叫生活，”你狡辩说，“只有隐秘的生活才是真正的生活。”

晚霞像一堵金色的墙打在山壁上，彩虹像弯曲的门廊，在渐渐发蓝的天空颤动，带着古老的欣喜降临在这里。晚霞胜利了，它掠夺了整个天空。青色的云团完全烧红了，像是熔化的铁水倾泻下来。

这个傍晚，十分奇妙，仿佛山冈上所有的生灵都灭绝了，进入史前。她突然感到孤独害怕。她说玃还在吗？那个红毛猴娃，将会永远消失进深山密林吗？她在晚霞里看到了花朵盛开的春天，她恐惧。

千千万万的虬枝，就像飞腾起无数的蛇和蜥蜴，无数长臂的猴子，它们被夕阳固定在森林的上空。

河流宛似一汪散黄的鸡蛋在峡谷里流淌。

这个晚上，守秋的梆鼓声像是临战。野猪、青猴下山了，我给叔叔说，花仙老师要和我们一起去山上的窝棚里照看苞谷。我发现花仙老师神色不安。我和叔叔抬着大橡子木做的梆鼓，我们来到了鹰嘴岩下孟子坡那几小块坡地里。

在狭小的守秋的棚子里，叔叔抱怨说天音梁子的棚子被推土机给掀翻了，那里有许多柔软的茅草，还有打破碗花花的花絮，铺在褥子下。他咕囔时，干爹贵将军就说，你去飞机场搭棚去，你没这个胆。有几个外地采药人在贵将军的窝棚前叽叽喳喳地说着话，他们还燃起了一堆大火，往火里丢苞谷来烧，点火取暖也可以驱兽。

在森林边沿的苞谷地里，苞谷都种在碎石中。深秋的夜是古铜色的，树脂的香味从山上飘来，它们是森林幽幽的体香。

啃着苞谷的采药人围着我看了半天，被叔叔轰走了。他们在火堆边议论说，大青猴也许长着一张猴娃的脸呢，是猴娃的兄弟。他们说，听说昨天有一只大青猴糟蹋了一大片苞谷地，不过不要紧，大青猴虽然比人高，有火还有枪就不怕。干爹贵将军是领了持枪证的，可以打危害庄稼的野猪。一个人说，青猴还是红猴，要看清。红猴就是红毛野人，它们有两米高，走路的时候像个官员，很有派头，非常灵活，跟人一样会笑。如果抓住你笑，你不要慌，你就喊修长城修长城，它们一听就会跑。

一个村民说："可不能这样说，今天也许大青猴会下来，是大青猴，不是什么红毛野人，我们做好了笼子，就等它们下来。"

有人对叔叔说："麻古你那张豹皮如果还在的话，披着就好了，大家都可以回家睡大觉，什么熊啊野猪啊大青猴啊，都不敢来了。"

苞谷成熟时沙沙的响声就跟偷情汉的步子一样，星星在钢灰色的天空拥挤成一堆。刚掰下的苞谷放在火里烤出的那种香味，有一种柔绵的味道，吃在嘴里，外脆内软，简直像烤肉的香气。

黑夜的篝火是森林的精灵。我和叔叔敲打着梆鼓，大伙唱着歌："黑沉沉的森林呀，黑沉沉的森林，山高路又远啊，天连地，地连天，星星下面是深山大老林，住着我的父母亲……"

鹰嘴岩后的那块地里，果然有许多传说中的老鹰屙的金蛋石头，圆溜溜的，黑黢黢的。花仙老师捡了几个，她说这是一种火山石，她告诉我古时候这里是一片大海，大海中火山喷发，岩浆冲到天上，落入海中凝固成这种圆石。

大家吃着烧苞谷和坨坨腊肉，喝着苞谷酒壮胆。所有的人都拿着苞谷酒灌我的老师花仙子，咕噜山区的酒规烦琐而残忍，先自己喝一个门杯，再敬酒，斟满了自己的杯子递过去，让别人喝这一杯叫"敬"。另外一个人说，咱们两个喝个"见面笑"，又是一杯。一个人隔着一个人对她说，咱们喝个"跳杯"。那边隔着一个的说，喝"隔山杯"。坐在一根木头上的叫"同凳杯"。每个男人都要跟花仙子喝"鸳鸯杯"。

我要代老师喝，他们让我去敲梆鼓。花仙老师不在乎，她一个个来者不拒，让几个以疯装邪的采药人唱民歌。一个人站了起来，靠近花仙老师，竟摸了下她的头，唱道：

一爱姐的头，
头发黑油油，
梳起龙头和凤头，
狮子滚绣球。
二爱姐的眉，

眉儿刷般齐，
好似毛笔画上的，
弯弯柳条细。
三爱姐的牙，
牙儿白飒飒，
你说话就像吹唢呐，
越听心越花。
四爱姐的环，
金打银丝缠，
幺姑戴起巴门站，
爱坏风流汉……

花仙老师听着，不急不恼，竟然站起来，牵着这个采药人的手，跳起了挑逗舞，就像在三峡景区里那个老头与女孩子们演出的骚舞。

我夺过她的酒杯，将她的酒一口喝了。她看着我，像看一只陌生的猴子。

那些人醉了，倒了，睡了，睡在火堆旁。

梆鼓在敲，就像遭遇了惊魂，整个山里都是梆鼓的声音，整个深秋。

干爹贵将军喝酒之后抱着大玻璃杯，泡着草木，嘴里发出清理牙齿的呲呲声。花仙老师问他泡的什么，他说了几味中药，红景天和勾儿茶。

“为什么要泡这个？”

“要根据人的体质来，差什么补什么，人的体质分阴虚阳虚，阴虚喝什么，阳虚喝什么，这有讲究。花仙老师你不泡点什么吗？”

“我喝山泉。”

“你吃什么？”

“我吃野果。”

“花仙老师，我看你面色发暗，定是阴虚。你到山里，为孩子们操碎了心。我给你小丛红景天泡水喝。自从你来之后，这山里的野孩子就变成了家孩子，掌握了知识。玃在你的调教下，也不再漫山遍野到处乱跑了，而且他从树上下来了，这就是教育的成果，读书与不读书，就是不一样啊。”

我们敲着梆鼓，沉沉的梆鼓响彻森林，不管是野兽还是人，每一个走近的都会心里震颤。深夜的天空现出诡谲万端的蛋青色，一些宿鸟突然扑扑地飞上树巅，远远近近，全是梆鼓的敲打声和赶兽声。那梆鼓，就像是丧鼓，轻一阵，重一阵，疏一阵，密一阵。

突然，从深山沟里蹿出一股阴风，鹰嘴岩上的树呼呼乱响，往一边倒着，树叶纷飞。我们往那儿看，树上有黑影幢幢，一群硕大的青毛猴子出现在树梢，包围了这片成熟的坡田。

“大青猴！”

这个猴群庞大，约有五六十只，青面獠牙，因为长期在高山顶的密林中生活，眼珠子发出绿荧荧的光，像一束束鬼火闪烁在树丛间。

我看叔叔麻古，他虽然抓着梆鼓槌，可看着那些在树上移动的庞然大猴，吓得不会说话，使劲往棚子里靠。

“该不会是野人来接猴娃的吧？”有人这样嘀咕。贵将军听到了，低声吼：“放你娘的糊屁！”

大家都屏息在那儿，几个采药人吓趴在地上，捶着石头，都在看猴群怎么行动。遭罪的是成熟的苞谷。

这时候，只见花仙老师从叔叔麻古手上抢去两支鼓槌，披散着头发，对着梆鼓狠狠地敲打起来，她的鼓点急遽、凶猛，她边敲边喊：

“啊！啊！啊！……”

她疯狂地捶打着整筒的梆鼓，敲得山摇地动，森林、山、大地，都发出震悚的声音。她的脸在飞扬的头发中闪着蓝光，身体狂乱舞动，骨架子都要撕裂开了，身后的森林仿佛是个绞刑架，她在拼命挣扎。大家这才醒过来，于是一起狂喊：“啊啊啊……”猴群先是怔住了，原地不动，后来往崖上跳跃，向后面退却。我看到，在火光中的花仙老师，上衣已经没了，丰满的乳房一抛一跌地颠簸着，嘶哑地号唱着：

“黑沉沉的森林，黑沉沉的森林，山高路又远……黑沉沉的森林，山高路又远啊……”

她的歌声像火焰翻滚，像火焰冲腾。山冈横卧在那里，像苍茫的死神。她在反抗着……

那些巨大的猴子感到末日来临，开始逃窜，它们的脑袋被整麻了，那熊熊的火光中一个敲击梆鼓的山野女子，泛着绿光，好似大山腹中炸出的一个山妖，一个月亮山精。

我热血沸腾，举着猎叉，干爹贵将军端着双筒猎枪。我不顾一切地将猎叉掷向了树上的猴群，像是与我的所有屈辱诀别。这种冲动就是想杀了所有的猴子。我不是猴子，我不是猴子！我不是猴娃，我是人！我知道了许多知识，知道了书上的东西，知道了岩石、米饭、水的构成，知道孔子是一个人，孟子也是一个人，知道了女人的身体，和女人交融在一起的快乐，知道了那些花和女人的联系，知道了怎么爱，知道了羞耻和想念。哦，女人多么美好，肌肤多么美丽。就像传说故事中的女子，在空无一人的荒郊大院里出现，她的气浪的热流，是这个世界的温暖，是森林的火堆。我拿起石头愤怒地向猴子们砸去，我跃上树，摇撼，吼叫。后来我听见枪声响了，天空像被烫了一样，射穿了。一头蹲在石缝里准备吃苞谷的野猪被贵将军打着了。它是被一只受伤的大青猴砸中的，它跳起来，以为是石头垮塌，可逃不过干爹的眼睛。

猴群跑了。我看到花仙老师终于扑倒在梆鼓上，头发委地，身子在剧烈战抖。

叔叔激动地过去拽受伤野猪的脚，它在流血、抽搐，起伏的肚皮已经很弱了。西狗不知从哪儿跑出来，像一个绅士，不慌不忙地咬住野猪的嘴唇，它的獠牙折断了。

二十七

她半夜听到门上草鹿角掉落的声音。

她等待天亮，打开门，一束打破碗花花、一串香菊的花环，还有一串酸草秆做的项链。

她看到我，觉得有点吃惊。“你要走么？”我问她。

“你感觉到什么了吗？”她问我。

她到门口的坡坎那儿呕吐，干呕。

“老师？”

“我可能感冒了。”她淡淡地说。

她在日记里写道：

强脚树莺是森林里搞笑的饶舌妇，每天清早就在这个教学点门口查户口了：你是谁，你是谁？求求你，我是一个可怜的失眠人，我是一个彻夜不眠的人，我给您跪下了，让我小睡一会儿。虽然很痛苦，却很有趣，森林里充满了这样的闹剧。强脚树莺全身褐色，隐藏在杜仲树上，跳来跳去，仿佛身体里有一个小小的马达。黄腹的棕背伯劳发出嘹亮的斥骂声，像个愤青，并发出极漂亮的颤音。白鹡鸰的叫声生硬干脆，像未见过世面的愣头青。两根长眉的黄喉鹀像森林的长老，但秀丽过人，仿佛活了一千岁。霞光金箭一样地射下来，从云层里飞出的鹰，坐在气流上，潇洒浪荡。森林缄默，山冈静止，只有光流在天空飞舞。

湿漉漉的太阳突然跃上了山巅，峡谷里突然明亮，风若有若无，几株高大的柿树上挂满了红彤彤的野柿子，像一个个小气球。架在一起的苞谷秆堆在田垄下，东一堆，西一堆，给单调的山坡增添了戏剧情节。峡谷边有几株被阳光刷得黄绿黄绿的八角茴和土榔树，而其他的一概覆上了白霜，是霜，不是雪，雪还没有到来。我不冷，因为中午的太阳一样会暖人。我的心里有阳光，像苔藓一样淌着清澈的水。

果然有响泉在学校的后山上流淌，这个学校是一个过去烤药的药棚。那股泉水只有在玃的古怪精灵的想象中才会流淌，因为他大脑里装着所有现实的森林和想象的森林。如果他的大脑停止了想象，这股泉水将不再发出响声，直至干涸。

有一条蜿蜒的山路，从天音梁子下来，亮得像玻璃，看久了会无缘无故地眼湿。早晨，鸡在嗡嗡地叫，一棵大叶泡桐挑着黄色的树籽，一棵青桐则苍劲着，甩掉了树叶和枯枝，显示着与冬天对峙的力量。寒冷的牛栏被太阳抚摸，可怜的牛看到了阳光，连反刍也充满着感激。玃家的那条西狗因为夜里紧张，许多野兽下山，它会狂吠，但无力出击。现在，在早晨的阳光里，它终于放松了警惕，将守卫的事交给醒后的人，它安详舒服地睡在草垛下，把鼻子伸出草缝，晾在阳光中，鼾声如雷。如果有生人，如果有盗贼，它也不会醒来吠叫，它信任白天。早晨非常松弛，像老化的皮筋。到深秋，一切都是懒洋洋的。快进入冬天了，有一种树倒猢狲散的氛围，仿佛那些大树都会因为瞌睡而摔倒。

响泉从山崖跌入更深的落豹河，这个河的名字太有意思了，传说是有一只豹子从崖上落到河里摔死了。白茅在老，秋花正艳。这里的石头上印满了远古海洋生物的花纹，但现在，树在石头上生长，也有人在石头上磨刀，剁豹子。在生命爆炸的白垩纪、侏罗纪，海洋汹涌澎湃，现在一切都结束了，就像我，新的生命正在诞生……

在森林里，我感觉到树叶掉落时的沙沙声，如此美妙。它们的叶脉，就像女人乳房上蓝色的经络。一只蚂蚁拖着割断的一块绿叶。水从苔藓上往下滴。一只蜜蜂衔着一颗亮晶晶的水珠，赶回去喂养它的同类。一群群的香菊像一个个金色的旋涡……我从来没有对季节如此敏感过，我第一次沉浸在季节里，大自然的季节原来如此绚丽，让人肝肠寸断，心涌爱意。我爱一切，我无恨……

在森林里，在荒野中与山雀对话的人，他属于自然。他回归了自然，像一根草。

在我的身体里，许多过去看似有用的东西在崩溃，而又有许多东西在悄悄重建，这是森林的法则，也许，玃的哑口是对的，在这里，语言几乎等于行骗。或者，你在这里生活过后，再也不愿意对谁表白和发言……

我听到了田坡中传来的歌声，那是劳作的女人在向山冈表白：哥在山上放早牛，妹到园中梳早头。哥在山上招一招手啊，我的哥哥啊，妹在园中点一点头啊……哦喂。斑鸠无窝满天飞，好久没有在一堆，说不完的知心话呀，我的哥哥啊，流不完的眼泪水。铜盆淘米用手搓，难为我的情哥哥。有心留哥吃一顿饭啊我的哥哥啊，筛子关门眼睛多……

——想注子吗？

他很直接，没有多余的情话。注子就是壶，壶就是带把儿的，就是性器官。

她没有回答。但过去会说想，想，想。那时候，她很傻，冲昏了头脑。

她收到他微信发来的一曲古琴《石上流泉》。

打开很慢。晚上她还要到山顶上去找信号。

那琴弦哑哑的、滞重的声音敲打着她。

——泉清石流响，松静伫山风，形魂俱坐忘，斜晖漫寺钟。

她回这种顺口溜。他知道她晚上在山里要什么。

——养仁。他说。

《淡若晨风》。古琴。

——素琴一张，纤手雪微，有松且吟，有风则吹，子期已没，知音杳归。

——你现在是流水隐士了。

——（一个谢谢的表情）

又传过来一曲《独坐幽篁》。

——声如天籁，竹落琴上。我欲醉眠去他毬，明朝有意抱琴游。

《荷塘月色》。还是古琴。

——菰蒲轻摇，莲花娇弱，有风袭来，满鼻野香。一泓清风。又：荷风松月，荷之风暖，松之月白。蛙声一片，聒噪如鼓，虫豸嘀咕，若断若续。窗牖自开，泻银满地，梦为垄香拽醒，心为荷声荡平。浩浩田原伤暮春。又：听有夜雨，满池荷声。声如细沙，宇宙飘来。回忆此声，如梦似幻，魂有依者，天籁是也。

今天有微弱的信号，他很兴奋，又发来了一曲《冬雪》。她不想雪落。她的心情黯了。她还是在琴声中听到了旷野里雪落的声音。

——这首是张帅作的。雪从旷野里滚滚而来，但戛然而止了……琴声呵退了它……神的琴声，把雪融化了。凄凉更无语，梦入北风里，雪静江上清。他说。

——雪静江清入梦遥，蓑翁独立孤寒桥。一尺琴声，半寸箫鸣，三分清欢，七分泠泠。不要发了，网速慢。

——我以为你不理我了。

《松涛已远》。

——最后一首。

——最是人间留不住，朱颜辞镜花辞树……

——瞎说！

——你也想伴松涛入眠？

——当然。

——你想的是怎么当主任。

——你的研究不过是关在实验室里的技术主义。我想起导师反复告诫我们的，不入虎穴，焉得虎子。你现在西装革履，为了保住你那个副主任的位置，寸土不让。你认为你到山区现场来进行田野调查研究，你的位置就失去了，你的上司和导师会把你一脚踢开。于是你坚决不出去，耗在城市。导师待我们如父，会对你下手吗？你心胸狭窄，他劝你到山里来，你却认为他是在排挤你惩罚你？

——是的，我会来，但现在不能。

——他是二级教授，是吗？

——他正在申报中科院院士，我不会让他得逞的。

——为什么？

——不为什么。

——嫉妒？

——是吧。

——你很坦率。但你为什么不自己强壮自己，多出科研成果？我知道我们的导师常年在山区，对金丝猴群的社会形态进行了十几年的研究，好几个春节都在山里追踪金丝猴，可你比他年轻，为什么不能吃这个苦呢？

——他有什么建树？传统的研究方法，没有一点国际视野。

——他不是从咕噜山区金丝猴的一个传说到拍到金丝猴第一张清晰的照片吗？他十多天差一点冻死，在三千多米的地方误食毒草，导致严重腹泻脱水。他不是在雪地上追踪金丝猴掉下悬崖摔断了腿差点让熊吃了，两天两夜爬回到营地吗？

——你看到过？不是由他自己说的？他还追踪过野人呢，那不是闹剧吗？不是沽名钓誉，哗众取宠吗？这种不切实际的不着边际的虚幻之物，二级教授竟把它当作科学来研究，太搞笑了。

——不要轻易否认别人的研究成果，更不可轻易否认那些未知的神秘的东西，当年说咕噜山区有金丝猴不是也被许多科学家否认过吗？

——金丝猴的问题还有川金丝猴和滇金丝猴，可问题是有川野人和滇野人吗？咕噜山区就屁大点地方，就算有几个那么小的种群，那退化成啥了？两米几的个头，南方巨猿和拉玛古猿的后代，完全扯淡。

——我现在是有野派。我想告诉你，你以为咕噜山区就地图上那么大？当你置身其间，才知道有多大，莽莽苍苍的群山，一浪一浪望不到边，云雾翻滚。站在海拔三千五百米的地方，向四面看，全是没有人烟的大山。而且一条峡谷里，又套着峡谷，山洞上方还有山洞，藏几群野人家族，十分正常，而且它是秦岭的延伸和巴山的延伸，它与中国腹地的几大山脉是相通的，动物间的迁徙有自己数万年甚至几百万年的通道，许多我们并不知道。有许多神秘的事物，越深入越感到那个地方丰富神秘，那些丰沛的流水，简直不敢相信，这么高的山哪来这么大的水呢？那些丰茂的植物，那些神奇的传说，那些白云缥缈的群山，你就蜻蜓点水逛了一趟，你断定玃不过是个唐氏综合征患者，可他并不比你的智力差多少，而且，他作为山中精灵，几乎就是一个传说中的存在，是神一样的存在！

——你爱上他了？他成了我的接盘侠？我的情敌？

——什么话？你好无耻。

——一个Down综合征患者。

——跟你比，他纯净得像落豹河的水，他就是精灵。你否定你的导师，你还没有这个力量，还不够，不配。

她关上了手机。

她呕吐。她怀孕了。

二十八

蔚蓝色的冬夜，星空寂寥高旷，遥远神秘。我想起庞培的那句诗：星空像古老的刑具。可它钳制的是秩序，群山的秩序，这是需要的，没有，河水就会倒悬。山峦像蓬松的鸟羽，冰封的河水已经无声。一切无声，狂风偃息，月牙在那儿亮晶晶地挂着，像神仙丢弃的半圈戒指。冻得发硬的青苔的气味从后山漫来。

她偎在被窝里，看乔治·哈斯凯尔的《看不见的森林》。微信久不能登录，信号非常弱，几近于无，不能打开那些人晒的游玩、吃喝、自拍的图片。就算不看，也就这些吧，她早就没发了。但今天有点信号，她发了一条，“乔治·哈斯凯尔在《看不见的森林》中讲到山雀在寒风中会挤成一团，伯格定律说，抱成一团，则体积更大，小鸟如此，人类如此。在咕噜山区，人说虎豹老熊都是独心独肝，独往独来，而羊子（偶蹄目动物、草食动物）抱团成群。但世界上百分之九十五以上的物种是群聚类的，这是进化使然。那么，虎狼是否就是逆进化了呢？管他的，鸟们在冬天不停地颤抖以获得热量，但一头老熊干脆睡觉。对，面对冬天，颤抖个屁啊，睡觉。”

吃了一颗安定。每天吃一颗，她算着还有八十多颗，可以吃三个月。她减了量，在城市的学校，晚上三颗，有时候四颗。玃的草药泡水喝后，明显改善了。准备关机睡觉，各种评论和点赞来了。花仙，你出名了，你在哪儿？你现在在哪儿？听说你支教去了？不回答。

忽然，一个同学转给她一个帖子，她费半天劲才打开：《南楚大学生物系主任谭三木学术造假被学生举报》。

在这篇署名“魏武挥鞭”的帖子里，说到谭三木教授的金丝猴和裂腹鱼研究完全是剽窃他人的成果，特别是当地动植物管理所的成果。此帖还将谭三木在个人微博上转帖的一些调侃，一些对社会当下发生的事件的转帖之言，一一截屏摘录，说谭三木作为一个知名学者，一个党员，一个系主任，常在网上发布违背党的宗旨、鼓吹西方价值观的言论，与某些公知大V遥相呼应……还说谭三木私吞科研课题经费，与女学生关系暧昧，比如与博士生花仙……

这好恶毒！这是谁？是系里的谁？谁与我们导师有深仇大恨？竟胡说我也与导师有染……

“谁呢？这太下作。”

“无利不起早啊，看看发帖时间为凌晨三点，没利谁干这样的事呀？一旦发现可要身败名裂啊。”

“你说大概是谁？”

“谁想当这个系主任就是谁啊，”同学说，“未必谁还想去评院士？没有这个，有嫉妒者，但是达不到啊，只是嫉妒而已。”

花仙眼前闪过几个人，教授们、学生们。她意识里突然跳出牛冰劲。他很久前就觊觎谭老师的这个位子，从不在她面前掩饰对谭的不满，充满着急不可待的夺位渴望。但牛冰劲也不至于这么下流无耻吧，这么阴暗卑劣吧？他可能只是说说而已，嘴巴快活。可能还有更深层的利益争夺，申报院士是全校盯着的，不可能不被许多人下暗手。

他也给她发来了一个链接，但没有说什么。

她也没有说什么。

细看那文笔，像是他的。但似不可能，学生怎能搞死老师呢？运动遗风啊……不，不，他虽然令人不快，但他不可能做这种下作事，这太下三烂。虽然他很阴沉，阴沉不等于阴暗阴险。虽然他为名利有点鬼鬼祟祟，这心里要养多少鬼魂，怀多少鬼胎才能干这种鬼事呀？这个东西好像准备了很久，至少此人盯住了谭三木的微博，花了很长时间收集他的所有网上言论，还有在课堂上的言论，老早就有了下手的准备……而且让我躺着中枪，谁来害我？牛冰劲不会这样害我吧？我把什么都给了他……他难道不念这几年的床上情吗？这太可怕。她的脚凉了，从头到脚，彻底凉。究竟是谁呢？……她在被子里心寒齿冷，瑟瑟发抖，像一只无巢无依的鸟雀在寒风里挣扎。她逃不脱，进入森林远离人烟也被坏人追杀。旷野里，寒风横扫，寒冷咬割她，她像是暴露在猎人枪口下的猎物，无法逃脱，冬天要捏死她。

“看了，扯上我了，我会跟导师吗？这人太无聊！谁干的？”她终于试探地问。

“不知。这个人的高明之处在于，把他的学术腐败、生活作风与政治问题绑在一起，不管怎样，看来老板难逃一劫。”他叫导师老板。

“他的院士黄了吗？”

“这个人是希望网上闹大，学校介入，谁知道黄不黄……”

“你好像很兴奋。”

“什么话？我这不是跟你分析玩儿吗？”

“你不是常说他压制你么，终于有人替你出了一口气。你不是很想当主任吗？你胜利在望了。”

他发来一个愤怒的表情。

她突然困意袭来。她想睡觉。

这个夜晚，狂风扫过咕噜山区，落豹河拥挤着狂乱的涛声，敲打石壁，发出愤懑的呜呜哭喊。她在睡梦中听到冰雪锁住树枝的咔嚓断裂声，过山熊在林子里扳膘。这些被叫作过山熊的白熊，从不冬眠，它们的上唇是红色的，眼睛通红，像两粒火棘果，双耳直竖，性情温顺，像家兽一样，从不伤人，而且会直瞪瞪地、懵懂可爱地盯着你，它们高兴时会手舞足蹈，喜欢模仿人的动作，睡觉时蜷成一团，鼾声如雷。但它们的舌头跟狗熊一样，带着刺，凡是它舔过的树都没有了树皮。

有冰在石头上凝结，发出噬咬的咔嚓声。到处是狰狞的牙齿，到处是屠宰割喉的声音，到处是汩汩的鲜血，到处是怒气骇然的眼睛，在黑暗中凌厉闪现……

半夜，她又打开手机，再短信问：“是你写的？”

过了一会，一个小时，或者两个小时，终于有了回话：“是。这世界除了你，没有第三个人知道。”

他终于承认了。

“你为什么要害我？”

“没事，我知道你不会。我把你写进去是希望别人不怀疑我。他们都知道你和我……”

他是想与人分享他整人的快感。他在毁灭自己。

“你这是损人不利己，还出卖我。”

“我跟你绑在一起。”

夜在撕扯着天空的星群，那些惊悸奔涌的天眼……山冈在爆炸般地崛起。北风像鞭子一样抽打在鹰嘴岩上，发出破碎的呼啸。河流凝固，发出痛苦的巨响。好像有一万个纤夫此刻在河边出现，拉着沉重的船。那些纤歌和号子从云端跌下来，抓住岩石，用脑袋碰撞……她听到的是一段悠长的“悠号子”：

瘌痢你听我喊——嘿哟！
过了乌龟滩——哟吆嗬！
哦嗬哦嗬哦嘿哟哦嗬！
要得夫妻——嘿哟！
不离伴——嘿哟！
除非嫁个——哟吆吆嗬！
拉纤汉啰——吆吆嗬嗬嘿嗬！
要得夫妻——嘿哟！
同相会——嘿哟！
除非阎王爷——嘿嗬！
来助威——哦嗬哩嗬！
留下来——吆嗬吔吆嗬！
爬下来——哦嗬！
哦嗬！哦嗬！
嗬嗬嗬嗬……

她在日记里写道：

恶原来如此强大，人性之恶在这个时代被挖掘扩张激活，如僵尸还魂。同事、师生都可以恨之入骨，恨不得杀千刀解恨。谁来拯救这个崩坍的社会？谁有压制恶的利器？是谁让恶与恨在人们的内心里像癌细胞增生一样咬牙切齿疯狂地生长蔓延？……

在这个去圣化的时代，人们不再崇尚崇高，没有道德英雄，没有思想教父，即使有，也要一起来踩着你的翅膀将你拔毛，从而让拔毛的凤凰不如鸡……有的人，出于卑鄙的目的，把自己打扮成真理的化身，不停地与他人和社会撕扯。一个聪明内省的人只与自己嬉笑打闹。所谓圣贤庸行，大人小心。那些撕扯他人的人，我相信，他一定会把自己扯成八瓣。害人害己，玩火者必自焚，自作孽不可活，我相信报应……

你的研究成果薄如蝉翼敌不过别人得不了奖，看别人在学界风樯阵马心里难受，暗地里使个绊子，若是把别人绊个灰头土脸人仰马翻，你的快乐指数相当于得一次大奖。殊不知，人算不如天算，这样使阴招下狠手干告密，见光则死，万人唾之……

她想给导师发一条短信，她只是写在手机上，想了想，却不敢发：

“我一定想象得到您憔悴恍惚的样子，我焦急又心疼，我不敢说出那个人。他正躲在鼠洞里暗笑，这个人变态、龌龊、阴暗，半夜磨着仇恨的牙齿（半夜三点发帖），他还有什么人生的乐趣？这个长期抑郁难伸的人只能在半夜偷偷地去攻击那些高大正派的人，以获得变态的短暂的快感，像吸毒一样，无可救药，那个家伙将会得到报应。他利用对网络的熟悉，煽动不明真相的网民去围攻一个科学家，他太变态。那些网络暴民们在网络的大街上挥着大刀，神情亢奋，双眼通红，只要是踩一个人，管他是谁，不分青红皂白就挥刀乱砍。帮助暗杀者补刀，还希望这个尚有一口气的人，最好尽快死掉。看人下葬是最爽的，那才是刺激。大家怀着破罐子破摔的落魄心态，对陌生人砍杀，他们不希望死一个人，应该是一千个和一万个死于非命，死于谣言的乱棍之下，希望以此造成社会坍塌、生活混乱。他们抓住手机按键和电脑鼠标满心亢奋，像打了鸡血似的，而他们自己的生活却一团糟。这个网络时代是注射鸡血制造混乱和培养看客的时代……”

风暴迸溅的夜。火光闪现在星光和字缝里。一个人的尸身。一个人的尸体，一个人被文字和谣言所杀。这个阴暗的人躲在角落里狞笑。可他的末日会到来。他的阴鸷的眼里满是嗜血和恶毒，他曾经宣扬世上所有高尚的东西，他却是个邪恶的化身。他在人群的森林里假作沉默，而口中吐着虺蛇的毒气。他面色发青，双手颤抖，夜不能寐，在黑夜里磨着野兽的爪子，牙齿锉着诅咒和嫉妒的火星。他在黑夜里狞笑，为了杀死别人而疯狂地活着。他将死于万劫不复的地狱。我要为他烧纸将他劝回地狱。闭嘴，狗，终结这出闹剧。一个狞笑的人，一个从地狱跑出的恶棍。他的心中豢养着魑魅魍魉。他一辈子没见到阳光，一肚子妖魔。

桦皮诗 NO.5

树在颤抖。山冈在哭泣。风吞噬石头
落日狼嚎。最后的疯狂。烈焰奔马
我渴望这样的荒野帝国。浆果掉落。坚果飞溅。遍地月光
那盏晃荡的灯在崖上。它会熄灭。像一朵花枯萎
像是人类的悲伤。你勒索去我的爱
你无耻。你的死亡比所有人都恶心。
风沙卷了，圣贤隐了。鹰嘴岩的月亮没了

林子响动。隐士死亡的日子，世界呻吟
我剥夺了翅膀和衣裳
我被恶人绑架，无数的鬼魂游弋人间
坟上插着匕首。冷冽的雪，我走上高山
却在你的魔掌跌落。云幕低垂
天空像白熊的唇边，花楸蜈蚣般的叶子红了
艾蒿疯长的路，香兰绝迹
仙鹤草不是仙鹤，苦糖果很苦
我想哭，抵达夜晚的星光，那么干涸
回归森林的人，依然被世界猛踹
冰冻的马蹄在石头上，任人蹂躏
这是森林的旧伤，我将腐朽在一片树叶上
哭泣吧，我孤独如山冈的沉默
你远离于人的生活，在阴暗的网络上狗一样厮混，颤抖的手想杀人
风沙卷了，圣贤隐了，恶兽出了……

我在沉香坡上听到了花仙老师在哭泣。她的哭泣布满了森林。我听见了流水渐渐冻住的声音。我听见了一个女人在最深的恐惧和绝望中内心呼喊着。

“告密和构陷是人世间最令人不齿的下流行为，击破了人之所以为人的底线。真是满口的仁义道德，满肚子男盗女娼，本性坏了一切都坏了。做这种龌龊卑劣的伤天害理之事，什么样的变态才到这一地步？……这个世界最大的问题就是愚人和狂徒自命不凡，智者却满腹疑虑。这是伯特兰·罗素的话。”

她神色恍惚，面孔发青，两眼浮肿，像大病之人。她头发未梳，衣衫未扣，她趿着我祖母给她做的布鞋，像个邋遢的山里女人。

“老师，你为什么哭？”

“我哭这个世界……”

“她病了。”我给祖父说。

祖父在箭竹林里抓了一只竹鼠，我们叫它“吼子”，它的吼叫声像一匹牛。竹鼠灰色的毛皮，圆墩墩的，似乎咬掉了祖父手上的一块皮，干爹贵将军用药给他包扎好了。贵将军问我：

“玃，你不是说要让花仙老师与我们一起上山采药吗？”

我穿过深秋的霜，捂紧那碗吼子肉。前面的红嘴雀发出声嘶力竭的鸣叫。群山之上，是青褐色的天际，在深谷中，猴子的哀唳像岩崩一样落入河里。

那只挂在门楣上的草鹿角，在我拍门时发出空洞的脆音，像是石头撕裂。

“天亮了吗？”她问。

“亮了。”我说。我把吼子肉放在她床头的凳子上，那里堆着充电器、诗集、烟灰缸（一个罐头瓶子）。

“你已经认识多少字了？”她问我。

“五百。”

“你记住了森林里的所有。你还记得那个在武汉实验室把你送进去的中年人吗？”

我摇头。

“你还记得那个很和气的老谭主任吗？他说你不是白痴。”

我好像记起来了。

“谭主任是我的老师，我给你讲讲他的故事吧。他是有野派，就是相信有野人。他受到许多无耻专家的无端攻击，可他曾有八年，每年寒暑假，一个人背着背包，在咕噜山区行走，胡子头发老长，没有找到野人，他自己却成了野人，步履敏捷，神情呆滞，一身迷彩服，一双橡胶鞋，高绑腿，长短刀，发现了多种植物和鱼类的亚种、三亚种。最大的收获是发现了咕噜山区的两个金丝猴群，为以后咕噜山区的金丝猴研究、投食打下了基础，让咕噜山区名声大振。我之所以到这里来支教，也是因为他的缘故，他让我爱上了这里。这也导致了咕噜山区修建飞机场的最终结果，这是他没有预料到的。他一生呼吁保护咕噜山区的生态环境，最后生态环境却遭到了破坏……"

"……老师，您不要理那些无聊的诬陷和造谣，千万不要回应网络暴民的攻击，不要在网上发声，否则正好上当，发帖者求之不得……您有时间可以来沉香坡看看，看看机场建起后的风景，非常方便，每天从武汉有一班飞机，只要一个小时，还可以看看玃的近况。他可以认识五百多个字，这是非常了不起的。但我认为，他根本不需要认识这些现代文明的东西，这些字对他没有任何意义，这个世界太过肮脏龌龊，他还是待在他的世界里为好。森林以外的世界已彻底崩坏，无可救药，我已经看透。您什么时间来？您过来万不可告诉牛冰勀，千万不可！！！……"

"老师，是牛冰勀干的！"

好几次，她下了决心将这条短信发出去，但手机有提示音，一看，显示的是一个红色的"！"。发送失败。信号不好，发不出去。

也许，老天爷暂时想再保他几天。牛冰勀，你谢老天的不杀之恩吧。

"我如果来，不会给他说。他很好，打电话安慰我，说这个发帖人太下作无耻，怎么干这种下作事呢？他说，他想通了，说我讲得是对的，他要向我学习，不入虎穴，焉得虎子，到咕噜山区来挂职，进行实地研究，我正在替他向学校申请……不过我的院士可能要黄了，这没什么，身外之物……"

老师的短信让花仙子双手颤抖，她将手机扔到地上，手机上的灯闪了一下。

“可怜的老师！……”

夜色昏暗，山峦恸哭。狂风吹过落豹河谷，松涛打着旋涡卷上天空，在森林里呜呜旋转。风吹进来，弥漫着一种从墓地蹿出的朽霉味，白辛树在呜咽，饿雀子在聒噪，好像是千千万万个幽灵在活动，有一万个做法事的葫芦在吹响。

“我终于把玃从树上唤回到了地上，从天上唤回了人间。”她给她的导师说。

“我把我自己给了他。这算是我的博士论文的一部分……”她在日记中写道。

“我准备辞职，我这个位子被人盯上了，我的人生有这一劫……”

她的心一紧，“您听说了什么吗？”

“没有。我只是猜这个帖子，凌晨三点在外发出的，有老师帮我分析，无利不起早……”

“是的，很对。”她这样说。牛冰勐以为他很聪明，可是傻瓜都能猜到，人坏必傻，鸡飞蛋打……

一个金色满山的初冬，在落豹河峡谷里，生长着郁郁葱葱的常绿大树，虎皮楠、马醉木、青冈栎、丝栗栲高齐云天，而红桦、槭树、黄栌金黄耀眼。在森林深处，还可见荚蒾和红光闪闪的火漆果，裤裆果、哑巴果、杈杈果也时有挂在枝头。胡枝子紫色的花串还很热烈，刺得人眼睛无法睁开。它们的花瓣高扬、自由、俯仰、坐卧，那么娇艳。一串串的甘葛龙，高高擎起它们花的火炬，麦瞿粉红的花丝散开，像女子的头发，它叫抚子花，它就是那些女子的刘海。黄色的败酱草花是最泛滥成灾的花，开得如平原上的油菜花海。野牵牛小小的喇叭像紫色的精灵，单薄柔韧，矜持沉静，它们在对抗冬天的到来。

冬天真的到了，天气很冷。

我们采着苦糖果，去酿制香喷喷的果酒。我们捡金樱子，我用手搓掉毛刺，剥开给她吃，也采了不少一起回去酿酒。

火棘通红，一树一树，坚硬的果实像是玛瑙雕成。南酸枣我们叫鼻涕果，我采了一兜让祖父去酿果酒，花仙老师很喜欢吃，她要吃酸，她满满地装在口袋里。红毛丹不能吃，只有猴子爱吃，它就叫猴喜欢。

乌桕的果实白瘆瘆的，很坚实。苦丁茶的果实藏在油亮的绿叶下不肯出来。卫矛小小的红果像流星锤一样。蓝色的山矾她见了喜欢，说带回去送给朋友们。她要回去了？还有紫珠，就是生长的紫玉，结实，铁一般的，不会坏掉。它们那么有骨气，那么坚硬，它们的结局那么美好，被带向城里。还有金钩钩，就是悬钩子，还有枸骨果……她都要，她说要用一个罐子保存这些果实，要回去用它们串镯子串项链。一串串紫色的，一串串红色的，一串串蓝色的。野火棘的果有点像苹果也像山楂的味道……

蛇在树上晒太阳，积蓄热量准备冬眠。两只麂子在交配，红腹锦鸡将长长的尾翎拖在地上，在草丛里追逐母锦鸡，叫着“茶哥，茶哥”。

中午，太阳变得明亮暖热，怂恿万物尽快圆满自己的生命，浓密的植物散发出丝丝热气，像狗的身子。火星一般洒落的阳光，在草丛里吱吱地响。她满嘴红色的浆果汁，也像那些鸟兽大喊起来，喊着，摘着，跑着，边跑边甩掉自己的衣裳。一件，两件，三件……她啊啊啊地长啸，那是让阳光清洗她的唇，她的喉咙，到达身体的最深处。她很压抑，她要喊，她想喊。她摇晃着手臂，她泛蓝的肌肤在满坡的胡枝子、抚子花和败酱草中间，她的头发像散开的龙爪花花瓣，我远远地看着她，她犹如森林中的一种灵兽，就是一只灵兽，紫色的乳头已经成熟，她笑着，哭着，手举着一串一串的果实，怀抱鲜花。山色艳丽，峡谷的风掠过山壁，从一颗颗果实上滑下，这晶莹饱满的世界。

她的头发上簪着花，她疯跑进森林又跑回来，她藏在植物的深处，但她不知要跑向哪里，她是从花朵和果实间绽放或炸裂出来的，她有叶脉和花茎，她有花的浓香和浆果的甜味，她是单瓣和重瓣，她是萼蕊和花葶。我正在给她一路捡拾衣裳，她扑进我的怀里，像一头兽将我扑倒。她喘气，她喊：

“美猴王，来吧，毛猴学生！”

“老师……”

“不要说话，因为你不会说话，你不要说话，你就是一只毛猴！我也是一只猴子，两只猴子都不许说话！”

她学着猴子抓挠着我，嘴里发出唬唬唬的声音，头晃着，上唇夸张地往下拉长，龇着牙。我在她的调教下早已穿上了薄薄的衣裳，她唬唬叫着脱下我的衣裳，可我今天特别害臊，不让她脱。她像一只母猴，撕扯着，不让我反抗，也不让我开口说话。她大叫道：“做一只猴子多好，你为什么要做人哪？”

可她是人，她有光滑的身子，人的身子，是人多好。她骑上我，扭动着身子，张大嘴干渴地吞咽着空气。她浑身冒汗，她用自己的液体滋润着自己。

“猴子，猴子，我是一只猴子！是猴子——”她哭喊着，翻下身去，躺在败酱草花中间，死了一样。

二十九

她给我打开手机上的一个文件。

一块石头砸进水中的声音。砸进兽群的声音。被撕碎的声音。被藤蔓缠住的声音。戴着脚镣行走在山路上的声音。被斫杀的声音。干渴的声音。呜咽的声音。夏瀑跌落的声音。抚摸呻吟声。张望。知足。一只小鸟落在树丫上啼歌。被大火炙烤的痛苦的声音。

她将手机放在床上。她坐在窗口的板凳上。她告诉我这是被砍伐后的树蔸再切割成薄片，用树的年轮转换成的钢琴音符。她说，这些你不会懂，但它就是年轮的纹路发出的深深浅浅的声音。这是一个外国人干的。这些树有云杉年轮、楞树年轮、枫树年轮、桤木年轮、山毛榉年轮、胡桃树年轮，都是不到一百年的树，可以播放五分钟，它们的一生就是五分钟的歌声。如果将咕噜山区的大树年轮切成片，可能是半个小时的歌声，我们这儿的树太古老了。

“你听见它们在说些什么？这些树，年轮？”

“哭泣。”我说。

“是啊，是哭诉。树的年轮中藏着太多的痛苦。但这是美妙的痛苦，它们是在用灵魂歌唱，这世界上的一切都会留下它们的歌声，不可磨灭……活着不易，可你是幸福的，玃，你没有忧伤。”

“不，我有。”

“你没有，”她坚持说，“森林没有悲伤。”

傍晚时分，山冈上所有的生灵都消失了，鸟的叫声显得很孤独，像是哭泣，灌注到人的心里。远处的天空有一条橘红色的云，像一条烈火溪流，一直拖曳到暮色深处。白色的云带在山顶逶迤，像是夜晚浮出来的泡沫。

乌黑如锅底灰烟的云布满了天空，但是在西北边上，那儿亮得像有一个火塘在燃烧。火在旋转，把山下的河流点燃了。

这个晚上，她告诉我，她有个老师要来，还为我们教学点带来了两台笔记本电脑、十个书包和文具盒。她说，大家都可以学习电脑，也有新书包啦。她让我回家去睡觉，“你千万不要再上树了，这是我唯一的希望。”她说。

我点头。她知道我是言而有信的，她相信。地上的一切我都会喜欢，她的暖怀，她的乳房和进入的感觉，甚至她嘴里的烟味。我知道人间有这么多美妙的东西，我不再会上树。我已不再有恐惧，我认识字，认识她。甭说一千只豹尾，就是一万只也吓不倒我了。咕噜山区暗绿的波涛之中，坚硬的山体像凝固的巨浪，它们无边无际地浸入大荒。森林紧咬在山冈上，它们的嘴像野兽之爪，使山冈无法逃脱。云瀑飞腾，漫过被暴力伤害的群山，我的心里已经有千沟万壑的辽阔，我的孤独像白辛树一样，它慢慢移动到人间，在每一个高旷的夜晚，我的欲望被唤醒和复活，我满怀饕餮之爱，在一个女人的怀中挚恋人间。如果她是月亮山精，我则甘愿被妖魔所俘，成为她汁液鼓胀的孩子，为一种渴望，投降千年。

这天，好好的断腿猴不吃不喝，并且突然向墙上猛撞，扯它的链子。它撞得鲜血直流，墙上溅红的印迹在阴暗的屋子里异常明亮，就像盛开的杜鹃花。

落豹河上的水突然涨起来，变得浑浊，上游的深山里下起了暴雨。雷声轰隆，像是炸山修路的号角，天翻地覆。雷电的牙齿锐利地撕开了天空，雨打在屋顶上，打在树叶上，有山垮塌的声音。

我看到花仙老师开始焦躁，她关好门窗，在屋里来回走动，脸色发绿，在闪电的锯锉下，用白色的小耳机紧塞耳朵。

“没有消息了。他在飞机上……”

“闪电应该劈死坏人！……”

闪电的钢锯在锯开那块天空的大木，掰看它的年轮。它有一万年，十万年，百万年。天空没有年轮。天空干干净净，它被撕裂后，伤口马上就会合拢。空气中到处是溅射的苔藓味，令人绝望恶心。落叶的清甜味却像在安抚你。雨在弥漫、下压，痛，想掩盖一切，给凶猛的雷电腾出更大的空间。雨雾像黏糊糊的娃娃鱼，它们交错累叠成一团，在大地上爬行。

从学校后面的石壁上冲下的石块和泥水，打到窗户上，涌进屋来。

“玃，你能保护我吗?”她吞咽着药片。她喉咙哽得说不出话来，像要憋死过去。

“花仙子……”

我抱着她，我要保护她，我们躲到一边。

“真的有月亮山精进来吗?”她喘着气，眼里全是泪水。

风把油灯吹熄了，山体垮塌停止了。就一些零星的雨，还有寒虫的鸣叫。我们看到窗外的天空。

“飞机！飞机来了！”

是一架飞机，可以看得到移动的闪烁的灯，一个小小的黑影，正在闪电中跳出，像是一根火柴飞到了天空。

“飞机来了！”她浑身哆嗦着说，“飞机要落地了！”

常年的雨雾和暴雨，致使机场有一半航班取消或不能降落。现在那个飞机飞得很低了，却又往上爬升。飞过去，又飞回来。在天音梁子、沉香坡、孔子沟、孟子坡和落豹河上盘旋，在鹰嘴岩上盘旋，它下不来了，无法降落。

雨雾。雷电。这个天音梁子总是被雾气遮盖，但那个飞碟似的候机大楼却恍若天堂，在雾霭中闪闪发光。下雨，有雾，天晴后，被太阳一晒，峡谷沟壑里的水汽蒸腾起来，又会形成大雾。天音梁子永远在云海之中。

这个危险而迷航的山脉，包藏着祸心。涌动的云雾里还有芒硝和硫黄的气味，河水蹿上了悬崖，森林阴鸷，云雾奇谲，陈旧的云雾潜藏在各个峡谷和山洞里，随时翻上天空，像妖魔鼓腾在这片大地上。

一股股的寒风从被石头砸破的窗户外扫进来，在泥泞的室内打滚叫嚣。她捂着胸，将头探出窗外，瞪圆的眼睛看着那撕心裂肺、惊恐万状的天空。她的手没处搁放，紧紧抓着桤木窗棂，我听见窗齿的折断声。

我好像看见祖母在菩萨前点燃七盏油灯大声祈祷，断腿猴扯着铁链呀呀惊叫。花仙老师门楣上的那个马鹿角被吹得发出咯咯咯的声音，好像扯着一只蟒皮蒙着的鼓。

我看见豹目珠照着天空中飘飘荡荡的飞机，使我们在闪电偃息的时候也看得真真切切。不只我们盯着它。

这时候，飞机在豹目珠的指引下，在沉香坡盘旋徘徊……它掠过那高高的白辛树梢，掠过了我们的学校。

气流卷着屋顶上的瓦和积水。

它在落豹河上一个跃起，又爬升了。它在豹目珠的指引下，朝鹰嘴岩艰难地爬上去。

它再没有能力爬升，它冲进一片混沌的雨雾中，就像突然坠入梦里……

山崩地裂，仿佛一万匹马触地时的鸣叫。一片通红的火光，照到鹰嘴岩刺破天空的狰狞。那个巨大的喙嘴断裂了，只有半截了。暴雨如注，万山沉寂。一股灼热的气息从远处卷来，带着烧焦的臭味。

“啊——”花仙老师惨叫一声，拉开大门，疯狂地向外跑去，“老师！……”

冬夜的宁静再度降临。星光在地平线颤抖。

烧焦的烟雾或是雨雾，一团一团地涌过来又飘过去，这是比山火燃烧后更难闻的气味，有各种令人窒息的化学味道，像这里隐藏着一个污染严重的化工厂。我拉扯着她，然后抱着她。她随时要倒下，她恍惚，她没有了知觉。

烟雾腾起，没有任何声响。有稀稀落落的村民向这边聚集，为了驱逐心里遭遇到的绝世恐惧，大家喊着，呼应着，生怕这里有恶魔把自己掳去。有人打牙嗑的声音变成了咳嗽，他们电筒的光线粗粗细细地扫射和晃动。散落的人的肢体。座椅。包。衣物。鞋子。救生衣。石头。冒烟的钢铁残骸。所有被摔碎的东西在雨中嗞嗞作响。有的地方腾起来一缕火，又倏地熄灭，像一个人咽下的最后一口气。

花仙子奔进现场，她扒拉着，喊着："老师！老师！"她双手抓着包，抓着残肢，她喊："哪儿有电脑，哪儿有书包？"

她像是森林中的月亮山精，披头散发，赤着双脚，浑身沾满了泥巴和鲜血，她去翻看那些肢解的人，她跳下石坎，在岩缝里寻找。她的手电到处乱照，她拍打着那些烧焦的尸体，面目全非的人。那些烧煳的躯体，就像硕大的烤过的红薯。有的没有了脸，有的只剩半边身子，有的肠子和手臂挂在树枝上，像飘在那儿的塑料袋。炸雷会死灰复燃地打一下，老天爷还想发怒。

这个穿着青衣的女子，像一个从岩浆里跑出来的鬼魂，她站在那里，两手空空。她哭。她喊。她颤抖。她绝望。

烧焦的山冈像炼狱一样冷漠。大地像遗址一样荒凉。

咕噜山峰仍像神龛挂在一尘不染的青空，没有任何一次灾难可以改变山冈和天空的容颜，它们是不老的。

——你的导师终于死了。

——也是你的导师。

——我们共同的导师。

——主任是你的了。祝贺你。罪恶也可以掩盖了。是我杀死了他，我不该让他到这里来。

——我们是同谋。嫁给我吧。

她像一个泥塑站在这个空难的废墟上。我想起沉香坡八十年前的泥石流，我的祖母从碎石和泥泞中爬出来的情形。她的眉毛很像我的祖母。

“老师——师父——”

她痛苦的喊声冻僵在山坡上。她用刨翻掉了指甲的双手抓住我，血从她的十个指头流出来，凝固成黑色的泥与血块。她站在那儿一动未动，像一截被飞机撞断烧焦的木头。

“是我害死了他啊……”她最后捶打着自己的脑袋，抓下来一把头发。

我把她背回到教学点。

我给她烧水，洗净了她的身子。我给她的十指抹上了药，把她抱到床上。

“你别走……”她说了两遍。她喃喃地说。

可是当我靠近她时，她一把推开我，突然很清醒地说：“滚滚！滚回你的树上去，你这猴子！一切都没有意义了……”她闭着眼睛说：“……我原以为，回到森林里会解脱的，却发现没有解脱的可能，在这个世界上……”她望着屋顶的瓦，眼泪从眼角边淌出来，像是有漏下的雨打在她的脸上，一颗颗滴落到她的脖子里。“整个森林已经死了……”她用艰涩的喉咙说。她用肿胀的手拍打着床沿，就像拍打着一扇永不能打开的门。

“我不。”我说。我不会再回到树上，她告诉了我，什么样的生活才是人间的生活。

她死了。我在被窝里看到祖母点在佛前的油灯熄了一盏。早晨的空气依然飘着煳味，天虽然晴了，但天空乌云密布，山体和森林似乎全变成了黑乎乎的焦炭。云雾浮上来缠在山腰间，贴着潮湿的森林欲走未走。那个被撞断了喙嘴的鹰嘴岩更加挺拔俊俏。

祖母跪在菩萨面前，她的前后左右是北斗七星一样摆放的油灯。她用乌黑的老手摆弄灯盏，又头伏地，用极其流利的祷词召唤那飞机上的七十九个魂魄归来。"孔夫子菩萨孟夫子菩萨观世音菩萨咕噜大帝太上老君……"

"她死了。"我给他们说。

我是在心里说的。我蹲在门槛上，看着檐下的两口棺材。"老师吞了药。"我后来终于给祖父说。

叔叔麻古尖叫着跑去找我干爹贵将军。

花仙老师吃的是安眠药，地西泮片。那一瓶她全吃了。她在这荒野的教学点，曾经的烤药棚里。几个小屁孩学生娃子们哭着喊着，他们站在寒风劲吹的门口，那个升国旗的木杆下。

"她吃得太多，我无能为力。"

干爹还是把他的药箱打开了，翻了一遍，大家以为他会挑出一种药来，他拿着一个瓶子摇了几下，看了几下又放回原处。他把花仙老师的枕头拿掉，他摸了摸她的脉，翻开她的眼睛看了一下，手晃动了几下，没有反应，又摸了摸她的嘴，掐她的人中，最后捂着下巴说，没有救了，他又弄了一句：也许能挺过来的。

村长说："花仙老师可不能死啊！倒背到外头去山上跑一圈行么？"

贵将军说："村长你说鬼话，她又不是淹死的。"

有人说："灌大粪行吗？灌童子大便？"

贵将军说："那要是跌死的。再说，一个城里的女老师，哪能用这么龌龊的法子治呢？"

村长说："只要能活，贵将军，不能管脏不脏的。"

有家长说："又不是喝农药，怎么会死呢？"

贵将军举着那个空瓶子说："你们不懂，这叫安眠药，吃多了就永远睡过去了，永远醒不过来。"

有人说："把学生的所有板凳朝东摆，也是可以让死人活过来的。"

于是大家赶快跑去教室，将学生的板凳都搬出来放在门口，指向东边。贵将军虽然会法术，但连连摆手，他拿出来钢针，刺了她的人中、合谷、涌泉，又对她进行口对口的人工呼吸，心肺复苏。

我祖母拿来了开窍的麝香，祖父藏了多年。祖母把麝香捣碎，加了蜂蜜，抹在她的鼻子底下，看她的反应。她依然一动不动。

这时候，我一把背起花仙老师就往外跑，是背靠着背，反手将她的肚腹扣住。我往落豹河边跑，我践踏着河边的水花，在卵石滩上猛跑，又跳上石头往山上跑，我要颠醒她。我一只手揽住她，一只手攀岩，攀树，我跑得热汗直淌，气喘吁吁。我像搁死猫一样将她搁在一棵大树丫上，这是让猫复活的法术，我将她放在树上旋转了几圈，我哭着大喊"花仙子，花仙子"，我知道她真的死了。我寻来草药，我寻的是九死还魂草，还有碎米还阳草。我捣碎，将它们的汁子拧到花仙老师的嘴中。我掰开她紧闭的牙齿，可她面如死灰，牙齿无法张开。她惨白的颧骨像是一块霜打的石头。我突然听到了她细小的牙齿发出的咯咯响声，我说："你醒醒醒醒醒醒醒醒……"

我将她背回去。山上全是落叶，树林里没有任何生命和响动，世界因此而这样沉寂下去？我扛着她，像扛着一只打死的鹿，她的双手晃荡在空气里。我不停地试着她的鼻息，又摸摸她的心脏、她胀鼓鼓的乳房。她的肚子里却有动静。她是一个孕妇，她怀着我的孩子？也许是那个城里坏人的，如果孩子是活的，让那个坏种去死吧！

我真的感到她肚子里有东西动弹，我用手按了按，那个肚里的东西好像要回我一拳。但她死了，肚子里的活物咋办？

“她肚子里有响动。”我回去说。

“她结婚了吗？她的男人呢？她有男人怎么会一个人在这里呢？”

“她是来研究我的。她要把我从树上唤下。”

“你未必是猴？”

“是的，我是猴。”我说。

“没有结婚肚里有响动，不是膏肓神么？把她的肚子划开，你们不是这样把我的肚子划开捉膏肓神的么？定是膏肓神害了她！”麻古说。

“不是，她这么干净漂亮的人不会有膏肓神，她就是吃安眠药吃过去了。”贵将军说，“就算她肚里有娃子，也活不成了，这个我懂，就是把她弄到大医院，这娃子因为缺氧而脑瘫，不如不生，何况不足月……还是准备后事吧。”

“不。”我说。我红了眼拦着他们。

“把他绑起来！”贵将军大义灭亲地指挥道，“玃娃是不是有什么鬼？你究竟干了什么坏事？”贵将军气咻咻地说。

我不让他们绑我，我甩开绳子，背着花仙老师站在操场的台子上，与他们对峙着。

这时有人打圆场道：“飞机都栽下来了，总要轮到一个人当祭品，这是老天爷定下的规矩。只是，咋落到我们的老师头上？唉！”

“可这是两条命啊，老天爷没长眼吗？”

村长已经叫来了村里“打火炮”的响器班子。有火炮鼓、马锣、镲子、钹。他们是来“放擂”的，一声“放擂”，锣鼓齐鸣。他们围着我和我背上的花仙老师，他们劝我把花仙老师放到床上，这些学生的家长们，敲打着响器，在她的床前哭着喊着。

贵将军让他们歇会儿，说花仙老师还等着我给她讲咕噜山区的药材呢。他抓住她的手，号上脉，附在她耳边说：

“你能听到吗？你是在装什么吗？还有脉，这是睡得太沉，我晓得。要说在咕噜山区，这儿有中草药三千多种，《本草纲目》里的全有。李时珍也是扯淡的，什么把裹脚布洗下来的水服用后，治伤寒热症，裹脚布越脏越好。什么擦屁股的纸带屎的，在床下烧了服用治霍乱和难产，这不是要命啊！什么死人上吊自杀的绳子烧成灰用水冲服可以治疯癫。什么尿桶里面的垢煮水也可以治霍乱。什么死人穿的尸鞋，死人睡过的尸席，烧成灰都可以治百病。还有大小便、女人月经、寡妇床头的灰尘都是药，李时珍有病啊！咱这咕噜山区的草药才是实打实的好药。要讲官药，冷杉林子里有分筋草、云雾草、细辛、党参、贝母、羌活、独活什么的。在水青冈林带里可以找到藁本、伸筋草，也有党参、独活，还有厚朴、柴胡、赤芍、木贼、牛膝、草乌、山楂。栗林带里也有好药，苍术、柴胡、前胡、杜仲、牛蒡子、夏枯草、丹参、丹皮、天麻、葛根……再就是草药了，就是当地的草药医生喜欢用的，冷杉林里有天葱、云雾草，治眼疾非常好，接骨丹枝和皮都治跌打损伤、五劳七伤，分筋草治膝痛骨病。水青冈林子里的草药也不少，有竹叶七，用根炖肉可是大补啊，龙牙齿草治痢好，玉竹掌炖肉治火眼，破血丹治产后出血，老龙须管退烧。还有蛇药，在咕噜山区可多了，谁没有被蛇咬过？要记住，在咱这儿，蛇咬你的地方，七步之内必有蛇药，你不要怕的。大金刀、小金刀、六月寒、鸭趾草、避蛇参，这些药比官药还管用，有的没有入《中国药典》，但咱这儿的老百姓爱用……”

“所有药都救不了你啊，这是你的命了……”村长和贵将军与我的祖父商量，将村里最好的棺材给花仙老师睡，因为花仙老师给我们山里的娃子们带来了知识，我们不能亏待她。

听见了戴胜的叫声："臭姑姑，臭姑姑。"她救下的是那只戴胜吗？它低下头叫三下，扬起它的冠翎，又低下头叫三下，像是短促地吹着古老的埙，向花仙子告别。群山发出嗡嗡的回声。

"她救过一只戴胜，戴胜叫棺材，这娃救了一只不吉利的鸟。"我祖母说。

将祖父的棺材从祖母的棺材下拖出来，费了很大的工夫，两个人抬下祖母那口上好的冷杉打的棺材时，溜滑了下来，棺材头太沉，砸在地上，在两口棺材中间，有一只金色的黄鼬突然跳下来，鱼跃一样倏地就跑了。有人喊"打"，还以为是一只松鼠。但黄鼬跑开时有很臭的味道。叔叔麻古拔腿去追，但它跳上旁边的山坡，钻进茶园，一忽就没影了。

祖父叫人将他的楠木棺材盖打开，他闻到了里面积蓄的香味，兜上绳子，然后烧了一点纸钱。没等祖父发话，他们就抬走了。

天气太冷，狂风呼啸，流水低吟，大雾一直待在河沿和山冈上，加上泥泞，棺材在山崖上打了两个滚，碰掉了油漆，像从泥里拖出来的一头牛，四个抬棺人也滚得泥水涟涟。

打火炮的人打着响器，将花仙老师用棉被裹了放进棺材。她很小，棺材很大，可以再放一些东西，但怕她的家人来收拾遗物，贵将军就收拾了一些女人用品丢进棺材里，还放了一盏油灯进去。他们不让我看，将我绑在门口的一块石头上。我大喊着："有娃儿！有娃儿！"不让他们盖棺。

我在那儿用头撞石头，撞得血流满脸，他们认为我疯了，就匆匆抬起棺材爬到后山上，不知埋在了哪里。

但是有几个学生家长被村长交代来取油灯，他们都不相信活蹦乱跳的花仙老师会死去，说如果是安眠药过量是会醒过来的，只要把她靠在土上。学生家长们把贵将军围在当中，他们手拉着手，不让他离开。贵将军动弹不得，搔着光秃秃的脑袋。学生家长要求他必须把花仙老师从棺材里弄出来，让她复活。贵将军说："人死不得复生，真的就这样了，入土为安。"

可家长们不依不饶，派出人去山上找，竟然找到了花仙老师的坟，用锹、用手刨开，将她从棺材里抬出来，重新抬到学校，放进被子里，又点了一盆熊熊的大火，把屋子弄得暖热起来。在烟雾腾腾之下，他们高唱着山歌，呼唤花仙老师的名字，等她醒来。

当从棺材里抬出来时，她的脸色跟熟睡一个模样，有了红色。家长们守在她的床前，大家哭着说："花仙老师，没有你，我们这些娃子都成了野人，不识字啊，到镇上读书又远，每个星期五下午从镇上走回来，三十里地，要打着电筒到半夜十一二点才回家。过去有的娃子被野兽吃了，尸首无存。你从武汉大老远来这儿，教娃娃们读书，咋这么想不开，究竟有啥事啊，你咋不说出来让我们替你分担啊？……"

他们从家里带来了茶水，带来了核桃、板栗，招待那些守夜人。他们神色凄茫，泪眼婆娑，松枝烧出的烟油味弥漫在教学点烤药棚里。

"她的肚子里有一个娃。"我坚持对村长说。

村长说我鬼扯，人家是大闺女，哪有娃儿。

"还在动的。"我说。

贵将军恼火地说："猴娃，还干儿子哩，是不是你害死了她？那肚里的娃儿是不是你整的？"

我抱着头，无法回答。我对这一切难以理解，我只知道一件事，花仙子的离去一定会让我重回树上，回到白辛树，我将重新成为哑巴，我将不再说话。我真的无法明白好端端的她会在这里选择死去。她已经魂不守舍，我预感她会出事，她的内心已经坍塌。在那个沉默的晚上，她只是流泪，没说一句话。森林里的黑暗太广大漫长，那个晚上她希望我不停地侵扰她，她抱着我说，不要停，不要停……狼在山上嚎叫，娃娃鱼在河滩哭泣，无数的蝙蝠在屋顶上展翅盘旋。如果天亮了，学生们的到来就会让她忘记一切，冲淡她莫名的悲痛。她会跟我们一起，读课文，她会给孩子们擦鼻涕，和我们一起玩老鹰抓小鸡的游戏，会教我们唱“蓝色的山冈上，绿色的森林，小兔子追着白狐，小鸟在天空啼鸣，小鹿在溪边喝水，到处长满了鲜花和野菌，我们是森林的孩子，我们无忧无虑地生活在大森林……”

家长们等待了三天，还没见她醒来，征求我的意见，只好又把她放进棺材。那瓶她采到的五颜六色的野果，我用祖母的红线将它们全部串起来，放在她身体的周围。把她放进去的时候，树叶在飘落，全是金色的叶子，金叶如雨。鹰嘴岩上的金丝猴和毛猴一直叫个不停。我让他们小心放下她，因为她非常漂亮，她是我们的老师，她是背着旅行包来的，她应该背着旅行包回去。她的坟离我的曾祖母不远，如果我继续留在树上睡觉，我会看得到她。树叶落下的地方，仍有一些紫珠果，闪着紫色的光芒。这是她看见的最后的风景，她将永远在这些果实的秋天里出现，这样她会感到欣慰。还有花朵，有灿烂的香菊，有奔流的风铃草花、空心柴胡花，那曾是她和我的眠床。我在他们盖上盖子之前，我说你们等等我。

我到森林的草坡上采了一百朵抚子花，一百朵胡枝子花，一百朵牵牛花，一百朵四照花，一百朵笑靥花，就是绣线菊。我把她的棺材里从头到脚装满了鲜花，那些咕噜山区森林中浓烈的香味环绕在她的周围，陪伴着她去另一个世界。我在装饰花朵的时候，有人突然大喊：

“看啊！”

花仙老师的嘴角流出了鲜血。接着，又一声惊呼：“啊！”

花仙老师的下身也被鲜血染红了。

一个长满金毛的婴儿从她的下身滑落出来。已经死了。

第五章

天上的鹰嘴岩

森林沉默

SENLIN CHENMO

三十

叔叔麻古在孟子坡放的蜂箱，没有引来一只蜜蜂。他用蜂箱上压树皮的那个野羊头骨敲打着长满升麻和鹤草的石坡，想起他丢失的一万多只蜂子，情绪激动，不禁号啕大哭。他哭够了，睡着了，做了一个梦，梦见他的蜂群回来了。他听见一阵嗡嗡的声音，以为是飞机，睁开眼睛一看，天上果然有密密麻麻的蜂子出现了。他看见了他分蜂时逃跑的蜂王，在许多工蜂的簇拥下，正聚集在他的头顶。可它们究竟藏在哪儿？为什么不到我的蜂箱里来？雄蜂出现了，蜂王和雄蜂箭一般地冲向天空，它们在天空交配。

肥大的蜂王越飞越高，雄蜂们也跟着飞上去。飞得最高的雄蜂接近蜂王，它们飞舞着，发出强大的嗡鸣声。

雄蜂交配后，像一片落叶落到地上，死了。一只一只雄蜂落到地上，它们的精子留在蜂王的腹内，可以有五年的存活时间，随时孕育后代，但雄蜂却在交配后殒命，这就是雄蜂的命运。

蜂王得意扬扬地愈飞愈起劲，周围是保护它的工蜂们。一只七溜溜出现了，几十只工蜂冲向前去，它们以死相搏，掩护蜂王回巢。

蜂王在高空翻转了四五个圈，它仗着有众多雄蜂精子的加持，力量满满，辗转腾挪，神出鬼没，俯冲下来，一个漂亮的弧线就往坡下的山沟里飞去。七溜溜与工蜂们打斗，虽然咬掉了几只工蜂的头和翅膀，但贻误了战机，蜂王早跑得不见踪影。

麻古拔腿去追蜂王，他要收回他的蜂群。他认出这是他分蜂逃出来的蜂群。他跳下岩坎，蹚进灌木丛，又上了一个高坡，紧紧盯着那只蜂王。

蜂王进几步，又退几步，像是戏弄他，一会儿又悬停在空中，麻古嘴里小声骂着，怕蜂王听见。七溜溜与工蜂们在天上杀得难解难分，都发出了巨大的鸣响声以震慑对方。叔叔从来没有听见过蜜蜂们能有这么大的鸣声，却顾不上看那天上精彩的斗殴，只想盯着那只蜂王，一个扑通，叔叔摔下了岩坎。

蜂是一种灵虫。也许膏肓神害了叔叔，分蜂的蜂子全跑了，没能留住。叔叔脸色发青，双唇肿大，磕掉了一颗牙齿，走到家门口就嘿嘿发笑地说，蜂王跑到孟子坡去了。

他的半截身子全是杂草，嘴肿得像一个桃子，祖母见状，给他拿来了一勺子盐，让他敷在嘴上，说：

“别找了，它要回来自然会回来。麻古先把咱们的蜜割了。”

一听说割蜜，麻古就高兴了，就有事可做，他也就可以赖在老父母家中喝酒了。

叔叔叫我拿着镰刀去割艾蒿，用来熏蜂箱。叔叔的屋后有飞蓬、枸子，也有蒿子。我们割了几把艾蒿，他说够了，蒿子搔得他全身痒，掀开衣裳，蜈蚣般的刀印趴在肚子上。看天上，又出现了银色的飞机，叔叔想着这个季节在天音梁子挖冬花，睡暖和的窝棚，火中烧坨坨肉，香喷喷的，有几口酒喝，谁比他更幸福？从这儿往孔子沟望去，飞机撞断鹰嘴岩的喙嘴尖后，又落到孔子沟，压塌了孔不留的老屋，这个钉子户从此消失了，这也算是飞机场占领天音梁子后，为他出的一口恶气，不过让孔不留侥幸逃脱。

我和祖父将猪圈顶上的蜂箱抬下来，放到屋场上，祖母已将艾蒿点燃，蜂子被熏得狂飞，但它们不会飞跑，这个蜂箱吸引它们安家一定是有道理的，它们绝不会跑。

我们割了一桶蜜。叔叔有割蜜刀，这个他在行。割下蜂蜡，就是金黄如琥珀的蜜了。叔叔给我一块尝，好吃，没有异味，蜜蜂从不让异味进入蜂巢，它们太神奇了。

我们将割完蜜的蜂箱重放上去，蜂巢口朝南。不一会，侦察蜂先进，再由工蜂们簇拥蜂王进箱，没有一只蜂损失。这箱蜂子真是前世欠我们家的，今生来还债的。

祖父要叔叔带我去飞机场，把蜂蜜卖给那些乘坐飞机的外地人。叔叔将过去在镇上蜂蜜店买回的瓶子洗好，一斤一瓶，装了二十六瓶。祖父问一瓶要卖多少钱晓得吗？晓得晓得，麻古不耐烦。我们把蜂蜜里面的杂质都过滤了，从瓶外看，装的蜂蜜像琥珀，漂漂亮亮。麻古说要是别人问这蜂蜜在哪儿长的，不可说是在猪圈屋顶上长的，就说是在树洞里掏的，真正的野蜂蜜，比土蜂蜜还高一等。他把剩余的蜂蜜舀了几勺偷偷放进没有蜂子的蜂箱里，他说如果还引不了蜂子，老子把所有的蜂箱都砸了。他还交代我说，虽然棺材蜜好吃，难得，但不要说棺材，城里人忌讳棺材，你说是棺材蜜，送他他都不会要。

我们带着断腿猴去天音梁子飞机场，一路上断腿猴很兴奋，上蹿下跳，把铁链甩得叮当响，像在我们身上摇撼一座吊桥。我们用背篓背着蜂蜜，还有一些香菇木耳。路上，叔叔跟我说，老木匠说是一百块钱一斤，我们卖一百二，就能多赚个四百多，一人分两百。我说我不要钱，钱对我没有意义。我不喜欢钱的气味，钱很脏，好多人的手摸过的，上面有难闻的气味，全是鼻涕和腌菜的气味，我闻到了钱的气味，就会作呕。叔叔说那就全部给我，你叔叔缺的是钱，钱万岁万岁万万岁。

叔叔的背篓很沉，不知还装了些什么。从孔子沟爬上墨子坡时，叔叔让我坐下，吃了些我们带的荞麦炒面，很苦，但滴了些蜂蜜，就特别好吃了。荞麦炒面耐饿。我们吃了荞麦炒面，又到沟里喝了些水。我喝着水，听到轰轰隆隆的拖拉机声，一看是轧土的履带拖拉机，把那些从机场收来的垃圾反复地碾压，倒上一层土再压。

我坐在一块大石头上，等叔叔来。后来看到他用山荷叶包了一包东西，悄悄地从崖上下来，问我，你吃了么？我说我吃了。他把那包东西放进背篓里。这时断腿猴突然蹿出来，发出噗噗的叫声，挣着铁链，像受到了什么惊吓。我就吼它，扯它的链子，但那断腿猴还是拽着链子往树上奔。

“死毛猴！”叔叔吼。

断腿猴这才被吼得驯服了，不吱声了，却用灰褐色的惊恐的眼睛瞪着我，像是要给我讲什么大事。

叔叔吃着炒面，露出肚皮上那个刀口，说：“他们趁我睡了，在我的身上动刀子，其实我知道，事情不是这样。蜜蜂不来我家，这事蹊跷。”他还说：“难道几架飞机要停那么大一块地方吗？”

往年，叔叔和我们会背着种子走在这条路上，将种子种在肥沃的、云雾腾腾的天音梁子。那儿唱个山歌四山响，镢头锄地的声音都像天音一样美妙。泉水、猴子、獐子、麂子，它们的声音都像天上的梵音传得很远。寿带鸟、血雀、火尾太阳鸟、白鹡鸰、树莺、红嘴蓝鹊飞翔的影子比飞机精巧美妙多了，它们飞过没有噪声，全是美丽的天音……

寿鸡和夸夸鸡在草丛里咯咯叫着，叔叔说：“今天是农历十五，到时我们回来等月亮升起来。”他看了看天空，有云，不多。天空依然是不改初衷的蓝色，一些云彩正钻出山巅，往天音梁子汇集。

我们到达天音梁子看不到那个圆盘似的候机楼，它藏在了云雾中，一架飞机正在缓缓地飞来，像一只悠然的大蜻蜓。我闻到了一阵抚子花的芳香，仿佛是飞机带来的。飞机的身上有蜂巢吗？它们要是携带蜂巢，会把天空中的蜂蜜都吮吸过来，而它们的身上一定抹着各种各样的蜂蜜，天空一定有更甜的蜂蜜。不光是珙桐花蜜、党参花蜜、沙参花蜜、洋槐花蜜，还会有雨水蜜、白云蜜、雪花蜜、闪电蜜、月亮蜜、彩虹蜜、星星蜜。这个大圆盘的候机楼就像是个大蜂箱，它在天音梁子酿造出了天下最好的蜂蜜，罕有的蜂蜜。这是个蜂蜜加工厂，咕噜山区的所有蜜都流向了这里……

叔叔已经寻不到当年他往这里干活的小道，那时他要翻天音梁子，就是我们经过的孔子沟，上墨子坡，再到黑松峡，上狉猢岭，那儿往常可以看到许多照秋的窝棚，有的山民常年住窝棚，种地或者烤药。可是，这里的几道沟谷全填平了。有一道几百米的石头大坝烘托起那个机场和圆盘建筑，从远处看，就像一个梦幻中的巨蛋，像偶尔飞过的一只巨鸟下的蛋，之后，鸟隐入茫茫云空，不知所终。

我们沿着开阔弯曲的盘山公路前行。在圆盘的候机楼前，是一个比圆盘更大的花坛，生长着如毯子一样绿油油的草，还有些观赏灌丛。叔叔说他的田就在这里。他说，这里就是我的地，可他们种些什么呀，这是什么庄稼？

我说是草。

“草吗？草还种吗？”

“就是种草。”我说。

“什么草？能吃吗？”

“你尝尝。”

他扯了一根草茎放进嘴里嚼，有一丝苦味，也有一丝甜味。就是草。

“能下火锅吗？”

“下火锅不会好吃。”我说。

“那……炒鸡蛋呢？”

“这就是草，牛吃的草。”我说。

“为什么不种庄稼？浪费了这么大的地，为什么不种苞谷和荞麦？”他在那儿喊。

这时，我们看到两头牛迈进了花坛中的草地，这是两头咕噜山区的平脊黄牛，不知从哪儿窜出的，在机场的花坛中安详地吃草，它们啃着丰美的绿草，都冬天了，没一点枯黄，它们面对天上飞机起飞或降落的巨大轰隆声，毫无知觉，尾巴悠闲地甩着，宽大黑色的嘴巴切割着草茎。这时，一个穿机场制服的男人，拿着一根棍子飞跑过来，大声吆喝着，驱赶黄牛。

穿制服的显然有些恼怒，用那根酒杯粗的木棍朝黄牛的屁股狠狠抽打，两头黄牛只好放弃了鲜嫩的草，朝一边跑去，一直被撵出花坛。两头牛在机场的道路上跑，还是对嫩草恋恋不舍，时不时有汽车开过来，两头牛躲着汽车，一忽到了一块大广告牌后头。那个广告牌上是咕噜山区波浪似的群山、巴山冷杉林和几只美丽的金丝猴，上面写着大字："拥抱咕噜森林，远离水泥丛林……"

这时过来一个手拿着扫帚和铁皮撮箕的男人，塌鼻子，大肉嘴，一口大反牙，问我们："你们有野兔子吗？"我摇摇头。"有腊兔子肉没？"叔叔说没有。那人说你们有野兔子可以卖给我。他背着个脏编织袋包，手上拿着几个空矿泉水瓶子，放在脚下，用脚狠狠地踩扁，脚下发出砰砰的响声。然后，他把踩扁的瓶子装进包中，又对我们说："你如果有一只兔子肉，我就拿一百个打火机跟你换。我有几千个打火机。"

我们在机场乘客必经的花坛东边，找到一个地方，拿出我们的野蜂蜜罐子摆到地上。两个背着大旅行包的人见到我们摆放的蜂蜜，蹲下来，一看就是在山里钻的背包客，他们不声不响，拿起蜂蜜看了一会，也不问我们，摇一摇，又盯着叔叔的那双手。叔叔的手上好像有泥巴，还有绿色。

“你是机场干活的吗?”他们问叔叔。

“嗯嗯……蜂蜜是干净的，我是刚才揪了一把草揉的……”

他们把盖子拧开，“这是土蜂蜜?”

“是的。是野蜂蜜，在树洞里割的。”

其中的一个很内行地将蜂蜜倒入盖子里，然后再将它倒入瓶子中，看它滴成的蜜丝，然后又滴出一点到手指头上放进嘴里尝了尝。

他们谈好了价钱，一百五十块钱一斤，说是要托运的，只买两瓶。正准备付钱时，那两头黄牛不知怎么又来了，在他们的屁股后掀开了他们的背包，甚至拱出了一袋点心，嘴里淌着白色的泡沫，看起来脏污污的。

两个背包客发现牛在咬食他们的东西，起身就去叱牛。牛叼走了他们的食品袋，跑得飞快，边跑边拉出一泡泡屎来，鼻子里发出意思模糊的哞哞声。

那两个背包客不会买了，他们怏怏不乐地返回，看看表，匆匆地进入候机室。

从车上又下来几个老年人，穿得花花绿绿，但步履蹒跚，被年轻人搀扶着。他们被这儿的蜂蜜气味吸引，无论怎么说，蜂蜜有一种神秘的甜味，却没有糖那么张扬，比较沉厚，又有山野植物的气息，经过蜜蜂这种山中灵虫鼓捣并酿制的东西，仿佛真是来自天堂。

老人们叽叽喳喳地问价砍价，突然发现有个东西在牵扯他们，转过头一看，牛！牛咬破了他们买来的咕噜卤鸡袋子，一只美味的鸡翅膀已经进了牛嘴。老头费力地站起来，奋勇地与牛撕扯，与牛展开了短兵相接的拔河。但是，牛叼着卤鸡奋蹄逃走。搀扶老人的一个女孩脱下高跟鞋猛砸牛的屁股，自己崴着脚摔倒在地。一个老头突然拿起拐杖就撵，牛没有撵着，气急地转回来说:“他娘的牛，去找他们机场的领导，这可邪乎了，差点没把老子搞中风……”

想要买蜂蜜的乘客看着他们斗牛的狼狈相，不敢走拢来。那个老头还在骂骂咧咧：“这是什么飞机场？就是个放牛场！咱们的卤鸡不能白给牛吃了，让机场赔！……”

有半只卤鸡丢在地上，立即引来了许多大蚂蚁。这是过去在叔叔的田里爬过的蚂蚁，他认得它们。他看着这些奔跑的蚂蚁，像看到久违的亲人，说：“看，它们都出来了，迎接我们的！它们没有走！”

正说着，蚂蚁有更多的队伍涌向了蜂蜜，一会儿就爬到我们的瓶子上。这些大黄蚂蚁激情澎湃，亢奋得像流水一样汩汩地奔来。叔叔对我说：“快收拾，这些蚂蚁不可惹！”

我们赶快用脚踩着蚂蚁，将蜂蜜装进背篓里，背起就走，要摆脱越来越多的蚂蚁的纠缠。

我们饥肠辘辘，从公路走往镇上。这条路很好走了，但要绕许多弯路，两边的石崖都切削过的，绑上了沉重的钢丝网，以网住随时会掉落下来的石头。有的地方砌了高墙，还栽种了一些草。

我们进入镇上，叔叔一路抱怨说他是见到鬼了，两头牛也不知是谁家的，是人还是鬼，搅黄了咱们的生意。只能卖给一家铺子算了，少赚点就少赚点吧，只要有现金，咱们回去可以跟老木匠交差了。“你也可以编点故事，说那两头牛是怎么黄了咱的生意，”他说，“倒是那个种草的地方我还是没想通，为啥不种点庄稼？把咱的地收去，种些草喂给飞机吃吗？飞机吃青草吗？飞机是牛吗？”

“飞机不吃草，它吃云彩。”我给叔叔说。

“云彩就能吃饱？这飞机也真是贱。”

“能吃饱，云彩多。咱们跟飞机一样飞得高，也能吃云彩。”

叔叔说：“算了吧猴娃，你哄你叔哩，到了李老酸家……”

能听到这个铺子后头传来的哗哗流水声，两块巨石下是李老酸的房子，房子里面全部是河水沉闷的嗡嗡声，仿佛屋里是一个流水碾坊。四扇排门的高大柜台上摆放有金钗石斛、蘑菇木耳，一些枯草药材，天麻、川芎、党参和蜂蜜，一些苍蝇和蜜蜂在这儿争相飞舞。

李老酸是个老头，瘸腿，一只眼睛是死的，一只是活的，活眼盯着屋里生起的炉火。

“麻古么，来坐来坐！”

他端出两把柳木椅，拿来一盒小凳上的香烟，拍了拍烟盒，倒出两支过滤嘴来递给我们。叔叔接过一支，是红金龙的。他很少抽香烟，总是拿我祖父的兰花烟叶抽，抽几口，不抽就熄了；抽出烟子来要费很大的力气，因此祖父的双颊都凹陷了，叔叔也在凹陷，而且看起来极像祖父。

李老酸的老婆脸上有许多麻子，跟我和叔叔打招呼，说孔不留来过，他上次拿来的棺材蜜，绿得像是鼻涕。还有一种人字钗，说是在鹰嘴岩上采到的，要价两万块一斤，婊子养的，哪有人买这么贵的钗？

“孔不留去了鹰嘴岩？他爬得上去？只有我能上去一半，那个崖顶是人能上得去的吗？上次让飞机撞断过。这狗日的孔不留，没一句真话。”

“你上去过吗麻古？”李老酸问。

“我是没爬上去过，太难，听说那上面有几千年的冷杉树，还有老鹰山精。我有一次爬到半崖上，看到了一个大洞，你猜洞里有什么？……”

叔叔咳嗽了一声，同时在手腕上挠了挠。李老酸张着一张没牙的豁嘴等听下文，忙给叔叔斟上一杯酒。

“来来来，麻古，干杯！你在那里看到了什么？莫卖关子哕。”

“……那天下了一点小雨，从那洞里涌出一团一团的绿雾，就像用茶叶染了的，我探着头往里走，绿雾越来越浓了，里面有哗哗的流水声，你猜我看见了什么？”

李老酸的嘴巴越张越大，以为叔叔会讲遇到红毛野人，或者遇到了我的被野人捉去的母亲。可叔叔说不是，“我看到流水里有一大块一大块的石头在移动，石头金灿灿的。再定眼细看，我的个天，那移动的石头，每个都有两个头，高高仰起，可以两头行走，头也是金光闪闪的……”

“究竟是什么东西？”李老酸和他的麻脸老婆瞪大牛卵样的眼睛问。

“大山龟。”

“吓死老子。”

“大山龟咋有两个头呢？”李老酸的老婆说。

“就是双头大山龟嘛。”

“那又为啥是金色的呢？”

“就是一坨金子么。很怪，长得跟石头一样，每个山龟都不相同，各种各样的石头，就像马栓子家的那些石头造型盆景，各式各样。”

“你带下来了吗？”

“我当时以为碰上了月亮山精、咕噜大帝，连忙磕头，哪敢去捉它们，你要是遇见了，你敢么？”

“没卵用，麻古，你的卵也像是狗熊被树夹了么？”

“我跟你说，孔不留说上了鹰嘴岩割到棺材蜜也是假的，肯定是把苔藓煮后放进去的。”

“孔不留做得出，我信。”

“不怪我说了实话。”叔叔说。

“那你有一次不是也卖了棺材蜜给我吗？也是这样弄的？”

“我那是真的，这次……这个……”叔叔从背篓里拿出来一瓶绿荧荧的蜂蜜，“看看我的这个，百分之百是真的。”

桌上摆满了我们的野蜂蜜，李老酸看都不看一眼，只是对棺材蜜有兴趣。他拿起那瓶棺材蜜，死眼汪着一层油，用活眼观察了下颜色，说：“麻古，又是撬了谁家的棺材？”

“这个你别问，是真的就行了。”

“多少钱一斤？”李老酸问。

“就这一点，不论斤，这一瓶五百块，便宜给你。”他张开五只手指。

“这么贵，杀人啊，麻古，你这是卖血还是咋地啊？”

“那孔不留你给他多少钱一斤？”

“给他狗屁的钱，灌几瓶苞谷酒他就走了。这家伙，你不信，我也不信。他说在鹰嘴岩上，有一次看到了一亩地的金钗石斛，有五十只寒号鸟守着这亩金钗……”

“这么大的金钗，他要发财啦。一亩地，狗日的一亩地有多大！半亩地的我看见过，但是你上不去呀。”

“孔不留吹牛不打草稿的人，他还说在鹰嘴岩遭到了几十只大青猴的围攻。”李老酸伸过身子附在叔叔耳边说，“猴娃他妈不是被红毛野人掳走的吗？”

他的声音虽然很小，但还是被我听到了。我看着他那双长满疣子的手动我的蜂蜜，恨不得把那些蜂蜜抢过来。我早就坐立不安了，这时叔叔也有些恼火，说：“老酸，你说的什么话？你喝了多少酒？我侄子在武汉鉴定过，是遗传返祖现象，哪里是什么猴子啊？你家里要是有这么个娃子，早把他丢了，能像我父母亲待他像个宝吗？”

李老酸也肯定看到了我眼里的怒火，他可能不相信我听懂了他的话，连忙说：“喝酒，喝酒，你们叔侄二人消消气。”便让他的麻脸老婆给我们倒他泡的金钗酒，倒了两杯过来说：“这才是真正的人字钗泡的，来来来，喝！”

他自个儿先将酒一饮而尽，叔叔后来也喝了，他有点渴。“我侄儿不喝酒，我带他喝了吧。”于是又一饮而尽。“你这不是人字钗，顶多是铁皮石斛，人字钗有香味，不过味道还是好。老酸，有凤头姜没？搞两块给我。”

李老酸的老婆端来了用剁椒拌的凤头姜，叔叔用手抓出就吃，连连说好吃、好吃。

趁麻古高兴时，李老酸就开价了，“一起给一千五百块钱，算毬！”

叔叔嚼着辣姜说：“加两千还差不多，加上这个。”他指了指那瓶棺材蜜。

“麻古死人啊，三千我卖给你。”

“不干拉倒。我这么便宜给你是瞧得起你，不然我到机场卖去了。”

“顶多加一千，今天给一千五现金，打一千块钱欠条。”

“一个吉利数，两千八，不少了，一手钱，一手货，不打什么鸡巴条子。我去飞机场能轻松卖出四千多。”

“飞机场撵乱摆摊的，抓到罚款，你以为我不知道，一看你们就是从飞机场撵出来的，飞机场又不是集贸市场，麻古你倒是可以到飞机场去做事，比你养蜂划得来，你的地不是被征了吗？应该去那里上班，你看——”

他从电子秤下拉出一张纸来，是一张飞机场的招聘启事。他念道：“天音梁子机场修缮部招驱鸟员，一年有七八万元的工资收入咧，就是赶鸟。”

“有这么好的事？喂老虎一个月也没这钱多呀，甭说赶鸟。为啥赶鸟？”

“谁知道，飞机场的事，一个月至少有几千块钱啊！你再往下看，”李老酸乜着一只眼继续念，“要求：1. 全日制大学专科以上学历；2. 年龄三十五周岁以下；3. 民用建筑、土木工程、机场场道工程、生态学、动物学等相关专业；4. 持有国家机动车驾驶证优先；5. 有志于长期在天音梁子机场工作；6. 身体健康……主要的是，你是全日制大学专科学历，全日制，就是天天在学校上学的，不是那些邪乎的电大、函授、成教……”

“赶个鸟要这么高的文化水平吗？我们家猴娃什么鸟不认识？”

“可惜他是个傻子。”李老酸说。

“我不是。”我终于说话了。

“那猴娃去试试啊！”

“我侄儿去过宜昌工作，没什么了不起。”

“那是在街上耍猴……”

“老酸，你给钱，瞎说个么屄！”

“全现金。”我说。

对李老酸这样的酸腌菜就是要狠点。老酸只会酸别人，显示自己的优越。

天空像一个倒扣的黑锅，森林里到处是闪亮的露珠。叶脉经霜过后发出噼噼啪啪的响声，黑夜辽阔诡异。月亮露出来，像一个银盘，挂在东边的天空，遥远深邃。森林有一种空旷的气息，在冬天开始的时候，空气干巴巴的，好像在晾晒。从树干间透出来的光，都被雾气捆绑着，草食动物们发出呻吟似的长哞，仿佛从躲藏中走出来，对月亮诉说一下心事。有一些不明的小兽，在树下的草丛里乱窜，屏住呼吸，像是鬼魂在匍匐着扯你的裤腿。夜晚的光是碎片一样的，飘落在空中，遮遮掩掩。

叔叔一路还在唠叨对李老酸的耿耿于怀，他说："李老酸这种老酸菜就是欺软怕硬，竟敢说猴娃你的坏话，真好笑。猴娃呀，要想别人不欺负你，只有在沉香坡，你的亲人才不会歧视你。一个李老酸算什么鸡巴，他跟孔不留当年在水库工地打架，李老酸就是个挨打的货，孔不留偷吃了他的酱萝卜，他半夜就扯孔不留的腿毛，他们打伙睡，结果两个人打起来，孔不留把他的腿打瘸了，眼也打瞎了。他那只眼装的是狗眼，所以狗眼看人低，很势利的家伙。若是镇长来了，恨不得给人家舔脚趾，就是这么个人……"

叔叔的脚步迈得很快，我们在镇上吃了几个肉包子，叔叔给我买了四个。从蒸屉里拿出来放进塑料袋之后包子迅速变小了，叔叔用手抓着包子，转动着脑袋四处观看，他说："包子一下子就变得这么小，是很蹊跷的，只有阴魂吸走你包子的营养，剩下一块皮，才变得这么又皱又小，这个镇上有阴魂。"

我没明白他的意思，但我吃着包子感到没什么问题，包子出锅后变冷，自然会小，包子的肉馅很好吃，带点麻辣，酱油放得足，我说："叔，很好吃。"我给断腿猴半个包子，它抢过去就一口吞了。

"你这猴娃，什么都好吃。"他在我头上摸了一下，用牙齿狠狠地咬住包子，生怕饿鬼从嘴边抢走食物。

"今天我们不坚持，剩下一千块钱的欠条，他没两三年不会给你的，所以老子非得要，要现金。咱们的坚持是对的。"

回去的路上，我背了洗衣粉和两把新镢头。叔叔的背篓里也不知装着什么，满满当当的。我们走到墨子坡的冷杉林里，就是早晨他停留的地方，他让我坐下来。

月亮变成了一个大红柚子，挂在天上摇晃。橙红的林子里传来沙沙的响动。叔叔往里走，我以为他是要拉屎，风从峡口翻上来，把树枝和坚韧的野草吹得扑扑乱响，就像有一队人马从沟底爬上来一样。

叔叔从石头背后拿来一个大东西，他吭哧吭哧地背过来，我以为是一筒树，仔细看好像是一块木板。他把它放下来，朝石头上猛地一摔，叭喳！那木板摔成了几块。借着月光，看到了那木板上好像有字，好像是“在兹”，我不会念“兹”，这两个字让我想起孔不留老房子门上的那块大木头，是一块几百年的大匾：斯文在兹。这四个字是什么意思，我不是太明白，这块匾是叔叔从孔不留家摘来的，现在它已经摔破了，摔得四分五裂。他把它们拢成一堆，又找了些小树枝，变戏法似的，三块石头支起一个灶，再搬来早就准备好的一块薄薄的石板，然后把那几块摔碎的木匾塞到石头下。现在，他才把背篓深处的东西往外拿。我看到一个黑乎乎的东西拿出来，这时断腿猴就开始火烧火燎地蹦跳，发出低沉的唬唬声，好像大难临头。

那个黑乎乎的家伙是什么？叔叔又从背篓里拿出来一个东西，也是一个大家伙。在细微的月光下，那两个东西闪着亮，好像是一个木瓢。但上面有一些黑孔，还有呲出来的牙齿。

是两个骷髅！

断腿猴叫得更凶，简直要挣断铁链，我死死地拉着它，不让它挣脱，我被它拉倒在地。周围的树叶都翻滚起来，发出天荒地老的吼叫声，天地那么悲壮。

我哆嗦着，四肢寒冷。当叔叔点燃了火，我更清楚地看到，在渐渐明亮起来的那些孔洞里，像是几万年前的眼睛，把你死死地盯住。断腿猴吓得瑟瑟发抖，我更是感到被人丢进了冰窟。树上的鸟一定看到了，扑棱棱地飞开，有小鸟掉下地来，夸夸鸡在草丛中溃逃。

叔叔用了一块石片，在那烧热的石板上翻炒那两个骷髅，“斯文在兹”的老木板在火堆里蓬勃燃烧，非常干燥，烟雾中有一股子木质的清香。估计这是楠木，或者是金丝楠木都说不定哩。

两个骷髅在石板上炒得冒出了青烟，叔叔念念有词：“今天我要和月亮山精做一个了断，孔不留，这是你祖父祖母的脑壳，老子必须与你两清！”

他用石片炒着两个干枯的骷髅，骷髅在石板上碰撞发出干涩的哗哗声，一些白蚁从骷髅里爬出来，立马在石板上嗞嗞地烫熟炙焦，冒出黑烟。

“……咕嘟嘟，杀头猪！咕嘟嘟，杀头猪！饭好了，猪跑了……”叔叔把手上的石片快速地转动，让骷髅在石板上碰磕，两个骷髅在火上嚓嚓地喊着，浓烟滚滚。叔叔的汗水从额头流下来，火星子喷到他身上。两个白白的骷髅越炒越黑，后来炒红了，燃起来了，骷髅变成了两团火焰，在石板上发出爆裂声。骷髅裂开了。叔叔的身上也冒着乌黑的青烟。在火光中，叔叔的颧骨坚挺，双颊坍陷，牙齿外露，看不到嘴唇、耳朵和头发，就像一个活的骷髅在炒两个死的骷髅。

“叔！”

“别吱声！咕嘟嘟，杀头猪，饭好了，猪跑了……咕嘟嘟，杀头猪……”

“咱的祖坟好好的……”

“别人的祖坟……”

“挖人的祖坟，要遭报应的……”

“放屁！咕嘟嘟，杀头猪……”

夜风寒凉，四周的山影颓黑，萤火虫到处飞动，闪着鬼眼。不眠的旋壁雀在山崖噗噗地扇动翅膀，发出沙哑的哨音，到处都是旋壁雀这种不近情理的急迫的声音。

叔叔抽着鼻涕，他咳嗽，那干裂的骷髅散发出一股焦煳的苞谷气味。我恍惚感觉到人的骨头就是苞谷芯子做的。太呛人，烟熏火燎的，把叔叔的舌头都熏短了一截，他含混不清地骂了几句，咒语也念得凝滞干燥。这时候，两个骷髅完全炸开了，变成了一些锅巴样的碎片。叔叔找到一块石头就去敲击，很容易碎裂，他把骷髅的碎片敲打成粉末，就像啄木鸟在树上发出的啄木声。他做这件事十分专注，腰弯着，头靠近那渐渐熄灭的火头。

骷髅不见了，堆成一堆，像粗糙未筛的荞麦面一样。他又从背篓深处拿出一个小瓶子，像是装过药的，里面装着黏稠的液体，是绿的。他把这液体倒了一点在我手掌上，我看到好像是棺材蜜，有一缕阴柔清凉的甜味。然后，他手捏了一撮骷髅粉放在我掌心里，让我搅和了一下，他也这么做了，他先吃，让我也吃。

蜂蜜掺和的骷髅粉往口里送去，只有甜的味道，但骷髅粉像是沙子，硌着牙，只能生硬地往喉咙里吞。那种腻甜的味道一直窜进骨髓。叔叔说："鬼就怕我们了！鬼再不敢近身了！我要找地种苞谷，这是最大的事！……"

他把骷髅粉装进那个瓶子里，跺了跺，又往里压了压，但依然装不下。他拧好瓶盖后，抽了石板，那些骷髅粉全落入火坑，"嘭"地燃起来，像焰火一样，又马上熄灭了，变成无数的火星子，然后他说："好了，走，回家去！"

三十一

断腿猴在门外吵得我们彻夜难眠。这个晚上，我因肚子里有那些骷髅粉，心躁难耐，不停地下树来喝响泉里的水。

早晨，坐在屋场上喝早酒的叔叔，瞪着我从白辛树上溜下来，他搓搓双手说："没有了老师，你又害怕了？你还怕哪样，吃了百年骷髅粉，百鬼不侵，你还是下来。”

我有时候会在树上睡，但我知道我应该下树，回到屋里。

“跟我去找地吗？”

酒不是他的，但他没什么脸皮，他总是霸着我祖父也是他父亲的小酒壶，给人斟酒，仿佛这些酒是他的。

我没有回他的话。

叔叔又说：“我就想不通那么好的地就种上草了。”

祖父说：“你担心什么，政府种草总有他们的道理，也许那草是治病的药呢？”

祖母把酒壶收走了。闷闷不乐的叔叔说：“我带猴娃找地去。”

我看了看咱们家的那狗，狗已经走不动路了，整天就在棺材边睡觉，它太老，又嚼不动食物。我还是要把断腿猴带去，关键时刻说不定用得上，这猴本是个灵猴。

在沉香坡周围十里的地方，没有可以耕种的荒地。有些乱石坡不知怎么就长满了张牙舞爪的大蓟，这种植物面目狰狞，浑身硬刺，要砍出一条路都很困难。它们的花是紫红色的，扭成一团，蜂蜜不会靠近，倒是逗引了无数苍蝇和虻子。有一阵，一种蚊蚋成团成簇地在它的上空飞舞，形成了一个圆桶的蚊柱，升到云端，黑压压的像龙吸水一样，把一架从上海飞来的飞机吓得掉头就走，在宜昌三峡机场紧急降落，不知遭遇到了什么怪物。在咕噜山区，怪物在天上行走是经常的。

叔叔还背着一个蜂箱、一把镢，一边找蜂群，一边找地。路边有许多掉落的野板栗，剥了毛壳也很脆甜，还有猕猴桃，断腿猴最爱吃。走了一路，叔叔的嘴巴都吃黄了，又吃红了。我们跟着断腿猴吃，断腿猴发现了野果，我们就去摘。还发现了一树的野香蕉，我们叫它死人指，跟死人的指头一模一样，黑乎乎地伸着，就像在呼喊一样，但看不到人，只能看到满树的死人指头。这死人指有太多的籽，几乎没有果肉，不好吃。

我们经过那个坍塌了门楣的教学点，烤药棚，里面有一些野羊屎，也有很大的粪便，细看，里面有小兽的毛和脚趾。那张床断了腿，好像是被狗熊或者野猪压趴了。我给断腿猴下了链子，让它跑在我前面，它瘸着腿，却依然机灵，在我们的前后左右跑着。

狂猢岭有一条从山顶上流下的山泉，沟边长满了巨大的山荷叶、肾蕨和虎耳草，苔藓像厚厚的羊毛毡，缀着一层层晶莹的水珠。肾蕨依然茂盛，长出松软的芽卷，芽卷用开水焯了再炒肉，这也是祖母爱做的一道菜。不过现在她常生闷气，整天在观音菩萨面前磕头，嘴里不知在祈求什么。

叔叔将背篓上的蜂箱取下来，也许是他背得太沉，想将这蜂箱就近放了。前面是一个废弃的窝棚，有一些花，但野草更多。他把蜂箱放在窝棚门口一个塌陷的灶上，这个灶曾煮过许多狂猢的肉，腥臊味曾经布满这条水沟边。守秋人的酒瓶还掩埋在这里。

这里有党参、天麻、灵芝、柴胡，当然也有一些野生的款冬花。而这些款冬花是当年在此栽种的人无意间留下来的种，于是生长繁殖成了野生的。

没有地，地都种薄了。我们开始挖野生的款冬花。叔叔对我说：“今天好多了，你没看到我精神多了吗？”

我说：“孔不留不会饶你。”

叔叔在不停地打嗝，自从他吃了那些骷髅粉之后，他都在打嗝。他对我说：“天知地知，你知我知。”他又说：“你把你兜里捡的那些板栗拿出来看看。”

我不明白什么意思。我把板栗都掏出来，剥了毛壳，红棕色的小板栗油亮亮的，我是想拿回去给祖母吃。

他说："有一年我在狉猢岭采药，看到满地落下的板栗，也是装了两口袋，后来拿回去，变成了一些狉猢的红尾巴毛……"

叔叔是说狉猢使坏，一般人不愿来狉猢岭的原因是这里狉猢作怪。但现在，飞机在头顶上轰轰隆隆地飞，哪儿还有狉猢在这儿作怪？那么大个钢铁菩萨在头顶上，早就应该把月亮山精们撵得没影了。一路上，我们只见到了几只野鸡。

一架飞机发出尖锐的嚣声从云端里飞下来了，那些鸟刚才还悠闲着，有一声没一声咕噜咕噜叫着，听到那刀割般的飞机嚣声，突然嘎嘎地振翅，扑腾着飞往狉猢岭下的猸子峡。

猸子就是狉猢，只不过猸子通体发白，是一种白化的狉猢。咕噜山区有许多白化动物，白熊、白蛇、白乌鸦、白麂、白猴、白狉猢。狉猢、猸子，都在这一带活动。有一次，手握豹目珠的人，照到狉猢岭的绝壁上有一只大猸子，白得像晶盐一样，后来那白猸子腾上云端，消失在天空。只要它一出来，狉猢岭就会是一场大雪，在六月的夏天，这里也会大雪纷飞，采药人和伐木人常有在夏天冻死的传闻，那就是白猸子出现了。

款冬花的块茎卡在石缝里，扯出来实在太难，要撬动几块石头才能挖出一个。断腿猴吃着猕猴桃，在藤蔓间穿梭，叔叔嚼着一种什么叶子，咬着牙把镢头的柄踩紧，他的镢头卡死在石头里。他大吼一声，镢头抽了出来，什么也没有挖到。他吐出树叶，自言自语地说："那些鬼人是胡说，像李老酸，还有宜昌武汉的人，什么红毛野人是你爹，你像我哥像神了！说红毛野人是山精木魅山混子，是咕噜大帝黎山老母所化，还有说是短命鬼埋在养生地，就是你的胞衣所埋之地，托不了生转不了世，尸体又不腐烂，长出一身红毛，三年一满，就从棺材里蹦出来，越长越高，长成了两米多高的红毛野人，孔不留就是这样到处造谣惑众，说这种红毛野人都是冤魂，不能婚配生子，只能从村里抢男女睡觉才能传后代，说你就是这么生的……我哥可不是这样的红毛野人，他的歌唱得特别好，在落豹河一带，他的纤歌不是第一就是第二，哪有什么红毛野人，哪里有这种不洁之物，生下孽种呢？……”

他说着说着突然大汗滚滚而下，我看他脸色越来越白。飞机驶过后周围越来越安静，风吹着狃猢岭上的茅草，没一点声音。

“叔……”

叔叔垂着头，那么多淋漓的汗水从头上倾倒下来，好像头上裂了个口子。岭上吹来磅礴的风，白茅像一团团云雾贴地滚动。猸子峡深不可测，有森凉的寒气随风飘来，山岭像筛子一样在颤抖。

我看到一片闷头花，像蓝色的水浮在白茅上。也许，风没有来的时候它们躲在白茅下，它们的气味让人郁闷难当，好像被人捂住了鼻子和嘴巴。

“叔，你歇歇……”我喊。

断腿猴在我目光搜寻时突然发出咿呀的尖叫，我飞一般跑过去，它被一个隐藏的钢丝套套住了那条好腿，已经被悬吊在半空中了。它双手抓挠，头倒吊着，想仰起来，又红又小的鼻子和皱巴巴的脸向我求救。

叔叔这时正满头大汗，直愣愣地看着我，缺了门牙的大嘴像个狗食盆。突然，他石破天惊地喊道：

“玃，站住！莫去！”

我的头被那声音震得生疼，不知道发生了什么。一抬头，一只金黄色的狃猢正蹲在那个断腿猴吊着的树上，在滴着水的苔藓和巨大的白毒伞菌中间朝我们笑着，嘴角上翘。

狃猢的微笑是那么妩媚，像一个臭娘们，尖尖的下巴，蓝色的眼睛，通红的尾巴。它把大尾巴蜷在腰间，就像卷一条珍贵皮毛的贵夫人，像宜昌和武汉的女人。

“……咕嘟嘟，杀头猪，饭好了，猪跑了……”

叔叔口中念着咒语，挥舞着镢头，突然像一头激怒的野猪，披头散发地冲向狌猢。

可他扑通一声，被什么藤子绊倒了，重重地摔在石头上。我连忙问：“叔，咋的啦？”

我去拉叔叔，扯不动，他的脚缠上了什么，我去看，他的一只脚被钢丝绳套住了，因为跑得太猛，钢丝绳将他的脚踝勒出了大口子，皮翻在外面，鲜血直流。我给他解套，套竟然是个死结。

这难不住我，我用牙齿狠狠咬那个死结，叔叔的喉咙里发出呼噜呼噜的响声，两只眼睛闪着绝望和愤怒的火光，手上紧紧攥着镢头。

我小心翼翼地将叔叔的死结解开了，我不怕。我在想那只狌猢要干什么？在白辛树上的夜晚，我见过各种各样的野兽的眼睛，见过大大小小的灵兽下的迷障，连一只小小的大山雀都会下迷障，它们为了生存必须练就这一身功夫。

它是想吸断腿猴的血，它的嘴角里有血。但是我这一身红毛，我的怪头怪脑的举止，我并不怕它。

我往断腿猴那儿爬去，手臂上一阵生疼，有一只洋辣子毛虫被我打死了，它肚里的绿色汁液沾满了我的手臂，我的手臂看着看着红肿了，蜇咬的那儿就像刀割火烙般地焦痛。我抽了一口冷气，寻找那只狌猢，它像一张薄纸在树丫上晃动着，依然在笑。

我有点恍惚，那蜇出的疼痛向身体的四周放射，一直疼到胸口。再一看，树上、草叶上，全是蠕动的密密麻麻的洋辣子，它们浑身像插着一万面绿色的旗子，那就是它们独特的刺。它们一弓一弓地到处爬动，从头上往下掉。

这阵势我从没见过，不停地想吐，想那些满山盛开的鲜花，那些满枝的果实。但洋辣子不是果实，它们拱动在我的眼际，漫山遍野，它们高举着绿色的旗子，身上插着万把螫人的刀戟。这一定是狖猢搬来的，它放出了什么香味吸引了它们，在某个时刻孵化而出，挡住了我的去路。狖猢知道我们要来，要路过哪个垭口，挖掘什么东西，也许那些野冬花也是它种下的。这儿没什么兽了，它就为了等待这一顿，等了一年，等一只断腿猴，来喝它的血……

这只狖猢可能是狖猢岭最后一只狖猢，它因等待成了精，它饥渴难耐，但依然高贵神秘，像月亮山精一样……任何事情，你越害怕，越要去做，越要面对，没有什么是可怕的。

一声惨叫，狖猢的蓝眼里飙出来一道血光。它正靠在树上，手里拿着一只猴腿啃吃着……断腿猴的一只好腿也没了！因为挣扎，它的腿勒断了，成了狖猢的食物，可它的手抓到了狖猢的眼睛。……断腿猴的腿有长长的筋，狖猢一边捂着眼睛一边撕扯着猴腿筋。洋辣子像一堆粪坑里的蛆蠕动在我的面前，我身上落下雨点般的洋辣子，它们钻进我的毛里，我被蜇得浑身剧痛，我往后跑，那只断腿猴没了两只腿爪，从狖猢手里挣扎出来，半截腿桩往我这儿跑，简直是爬，哀哀地叫唤，发出凄厉的哭诉声。

太多的洋辣子层层叠叠，挡住了我的路。洋辣子攀爬在树枝上，成团成簇拱动，我跳上更高的树枝往前荡，我抓住了断腿猴，发现它已经没了气息。

我把它用铁链拴起来，放进我的背篓。叔叔还在那儿说着梦呓般的“咕嘟嘟，杀头猪……”，可一下子没声了，他的咕哝变成尖叫，还打着嗝，像一只鸡被刀抹了脖子。一阵哗哗的响动，像河堤破了口，狖猢不见了。我看到一团雾像火舌蹿出来，叔叔瞧见的却是红焰焰的豹子尾巴，已经燃烧起来，抖动着火舌朝他呼呼地扑来。那是一个豹尾火堆，叔叔看见狖猢变成了一只豹子，举起沾满血污的爪子，把我们彻底包围了。他在那些豹尾中间，在火焰中，闻到了浓烈的像杀牛场一样的血腥味，他用手摸了摸自己的脖子，那里在流血。他手上全是自己黏稠的血，他闻到了自己的血带着一股苞谷酒的气味。

可我知道那些火舌和豹尾是狃猢放的迷障，说白了就是从肛门里放出的屁。我一跃而起，全身的红毛奓散开，像一只斗鸡，我大吼着，从胸腔里发出旋风般的声音，我有时候会这样。我挥舞着那根铁链子，铁链子上的死猴像流星锤一样呜呜地在空中画着圈。

“狃猢啊，你这害人精，你为什么要害我们！”

叔叔坐在石头上，他的手上还拿着一棵冬花的茎，他的脖子上有一个黑乎乎的洞，正往外汩汩冒血。

追赶我们的一只苍蝇在天空飞舞，我背着叔叔，叔叔背着背篓，背篓里装着死猴。

“天杀的狃猢呀！……全是一些长着豹子尾巴的狃猢……”叔叔趴在我的肩上自言自语、要死不活地说。

雾把猸子峡遮住了，雾里传来的嗡嗡声是苍蝇。在这样的季节，还有浆果成熟的残存香味，苍蝇借着机会最后饕餮着并疯狂繁殖。我把叔叔绑在身上，嚼了些天南星堵住了他脖子冒血的地方，但血还在往外渗漏，我的肩膀都濡湿了，有一种冰凉的感觉。

草鸮在鼓翼，碰着岩壁，发出啪啪的响声。天空沉重得像要坠下来，好像浸湿的棉絮。

叔叔嘟囔说：“我们在哪里？”我说快到了。“快到哪里了呢？”我不知道。我们迷路了。往常我闭着眼睛都能分辨出东南西北，在咕噜山区我不会迷路，但今天我却不知道我们在什么地方。雾气发黄，像硫黄的颜色，像熏蒸款冬花的浓烟。而事实上，如今这儿没有人熏款冬花了，这儿荒无人烟。猸子峡是一片被泥石流摧毁的峡谷，有堰塞湖，几家人家的房子早就被埋入了石堆，树枝摇晃着像是墓地的魂幡。泥石流后，疯长出一片片高大的苦竹，上面爬满了一尺多长的蚂蟥。

孔不留曾经说他走到猬子峡，看到有小狗大的蚂蚁。不知道是哪一回，干爹贵将军给我说，他在猬子峡看到过黄芪精。峡谷里的半崖上有个夹槽，听老辈子人说里面长着不少的千年党参万年黄芪。他那天走进去，看到那黄芪一半长到土里一半蹲在外头，远看就像一个人，可是走近去，看见一个面目姣好的女子在那生火烧洋芋吃。这荒山野峡的哪来个女子只身在此？那女子说她本姓黄，人称黄七姐。黄七姐也给贵将军一个煮熟的洋芋，贵将军吃了两口，说他是来挖党参黄芪的，那女子说她不认识草药，贵将军就去挖那根万年黄芪，那女子过来说："我来帮你。"女子抓住那黄芪就往外拔，贵将军看她力气不小。可那黄芪越拔越长，像一根长长的野山药。贵将军像是在梦中，哪有这么粗这么长的黄芪呢？正拔着，一个闪失，跌坐在石头上，回头一看，夹槽里空无一人。他手上拔断的黄芪是一根大松蒿，刺得他满手是血，他就喊"黄七姐，黄七姐"，哪有人影！突然就醒悟过来了，黄七姐不就是黄芪姐吗？原来碰上了黄芪精，那棵万年黄芪跑啦。

叔叔的血像是止住了，又像是凝固了，他的鼻子里发出呜呜的声音。我提高嗓音喊他："喂，喂，麻古！"

我有点害怕，我们走在雾里，雾又变成了蓝色，好像祖母靛蓝染的布。我担心会摔下悬崖，就是一个坡也会摔断腿。我不敢走，可是天气很冷，天很暗，飞鼠在头顶上嗖嗖飞过，像有人射着箭。我身上的毛直竖，在这个峡谷里，我恶狠狠地啐着，叔叔在熟睡或是在昏迷。我想我要成为一个有用的人，我能战胜对地上豹尾的恐惧，不能与腥臭的盲眼鱼为伍，与饿雀子同眠。尽管星空充满诱惑，每当在树上醒来，星空就像一个倒悬的锅，里面盛满了水晶和玉石，山影黑沉，树就成了必不可少的床铺。

天霎时黑了，一阵雾过来，天就黑了，两边的山壁像是两扇大门合紧了，一下子掉入茫茫黑夜。我很饿，我听见叔叔终于说话了："我们到底在哪儿？"我以为是白猸子在背后整我，后来听出是叔叔嘴里发出的声音。我虽然极不愿意扛着这个人，但他是我叔叔，我有一股责任感，他是我的家人。他太沉，像一块石头一样，嘴里呼出的气又酸又臭，可他是我的亲人。在这里，我终于回到了亲人中间。

我迈着沉重的步子，我想哭。我说："叔，不是说明天村长带你去机场的吗？去做清洁工。咱们再怎么也要回家去，你要收拾下换洗衣物，洗个澡，让祖父给你剪个头，剪个胡子，最好把鼻毛也剪了，这么长的鼻毛，挂上鼻涕太难看。"

我想起这事儿，但叔叔似乎不太热心，也许他压根儿就不知道。如果知道了，他今天就不会出来找地。我的脑海里也是突然蹦出这么一个消息，我相信老天不能将所有的苦都给我们经受，走进了这样的鬼障里，离出头的一天就近了。再怎么去机场做清洁也应该轮到他了，我感觉村长会派他去机场，解决他没有土地的生活，坐吃山空。

"玃娃，放下我。"他说。

我把他放下来，放在一块石头上，我不知走到哪里了，只能听到瀑布从断崖上跌落的水声，它们连绵不绝。

"你是想喝水吗？"

"你心真好，玃……"

我循着水声去取水。我先喝了水，又摘了匹山荷叶来包水。我给叔叔嘴里倒水，他欠起身说："好喝，这是在响泉吗？"

我哄他说："离响泉快了。"

他咕噜咕噜地喝了水，好像清醒了，不再要我背。他向我做着手势，要站起来。

“兴许能发现一块地呢。”他在那儿笑着说。他站起来，晃悠着，头重脚轻。他吧嗒着嘴说：“是酒就好了，”他在周围看了看，“最好是新苞谷酿的酒，特别好喝，最好是‘刀子烧’，八十度，那才过瘾哩……”

天彻底黑了。雾是从狃猢岭上下来的，被瀑布和黑夜裹挟而下，像一阵风，雾就下来了。天更黑。长耳鸮的叫声穿过峡谷，让夜晚笼罩着深厚的悲哀。一些树的响声。一些石头炸裂滚下坡的响声。一些鸟兽在巢里转侧的响声。一些夜行动物踏动的响声。果实掉落的响声。月亮山精幻化的许多山混子的响声——它们有男有女，有老有少，它们是兽精、树精、花精、水精。那些荒野里的响声响彻了无数个夜晚，将永远是这儿的声音。

雾有一阵散去了，月亮的光芒刺破了它们。能看到那茫茫无岸的天际，没有参照物。初冬的树枝僵硬，一个山崖上有一棵死去的巴山冷杉，站在月光下，它的影子精瘦，但站得笔直，像一个真正的山冈卫士。它是死的，它会越来越瘦，被风一点点地刮净，最后噗的一声倒下。

山崖上，不眠的板斧鸟在黑夜中争夺睡巢，发出板斧砍伐的咆哮声。它们在这条无人的峡谷里争斗了无数个世纪，每个夜晚都在准时上演。

“我要砍掉板斧鸟的头。”我心里说。

叔叔拽着我，夜深如魔。他的镢头不时薅着我的脚跟，他发出噩梦一样的哇哇声，呼哧呼哧吐着白沫，好像四肢被撕裂了。

“你要到机场去做活了。”我再一次提醒他，让他清醒，也让我清醒。

“唔么。”

我要不停地提醒自己，有明天。好几次我差一点跌进那个堰塞湖里，我们就叫它白猸子湖。不知为何，叔叔哭了起来，也许是被狉猢吸走了太多的血，他没有被吸死是个奇迹，我希望他活下来。我们带去的荞麦面早吃完了，肠胃在饥饿中扯得一阵阵发疼，叔叔的喉咙呼噜呼噜地像一口开水锅。

小路是白色的，那是人和兽共同踏出的小道，像白森森的狼骨扔在山谷里。苦竹因为这儿的湿润，长成了森林，也留住了每夜必然泛起的大雾。我们在峡谷里打转，走到白猸子湖，一定是向西南走，可是，我们走了一会，又走回来了，抬头又看到了那根孤零零的死冷杉，像是幽灵望着我们。

“我听见有蜜蜂在嗡嗡叫啊。”

“是飞机，叔。”我说。

“我好困，太困了。”

我望了望比锅底还黑的天上，有飞机的声音，却看不到飞机闪闪的红光。我们完了，如果不走出去，我们会冻死在猸子峡里。

哪来的这么大的雾呢？我想起祖父说他遇到的黑帐精，走了两天也没走出去，他挥舞斧头乱砍，砍到了一个树精，黑帐精才跑掉，大雾才收。今天，我没有刀。但我想起我们有两把镢头。我们乱镢一气，说不定也能用镢头薅到猸子精哩。

“叔，你的镢呢？你在石头上磨磨。”

我摸到石头，将镢头的刃在石头上嚯嚯地磨起来。这声音带煞气，镢刃碰出了火星。这好！什么样的山精也怕火！

“叔叔，磨镢头啊！”我拼命地喊。就是用镢头在石头上敲。

叔叔终于听明白我的话，找到了一块石头，将镢头又磨又敲，也闪出暗红的火星。湿气太重，火星迸溅不起来。我们在那儿狠狠地敲打，叮叮当当。这个世界却只有我们的声音，没有回音，这很奇怪。

一个挖了别人祖坟的人，遭受了这样的惩罚是应该的，是罪有应得。即使他吃了骷髅粉，鬼还是不会饶恕他。叔叔已经神经错乱了，他因为酗酒，眼睛外凸，甲状腺肿大，被膏肓神折磨得奄奄一息，没有几颗好牙齿，而且身子越来越矮，仿佛要急切地钻进土里去。

我边敲打边问："叔叔，你挖的孔不留祖宗？"

"孔不留祖宗？谁，孔子么？他不配。"

"那两个骷髅。"

"悔不该当初没把他吊死在山洞里……"

"不要恨。"我说。

"谁把你逼上树的？不是孔不留吗？"

"不，不是……"我说。我坚持说。也许我的内心里有一个黑夜，我爱它。我爱一棵白辛树。一夜一夜，我爱看那浮在云端的天音梁子飞碟屋，它灯火通明，宛如森林中的神话宫殿。你们不懂一个在黑夜眺望的孩子，不懂夜晚的美丽。

这样敲打着，磨着镢头，身上有了微汗，阳气回到了体内，狃猢、白猸子都不敢近身。我们就这么与山精们僵持着。我闭着眼睛，想睡觉，迷迷糊糊，只听到叔叔一声喊：

"看，那是什么？"

我睁开眼睛一看，悬崖上挂着一轮月亮。再一细看，悬崖上有一团光，亮得像探照灯一样。那不是豹目珠照的吗？再仔细看，那光亮的中间，慢慢浮现出一个头来，尖嘴，红鼻，白毛，慢慢慢慢地变大，那就是个白猸子，是白猸子的一张脸，白晃晃的毛一根根可数！

那个白猸子朝着峡谷笑着，像是从石缝里钻出来的，在亮处熠熠闪光，光晕一层一层如水一样往外漾。它既慈祥也诡异地笑着，最后慢慢地退缩、变小、消隐，只剩下那团明亮的光圈。我们正在惊异时，那团光亮突然变大，照着一片山坡，山坡上全是土地。噢，这是哪儿啊？这是鹰嘴岩上吗？好大一片肥沃的土地！土地上长着庄稼，庄稼在风中摇曳。那究竟是不是鹰嘴岩？

我和叔叔都朝那儿看着，没有说话。我看到了鹰嘴岩被飞机撞断的喙嘴，就在那片坡地的旁边，有些躬耕的人，他们穿着古代的衣服，挑着担，背着背篓。田边有房子，有桃花盛开，红艳艳的，还有很多很多的鲜花在怒放。那儿不是冬天啊？

“是的，是的，我梦见过那儿有好地，有人家，果然在那儿呀！”

叔叔大喊起来，好不兴奋，他疯狂地往那边跑。扑通一声，他掉进了白猸子湖。

他扑通扑通地挣扎着，我跑过去抓他，但黑咕隆咚，我摸到湖边，不知他在哪儿。他打起的水花白生生的，就像是白猸子的毛在爆炸。我朝湖里啐了两口腥痰，叫着“麻古麻古”，也跳了下去。我抓到了叔叔，他在水中往前狗刨，身后的水花柔软细长，我抓住不放，把他往岸上拖。我们必须赶快上岸。叔叔要挣脱我，说：“别拉我，我去那儿！”我死死地攥着他不放，一放手他就会没有了。我拼命将他往岸边拉，终于把他拉上岸来。我们在岸上吐着水，喘着气。我朝山崖上看，那儿的光团没了，人和田地也没了，白猸子也消失了，只有风狂打着山崖，发出呼啸。天地黑漆漆的。我喊：“叔叔，你冷吗？你醒来没有？”叔叔捂着颈子，说：“好痒，这儿好痒啊……”

我的眼前还晃动着那一片有人耕种的土地，桃花盛开的土地，山顶上的土地。

夜更深，峡谷里的风摇撼着崖上的树，像泥石流深沉的呜咽。这种声音是这个泥石流肆虐的峡谷里永远的回声。

“叔，你还在哭吗？”我问。

叔叔突然指着前方：“灯！”

我强打起精神，睁开困倦的眼睛，我以为他又被什么迷住了。可在浓雾中，看到了一些微弱的光点。是的，我喊起来："七个吗?"

"七盏灯!"

他看到了七盏灯。不是豹目珠的光。像一个北斗星的图案，挂在前面，挂在我们前面，在浓雾中高挑着，在乳白色的雾气中。是月亮山精布下的灯火吗?月亮山精怜惜山里人，它会跟我们开玩笑，但不会害我们。这个人他因为寻找土地，形容枯槁，颜色憔悴，像冬天冻过的石头。

"我走前面。"叔叔说。

"别，叔!"

我想的没这么简单。白猸子一定在这儿戏弄我们，它也许要惩罚我，也许要惩罚叔叔麻古，我们犯下了罪孽。是我害死了花仙老师，叔叔挖了人家祖坟，吃了人家祖宗的骷髅，把几百年"斯文在兹"的匾砸了烧了，这是丧天害理的，白猸子终于出手了……

我仔细看着前面。雾越锁越浓，灯光时隐时现，白猸子还会使障术的。叔叔挥着镢头恶狠狠地念着："白猸子，狌猢子，给你们几棍子!白猸子，狌猢子，去你娘的几瓢子!……"

七盏灯突然变成了星星点点的亮光，而且有蓝色的光，有萤色的光。这黑得像坟墓的峡谷哪来这么多灯光呢?我看到叔叔站住了，在那些密密麻麻的亮光中，他张着嘴，哑了一样。那些光亮像满天的繁星，飞舞着，运动着。我朝前后看去，全是，布满了我们四周。这究竟是什么啊?我在空中抓着。我看到一个最近的亮光，飞快地逮住了它。是一个活物!我放到眼前看，竟然是一只火亮虫!好大，有半拃长，是巨型火亮虫!

它又宽又大，在我手掌里蠕动，我一摸它，它身体缩成一个圆卷，一下子又伸长身体爬动。它是爬行的，不会飞。它有甲壳，有触须，有口器。它们现在爬行在树上、石头上、山壁上，我们被这火亮虫的光包围了，烘照了。这火亮虫也是白猬子和狃獬养的吗？下一步它们要干什么？

它们爬着，我们站着，我们像在飞，在天空中飞翔。这虫子不恶心，也不咬人，不像洋辣子，可它们巨大，是萤火虫的十倍或二十倍。我的手上抓着那只火亮虫，我看它会变成什么。

我在这星海一样的火亮虫里寻找和盯紧那七盏灯，那北斗七星，我们要跟着它走。

一会儿像在天上，一会儿又像在无底的深渊。这峡谷像一张长满了尖锐牙齿的大口，随时一闭合，我们就成为它嘴里的食渣，我们微不足道，度日如年。这儿砭骨的寒气是被这些冷光带来的，世界死了，没有一只鸟在半夜苏醒呼唤我们，没有一声鸡鸣撵走鬼魂。举目尽是火亮虫的身影，它们像蓝色萤色的潮水在白猬子湖上、在所有的树枝上、在所有的石头上、在山谷中涌动，让这黑沉的夜晚缀上了满天的火烛。

在火亮虫海的尽头，一定会是我们的死亡。叔叔哭着，我也哭着。但七盏灯的亮光更大，我不会放弃。我想着鹰嘴岩断掉的喙嘴是什么模样，我们在哪个方位。我想啊想啊，好像它的样子就是我在白辛树上眺望的样子！所有的障子我都不怕。我心里有底了！

峡谷开阔起来，我们沿着绳子一样的小路往上爬，幽暗的山冈上，我们听到了松涛发出的轰鸣声，在冲刷着沉夜的恶秽。

终于看到了那棵白辛树，我们的家，它的树冠冒出七簇紫红色的闪闪发光的嫩芽。

鸡叫了。家里的鸡在欢声歌唱。这里有家的温暖的气味。我们覆着满头白霜，站在屋场前，我们走回来了。

屋里有灯，放下背篓，门是为我们掩着的，没关。祖母等着我们回来。我们看到她还跪在观音菩萨面前，双手合十，菩萨面前点着七盏茶油灯。

三十二

叔叔麻古背着五斤苞谷籽去了机场。他悄悄揣下的苞谷籽是“野鸡啄”。这种苞谷籽小，吃起来香脆。“野鸡啄”耐旱，适应在石头缝里生长，不逗鸟雀注意，作物有时比野草还低。他有二十斤“野鸡啄”种子，是吊在屋梁上的，中间穿一个斗笠，那样老鼠就下不去偷他的种子。他拿走了五斤，谁也不知道。

村长品尝了一杯祖父新泡的猴骨酒，欣赏了祖父给他打制的一个杉木板凳，抹了抹嘴巴对叔叔说：“麻古啊，你这家伙可要努力啊，头个月发了工资回来请大家喝顿酒。”叔叔点着头。祖父说：“这是个轻松活儿，风不吹雨不淋，一个月九百块钱，逢年过节还有奖金，不是村长给你开后门，你到哪儿寻这样的事啊。”

“我说机场修起了对村里是好事吧，绝对是让大家脱贫致富的机遇，机场赚钱了还要反哺村庄，到时候大家还有钱分，我正在申请村里租一架飞机搞第三产业，到时，大家都到村里的飞机上打工，那就最好了，先对付着吧……”

“村里租飞机？”叔叔问。

“有什么办不到的？只有想不到，没有办不到。麻古你不成了飞机场的工作人员了吗？你这辈子想到过？比你刨冬花种苞谷强一百倍。打扫卫生，还能收到好多破烂，有人一个月仅收机场破烂就可以多赚三四百块。”

祖父千恩万谢，拿出了一捆他晒的兰花烟叶，被村长拒绝了，“我不抽烟叶，呛死！我只抽机制烟。说真格的，有资格去机场做卫生的是猴娃，上面不同意，我们看他正常，可机场说他智力不正常，形象不好，浑身是毛。你们家一定得有人拿工资，想来想去，麻古你就顶替啦。”

村长吃着火锅里的透明盲眼鱼，是用黑脑壳叶和老鸦草煮的。他脖子上滴着汗，说：“老泉哥，你祖上积有阴德，一棵树竟能招满树的鱼，你说你这棵白辛树是不是神树咧？”

“可也一树的饿雀子。”祖父说。

“饿雀子虽叫得不好听，但没有饿雀子哪有这些鱼？没有这些鱼哪有什么治噎死病的鱼虱？”他临走时拿去了一包鱼虱，焙干了的，说是他有个亲戚患上了噎死症，去给治治。

祖母在厨房给叔叔腌了两罐子侧耳根，一罐芭蕉苑，都用剁椒拌上了。之后，村长就带着叔叔去了天音梁子飞机场。我给叔叔背着两床被子和一个养水坛子，里面装着豆瓣酱。

我们走进那个飞碟圆盘的机场，好气派！里面好高好大，宽阔得像我看见过的江汉平原，许多人来来往往，走来走去，里面的瓷砖像玻璃一样照得见人影，顶棚上全是灯。这就是我们守秋的地方？这就是填平的峡谷？人真的好厉害，将过去的山冈沟谷都弄没了，千年万年的草药和虫兽都用瓷砖和水泥紧紧压在地下了，让它们永世不得翻身。

机场的人把我们带出来，在那个飞碟圆盘候机楼外面，离花坛还有很远的下坡，有一排平房，那些平房也做得很好，叔叔换上了蓝色的工作服。跟叔叔住一个屋子里的还有三个人，有一个就是在草坪上找我们要野兔子的人。那个人一口的大反牙，穿着一件用兔皮做的背心。因为下班，他拿着个盒子在里面搛肉，喝酒。床上放一个鼓形的玻璃瓶子装着酒，里面好像有个兔头骨。他打着响亮的酒嗝，塌鼻子红得令人发指。

“你有没有野兔子肉？你带没带来？”他大方地翻起了我们背篓里装着的东西，是那个养水坛子，问我们：“是啥好吃的？”

叔叔赶紧将侧耳根拿出来，拧开盖子，递过去。

“哦，”他用鼻子闻了闻，“这个凑合，这个还算不错的。”

同室的人悄悄给我们说，邱老西逮兔子是暗地里干的，清洁做完，到了晚上就四处逮兔子。这里不知怎么，兔子多，鸟雀多，严重影响飞机起飞和降落的安全。有专门赶鸟的，是个大学生。邱老西吃兔子上了瘾，还在机场周边下夹子夹兔子，收获颇丰。

叔叔打扫机场门口的草坪周围和停车场，那里有八个垃圾箱。他上班的第一天就在垃圾箱里捡了五十个矿泉水瓶子和二十只打火机。他坐在花坛的石头上，那些石头砌得平平整整，里面圈着绿油油的青草。两头黄牛还是出现在这里，跑进草坪来吃草，或者抓乘客包里的卤鸡和食品。特别是到了晚上，这两头黄牛像两只神兽，在昏暗的灯光下潜入花坛草坪吃草。你撵它们，它们就会跑到那个“拥抱咕噜森林，远离水泥丛林”的广告牌背后。眨眼它们又出现在花坛这儿，像是从地底下钻出来的。它们喷着气，甩着尾巴，噔噔噔地到处乱跑，它们摔倒垃圾箱，拖出那些乘客丢弃的卤菜面包来吃，它们爱吃肉。

草坪上的草渐渐少了，有的地方光秃秃的。

早晨，叔叔撵牛撵累了，就看这两头牛吃草。牛弓着背，在草坪上穿来穿去，对头顶呼啸而过的飞机不闻不问，它们忽聚忽散，把它们的影子投射在草地上。它们张着两个大耳朵，有小平角，长长的眼睫毛不朝人看，皮毛红闪闪的，像被阳光烧灼了一般，有长长的四肢、雄壮的体格。

有一天晚上，两头黄牛的尾巴被人用镰刀割下了。那两头黄牛哞哞惨叫着，好像被毒刺戳了，哀嚎着跑到广告牌那儿疼得转圈。

过了谷雨，一场雨一下，草坪就蹿出来迎风摇摆的苞谷苗，叶子宽大秀美，在这漂亮安静的机场门前，在渐渐暖热起来的拂面微风中，它们钻出来，比那些趴在地上的小草更有型，站着，抖擞着油亮亮的叶片。

雨下得大，早上住了，叔叔听到苞谷拔节的啪啪声。叔叔拿着扫帚，他被这天音梁子自己的土地上再次复活的苞谷苗惊呆了，他拿着扫帚当作锄头，假模假样地薅了几下，等于是过瘾，回到了现在自己的清洁员身份，还是很高兴。

两头无尾的牛被恶狠狠的主人牵到机场来扯皮，它们曾是机场钉子户黄二棍家的。黄二棍住在子贡沟，那里推平了，黄二棍死了后，他老婆又找了个刑满释放的男人，那个男人破罐子破摔，睡在推土机前面与人斗狠，现在依然住在机场的铁丝网旁，搭个棚子，要政府给一百万的抚恤金和一百万的搬家费。黄二棍老婆与新男人牵着牛到机场来，同住在子贡沟的邱老西表示，一定帮她查出割牛尾的人。两匹牛没了尾巴，牛虻叮得难受无法驱赶，整天哞哞乱叫，两匹牛都叫得喉咙嘶哑流血。

邱老西每到半夜就出去了，他说自己梦游，回来身上全是兔子毛，鞋子上是血迹。趁邱老西起床出去“梦游”，叔叔麻古也悄悄地出去了。他到了草坪那儿，在一个角落里拿出一把锄头，借着圆盘飞碟屋的灯光和路灯的光，弯着腰进入草坪的苞谷地，两匹牛过来了，但它们见到悄悄握着锄头的人，不敢再往里靠近，它们尾巴的疼痛期还没有过去，怵那个薅草人，只好远远地发怒推倒垃圾箱，找点残羹剩饭吃。

叔叔把苞谷种在草坪深处，在几丛杜鹃背后。这些杜鹃不是映山红，不是曾经长在田边的花。不过在自己的土地上又闻到了庄稼的气味，而且是原味，是“野鸡啄”，他的土地和粮食又回来了——它们被圈在中央，像是一片保护区。但是那些人看到的只是修剪过的矮小的草坪和观赏灌丛，也许他们看到的是荒草，而只有叔叔才能看到以往的苞谷，但愿天下所有的人都瞎了眼。他们看到的草坪就是这样，有漂亮娇嫩的苗子，有茎秆，它们的美胜过草地。在这儿，在这个机场上，它们是一种风景，它们站得密密实实，迎来送往。它们像一片小小的森林，一些珍稀的苗木，如果它们不遭受虫子、冰雹、风雨，就会生长得很快，秀缨，吐穗，结籽，一个一个的苞谷就像是女人的乳房，一个个健康、丰满、成熟，挺着胸脯，迎风摇曳，散发着只有苞谷才有的清香。在等候飞机的空隙，乘客们可以在它的阴凉下小坐，可以掰下一个苞谷来，在这儿烧烤，嚼着满嘴的清香踏上飞机，飞向云端。或者用一片叶子，沿着叶脉撕下，编一个手环，戴在自己的手腕上……

叔叔正在那儿歪七歪八地瞎想时，有人窜进草坪一把揪住他，他从幻想中回到现实，胳膊像被人下掉了，他哇地叫了一声，两个人就大声地质问他：“麻古，这是你种下的吗？”

叔叔不能回答，他知道这事完了。

“给我连根铲除！”

还有一个人，在草坪外，见叔叔看他，就背过身匆匆去了坡下。

他们早就盯上他了。邱老西打了小报告。

两匹黄牛的尾巴被割，是在一个半夜。根据邱老西的举报，机场的保安翻看监控，这晚上的监控中有一个模糊的影子，手拿着一闪一闪的镰刀，出现在草坪上。这个人好像带着笑，他弯着腰，走近一头吃草的牛，猛地抓住它的尾巴，一刀下去，牛尾齐齐地断了。牛根本没有反击的想法，弹跳着后腿就跑，尾巴后头飙出了鲜血。另一头牛也难逃魔掌，黑影迅速靠近，迅速出刀解决。这一刀，连牛屁股的肉都叼出了一块。黑影握着两条牛尾巴，快速地踏出草坪，朝清洁工们的宿舍跑去。可是，在监控中，还有一个黑影钻进机场跑道，他什么也不干，也不东张西望，突然猛跑起来，他的前面，是一只野兔。他不顾危险，与飞机赛跑，身手敏捷，快如闪电，追撵一只兔子，用一个网兜终于逮住了它。

两条牛尾从叔叔的被子里搜出来了，还有凶器——一把沾满了牛血的镰刀，是让他割草的，但是他割了两条活生生的牛尾。

同时，在邱老西的床底下拖出了三只死兔子、一个网兜。

害人害己，邱老西打小报告，自己的好日子也到头了。

我对叔叔在机场点种苞谷的想法非常支持，我幻想叔叔在那儿看着苞谷出苗的喜悦，他应该在草坪上搭一个窝棚，在窝棚门口生一堆火，埋几个洋芋烧着吃，有板栗也可以烧一点。反正在四山树潮喧腾的夜晚，敲打着锣鼓火炮驱赶野兽，秋天的美妙就是守秋。天音梁子的鸟声最为美妙，有成群的松鸦在松杉林中吼叫，白颊噪鹛咯咯的笑声，活像城里的神经质女人。野鸡在旷野里固执地呼唤着“茶哥”。竹鸡是典型的“文革”余孽，用弹音喊着羞辱着：“地主婆！地主婆！斗！斗！斗！杀！”红腹松鼠也会凑热闹，它的叫声像是祖父拿着锯子锯木头。苦恶鸟会发出一连串的噢啦噢啦噢啦的铃铛样叫声，像是疼痛。白腰文鸟永远是没长大的雏鸟的讨食声。凤头麦鸡的叫声充满了惊讶的稚气。白鹇们群来时，它们吵成一团，急如夏雨的脚步，像是在骂人：“去你娘的蛋！去你娘的蛋！”噪鹃叫得悠扬急迫，空山回响，让峡谷更辽阔，天空更深远。绣眼鸟文着精制的眼圈，像因寒冷哆嗦一样连连叫着。还有一些无法说出名字的鸟，它们在这儿临风梳羽，蹦蹦跳跳，它们的声音就是天音，是天上的神音，不是飞机折磨睡眠的嚣叫。现在，这些鸟儿必须驱赶走，不让它们在天音梁子上生活，影响飞机起落。招了个大学生在这儿驱鸟，他想了许多办法，运用了钛镭炮、煤气炮，用飞弹驱鸟枪、激光驱鸟器、超声波驱鸟器，还有气味恶劣的驱鸟剂，用遮盖网，就是捕鸟网，飞进去就出不来了。这个大学生自学成才，还在山里录制了一些鸟的悲鸣和一些大猛禽的叫声，来惊吓鸟类，不让它们在自己古老的家乡停留，让它们远走高飞，到处流浪。

叔叔找地种苞谷的梦想没有泯灭。

天气越来越暖和，万物花开，万树浮烟，绿雾腾腾。一些蚱蜢、苍蝇、蜜蜂开始了它们的甜蜜旅途。珙桐鸽子样的花像一扇扇翅膀萦缠在枝干上起舞飞翔。黄色的毛茛花像波浪一样遍布山野。婆婆纳、狼牙菜、大苞景天、唐松草、芍药、乌头、狸藻、醉鱼草、苣苔、沙参、桔梗、半边莲，一律紫光灿烂，喷吐着浓郁而又清新的香气，无所顾忌地展示它们的花瓣，仗恃着太阳的热力，不再想昨日冰雪的欺凌与吓阻，冲出世界，用一场放荡、恣肆、骄奢的香气扭转局面。

红色的茴香花在溪涧的密林中，领春木领导着春天的暴动。青荊、商陆都伸长了枝条开出高高的花穗，那么多的花，分不清谁是谁，花的香味混杂在一起。树的嫩芽像打磨得异常精美的玉石，水灵温润。茶园里的绿叶和鸟声一起绿得淌水。蕨类植物都舒展着卷叶，鳞毛蕨的叶子上像附着着一粒粒虫卵，其实它就是这样。苔藓也黄嫩黄嫩地布满了溪沟和岩石，细小的藓尖上挑着亮晶晶的水珠。一场雨一下，深山的溪河解冻，落豹河谷再一次喧嚣起来，水色浑黄，发出浪石相激的怒吼，就像鬼魂无端被激怒后的咆哮。

这时候，从高高的鹰嘴岩上，掉下大量的蚯蚓，这些从天而降的蚯蚓，肥大、恐怖，花纹像蛇，两头爬行，当它们从空中掉落的时候，突然出现了大量的乌鸦、喜鹊、鸺鸟、鹰来吃它们，这是一年一度的鸟的盛筵。但蚯蚓太多，它们更多地掉落在鹰嘴岩下拐弯的落豹河里，河中也不知从哪儿出现了大量的扁嘴鱼，候在这儿，吞食从天而降的珍馐美味。一年只有一次，这样的饕餮盛筵，哪有缺席的道理。

那个上不去的鹰嘴岩上，听说有一块平地，我们意外地在猸子峡迷路时，看到了它的尊容。只有猴子能上去，那上面真的有村庄，有炊烟吗？谁知道是些什么人住在上面？是哪个朝代的人？要不就是月亮山精和神仙住的吧？有时候，能看到一些猕猴，一个个黑点，在岩石上奔跑，那儿古木参天。前些年说有人上去过，但去年有几个采药人想从那个巨大的喙嘴爬上去，结果摔死了。春天这么多爬出来的蚯蚓，那上面的土地该是多么肥沃。

一年一度的捕鱼盛事到了，我们准备好了罾、网、叉，各村里的人从各个沟沟垴垴，出现在岩下的河边，在这块巴掌大的地方举着火把，像一群群火鸟，身披蓬松的金色羽毛，沿河飞腾。

他们说，这是鹰嘴岩在用蚯蚓钓鱼哩。鱼们张嘴接着从天上掉下来的蚯蚓，挤挤攘攘，在火光中，只看得到河面上一片张开的鱼嘴，发出唼唼喋喋的声音，仿佛是河水被凿穿了，千疮百孔。火光四射，鱼们在罾网和鱼叉中挣扎蹦跃，击打着水花，一片噼噼啪啪的噪声。山民们没有说话，只有低沉的嘟哝在山岩下传送。他们干着活儿，尽量沉默，生怕说话惊吓走了那些鱼儿。可是不用担心，鱼群前仆后继，一批被捕杀了，又会从哪儿钻出来一批，它们是从下游游来的，肥美的蚯蚓太吸引它们，为了这一口，它们会舍生忘死，完全无视人们的钢叉和罾网。几个赶过来的人说，白天他们从半崖过来时，看到山洞里爬出来十几条蟒蛇，它们并不吃蚯蚓，它们是出来晒太阳的。听说还有人看到了一条有四只脚爬行的蛇，跟传说中的龙一样，有角，有须，有鳞。

在黑夜的猎杀中，黑熊也赶来分一杯羹。它们只是在很远的悬崖边的礁石上站着，一个个像鬼怪，用前爪抓着河里的鱼。因为场地狭小，它们为抓鱼而打斗，发出了震天的怒吼。

白辛树的顶端有个树洞，往常，会往外冒烟，我会时常呛醒，我经历过了很多次，但烟雾会散。祖母说那个树洞里有一条蛇精，有好几百年了，说它靠吃饿雀子为生修炼，可是我没见过。倒是饿雀子嘴里的盲眼鱼，会掉落到树洞里。每到惊蛰，树洞冒烟就更加频繁，会有一种腥味，好像洞里真有什么不洁之物。但这事我守口如瓶，不跟人说。

捕鱼的人们都站在水里，议论着今年有更多的蚯蚓往下掉，说那上面究竟是咋回事呢？要上去开荒，政府是不会阻拦的，因为那上面不属于任何村，镇上也管不着。何况上面有千年党参万年黄芪呢。有人说摔死了那么多人，那地方最好不去，继续给咱们养更多的肥蚯蚓，每年四月都送来这么多鱼，上不去那不更好么？

咕噜山区，农历四月底才开始化冰，河里的水依然像冰一样。祖父虽然套上了长靴，但他因严重的风湿，双腿静脉曲张，只要被河水冰了身子，双臂就会像钉子钉骨一样疼痛，整夜哼哼叫唤，而且会肿胀发红。下水捕鱼的活交给了我和叔叔。哥哥大雀也请假回来了，他在水里捞了几斤鱼，却患上了感冒，只好回县城去打吊针。

一个倒春寒，又下了一场春雪，一夜之间蚯蚓就没了，而河里也恢复了往日的平静，一条鱼都见不着了。

门口晒着打来的鱼，铺满了两个竹帘。这种鱼只服鹰嘴岩上的一种腊菜，用腊菜煮火锅，再放点野葱和刷把菌，是咕噜山区的绝味。

于是叔叔就去了鹰嘴岩，他花了半天时间割回来一篓腊菜。

第二天，他出去了就没有回来。

他挂在屋梁上的苞谷种子“野鸡啄”不见了，至少还有十五斤，被他背走了，背走的还有几套换洗衣物。

没有叔叔音讯的那几天，我和祖父在山里寻找，没见着。祖母急得从猪圈围墙上跌下来，腿跛了，还是在菩萨面前燃起了佛灯，并且呼唤着叔叔的名字。他是不是死了呢？他一定是死了。我们望着叔叔屋里的梁上，那根曾吊着苞谷种子的绳子，就剩下那根空空的绳子了。祖父说：“他莫非还是想着飞机场的地？”

祖父让我去了一趟机场。

一路上是商陆、醉鱼草、飞燕草们开的花，杜鹃在树林间、灌丛间，一簇簇开得特别扎眼。我会去摘一些映山红，揪掉它的花蕊吮食，特别甜。醉鱼草花泛滥成灾，一串串地横在路上，它们非常像驳骨丹。这些花草，成簇地盛开、袒露，毫无忌讳。

雨雾在山谷里沸腾，白色的云雾飘到了山谷。好像还会有雨，因为雨云在聚集，将被冲到天上，再跌落下来。暮春初夏的山谷一片混乱，像大河奔流，有很汹涌的气势。山谷显得格外动荡，格外深邃。

路边到处是可吃的鸭脚板和马兰头，我想返回的时候摘一些回去，还有蒿子、蹦芝麻叶子，蒿尖把汁子捣出来后做粑粑吃有清香。这一路还有许多地耳，雨一下，这儿就长出了一层灰黑的地耳，在咕噜山区叫“天菜”，说是老天爷赐给百姓的，做汤加鸡蛋，味道好极了。

满眼的峡谷里翠绿得像铺满了小黄瓜，白色的云雾有如一群羊子在往山壁攀爬。巴山冷杉林和秦岭冷杉林往上高举，绿得发黑，跃上山巅。太阳扫过来，又变成了一片金黄的林子。杜鹃花像集市一样拥挤盛开，简直就是花火膨胀。所有的树叶碧亮，所有的花葶高挑。茅草坡上除了杜鹃，还有更多的绿草往上蹿。水声嫩绿，云彩悠然，整个世界拱出来暖气。杜鹃有灌丛，还有乔木，往鹰嘴岩上看去，森林苍郁，似乎还在沉睡之中。以往会有几只猕猴或者金丝猴在崖上呆坐晒太阳，它们在云端上拉长喉咙，发出“哦嚓——哦嚓”的唳叫，但声音纤细遥远，不识人间烟火。也有人看到过几个高大的野人，携家带小在那儿拜太阳。再就是鹰，它们窥视着河谷，是鹰嘴岩上古老的居民。想起我们在猸子峡迷路时看到的鹰嘴岩上的村庄，是真的吗？叔叔也问过我，莫非他真的去了鹰嘴岩上，他被那个幻景吸引了？

我爬上孟子坡，看到叔叔安放的两个蜂箱只有零星的几只蜜蜂在绕飞，且蜂箱经过冬天后，黯淡腐朽，就像是遗弃在荒野的什么悲恸之物。白色的鸽子花在它的头顶就像是挽幛。山太高，云雾纠结，树冠摇晃，就像来到了天上。但天上还很远，天上在鹰嘴岩之上，莫非叔叔可以爬上鹰嘴岩吗？

我看着那高入云天的鹰嘴岩，没有任何动静。我还想往上爬的时候，碰到了鼻子。虽然我有飞跃的能力，爬上了一棵连香木，从它的顶端跃上一棵更高大的枯死的巴山冷杉顶。如果猕猴上不去，我也上不去，叔叔更是不可能上去的。除非它驯了一只鹰，让鹰驮着他往上飞。

机场没有叔叔麻古。

三十三

大约过了十天，叔叔麻古突然出现在我们面前。

采摘春茶、为茶园扯草的活计将我和祖父钉在了茶园，祖母用一点点眼睛的微光为我们做饭。来收鲜叶的贩子喜欢一旗一枪，也喜欢芽茶。我采摘的是芽尖。

雨后的杂草拼命生长，茂密的茶树密不透风，大山雀、棕头鸦雀和红腹锦鸡都会把巢筑在茶树中，它们知道采茶人不会破坏它们的巢，也不会取它们的蛋。小鸟孵出后总是张大着嘴，挣扎着未长毛的粉红色肉体，闭着眼睛要吃的。我会找一些虫子喂到它们嘴里。如果下雨的时候，棕头鸦雀就会勇敢地护着雏鸟，不让采茶人走近。如果你捉住它们，它们也不会飞，誓与小鸟共存亡。茂盛的草太多，什么鸭跖草、仙鹤草、鹅儿肠、蚊子草、鸡矢藤、牵牛花、刺蓼花、鱼腥草、菁姑草、牛膝菊、鸭脚板、胡枝子、车轴草、艾蒿、悬钩子，只要一场雨，就会爬上茶树的顶端，与茶叶争肥争水争阳光。在咕噜山区，我们的茶树都有大半个人高，为的是让它们吸收更多的阳光，这里的日照非常短。长得最快的有蒿子、飞蓬、苎麻、荠菜。豆瓣菜、诸葛菜、岩板菜、泥胡菜则胆小怕事，都趴在地上吸肥。这些杂草是专门为折磨我们而存在的，祖父不让打农药，不让打百草枯，打过的茶不好喝，也卖不出价钱，像李老酸这种人，很会找借口压价。主要是祖父认为用农药的茶叶是害人的，他一辈子没害过人。他说喝了农药茶男女都生不出娃子，所以我们的草只有人工扯。

祖父抱怨叔叔是个疏懒好吃的东西，春忙的时候他跑到哪儿去游荡了呢？被机场开除的事他没责怪他，但这次他有点恼火了。他说指不定混到飞机上跑到武汉去了，好吃懒做的人都往城里跑。祖父说他这个小儿子半辈子没干成一件事，哪有四肢俱全的男汉找不到一个媳妇儿？这个不争气的苕货、贱货、蠢货、邪货……正在门口骂骂咧咧，一个胡子拉碴、披头散发的男人站在了他面前。这个人好像多天没洗过脸，脸上全是泥巴，就两只眼睛在那儿像两只乌龟眼爱闪不闪的，从这眼睛祖父就认出来是他的小儿子。

叔叔衣衫褴褛，一只袖子被拉挂成三条，双手溃烂，似乎是刺棵挂的，笑的时候露出几颗黄牙齿。他没说话，只是咯咯地笑着，祖父以为他疯了，也呆呆地看着他，看他怎么说话，看他从背篓里面掏出一把把的药材。祖父看到了金钗，是好钗，有人字钗。

“这是在哪里采的？”祖父说话了。

叔叔虽然瘦，但长着两道土匪眉，身上有难闻的气味。

“你去了哪里？鹰嘴岩？”

叔叔还是没说话，好像失去了说话功能。被问急了，就往北边一指。

那就是鹰嘴岩呀！

叔叔那表情云淡风轻，神闲气定，祖父诧异地看着他，嘴巴张得很大，很夸张。

“鹰嘴岩？”他望着云端那隐隐约约的山影，好像还是不敢相信，“你个鬼杂种，家里这么忙，你上山干什么？”

叔叔终于说话了：“今年……会收获五千斤苞谷……”叔叔把手伸出来，五个指头张得很开，故意伸到祖父面前。五千斤，五千斤是个什么概念？往常在天音梁子，也没有收过五千斤，五百斤或千把斤就齐顶了，产量又不高。

“我吃了十颗天珠。”他说的珠子就是头顶一颗珠，这药材的顶尖有一棵珠子叫天珠，从根部挖出的叫地珠。叔叔的精神很好，因为他吃了天珠。他把地珠倒在地上，地珠有小半篓。他抓了一把，去厨屋洗净，放进祖父的猴骨酒里。喝了天珠地珠酒，人就会身轻似燕。

“你果真上去了？”我问叔叔。

叔叔笑而不答。但我没有看到他采回传说中的雨伞大的灵芝、白萝卜大的黄芪和党参，也没有看到一亩地大的人字金钗。

祖母脚伤未愈，忙给他做好吃的腊肉炒蚕豆米、火锅下马兰头、烧坨坨肉，说，回来了就好了，你在上面真种下了苞谷？你下得来吗？上面冷吗？你睡哪儿？有没有老虎和野人？……

叔叔只是呼呼地吃着，大口喝酒，眼睛吃得一翻一翻。但是他也没想，要是有人问起来，你爬上去咱都不信，你就算收获了苞谷，你咋运下来呢？

“你成仙了。”祖父吧嗒着烟笑着说。他这句话很不中听，他的老伴说：“你这个死老头子，你怎么说话的？”

我给叔叔剪头，他头发里全是虱子，我给他把头发全部绞光了，用镰刀给他刮得干干净净，还给他掏了耳朵，从里面掏出来一块块泥巴。

“如果把蜂箱背上去，会收到几百斤棺材蜜。”他在门口打着酒嗝说。

“那上面有棺材？全埋的神仙？”祖父讽刺他。

“你们不信算了。”他说。

我想起祖母说的鹰嘴岩上，在雨住云开时，会看到上面有一队白衣飘飘的女子跳舞。说山顶上就是月亮山精住的地方，有月亮山精的宫殿。但我仔细看过无数次，没有看见过上面有白衣飘飘的女子跳舞。

“你爬不上去的，肯定是在哪里游手好闲去了。”祖父不信，打死他也不信。那儿，没有人能上去。听说几十年前有个会轻功的和尚上去过，但谁也没有见过那个人。

“五千斤，就是五千斤。”叔叔笃定地重复说。

“见你娘的鬼，哄我老汉。”祖父和我采茶去了。

我们在茶园看到，叔叔麻古又出门了，往鹰嘴岩方向而去。他的背篓里有不少的东西，有一刀祖母给他烧好的腊肉和一摞荞麦饼。

叔叔在非常明亮的太阳下，像一块瘦骨嶙峋的石头，走在山道上。

“好吧，老爹，你等着我背苞谷回来吧。”他在山谷里喊，他喊，是宣告，向世界宣告。他往鹰嘴岩攀爬的身影一会儿就消隐进石头缝里和云彩中，一会儿又出现了，一会儿又被灌丛遮住了。他现身的时候，我们看见他身影的时候，他像一只小小的猕猴。他是怎么找到了一条通往崖顶的路呢？

我在盯着，他是从喙嘴那儿上去的。我眼睛都看酸了，大约过了两个小时，我果真看到喙嘴尖上有个芝麻大的影子，那一定是他。他一步一步走的，不是跳跃的，猴子才会跳跃。我指给祖父看，但是祖父老眼昏花，看不到，说我是在哄他。后来叔叔就消失了。

鹰嘴岩上，云遮雾罩是常态。有时，它只会在晴天时露出那个黑色的、向西突起的半截喙嘴，或者露出一点点山尖。在寂黑的夜里，那个被飞机撞断的喙嘴像半截鞋子晾在天空，青色的森林遥不可及地挂在云端。

祖父埋怨麻古，说只当他死了。他在门口歇息时，对着鹰嘴岩一顿一顿数落，祖母就说：“你这老狗日的放瘟屁有完没完？他真弄回几千斤呢？”

“五十斤他也背不下崖。”

“行了行了，再怎么他也是你生的，种不好怪哪个？就你算定他成不了一件事？养蜂他在行，种地是好手，不是没地了嘛。”

“有五百斤，我倒爬到落豹河淹死。”祖父也许是寂寞，没有一个人陪他喝那么好的猴骨酒，而且叔叔从鹰嘴岩上带来的金钗和头顶一颗珠的地珠，放在酒里金黄透亮。这酒真好，祖父会围着那个玻璃酒瓶看，绝对是吸了高山云雾的灵气，药力非常厉害。祖父喝了几天，脸色果然一天天好了。

鹰嘴岩上，出现了一缕缕的烟雾，那一定是叔叔在烧火田。将灌丛砍了，就草焚烧，烧出一块田，灰烬成为好肥料，不几天一场雨，必定会长出油菜来。烧一块田收获不少油菜籽榨油，嫩菜薹可以掐了吃。这里没有种油菜的习惯，都是烧火田而来的，这事有点怪。

没有几天，我果真看到鹰嘴岩的坡上出现了一块棕色的土地，看上去才一块手帕那么大，但至少应该有八九亩地，叔叔真的干上了。他砍去了那些杂木和灌丛，刨出来那块地，应该远比天音梁子前的草坪大。我告诉祖父叔叔开出了土地，祖父说看不见，只是用一双混浊的眼睛对着高高的岩上。但村里路过的人都看到了，说，那是麻古上去了吗？他在那儿开荒吗？那可是半天空啊，他是怎么上去的？怪哉！

村长过来取鱼虱，他端着祖父金灿灿的猴骨金钗酒，说："我看这次麻古是行了正道。"

祖母说："村长这样说，咱们怪难受的。"

村长撩着二郎腿坐在棺材旁边，喝了一口酒说："啥难受，不错嘛，这样敢攀登高峰的人，我们应该鼓励啊！世上无难事，只要肯登攀。"

"那上面的地真的没人管吗？您可别告诉镇上，村长。"

村长说："那是神仙也管不了的地方，要说管，归玉皇大帝管。原则上，它是属于国家的山林，可国家到那上面去收过税吗？秦始皇也没去过，只是，这个麻古莫非有猿猴的本事？"

"我儿睡在哪里呢？"祖母说。

"应该有山洞，他在机场捡了几十个打火机，可派上用场了，这小子，莫非是坐国家的飞机飞上去的？"

"你们诳我的。"别人夸麻古，祖父掩饰不住对儿子的骄傲。

"也没准儿，谁知道，只能猜测有人在上面，谁，只有天晓得，这事儿太蹊跷……"

我说是的，是有一个人，像只蚂蚁。

“是蚂蚁就对了，总不能看是马。”

等村长走后，我给祖父说，叔叔吃过炒骷髅粉的。

“他吃了什么？”

“炒骷髅粉。”

“他吃了谁的？”祖父的脸突然白了，像是幔了一层纱布。

“他吃了一点吧，我也不知道，也许不是呢。”我后悔说出来，我望着祖父的脸色，只好含糊地回答。

我本来是想说，因为叔叔吃了骷髅粉，所以会力大无穷，敢想敢干，天不怕地不怕，神不怕鬼不怕。

我在屋里陪伴着祖父祖母，有时会在白辛树上躺一会儿，望着那黑魆魆的鹰嘴岩，它几乎遮挡住了沉香坡所有的天光。在那个永远神秘叵测的山顶上，有一天晚上我看见了一星火光，仿佛燃起的篝火，忽闪忽现。那是手握豹目珠的人照见的。那星篝火，在森林的边沿。我想喊叔叔，但无论多大的声音，叔叔也听不见。他说那山顶上全是上千年的大木，有珍贵的虎皮楠、金丝楠、崖柏，有铁坚杉，有铁桦、铁匠木。一棵铁坚杉要七八个人才能合抱。还有一地的蘑菇，全是最好的松口菌、牛肝菌、虎掌菌、干巴菌，烧着吃满鹰嘴岩都是香的，逗来许多猴子和老鹰。可开出那么大一片土地，他是怎么做到的呢？

有一天早晨，能见度很好，空气非常干净，也非常安静，我似乎听到了天上隐隐约约飘下来一阵歌声。我细细地寻找声音，感觉是从鹰嘴岩上飘下来的，很像叔叔的声音。果然是。他唱的是山歌子，他应该很高兴。如果他背着锄头，如果有在猸子峡看到的桃花盛开，他在桃花丛中耕田，他就是神仙了。我一阵激动，想哭，为叔叔。我真的听见了他的内心花开，灼灼正艳。

有一天一场雨一下，那个手帕大的黄棕壤土地，就变成了一块绿手帕，苞谷长出来了，也许是太肥沃的缘故，几天就变得碧绿碧绿。

哦，那块天上的土地，总是在云雾流溢的路口，当它们穿过苞谷苗时，会给那一片片叶子挂上云彩的飘带。风吹来，白云在田垄间翩跹起舞，就像晾晒着千万匹白练。叔叔逡巡在他亲手开出的沃田里，踩着松湿软糯的泥土，苞谷苗在天上的阳光里使劲舒展着头颅，挺直腰身，叶片发出鼓掌般的哗啦声，羞怯而又热烈。这些弹指即破的嫩叶，在太阳下透明如水，是叶子的形状，却是水的身体。

那么他背上去了他的蜂箱吗？如果背不上去，他一定会用原木挖出一个蜂箱，那样就会有蜜蜂飞舞在他身边。在被云彩和积雪洗过的鹰嘴岩上，所有的花朵都是天仙。在那上面，一定是五彩缤纷的春季，花儿们一瓣一瓣朝他盛开，那些花的激流和火焰，将在一个早上一起开放，马缨花疯长，羊踯躅亮眼，老鹳草花、山酢浆草、独花兰、胖婆娘腿花，还有还亮草花，张开燕子般的小翅，准备迎风飞翔。火烧兰抱团亮相，它们开成一片火烧云。倒吊金钟新生的叶子如一片一片火焰，那粉红的花瓣反卷着俏皮的裙摆，像是小小的粉红钟，是少女们手中的玩物和信物，一排排倒挂在枝干上，像是受刑者，或者因一场雨，要躲过来自头顶的欺凌。大片的醉鱼草、龙胆、四照花、鸢尾和射干，鼓鼓囊囊地聚集在那天上的崖畔，像躲藏着无数的花枝招展的女孩子，斑叶兰挑着一面面旗子，虾脊兰串起了一茎茎花串，银兰如雪。蘘荷在阴天开得更恣意。扇柄杓兰如蒲扇般的叶子下，喷吐它的浓郁的香味。野豌豆卷曲地爬上荒草，宁静而懒散地挑着紫色碎花。卷丹花瓣妖娆，花蕊张扬；百合千种万种，红黄蓝绿；紫萼高挑修长，一身缀满漏斗状的花苞。独摇草头如子弹，尾如鸟翎，白色的花丝庇护在宽大的叶子中，它们像春天的萝卜花，在无风的时候，兀自摇晃，陶醉在自己内心的喜悦中。人血草花不是黄瓜花，叔叔，你一定要唱一首山锣鼓歌：

“我吃哒中饭卖黄瓜，碰见个大姐买黄瓜，大姐你莫刷我的黄瓜，左一刷，右一刷，莫把我的黄瓜刷殃哒……”

哦，天上的鹰嘴岩，在阳光里挤满了香喷喷的气息，到处是绿汪汪的树叶和草木，到处是鹰翅掠过，白云擦过。在那片新翻的湿土上，点种苞谷的人，双脚沉重地踩进泥垄中。他不是为花朵和白云而来，只是盼望着耕种和收获。看着苗子返青、秀穗、吐缨、结籽，看到那密不透风的叶子摩擦着一动不动的空气，发出最美妙的沉吟声，这多么温暖。他未结婚，无子嗣，没有异性的爱抚，一个单身汉。穷得寡骨溜锤一个人，最甜蜜的生活就是蜂子和苞谷在眼前晃动，并且看到它们与银河星空一起闪烁旋转，在清晨被所有的露珠浸润，像自己淋湿的衣衫……

“小娇娇来小娇娇，点点年纪长多高，去年奶子不大点，今年奶子碗大个包，罗裙下面有人捞……此时正好耍，情哥睡着哒，你真叫瞌睡大，何必跑来耍，不想为奴家。丑时郎回去，抓住郎的衣，莫听山中鸟，要听笼中鸡，天亮我送你……”

越来越绿了。村里走过的人指着那个天上的田园，他们对祖父说，“这是怎么做到的？麻古鬼！”

他有一次下来，脸摔得血糊汤流，嘴唇外翻，像被“七溜溜”蜇肿了似的，一走一瘸。

他下来长着女人一样的头发，像个疯子，大口吞食祖母给他炖的腊肉煮洋芋，山下的食物打开了他的喉咙。还有腊菜煮的盲眼鱼。他喝酒。他很亢奋，没有休息就又一瘸一拐地去了鹰嘴岩。他这样还能爬上去吗？因为他说他要驱赶那些猴子和岩羊。他说崖上的岩羊像牛那么大，他想驯服了让它们耕地。

这次下来，他说喉咙很痛，让祖母给他一些鱼虱吃，他还扯了些射干草烧水，喝了几大罐子。他给我说："吃了炒骷髅会坏喉咙。"

他将鱼虱焙干磨成粉，他用石臼磨粉的时候，我想起那个诡异的夜晚，在墨子坡的夜晚他炒骷髅的情景。

他问我："玃，你是个神人，你喉咙竟然不痛。"

我说我只是尝了一点，有几次天旋地转差一点掉悬崖下去了。

不知怎么，叔叔回家的消息让孔不留得知了，他提着从垃圾场捡来的半桶油漆，准备泼到叔叔身上。

"麻古，你刨我家祖坟，烧了我家祖传的皇帝御赐大匾，可有你好的！"

他把红漆桶高高举起，大喊一声："干死你！"就将油漆泼过来，叔叔身手敏捷，他跳起来，往后园跑，油漆泼在了祖母的棺材上，像猩红的血。另外一口棺材给花仙老师睡了，就这口了，就这样给泼脏了。

叔叔逃脱了，他吃过头顶一颗珠的天珠，果然快如脱兔，孔不留不可能追上他。孔不留在鹰嘴岩下转了两圈，手脚划得鲜血直流，也没找到麻古上山的那条路。那儿根本就没有路，孔不留向山吐口水，被十几只猴子抢去了一顶帽子，最后只好退兵离开了。

半夜的时候，有人听到了叔叔的歌声，他终于又爬上去了。"韭菜开花细茸茸，有心恋郎不怕穷，只要两人感情好，冷水泡茶慢慢浓。"还有这样的："今年阿哥一十七，再等三年二十一，再等十年牙齿稀，哪个奴家看上你……"

那是风向沉香坡吹的时候，有断断续续的歌声，有人说麻古从来没这么开心过，不会是他，是月亮山精唱的吧？不像麻古的嗓子。

但山顶上的欢快一定像瀑布一样流淌下来，那些山混子一样的歌声，表明有一个生灵还在天上活着，耕耘和守护着那片他开垦的土地。

六月的雨是恐怖的鼎锅，在咕噜山区没日没夜地倾倒。一个晚上，祖父说他的腿疼痛难忍，踢了老狗一脚，在三杯金黄色的药酒倒入喉咙之后，一个钢叉般的闪电从门外劈进来，打熄了祖母点燃的佛灯，我去看时，七盏灯还有三四盏在挣扎中又亮了起来。青烟腾起，无边无际的森林都在闪电的叉齿中煎熬。这样的光是狰狞的，像魔鬼的眼睛，完全彻底地睁开，能照见夜晚的一个蟑螂和一只跳蚤，接着尖锐的一声，熄了，像是看透了一切，一切生灵都在它的掌握之中，可以掐死任何一只蚂蚁，包括人。这天庭的鞭子，带着弹簧的利器，闪电与闪电在空中互相绞杀，在古老深旷的黑暗中拼命，发出愤怒的钢铁碰撞声。那是天上最凶残的大杀器，炽烈的空气里，硝烟弥漫。

我爬上白辛树，想看到叔叔此刻在干什么，我惦记他。雨水淋湿了我的毛，闪电几次在树尖上盘旋。有一次，像一道金剑，从白辛树那个空洞里冲顶而出，蹿向高空。树震动着，像是一种牛的哞叫声，从树洞里传出来，就是传说中的大蛇“黄安”的叫声，低沉、悠长。那条蛇一直盘踞在树洞里。

没有看到如此巨大的惊雷，一直在孔子沟和天音梁子上空。一架飞机盘旋了几圈，又飞走了。暴雨如注，山上的泥石流一个劲地朝下推涌，山体垮塌的声音尖厉刺耳。

又一个惊天巨雷，闪电照彻处，感觉整个鹰嘴岩都劈裂了，硫黄气味飞腾，大地在震动，我家屋顶的瓦像鞭炮一样炸裂，飞溅。有碎片打着了我的身体，不知是瓦还是岩石。我抱着身子，紧贴大树。树快要连根拔起，像波浪中的船一样晃动，树上的饿雀子缩着身子和翅膀，在恐惧中惊飞或掉落地上，发出嘭嘭嘭的声音，就如秋风扫落叶。

我飞快地溜下树回到屋里，换了衣裳上床。一会儿，西狗狂吠不已，在我的卧室和祖父的卧室狂叫，刨门，抓地，撞墙。祖父想唬住狗，但狗拖咬他的裤腿。祖父就喊我："玃！出去看看，是不是有人偷羊，是不是有熊偷蜂蜜？……"

我们披上蓑衣，操上家伙，走出屋子不远，就有无数的巨石从天而降，压塌了我们的厕所和猪圈，压死了两头猪。我们躲着石头，一只猴子从天上掉下来，摔成了肉饼。闪电亮时再一看，有许多猕猴摔了下来，血肉横飞，尸陈遍野。

"山崩了！山崩了！"坡下赵八朗的老婆在喊。

我们睁开被雷电打得肿胀的眼睛，感觉到泥石流轰隆下淌的坠力，带来一股把人冲倒的阴凉气。摇晃着往上看，鹰嘴岩完全没有了，全部垮掉了，或是山转了个向？

是鹰嘴岩垮了，那仅剩的半个喙嘴被雷电击中了。而那个地方正是叔叔爬上去的路，那里藏着只有他才知道的一条"路"。

太阳总是在天地蹂躏之后格外新鲜，像重生一样。白雾如汽。饿雀子在叫着"饿哇饿哇"，但它们已经摆脱了夜晚的苦难，重又聚集到白辛树上。山冈的绿色是透明的，一直蔓延到远处的天空。鹰嘴岩突然变成了一只没有嘴巴的伤鹰，炎热过后，清风徐来，云雾飘散，我看到那天上的鹰嘴岩，那块已经没有了绿色的田垄边，跑着一个人，一只蚂蚁，在边跑边叫。这只叫喊的蚂蚁就是叔叔麻古。

他在鹰嘴岩上下不来啦！

村长找来了最好的采药人，加上我和干爹贵将军，拿着政府提供的绳子去攀爬鹰嘴岩找路。我们爬到一半就遇到悬崖陡壁，垮塌的岩石砸进落豹河里，阻塞了河道，在石头堆里，发现了几条砸死的大蟒蛇，有水桶粗，十几米长。

我们绕着鹰嘴岩，两天也没找到路，只好作罢。

“你看他种的地，他自个儿想占集体的便宜，这下可好了。”采药人说。

“他说他要收五千斤苞谷的哩，可真信了他的，唉，人算不如天算……”

孔不留可高兴坏了，他在鹰嘴岩下哈哈大笑喊着：“一个人升天了！一个人升天了！这可是福气呀！……”

“升天啦！升天啦！我孔家祖先把他接走啦！”

到了晚上，夜深人静的时候，能听见一个弱小的号哭声从天上传来。有一个晚上特别静，还听见叔叔麻古唱的儿歌，祖母教我们唱的：

虫虫飞，翅膀炸，
公公耕田媳妇耙，
母儿们种的好庄稼，
过路的大哥莫笑话，
不种庄稼吃个啥？
这边羞，那边羞，
中间一条泥巴沟，
泥巴沟里种豌豆，
今年不收明年收……

在那高高的山顶上，风中会飘下他哭似的歌声。

叔叔在鹰嘴岩上日夜悲号，像啼血的杜鹃。后来就渐渐没了声息。

有一天，是秋天，大家抬头，看到那鹰嘴岩上的小块苞谷地突然变黄了，那就是成熟了。啊，苞谷，苞谷在天上熟了。

第六章 树魂

森林沉默

SENLIN CHENMO

三十四

当我决定重返白辛树上的时候，发现了一件奇怪的事情。祖母晚上到猪圈给新买的两头半糙子猪添夜食，听到了比猪的哼叫更沉闷的哼声。按她的说法，她从猪圈墙上跳出来时，以为猪生病了，或是不适应这猪圈的环境。那两头猪，是咕噜黑猪，个大，耳长，宽腰，翘嘴。那种哼声很是响亮，有如沉闷的杀牛声。她转身看猪，猪趴在用丝茅草垫好的墙角里，除了因寒冷发抖，并没有哼吼。猪还吃了几瓢新鲜的潲水，然后乖乖地钻进草堆睡去了。不过祖母还是放心不下，又侧耳听了一下，担心猪是不是真的病了。

声音不是发自猪圈。她没有用手电筒的习惯，反正眼睛也快瞎了，就是摸索着生活。在这有几十块石头的坡上，上上下下从来如履平地，闭着眼睛也能走，几十年就是这么走的。

四周的山壁和树干都反射着稀薄的月光，秋兽叽叽，在很远的老林扒子里。她听着那声音吓人，瞪大眼睛，竖着耳朵，隐约看到了她婆婆的坟墓，那块长满青苔的石碑像一个人在那儿伫立，声音就是从那儿传来的。

她搜肠回忆，婆婆的声音也不是这样的。那棵有了年头的白辛树，正在孤峭的上弦月下，披着寒霜，好像在沉沉的山影里扭动。

她看到那些树叶凌乱的绿火苗，正在烧灼着一个古稀老人——这棵树很老，站在响泉边，它神色凄然，浑身疼痛，正在吼喊。落豹河里，风呼呼地吹向河滩，吹向山坡下的茶园和灌丛。山林像浪涛一样在起伏，树枝发出摩擦的啪啪声。

一只饿雀子从树上惊飞，一只戴胜鸟被惊起，叫着“臭姑姑”，遗下翎毛或是粪便。

这树时常会有小哼声，但这么大的阵势，从没有过。有一年树里传来热闹的锣鼓声，结果大儿子生了个玃，找法师破解也没有个结论。今天，它像重病在身的人发出疼痛的吼叫，是树病了？是树洞的大蛇在叫？究竟有没有大蛇？可树是在疼痛地哼，它哪儿弄痛啦，天啊！

她摸过去，到了树下，咕噜大帝被包进去的树瘤没有异样，一切沉默着，安静着，是耳鸣吧？饿雀子们在树上拍打着翅膀发出呓语。

鹰嘴岩就是一面黑的山墙，光秃秃的，有些断茬，像野猪的嘴中几根伸出去的獠牙。不去看它，太伤心。

祖母站在清寒浩大的夜里，天空中有许多飞翔的夜鸟，它们的眼睛像流星一样飞舞。

是白辛树在哼。她的心里一阵冰凉。

“树哼了，老头子。”回去她说。

祖母往回走时，手上拿着猪食瓢，本来岑寂的夜，背后又出现了固执的哼叫，像是一个人，在夜里辗转反侧，被病痛折磨着。她一转身，那株魅影高大的树像个怪物站在身后，朝她怒吼。

祖父在夜酒的杯子里将胡子捋出来，湿漉漉的，看着惊恐万状的老伴，发现她的魂已不在身上。他一时有点窒息，一口气没回过来。他也会去毬的，但他的棺材还没有着落，老伴的被孔不留泼了漆，有点晦气，他想卖给别人再打，这就缺两口了。

“树疼哩，”老伴说，“你娘坟头的树好难受。”

祖父感到屋子里空荡荡的，心里一阵空落。如果老伴没有了，就会更加空旷，也许把那棵古灵精怪的树砍了，彻底断了孙子玃上树的念头，我才有个伴儿。祖父想到他一生的艰辛，不禁悲从心来。

他垂着僵直的胳膊，支棱起耳朵，在门口听了听，整个咕噜山区的森林都在夜晚骚动，天上星尘滚滚，露出黛蓝的底色，一道银河像一地碎金子往西划去，一直落入隐隐的落豹河中。当你聆听夜晚，聆听这森林的时候，寂静的森林总会让人惴惴不安，这是与生俱来的。无数人无数禽兽死了，而我们还苟活着，像在寒冷中躲在树洞或石缝喘息的禽兽。活着也不为什么，就因为轮到我们活着，在这块森林里藏匿。粗糙、危险、一碰就会断裂的生活让每个人都忐忑不安，除了茫然，就是沮丧和不知所措。酒能解决这一切。喝的苞谷酒，烤的疙瘩火，除了皇帝就是我。没有什么不满的，没有。也没有什么可以恐惧的，迎着一切而上，硬着头皮往前，因为时间是往前的，没有人能够后退。不怕，因为我们每个人都可能在半夜里死去，只有森林和山冈永不会死去，永不会衰老。

“[illegible]，你听到过树哼么？”祖父问我。

我说：“蛇哼的，蛇翻身。”

“真有吗，树洞里？”

祖父瞟了我一眼，他的脸上枯黑。

夜静得像在深窟里，鹰嘴岩突兀地从雾里挣扎出来，山峰拥挤着，直指清澈寒峭的青空。我听到树哼有好久了，但我不说。我认为没什么可说的，一切都应顺其自然。哼叫似乎是从地心发出的，是大地在哼。往常，咕噜山区的天音梁子和孔子沟有过那种地哼，都说是黄安蛇在地底下修炼，一旦满五百年就会飞升上天。但那一年发现这棵白辛树发出敲锣打鼓的声音，也是祖母听到的，这棵树的怪事还不止这些。

到了十月，雪就开始在沉香坡下了。这早早到来的雪，非常安静，像一阵小小的白色浪涛，向落豹河推拥而去，接着，山路变白了，面目全非的鹰嘴岩变白了。那片天上无人收割的苞谷地也变白了，覆盖在新鲜的雪下，就像从没有出现过。从沉香坡望去，所有山峦上的树都被雪裹得严严实实，被积雪映照得透明，雪抹去了沟壑的巨大阴影，破碎的群山变成了一个温暖的整体，泛着青幽幽的镜光。山坳的烟幕神秘地升起，积雪羞涩连绵。

火笼屋里的火塘也生起来了，烟从墙缝溢出，吊壶里的水唱着歌，西狗躺在火旁边，千山万壑森严寂寥，仿佛是山在收拾自己，这样干干净净就会把过去的什么都忘了，这个世界在雪中重新焕发生机，重新孕育。

祖父对每一年如期到来的初雪都会有一种童贞般的惊喜，但他不会表露出来。他只是喝点酒，然后拿着开山斧出去走走，他会沿着茶园抵达那个坡嘴，那儿有粗榧、连香树、野核桃树和大叶椴树。但只有粗榧还绿着针叶，站在那儿，什么都可以看到，山与河流，还有百步梯、山对面的巴山冷杉林都冻住了，依然不动声色地站在山口的斜坡上。落豹河只剩下一点点的呜咽声，天空在飘摇，光滑的冰瀑被风雪打磨得响亮透彻。巴山冷杉会有一阵吼叫，当风来的时候，它的坚硬针叶就像刺刀，密集地、自虐地扎着自己。

这时候，祖父站在那儿看对面的百步梯，在月亮升起的地方，几个赤脚的孩子咯咯地笑着，在雪地里往山坡上推一个巨大的雪球。

这荒无人烟的山坡，哪儿来的几个赤脚娃子推雪球玩呢？他们不怕冷，好像是被冰雕出来的，薄薄的月光就像雪一样落在他们身上，他们的笑声像烧好的栗木炭，在雪原上滚动。山崖高矿，月光如洗，就像天空有一个掌灯人，这可是真正的月亮山精山混子啊！他们在为我开路？为大雀和獾开路？好日子就要来了？又一想，这个沉香坡要让他们占了？

岁月轮回就这样到了么？

我得赶快养一百箱蜂子，把徒弟全叫来打蜂箱，蜂子是退山精木魅的！

这种恐惧感一下子攫住了他，背脊像被凉水浇。他进了火笼屋，碰了火，就不怕了。坐在火塘边，想这辈子他碰到的各种月亮山精和山混子。有一年，最吓人的是碰见了黑帐精，走着走着，林子就突然黑了，走了两天走不出来。后来他从屁股后拿出给人干活的斧头，斧头有寒光。他前后左右一阵乱砍，风嗖嗖地刮，碗口粗的树木一根根折断。等黑帐精离去的时候，天空像泼了血一样亮了，血红血红。这些鬼精都是跟他开玩笑的，并无害人之心。这些山混子都认识老木匠，一辈子在这里生活，是好邻居哩。

这个事情没想明白，第二天早晨，他就看到老伴正从她的箱子里拿衣裳。那口木箱是祖父年轻时为祖母打的，料是崖柏，就是咕噜山香柏，香喷喷的，四个角包了铜片，锁也是找镇上的毛铜匠打的铜锁。

祖母对他说："老倌子，寿衣我都自己做好了，还有寿鞋，也自己纳了，千层底的，牢实，跑到丰都去费鞋的……"

"你这是咋了？"祖父一脸懵色。

"菩萨要召引我去了，去后，你也不信这个，帮我念一百零八声阿弥陀佛就行了。我死了，我与你家的恩怨一笔勾销了，只当你祖上没有到过沉香坡来安家，只当我跟我父母一起随乱石埋了。几十年过的，都是没有的事，镜花水月一场……"

我放羊回来，祖母叫住我，给我一个玉手镯，说："这手镯是你曾外婆的，那场泥石流过后，我刨地刨出来的，一直没舍得戴……"然后她又从衣兜里拿出一块包得好好的手帕子，一层一层揭开，一些银元，袁大头，她说："这也是我从石头泥巴中刨出来的，是你曾外公收的学钱。这里只有五块，我记得有一背篓，都被泥石流埋到沉香坡沟里了。给你三块，你哥两块……”

我说我不要，我不要这些东西。

“我若走了，你就天天回到屋里陪你爷爷，你能答应我吗，玃娃?”

“奶奶，我看见的世界跟你们不一样。”

“你不能再上树了，你还是花仙老师教过的学生，是有了文化的。你答应我，你是个猴就算了，你若是人，你就答应我……”

我终于点了头。

“你不会死的，奶奶!”我说。

“谁老了都会被阎王爷收去，被菩萨接引去，那儿有我的爹妈，我要与他们团聚……”

我握着那五块银元和一个镯子，泪水突然涌了出来。祖母除了眼睛快瞎了，身体很好，双腿有劲，重新垒猪圈时，我们给墙开了个口，让她不要再爬上跳下，她已经是八十多的人了。但是她说，防止野牲口咬猪，又用石头把墙垒住了。她的脸像扭过几圈的丝瓜瓤子，像风化已久的石头，使人想到，石头也有死去的一天。

晚上的白辛树开始哭泣。锣鼓声中有哭泣声。

第二天早上，祖母死了。

祖父看见祖母死了，没有吭声，跑出来，把女厕所的门踢了一脚。这个女厕所再也不会有人用了，老伴真的死了。他看到观音菩萨的像前，七盏茶油灯依然在摇摇闪闪，没有熄灭。昨晚，他的老伴把油灯全注满了油。与火塘屋相邻的北房里，靠火笼屋的墙边，是老伴的床，墙壁暖和，半夜冷了，可以将身子贴到墙壁上。他和老伴两张床，用一个杉木大柜隔开。他的老伴，在被窝里一动不动，脸黄了。再摸，没气了，是死了。

他先是在火塘屋往火堆里加了一根柴，天很冷，他加了根老栎木，青冈栎，已经朽了。他抽了一袋烟。他只能这样。

他对我说："她死了。"

"噢。"我说。

我踢了狗一脚。这狗不值得同情，它无动于衷。

"叫你干爹来。"

他不知如何是好，看了看鹰嘴岩在风雪里，用手捂着薄薄的耳朵，蹲在门口，几颗老核桃嵌在门口的石缝里。

一群群的山峰，在风中挺立着，披着褴褛的白雪，就像些怪兽，互相倚靠着、踞坐着、躺卧着，毫不怯懦，精神抖擞。落豹河谷全被雪壅住了，好像要把这条河埋到地底。雪在膨胀。也许不是雪，是些雪雾，已经溢出了山谷，要冲上山顶，举起双臂。云也凝固了，一排排的云，像些冰花，排列在天空的边沿，像一道刺篱笆，张牙舞爪，白滋滋的。山冈像死去的巨兽趴伏在雪原里，冻僵了，只剩下一条条脊骨。它们会醒来。响泉发出清脆的流淌声，没完没了。水撞在石头上，它们奔下山去。灰胸竹鸡在山坡的草丛里，惶惶大叫："地主婆！地主婆！……"

"她不是地主婆，不过是一次机会，咱占了她家的一点浮财，但那是天塌地陷自然灾害……"祖父心里说。

干爹带来了干妈，祖父还叫来了崖下的赵八朗和他老婆，两个女人要给祖母擦洗身子换上寿衣寿鞋。祖母是头最后冷的，所以干妈就说她去了天堂。如果头先冷，就是去了地狱。干爹用电话招来了我哥，然后他们让我背上背篓去镇上买所需的物资。落气纸烧了，香也有，要的是香烟、肉和鱼。

我们将祖母抬进棺材，棺材放在堂屋里，棺材前用一张矮方桌，后面用一个大板凳，棺材头为大回，尾为小回。大回朝外，就是头朝外，升天堂。赵八朗老婆在后山坡折了些松针来铺在棺材底，她说是她们那儿的规矩，松针叫松毛，婚丧嫁娶，都得铺。果品、菜肴、馍、酒杯，摆上灵桌，燃起蜡烛——这是给亡者的指路灯。“亡者灵前两盏灯，一盏明灯一盏昏，明灯照亮阴间路，昏灯照进丰都城。”还在棺材下面放一个木盆，盆里点一盏油灯，防止亡者进枉死城。最好的一口棺材给了花仙老师，这口被孔不留泼漆的棺材给了祖母，不过已经重新上了一道油漆。

檐前放棺材的地方空了。

我飞奔着去镇上为祖母置办丧事用品。肉买了五斤，鱼买了两条，再就是一些酱油、醋之类的。酒自己酿的有，鱼还有一些晒干的盲眼鱼和春天河里捕的扁嘴鱼。主要的问题是，没什么人，没什么亲戚朋友，村里也少有人。一个人死去，几乎是静悄悄的，干妈哭了几声，赵八朗老婆也跟着哭了几声。我们家里没女人，男人不会哭，干妈和赵八朗老婆小甘就只好上阵代替孝子孝女哭了一场，还真哭出了眼泪，闹出了一些响声，但不一会就平静了，没声了。

我在镇上办好了用品，等哥哥大雀一起回家。到了日落西山时才见到从长途车上下来的大雀，手臂缠着绷带，是干活时弄伤的。他一下车就兴奋地给我说，玃，我给你找了个嫂嫂。他一脸喜气洋洋，陶醉在找到女人的幸福里。

回去已经很晚，我希望白天的事没有发生，家里没有摆放装了死人的棺材，棺材还在屋檐下，然后我和哥哥一起喝酒，吃的是祖母炖的腊蹄子煮洋芋。

不一会，响起了鼓声，孔不留从百步梯爬上来，进屋就唱：“自古人死众家哀，众人帮忙好拾柴，放得春风去，不愁秋雨来。家家都有老奶奶，百年归山要人抬……”

“今天不出殡。”贵将军对他说。

“丧鼓要打吧？”

“应该打。”大雀说。

“不打。”祖父说。

我们听祖父的。祖母说过，不打丧鼓，念一百零八遍阿弥陀佛就行了，我们也不会念“大悲咒”什么的。祖母爱静，那些闹哄哄的丧鼓会吵得她去不了天堂。

第二天早晨，我们在曾祖母的坟旁挖了个洞，就把祖母埋掉了。

“我梦见祖母骑着芭蕉叶飞上了鹰嘴岩。”大雀说，他收拾着镢和锹，折了些白辛树枝放到祖母的坟前。

“我们可以烧一些柴火给她升天。”祖父说。

“应该有一堆火。”他又说。

天还在下雪，虽然像面粉一样细小，但依然密集。祖父的头上和肩上已经落满了雪粉，我看到他，想哭一个人的应该是他，是哭活着的人，死容易，而活着不容易。活着，而且那么老，真不简单。他的额上有几道皱，像车辙一样，双手还沾着埋老伴的泥土，嘴角不知是因为悲痛还是寒冷在抽搐，但他忍着。他在森林里活了一辈子，能忍。但他还得抽烟、喝酒和干活。

我们砍来了许多树枝，在那儿生起了一堆火，却把白辛树上的饿雀子熏飞了，树上落下如雨的盲眼鱼。

我们将祖母的衣物清理了一遍，有用的让干妈带给她的母亲，小甘也拿走了一些，这件事就这样结束了，人的一生大致如此。床是要烧掉的，这是规矩。床被拖到茶园里烧掉做肥料。柜子后头搬进了叔叔麻古家里遗存的一台小粉碎机。哥哥大雀说有用的，他在县城修摩托，经过他的鼓捣、拆洗，粉碎机又可以用了，只是这电压不稳，发出忽高忽低的声音。有时粉碎苞谷，有时粉碎猪草。还有一些农具也堆放到祖母原来的床那儿，一个人留下的空间就被杂物填满了，这个人一生的痕迹就这样抹去了，被另一些东西占领了。人没有资格永远霸占某一个地方，连坟墓也会抹平，墓碑也会断裂。山洪、野兽、树的根须也会侵占它们。

“爷爷，我给你焐脚。”我这样给祖父说。祖父看了看我，他看我的神情很可怜。他坐在火塘边，一样吃饭，喝酒，仿佛家里没有人死去一样，仿佛那个死去的人没跟他过一辈子。

她是死了，祖母。但天依然如水漂过地亮，山依然七弯八拐地绿，鸟依然天真未凿地叫，人也将不明不白地死，他们全是大地和森林的精灵。

三十五

太阳照得白茅真的很白，这些被风雨逼出来的穗子，感人至深，在漆黑的夜里也如灵异的生命，谦卑地弯着腰，跟冰雪一样洁白柔软。一嘟噜一嘟噜的打破碗花花也很肥硕，撂在荒野，鸟们叼去，建自己的暖巢。太阳出来了，祖父坐在门口，还是看山，说：“白月亮……”“噢，山亮了……”老狗卧在他的一双球鞋上。他的心空了。他缺了个啥。

埋葬祖母的第二天祖父就和我们一起去挖款冬花，然后回来掰款冬花的芽子。一篓一篓的款冬花晒在屋场上。今年的行情，干透了，应该可以卖到四五十块钱一斤。老伴才上山，可祖父的精神还好，重要的是，走了个老伴，却得知孙子大雀帮他找了个孙媳妇，走一个，添一个。他问大雀：

“那女娃子对你可好？”

“好啊，爷爷。”大雀说。

“过年带回不？”

“看。”大雀用那只好手在土里捡冬花。

在咕噜山区的森林里，没有谁去想一个老人应当在这时候怎么活着，也没有人想到还有一个猴娃。没有谁垂怜一个丧偶的八十岁的老木匠，全靠他自己来调试他的情绪。

大雀要回县城了，他只请了两天假。走的时候，大雀做了一大炖锅鸡，鸡是祖父杀的，村长来了也不会杀鸡。祖父高兴，为大雀找到了女娃子高兴，他能得重孙了，他又有了盼头。

祖父拿出了三个杯子，要跟他的两个孙子喝酒。鸡肉被祖孙三人吃了，鸡骨头被狗吃了。这样的热闹是短暂的，祖孙三人推杯换盏。大雀端着酒杯，刚喝了两口，两个膝盖就跪到了地上，号啕大哭起来，说：“爷爷，我不孝啊，我是不肖子孙呀。”

我去拉哥哥，祖父也哭了，浑浊的眼泪从深陷的眼睛里流出来，只是说：“大雀，喝酒。”

大雀把自己喝醉了，连盖了三杯进肚，说：“爷爷，玃弟，我走了。”

太阳有三竿子高，大雀就走了，兜里捏着祖父给他的五千块钱，说是给他女朋友买个手机，买点衣服。大雀死活不要，他还有个心病是为祖父打一口棺材的事，可他没说出口。

早上的酒容易喝醉，他摇摇晃晃地走了。大弯大拐的小路在峡谷里，像银子一样蜿蜒。

祖父背着背篓上山，脚步不稳，头脑却很清醒，清醒得跟天空似的。

他看到一个陌生人来了，是他的一个徒弟。

他脚下立马就放了两瓶有牌子的火酒，还有两个塑料袋装的点心。

“师傅，刘烂蛇。”

祖父突然发起怒来：“你怎么来了？回去，不想见你！”

他毫无道理，中气十足，寿眉倒竖，他还有鼻毛，耳朵内也长出来毛，都一根根竖着。他记起了什么，就是这个刘烂蛇，为别人做婚床使坏的，让新婚的两口子搞不到一块，两人在床上隔一条河，不能挨近。后来请了祖父，祖父才看到床腿上画了个毒咒。祖父在床下放了一碗水，上面放了双筷子，才把蛊解了，当年这个妻子就怀了孕。

刘烂蛇将一支烟递过来，作揖，赔罪，说：“我来给师娘磕个头的……”

“没有你的师娘，走走走！”

我把火酒提上了，刘烂蛇就拉着祖父坐下，他长着鸮耳、兔眼、猪嘴、鹄面，有酒色，脸上有红斑。

祖父说：“你还没有被政府枪毙啊。”

刘烂蛇颤着厚嘴说：“我、我又没做什么坏事……”

我给刘烂蛇倒了一杯苞谷酒，可刘烂蛇不敢喝，说：“师傅，头已磕了，我走了。”

“把你的酒提回去！”

刘烂蛇脾气也坏，再三请求，祖父还让他提走，他就提着去了祖母的坟头，将酒倒在坟上，将酒瓶砸碎，将玻璃渣子踢到悬崖下。

“你气我哩，看老子不打死你。”

祖父真的是老来无人情，操起一把挖锄就去撵刘烂蛇，刘烂蛇吓得抱头就跑，在下坡时摔了一跤，一只手锉到石头，锉去了一层皮。

我抢了一瓶酒没让刘烂蛇砸，我给祖父说：“是白云边，真酒。”

祖父说：“老子不喝他的酒，他心术不正，害人哩。”

几十年陈谷子烂芝麻的事，他还记得，还不肯原谅徒弟。

祖父常说起的好徒弟是“怪头”，也是他的大徒弟。怪头生下来有两个头，他父亲就捡了一个爱哭的头砍了，用烟灰洇了，剩下来就是大徒弟的头，但头歪在肩膀左边，就是个怪物，却分明对锯子刨子感兴趣，特别爱凿棺材，于是就跟着祖父走村串户做棺材。怪头异常聪明，为人正直，不使坏，解木方时两米五长的木头，一口气就解完，饭量却很小，又不喝酒，如果喝酒，另一个肩膀上的那个小疤就咳嗽，那是他兄弟曾有的一个喉咙。怪头徒弟凿的棺材，要死的人明明快死了，又可以活两三年。也许无常鬼怕他的棺材，就不敢来勾人的魂。可是有一次怪头徒弟因为头歪在一边眼神不好，掉到天坑里去了，死了。

祖父肯定是想到他的好徒弟怪头，如果让他帮忙凿一口棺材，兴许还可以多活几年。可就算他还活着，又到哪儿找好木料去呢？

“玃，你咋又上去了？说好了下来的！”

哀求加发怒，我是会下来的，我会给祖父的热水袋灌上热水，我会将他的床用身子焐热。但我上树并不是为了睡觉，是要好好地看护花仙老师的坟。

到了夜深人静的时候，白辛树的哼泣声就会出现，让我十分难受。但你还不知是从哪个地方哼叫的，似乎是这棵树，也似乎不是，好像整个山冈和森林都在哼泣，在北风中。有时候我烦了，就猛拍树干，哼叫声戛然而止。但当我迷糊之后，哼叫声又会像蛇一样从树根爬上来，并且传到很远。

有一次，我在树上打盹，听到树一震，以为又是泥石流，朝下一看，是祖父，披着衣裳，手拿一根木棒敲打着树。

“下来吧，”祖父说，“你骑在它头上，它很痛，这是咕噜大帝的巢，你这是不敬哩。我寻思，你在树上，家里才有这些怪事，玃，你下来！”

我下来了。可我看不见花仙子的坟。

今年的冬季来得太早，那些雨变成了寒冷的白雾，像是洗衣粉的泡沫挂在树上。浆果落地和蘑菇腐烂的气味，比往年密集。最后结束的秋天总有一场大雷雨，算是季节的了结。这场雷雨带着大风，把山都吹得歪歪欲倒。

手握豹目珠的人用他的玩物照到了白辛树，我看到树尖冒烟，山也在冒烟。一个炸雷，周身一下子滚烫起来，衣裳像被刀割开，接着头顶的毛发像是烧焦了。这深深的黑暗里，烟幕在滚动，树被折断的声音到处响起，惊雷的巨口像要把整个天空吞噬。在风口的白辛树的树枝和裸露的树根，都发出比以往哼叫的声音更响亮的呜呜声，就是嗥哭。

电光亮起，接着炸雷就在脚前，一片红光，树被打着了，饿雀子像石头纷纷掉落。我在檐下，看到火光中那个树上的洞里有一条大蛇腾空而起，这条蛇有一丈多长，在天上狂乱地舞动挣扎着，想冲上云端。它在天上忽上忽下，忽左忽右，想攀上一块雨云。也许是雨太大，也许是力不从心，它看着看着就往下坠落了，重重地摔在落豹河边的石子滩上。

雨下了整整一夜，第二天早晨雨才小了点，我们去河边，发现有一些人也来观看。还没到河边，就有一股非常浓重的腥臭味扑面而来，大家捂着鼻子，还是臭得令人窒息。这腥臭像死了一万条鱼且被太阳暴晒过。

我躲过了这场浩劫，又侥幸活下来。

在乱石滩上，辣蓼和虎耳草成堆的地方，那条烧得乌黑的巨蛇蜷死在那里，尾巴已浸在水中，随波浪起伏。

“看啊，有爪哩！”

“龙，是龙啊！”

有人拿树棍拨拉着，是鳍还是爪，有人争论。因为这蛇已经腐臭了，没有人能看个明白。好像是有四个爪子，跟鸡爪子差不多。

“究竟是不是龙？这蛇还没修炼好呢，雷就来了，可惜去不了龙宫……”

“在地为蛇，在天为龙，上了天就是龙子龙孙了，没上天就是条臭蛇。这事儿在咕噜山区有过几次，都是没修炼好的蛇精，太急了……”

“可是个倒霉蛋，是不是猴娃在树上把它吓的？”

“真可怜了，上了天，兴许保佑咱们咕噜山区风调雨顺……还没修炼好，这预示着什么呢？预示着咱这地方不能待了，说不定还有什么灾难等着咱们呢……”

那条蛇的两只小眼睛努在外头朝大家瞧着，已经浑浊，有苍蝇在头上叮。

“要说有关，与那飞机整天在这儿轰轰隆隆地吵了蛇精有关……”

“不是让飞机撞上山了么，早有报应了……”

“建机场断了咱的龙脉……”

“可不能这么说，这是封建迷信，扯淡的。建飞机场可是为咱咕噜山区农民带来了致富的机会啊！至少有旅游，不再砍树，砍光了树，咱们子孙吃啥？不能吃子孙的饭……”

“还是问猴娃，在树上是不是朝树洞里撒了尿吐了痰呢？”

“这事让猴娃说……”

我跑了。雷打死大蛇后我一直头疼，耳朵嗡嗡直响，就像锤子钉棺材钉子，一个劲地将我的头钉死在棺材上。这沉香坡接二连三发生的事，我也说不清楚，我没有话说，我只能沉默。

又过了一天，看稀奇的人去河滩上看那条大蛇，蛇已经不见了，什么也没留下，只留下那熏人鼻子的腥臭味。在那死蛇摊晒的地方，草又复原了，辣蓼长得像树，虎耳草绿茸茸的，根本就没有东西碾压过，这蛇去了哪儿呢？

烤药棚教学点里面有人烧着火，大家咳嗽着抽烟，眼睛被烟子熏得红通通的。

“这事儿不管咋说，与玃在树上有点瓜葛，他不在树上影响蛇修炼，蛇会提前出来摔死吗？”有人说。

“但雷打得不大，是蛇算错了时间呢？若是飞机撞山和鹰嘴岩垮塌那样的时候，蛇就飞上天了，只差一口气……”

“猴娃是个可怜的孩子，还有谁能像他那样不幸？他是受了惊吓，但这娃儿有艳福，跟城里来的女洋学生，差一点有后代了……”

“可现在他一定更傻了，母亲没有一点音讯……”

“都是蕺家那棵白辛树出的事，听说蕺木匠拿着斧头要动砍……”

我在教学点外边听他们议论，听到这个消息不顾一切地跑着回去。我跑到白辛树那儿，果然看到祖父提着斧头在树下兜圈子。

“爷……”

“那蛇待这里四百九十九年差一年，它为啥要跑呢？”他自言自语，“我去年用兽夹子夹到了狐精毛，我知道这一生是跑不掉的……”

“您不要砍树。”我说。

“你奶奶要是在，会点上香给树磕头……我是想把根里的咕噜大帝砍出来。”祖父说。

他是想打棺材。我这样想。我就说：“爷爷您要活一百岁的。”

我害怕他死去，那样，在沉香坡，我就一个人了，这该多么孤单，就像山口上的巴山冷杉，总有一棵孤零零地在那儿长着。风太大，吹成了挂旗杉——就是一边有枝条，像一面面飘拂的旗帜，它们总不及那些山坳里的冷杉林，苍苍翠翠的，像镀上了一层油。这些孤独的挂旗杉，会在某一个冬天死掉，然后成为站岗树，站在山口，虽然死了，却不肯倒下，假装活着，死了还举着黑黢黢的旗帜。我可不要做挂旗杉啊。

这时，从百步梯爬上来一个人，是哥哥大雀的同学三宝。三宝给祖父和我从县城带来了东西，是大雀带来的。三宝说大雀请他吃了一碗肥肠面，放了好多葱蒜，还有蘑菇，真是太好吃了。给祖父带的是袜子，给我带的也是袜子，然后对祖父说：蕺爷，您可要当曾祖父了，要有重孙了。

“啥？”

“他说他媳妇都怀上了！”祖父的耳朵有点聋，三宝在祖父耳边大声说，“新房都租好了，就等家具哩！”

这下祖父听明白了，“噢噢，打家具？都怀上了？……这娃，还没结婚，这是瞒着政府……”

无论怎样，这也是一个喜讯。我不懂祖父为什么这么高兴，又这么犯难。他在门口转了几圈，他说母鸡倒是有了，到时你哥若有了娃子，提几只鸡去，让他老婆发奶。猪把它养着，到时杀了给他办喜事，还要办生娃的酒。只可惜老婆子不在了，不晓得生了娃子置办些什么衣物，这可如何是好？祖父说着哭了起来。祖父坐在门口，对着群峰说：“哦，重孙，重孙……”

他的脸颊上满是泪水，虽然他这一辈子跟祖母吵架，祖母也恨了他一辈子，但因为一起过了一辈子，总会让人想起什么而流泪的。他的嘴巴好瘪瘦，只有一颗牙齿挺着嘴巴，像那儿卡着一块石头，随时准备吐出来。

第二天他起得很早，很早很早，背着斧头，钻进深山里去找树，就像侦察蜂一样。

集体的山林不消打主意，都给保护起来了，不可能去砍树，这是要坐牢的，他只能贼似的往山里头钻。半夜才摸黑回来，已经冻得不行。他瘸着一条腿，脸色蜡黄，四肢抽筋，坐在火笼屋里，脱掉裤子，小腿肚上划得血痕累累。

“我找到别人砍的几筒大木头，全是红桦。明天我们一起去看看行不？再找人拖回来。”

他告诉我他拖一筒小的树，从沟里拖到岩上，拖昏厥了过去，后来好在冻醒了，这才回到家来。

“我算了算，可以打一个立柜、一张床。弄得好还可以打一张桌子、四把椅子。如果以后我和你到你哥家做客呢，再打两把杂木椅也行哩。”

有这样的好事么？

鸡叫三遍我们就炒了昨晚的剩饭，在炖锅里加了点白菜。我们还带了几个烤好的洋芋粑粑，一直沿着一个干沟往上走。天大亮的时候，我们看见几只大鹰在鹰嘴岩上借着气流滑翔。鹰嘴岩从干沟看去像是被钝刀剁过一样，参差不齐。我想要是能上去，那上面的冷杉多了去，不用说做家具，就是做一栋木屋也足够了。

“麻古兴许还在呢。”祖父这么说。

可是那些苞谷没人收割，又怎么解释？还是死了，他在那天上啼号数日，也会死去。在那么高的地方，人会死去的。

云彩擦着悬崖，悬崖像在行走，像一层一层穿过云彩的飞山，我有些晕眩。天上多好啊，如果叔叔还在上面，有一把电锯，他会通知我们将砍好的树筒滚下山来。不过，那么高，再好的树也会滚成木渣，实在是太高太高了。

赤爬毛茸茸的红果挂在藤上，分外打眼。一串串沉重的漆树籽落在地上，由金黄转为黯黑，然后腐烂。蛇莓在冬天格外青翠，像芫荽一样，在残雪里精神抖擞，紫色的睫毛萼凤仙花在一些枯萎的草丛里依然娇艳欲滴。波叶红果树的叶子在果实红后而红。赤爬的根茎我们叫癞瓜，含淀粉，可以食用。以前闹饥荒的时候，很多人挖癞瓜吃。它的根很细，在土壤里一米以下才挖得出来。它的根虽细，但是下面的瓜很大，比藕要粗壮。水沟里冲出来的癞瓜我吃过，是放在火塘里烧着吃的，略带点土腥味，很黏人。

我在草丛中捡到一只鞋，皮鞋，那是从飞机上散落下来的。一定有许许多多的惨叫，非常短暂，在爆炸之前。但山平复了，一切都那么沉寂，山林里像什么也没发生，飞机撞山、泥石流、雷劈，都十分短暂，更长久的是山冈和森林，它们永久地站在这里，无法更改。如果山有这么高大，它是不会失去什么的，它永远存在，而人、飞机、雷电、蛇，都是短暂的，是时间的沙尘。大河正在奔流。

我们来到一条山沟里。这里曾经是一个林场，有几个伐木工曾打死过一头老熊，剁了它四个掌子，煮了三天三夜也没把熊掌煮烂。现在，林场人去楼空，几排破败的平房，屋顶都没了，一只麂子从里面窜出来，飞跃进一片灌丛中。有许多酒瓶，有许多树皮，有许多苔藓，有许多蕨类，有许多野兽的粪便。

香菊在山坳间盛开，黄艳艳的一片。四周的山壁蓬拢过来，山沟里流出异香扑鼻的松脂气味。泽兰、牛夕、醉醒花草，像一层层手臂扑打在我们身上，到处是干巴巴的树枝碰撞声。

我们走到一个天坑口，朝下看，看有没有大树。有，可是太深，就是金丝楠木你下去砍了也不可能把它们拖上来。

祖父说他昨天见到了桦木筒，他显得很恓惶，因为走路，拼命哮喘，就像夜里打呼噜。

“难道我昨天看到的不是这样吗？我想起来了，我做了记号的，是一张手帕子，用石头压着的。”

可是他在那儿找手帕，手帕变成了一个红书包，用石头压着。

“是这块石头呀。”他认出了石头。

书包可能是从飞机上掉下来的，还有没拆的商标。

“记号是对的……”一口痰堵在嗓子眼上，他脸上的颧骨已经顶到了眼角，脸颊坍塌的地方像两个岩窝。他眼睛紧紧盯着那个书包的时候，一扯一扯，像是看到了猛兽。这是月亮山精变的戏法，他一定这么想。在荒山野岭，人会这样怪想的。

我拿起那个书包，想起花仙子和她的导师……

在往下去的一道水沟中，杂树横生，荆棘遍地。我终于看到了祖父说的那几筒桦木。他一定是求木心切，把那几筒已经基本腐朽无用当烧的弃木当作了好料。一斧头下去，就看到爬动的白蚁。它们已经快变成泥土了，是很粗，但年头太久，基本腐烂了，放手吧。

这里是一片次森林，都是伐木队补栽的，有日本落叶松和池杉，没有成材，也不属于我们。有人偷伐过，不是拘留就是坐牢。

“不可能吧，”祖父坐在朽木上，不愿承认现实，“是好树呀，昨天还好好的。”祖父记忆力衰退了，有了老年痴呆症的征兆。

我与祖父回去，我将那个红书包放到花仙子的坟上。到了白辛树下，一坨东西砸在祖父的头顶。他伸手一抹，是一坨鸟粪。这种饿雀子因为吃了盲眼鱼，排出的粪便腥臭难闻。树上至少有二十个饿雀子的巢，祖父往上一看，那些饿雀子朝他狞笑着，喉咙里发出呱嘎呱嘎的声音。祖父捡起一块石头，朝树上砸去。鸟们呼呼飞到了更高的树尖，叫得更凶，像哭泣一样，而且是大合唱：“饿哇，饿哇……”

凄寂的夜空里，全是饿雀子寒碜的叫声。我把火塘的火拨旺，因为没了祖母，我们的饮食基本上是一锅煮。有时一锅煮上两三天，煮的肉啊，青菜啊，笋子啊，蘑菇啊，就像稀粥一样，也会吃得津津有味。祖父因为有酒来打扮这简单的生活，知足自在。人吃肉，狗吃骨头，但更多的时候狗吃草，有时候它什么吃的也没有，我们会忘了它。它就跳进猪圈去与猪抢食，有时候会抓我和祖父的裤腿乞食，也不吠叫，它太老了，老得和蔼可亲，文质彬彬，一声不吭。人和狗都一样，都会一声不吭。

祖父晚上围着白辛树转悠，白辛树的大根凸出地面有一尺多高，生了许多瘤疤，它叫龙根，祖母供奉咕噜大帝的香炉和烛台歪倒在根下。

祖父转悠了几圈，就在响泉边蹲下来，在一块石头上磨斧头。

"他要砍树啦?"

"是的——"我听见山冈在回答。

这棵树马上就要死在他的手里，没有办法，他需要给他的孙子打家具。雷刚刚劈过的地方，似乎还冒着青烟，但白辛树青枝绿叶，百鸟喧腾。

也许不会吧，但愿不会。也许是因为他喝多了酒烧心。一个老木匠，磨斧头也许什么都不因为，只是喜欢磨而已。

三十六

东边的山脊被太阳照亮，那是一片火山岩，光滑得就像人的秃头，寸草不生。山脊上，有着不肯化去的斑斑点点的积雪。季节冷了，积雪悄悄地向峡谷蔓延，就像一个老人的白发，在头上四处爬动。峡谷明亮得像瓷碗，几棵歪柿子树发黑，枝干上挑着一些火红的果实。鹰嘴岩上还有许多没有崩下的常绿灌木，土椰、香柏、黄杨、杜鹃、八角茴，被阳光晒得油光水滑。阴森的落豹河谷水声朗朗，和夏天的气势比起来，已呈强弩之末。胡麻草在乱石堆里生长着，人和畜沾上它，会麻痒得哇哇大叫，痛苦难忍，像被蝎子蜇过一样。

迎着阳光，祖父背来一块红色的大石头，将它丢在白辛树蔸边。

“只有这点家当了。”祖父嗫嚅说。他喘着粗气，那块石头是平时磨锄头的。

“我想这也是天意，砍倒了树，我看你往哪儿爬……”祖父是在说我。

他今天用很怪异和怜悯的眼神看我，树皮上挂满我身上的毛发，我的红毛像是些杂草裹在身上，还沾着树叶以及苍耳果，跟家里缺少油水的老西狗毛色差不多。寒冷我不在乎，我不能阻止祖父的这一决定，为了哥哥，让他赶快结婚，不要出咱们蕺家的丑。

他煎了一盘晒干的盲眼鱼，还炒了个蕨粑，备下了五斤苞谷酒，准备与树决一死战。

斧头摆在石桌上，他拿着酒杯与石头碰了一下。

他咳嗽，清喉咙，他要喊树了。这么大的树，是个树精，咕噜山区的规矩，砍大树，要把它的魂喊走，喊死，才敢动刀斧。

他的磨斧声传几里路，许多住很远的人都能听见。“嚓嚓——嚓嚓——嚓嚓——”斧头是用炮弹壳打的，砍石头也不会卷刃。对着树磨斧，是想杀它的威风。他一个劲地磨，不吭声，让树看他，让树先发怵。

斧头在石头上发出的声音那么硬气、武莽、阴沉、短促、干脆、森冷、硬碰硬，简直要斩尽杀绝天下的树木。

“你个狗杂种，老子不吃你这碗盲眼鱼！少拉些屎在老子头上，你这是搞烦了我，在老子头上拉屎拉尿，邪完了！”

他骂，老伴倚着门框在看他磨斧头，他要挑起老伴与他争吵、互骂，他会舒服一些。他听见老伴说："老狗日的，这树是保护你老娘的坟，保佑我们子孙的大树啊，你这个败家子啊，你从哪儿来滚哪儿去！……"

呼天号地也没用，老头子认定了，就是要给孙子赶快打一套家具，这也是他此生打的最后一套家具，他盘不动那些木头了。就是要让那个不肖子孙玃从树上下来，砍他的窝，要他回到地上生活。老子死了，他不成为一只饿雀子啊？

"你滚，给老子滚远点！"他在女厕所门口跺脚骂他死去的老伴。他看到老伴刚喂了猪食从围墙上跳下来。

他挥舞斧头在空中劈杀，幻觉让他生不如死，痛苦万分。他开始吼喊了：

"嗷嗷嗷——嗷嗷嗷——嗷嗷嗷——"

这是从胸腔发出的最强音，要压倒一切，是咆哮，是歇斯底里，是绝望和挣扎，是咽下的最后一口气，也是吐出的最后一口气。

白辛树纹丝不动。它太庞大，这棵树太庞大，它的伞盖，就像佛和高僧用的宝伞和华盖，它这么美丽，这么神圣，像金幢一样，不应该遭受斧钺之痛。它的枝丫，它上面横陈的鸟巢，那上面寄生的蕨和芒萁，青翠欲滴，那些饿雀子根本不睬他，依然跳跃在枝头，从一根树枝跳到另一根树枝。或是打盹儿，眨鬼眼，或是拉出一坨坨鸟屎。

这一嗓子，好痛，太猛。喉咙里火烧火燎，像是从里面拖出来一条干枯的丝瓜，肚脐眼也震得生疼。那喊声，带着酒馊味冲向树巅，树巅像高山一样高。

他毕竟老了，声音嘶哑、短促、狭窄。白辛树旁是响泉，响泉旁是悬崖峭壁。这个沉香坡，在这些巨大的石头和沟壑深处，我们的家其实是一滴鸟粪、一块苔藓，可以忽略不计。这棵大树也就是一棵小草，人呢，只是个爬虫，他的喉咙也就是一块石头的小裂纹。

鸟飞走了不少，树叶掉落了几片，枝杈在微微颤动。鸟是惊了，发出扑噜扑噜的埋怨声。

这平常一脸福相的老头怎么啦？

“嗷嗷嗷——嗷——嗷……”

他一定要把这树喊死，他的此生别无选择。

他的声音已经够大了，只有偶尔一次经过的飞机声比他的声音大。他对我说：“玃，你帮爷爷喊喊。”

我不会喊，我只要想喊一嗓子，喉咙就会堵了，像一口气憋住了缓不过来，快要死去一样。

有紧迫感。我似乎看到嫂子的肚子一天比一天大，大得像个大南瓜了。哥哥必须有家具尽快结婚，免得让人笑话。我把未见过的嫂子想象成花仙子，把她肚里的娃子想象成是我看见的那个早产死去的红毛婴儿，那也许是我的血肉，也许是别人的吧。在这个森林里孕育的孩子会有一身红毛，这不稀奇。但那又是谁的呢？她为什么要死去？她为什么要在这里死去？

想到此我就为哥哥的女友担心。

日头落山，他在那儿望着头顶，高大繁复的枝丫，造型张狂。晚霞流散，像一管巨笔拖曳在树冠之上，所有的饿雀子都围着它飞翔。在归巢之前，这些鸟每只都要绕树三匝，就像某种神秘的仪式。星星从云缝里跳出来，树冠成了巨大的黑翼，覆盖了这片山坡，也像巨大的守护神，庇护住它们，以免在恐惧的夜晚，让它们暴露在凶险的天空、大山、野兽和千古荒凉中，在它的暖翼下，安然入梦。

我喊了一嗓子，我的声音像是流水的呜咽，弱小不堪。

月亮升起来了，像炭火一样的月光朗照大地，山林笼罩在红艳艳的月光里，烟雾浮升，把祖父的影子扔在树蔸下。他气绝了。他又站起来，手上攥着斧头。他抓着那棵树，他没了力气。他要靠树支撑。山冈上的栎木、杜鹃、海棠、盐肤木编织着铁网，互相穿梭交织纠缠，山里像有一万只野兽在走动，整个群山都在摇晃。石头幽幽闪光，草木泛着紫红色的清辉，历历在目。

“玃娃子，吃什么？”祖父声音哑了，他咔着喉咙，吐出的是血。

他进了屋，倒上一杯酒，咋喝不进去咧？呼出的气像是刀子划在喉管上。

酒冷了。他太难受，祖父。他吃了两个烤洋芋。酒搁在门口，碗里歇着一个月亮。那碗酒就像打开的蛋。

月亮坠落下去，祖父的影子卡在岩缝里。

一只护雀鸟吱吱叫着，森林被它的叫声划破，响泉的声音又把它们缝合。白颊噪鹛咯咯的笑声听起来像是嘲讽，它们在嘲弄所有活着的生灵，它们被什么事攫住了思维，只想发笑。

嘲笑我们么？

一阵夜风，落叶像蝗虫似的飞腾起来，似乎树要飞走了。可惜它的脚站在土里太深，拔不出来。它现在只能忍受祖父的蹂躏。秋风吹得树木哀哀大叫，好像被人扼住了脖子。

它果真认屃了？它害怕了？半夜露出它的真相。

我依然最后坚守在树上，树还没有被砍倒，他不敢砍，在树魂没死时，他不敢动手。我知道，人越老越害怕，包括死亡。我听见饿雀子在叽叽喳喳地议论说，它们应该搬到哪里去，以及它们被拆散窝巢后在冬天的命运。这个老头疯了吗？它们纷纷说。

它们在回忆，与这个家庭朝夕相处的几百年。它们叼来了多少盲眼鱼，就是为了感谢在这里生活的平静，还有鱼鳃里的鱼虱，拯救了多少山里垂危的生命。还有这儿走过的许多人，他们喝酒、行令、猜拳的闹腾。有几场丧葬，有出生的人。有一个陪伴着它们的猴娃。它们挤到我的面前，站在我肩头，钻进我的怀里。这些饿雀子自言自语，惴惴不安。

“我要回到地上去。”我心里对它们说。

黑夜很深，山影很深，风很狂。

按照过往的经验，比方砍一棵枯皮松，要喊这树，皮奓得像凤凰展翅，但伐木者喊上几遍，它的皮就收拢了，像条夹着尾巴的癞皮狗。你再下斧，就容易多了。

“老子往脏处想，不行就含一口粪喊吓你，看你走不走，不由你不怕，魂不跑。咱也豁出去了！”祖父这样想。

早晨，从东边涌出的云彩，像一只金色的凤鸟，游动它的身子，展开垂天巨翼。

祖父又开始喊叫，他今天的动作十分凌厉，举着双斧。有一把斧头是大徒弟怪头用过的，可以镇邪。他想尽了办法，思忖了一夜，喉咙也滋软了一些，笃定，铁面，毫不留情，就是掐死对方的凶狠歹毒。没喝酒，喝的是响泉，响亮，中气十足。但今天，他发现响泉的水明显小了。

如果一个人口含粪渣，埋汰你，恶心你，用裂肛切齿的声音诅咒你，你如何应对？这棵树真的太大，只有沉默。一棵树，一片森林，是一样的。它们的悲剧是在不可移动中站着，暴露在恶毒的诅咒和锐利的斧头之下。如果你执意要侮辱它，执意要灭掉他，你会胜利。

这一天从早到晚，他没有停歇，撒尿也对着它，泚它的根部，头上落下的鸟屎也抹在树皮上，朝它吐痰，擤鼻涕，向它挥拳踢脚。他的眼珠子都快睖掉下来，脸上全是刀斧锯齿。他一定把肠子喊断了。各种羞辱，长时间的霸凌，让它精神崩溃，就是要打它的精神。再大的树，这样喊闹几天，叶子就蔫了，就会失魂落魄，它就是个死的了，一棵死树，怎么动斧头锯子也不会遭暗算和报应。人是抱着侥幸的，以为会逃过天意。

祖父喊得白头发簌簌往下掉，那些头发就是人的树叶，人是一棵行走的植物，一棵行走的树。头发蔫了，莫非他自己的魂先那棵树而死了？想到此我就觉得后怕。

祖父在喊树的时候，我们的老西狗死了。

这是一个弱小的插曲。

狗实在太老，它受不了主人的吼喊，一连几天，它被惊吓而死。

这只西狗已经有十几岁，老态龙钟，嘴角流涎，走路前后腿外八字，我看它在屋场上被祖父的喊声折磨得转圈，我看见它在屋山头满口含着野苜蓿，以为它是撒欢，到后来像被人追打一样疯狂地逃走了。

我们在傍晚找到它。它在百步梯崖下，它的内脏都摔出来了，两个眼珠子挂在外头，黑乎乎的，龇着牙齿。它躺在一片鸢尾里，它自杀了。

祖父喊着它的名字："山王呀，山王呀……"但是我们早就忘记了这条狗的名字，它还有名字吗？它不就是条没了牙齿的老狗吗？祖父的声音虽然摧肝裂肺，但嗓子嘶哑得一塌糊涂。这狗生前曾经是山王，现在用乱石埋了。泥土不多，只能捡到滚滚的乱石，就埋在了河滩。

这只肥大的狗本来是可以吃的，但自家养的狗有了感情。我们背着锹回来，屋里又空出了一个位置。我想到了断腿猴。现在，鸡安全平静了，不会被狗撵得到处乱飞，它也不与鸡和猪争食了。奇怪的是，狗一死，树也像空了许多，没有了那么大的阴凉。也许，它不要那么大的阴凉了。家里的东西虽小，但占有的无形空间是很大的，首先是你的心空落了，就觉得世界没那么挤了。祖父于是找了根长竹竿，去扑打饿雀子。他举着竹竿往树下走，他的老伴似乎又站在门口呵斥他："别打鸟！鸟是小媳妇变的，我不是你家的小媳妇吗？打鸟就是打我！……"

祖父心里一个咯噔。再看，老伴没了。

可整天这么叫，把咱心里弄得全是阴暗晦气，家里没一点生气，把沉香坡叫得不见天日，不把这些鸟斩尽杀绝，好日子会翻过来吗？早该撵走了。

“你滚，滚回阎王五爹那里去！死了也不让老子清静啊！”他心里骂老伴，他要驱赶所有阻挡他的魔鬼。

“这些饿雀子，饿鸟，凶鸟，老子打不死你们！”

那竿子就朝树上扑去，低处的鸟打着了，折羽乱飞。他一边打一边恶骂，吐一口血水骂一通。

风很劲，一些野板栗落到屋顶的黑瓦上，啪啪直响。四声杜鹃的叫声划破长空，叫得绿森森的。星空寥廓，漆黑的山峰在青色的天空里不停旋转，群山越来越清冷，在银河的摩擦下蜷缩在寒风中，这凶险的山脉像浪涛一样没有尽头。一个个山峰把山影捂死在落豹河谷，月光像洪水，让绝望泛滥……

杜鹃鸟叫着：“哥哥饶我——哥哥饶我——”

杜鹃啼血。

喊到第四天，我起来时，看到祖父像一个可怜巴巴的乞丐，跪在白辛树前，头发掉光了，耳朵像一张纸。因为他匍匐尘埃，比那些树瘤还矮小，仿佛遭受的灾难已经过去。他双手抓着树根，想了结他的鲁莽，用肮脏的手背抹着眼里涌出的泪水，也许是喊吼过度眼珠子发胀的缘故。他没能降伏这棵树，倒是被这棵树打败了，臣服在它的脚下，认了命。他面色焦黄，神情倦怠，似乎要睡着了。所有的喊叫都只是噩梦一场，是胡言乱语，是心绞痛时的哀鸣。

晚上他继续喊树，树叶继续青碧，似乎更加精神。他的喊叫唤来了山头一阵阵的狼嚎，一头从不冬眠的白熊也在山坳里回应，吼叫着，声音雄壮。

他在黑暗里扑打树叶，我爬到更高的树枝上，因为恐惧，是的，因为恐惧他的喊叫，我坐在树上。我感到祖父就是为了要将我打下树来，这一切都是对着我来的。可他喊树时无视我的存在，只有他和树，这两个前世的冤家、仇人。他伸竹竿扑打时，我只好从树上跃下来，去告诉干爹贵将军，祖父疯了。

早上天放亮的时候，我和贵将军回到了白辛树下，突然一群饿雀子朝着我们俯冲下来。这些与我平时要好的饿雀子，突然不认人了，拼命啄我们的脸和手，凡是暴露在外的皮肉，都是它们攻击的目标。哪儿动弹啄哪儿，哪儿要害啄哪儿。它们也疯了，一定要将我们啄到千疮百孔断气为止。

腥臭的鸟屎像弹雨一样泼泻，就像是它们衔着屎往我们身上掼，它们平时没有这么多屎。它们啄破了干爹的嘴，啄瞎了他的一只眼睛，啄得干爹抱头鼠窜，躲进羊圈的岩壁里。

我听见一个人弱弱地在地底下喊:“救救我……”我循着声音找，祖父的头卡在一条石头缝中，双手血糊糊的，他的脑袋啄出了洞，巨大的眼袋也在流血，并发出扑哧扑哧的声音，像一个间歇泉。

那些饿雀子“饿哇饿哇”地哑哑叫着，翅膀像带着风火轮，无尽的屎弹依然雨一般泼下。这些刻毒的黑鸟，豁出去了，摆明了要与我们决一死战，撕下了脸面，由好邻居变成了恶仇人。这个早晨的天空流淌着血水，就像梦魇。

我和干爹仓促应战，拿着扫帚和竹竿，到处挥打。它们不再忍耐，要拼个鱼死网破。祖父以他的暴力换来更疯狂的暴力，他不知道，一只鸟也是有尊严的。

我们壮着胆子守护着祖父，他年纪大了。我们让他回屋去，可祖父不，他要冒着腥臭和伤亡，与这些鸟血拼。

战斗暂时停止了，我们与鸟们对峙着。

太阳像一缸铁水冲出了山涛，那些癫狂的翅膀之火熄灭了，许多鸟被打在地上，偶尔扑腾一下，最后张着凌乱的羽毛死去。

干爹对我说：“它们飞走了还会来的，鸟记仇。”他的眼睛真的瞎了，被我叫来真的倒霉，两只手肿得像熊掌。

我去弄草药。

祖父面如死灰，踩着鸟的尸体站了起来。事情已经明白了。干爹在伐木队干过活，完全知晓对付树的办法，无论大树小树、神树鬼树。

“这鸟不会这么凶狂的，鸟的后面还有东西，我们杀死的不是饿雀子。”

干爹绕树两周，心中有数了。他拿过祖父大徒弟的那把斧头，突然嘿的一声，朝那个树根的大瘤疖砍去。

那一斧下了力，干爹是双手握斧，斜着身子朝那瘤疤砍去的，不偏不倚，斧刃就像刀切豆腐一样深深地揳入树根中。他恶狠狠地说着话：“要你三更死，不得五更活！”

我给干爹包上了眼睛，他睁着那只独眼，像个土匪。他叉着腰，笑着。我们看到，一股殷红的汁液从斧口里流出来，树汁居然是红的！他站在那儿，像是一头野兽，狠狠地朝手心里啐了一口，又卷起袖子，看了祖父一眼。

他拔出斧头来，又在V形斧口的另一边砍了一斧头，瘤疤飞出了一块，一个黑乎乎的圆洞从斧口里现出来，往里面一看，一个雕像，就是祖母常拜的咕噜大帝。干爹将那个洞掏大，鲜红的汁液还在流着，干爹两手血红，硬是从洞里掏出来那个咕噜大帝，就像接生婆接生，那个咕噜大帝依然坐着，微笑着，头上戴着十二行珠冠冕旒大官帽，留着的龙须现在被血水染红了。

干爹丢下斧头，跪下来给咕噜大帝磕了三个响头，扬长而去。

白辛树的精血、灵气都随红水放出来了，祖父还在用嘶哑的声音喊树，对着根下的斧口喊，对着那个洞喊。

“嗷——嗷——嗷——”

斧口的汁水流干了。傍晚时分，那树的叶子就像霜打过一样，慢慢蔫垂了。树无声无息，鸟全部飞走了。

祖母敬菩萨的厢房里，咕噜大帝与观音菩萨并排坐着，但油灯已熄，油灯上结满了蛛网，祖母缝制的蒲团上落满了灰尘。

他听见敬佛老伴喃喃给菩萨说：“怪头徒弟来打这房家具，才能镇得住……”他没明白这话的意思。

伐树又花了两天，祖父的嗓子完全哑了。树是准备朝向响泉倒的，没想到倒在了曾祖母的坟上，压断了墓碑。

清理鸟巢时，从里面发现了破碎的眼镜、手机、手表、避孕套、太阳镜、旅游鞋、旅行背包，还有飞机上的耳机，我在飞机上听过，我认识这东西，是飞机上的。还有胸罩……

三十七

祖父在做家具时烧了三炷香。

他的手艺依然雄健。他请来了刘烂蛇做帮手。怪头徒弟没了，不能找阎王爷调将。他用一碗苞谷酒浇了刘烂蛇的头，让他使用怪头的斧头煞邪，他对我说刘烂蛇肚里有魑魅魍魉。

祖父的手艺在这里，但眼神不好使，喉咙哑后解木没了力气。但他打的家具不用一颗钉子，他打的棺材也是，家具严丝合缝，榫卯卡着，但你看不出接头，没上生漆时也看不出，就像家具是自然生长成这样的。一棵树再大，能用的也就那么多，可祖父没有浪费的，看一眼就知道哪儿用在哪件家具上，连树枝都会派上用场。“歪树直木匠”，不过像他这样惜木的人，一定不会有了。

我和刘烂蛇解木，刘烂蛇因为长期给别人做手脚整蛊，精神紧张，患了双手发抖症，到城里一检查，叫什么帕金森。吃饭搛菜时经常把油抖到自己身上，因此胸前全是油斑。他使用木匠工具经过了艰难的训练，算是掌握了抖时也能把刨子锯子拿稳。但总有不中意的地方，打的棺材歪歪扭扭，让人家不满意，这样他就只好到江浙一带打工，专门给家具卖场拼装家具，虽说干的是木匠活，用的却是扳手起子螺丝刀。板式家具没有榫卯，连接件都是统一的，什么T型螺丝，什么台阶螺丝，什么滚花螺丝，什么三合一连接件、偏心轮、四角钉、内外牙等。

刘烂蛇解木，因为手抖，祖父看不上，就来换了他。祖父戴着老花镜，但很吃力，我尽量让着他，推送锯子时尽量到头，让他轻松些。碰上疖疤，他拉不过去，这会让他难堪，又伤锯齿，他苦笑着，看哪儿出了问题。锉锯齿的事交给了刘烂蛇，磨斧头刨子都是他，他很高兴，一边磨一边有节奏地唱着“妹妹你坐船头，哥哥在岸上走”，就那么几句反复来回，越磨越有力。

但我喜欢看祖父刨木板，他的刨子推出的时候，刨花翻卷，就像落豹河的船夫在急流险滩里跑船，劈波斩浪，好不壮观。

祖父那墨斗能把最弯曲的木料找出直线来，心底盘算着那些木料，怎么能成为一整房家具，双人床、挂衣柜、五斗柜、方桌、椅子、春台，全都装在他的心里。

现在，在刨花和锯末令人陶醉的芳香中，他弓着驼背，也不准备再直起来。汗水顺着他削瘦的脊梁往下淌，就像从骨头上渗出来的一样。因为几天几夜喊树，已经心力交瘁，加上喉咙肿痛，他张着嘴，两颊凹进去像两个石臼。过去他干木匠活时以酒当茶，现在他把酒含在口里，但无法下咽，只是含在嘴里止痛。

解木时，将树的空洞剖开，出现了那条被雷劈过的大蛇印迹，烧成了黑色，分明有四个爪子！那就是一条龙，但是它果真还差一口气，还没有修炼好，这条亦龙亦蛇的板子，就让祖父打成了大雀的床。他说，大雀媳妇生的一定是儿子，会大富大贵，长大后成为国家栋梁之材。

“玃娃子，你站上去看看。”

我就站到了床上，摇了摇，结实，就像站在地上。这床他不让刘烂蛇动，全是他打的。刘烂蛇打凳子。多好的床啊，他说：“一紧抵百松，除了我，就是怪头才能做得出来了。”

刚开始刘烂蛇要打床，祖父说：“去去去，你格老子只会喝酒。”

刘烂蛇说：“我会整大雀么？我要整，就是让他睡了我打的床，一胎生三个四个。”

祖父笑着说：“我咋帮他们带？你把老子累死啊！”

他抚摸着自己刨出来的光滑的木纹，似乎又看见他的老伴骂他：“你死了看你躺哪儿？你的孙子重孙会管你吗？他们跟你有血缘吗？”

“老子沟死沟埋，路死路埋，你瞎操心，瞎眼婆！”

他现在没想自己百年之后，只想新家具上贴着大红的喜字，孙子和孙媳妇躺在那用生漆漆好的床上，一个重孙坐在他们中间，被大雀胳痒儿，胳得嘎嘎直笑，两只胖胖的小脚乱踢蹬。那笑声，才是这世界最美的。

刘烂蛇被指派打凳子，他沮丧地说：“师傅瞧不起我，你可晓得我在江浙一个月多少钱？给人家装家具，五六千，手机买的都是苹果的。”他拿出来手机。

祖父说："你那苹果又不能吃。"

刘烂蛇就笑，说："您就是只山里的老猴子，啥也不懂。"

"得给师傅筹一副棺材了。"刘烂蛇对我说。

我听到这话就心上发冷。如果祖父有个三长两短，我只有哭皇天，我会朝落豹河喊爹回来吗？我会向大山喊娘回来吗？会向鹰嘴岩喊叔叔回来吗？我是谁的娃子我已经忘了，在咕噜山区的森林里，我什么都会忘记，只记得它的早晨和夜晚，记得风雪、风雨、春天花开和秋天漫山遍野的果实，什么浆果啊，核果啊，坚果啊，蓝色的、红色的、紫色的果，还有那些草药，那些植物，那些飞禽走兽，我的生活在云雾中化为亮晶晶的光和梦境。

刘烂蛇说师傅设计的家具太老气，大雀肯定不喜欢，你没到外头去看看，你这么设计，只当没设计，跟三百年前沉香坡用的一样。祖父不服说，床不就是睡的床么？未必床成了马桶？老样式的家具结实，你说的我懂，板式家具那有什么用啊，用几个铁铆钉合起来的，坐上去嘎嘎地响，歪歪倒倒，像喝醉了的。刘烂蛇说，师傅你不知道，板式家具最适合在山里用，把它拆了，一块块的板子包好，运进来，然后再把它拼装，稳稳当当，人家外国都想得一好二好的，全世界流行。就是珍贵的红木家具几百万几千万一套的，也是用的铁铆钉、T型螺丝、台阶螺丝、滚花螺丝，装起来缝都看不到，你那榫卯，好麻烦，这样打家具累个半死，有工钱赚么？祖父说，你就是钱钱钱，我不爱听。

有刘烂蛇陪着祖父喝酒、抽烟说笑话，这日子就不知不觉地过去了，还是得听祖父的，谁叫他是师傅咧。可祖父酒喝不下去了，话也讲不出了，懒得跟他争。我采了开口箭给他泡水喝，他的喉咙慢慢好了点，能发出声来，也能喝两口酒。刘烂蛇是个热闹人，看不出心术不正，祖父也高兴。刘烂蛇说我不喝苞谷酒，只喝白云边，是师傅你老家荆州的酒。他去镇上买了六瓶，说："酒喝完了，我就走。"

酒刚好喝完，一房家具就打起来了。他说："师傅，您自己的寿材还没有呢。如你一口气上不来，你躺哪儿？"

祖父说："老子还没活够，说些坏话，别给我操心！"

他不高兴了。一屋子崭新的家具，一屋子神奇的香味，白辛树打的家具那么好看，大雀交代的事完成了，祖父掩饰不住他的高兴。他坐在屋门口朝里看，叭着烟嘴。上了几遍漆，就搭信让大雀回来背家具。

大雀回来，看到这么漂亮的家具，喜滋了，说到兴奋处，就说："树没了，爷爷就干脆到县城帮我带孩子，也在县城安度晚年。"祖父摆手说不去不去。

背着这些家具到镇上，再去叫车拖到县城。我和大雀、刘烂蛇三人背大的，祖父背几个凳子。我们把那么大的衣柜和床绑在背后，刘烂蛇一个劲抱怨说，如果是板式家具，拆开就几块板子，哪这么费劲，背在背上又安逸又稳当。大雀背立柜，我背床，刘烂蛇背五屉柜。我们来回背了两趟。家具不仅重，而且太大太宽，在小路上怕剐到树枝和石头，一闪失就会摔下天坑悬崖。上坡难，下坡更难。我们在山谷里像负重的爬虫一样，在悬崖上蠕动。若是夏天，可以用船运到红石滩，再转运到县城，现在水太小，大雀也等不及了。

在路上，看着累得喘气咳嗽的祖父，大雀说："唉，只怪咱这里离县城太远。"

祖父说："应该怪县城离咱们太远。"

他们说的是一回事，又不是一回事。

大雀说的是以县城为中心的话，祖父说的是以沉香坡为中心的话。大家各自站在世界的中心说各自的话。总之，你离我很远，我离你也很远。

背着背着，祖父的一口血吐了出来。

祖父押送家具去了县城，他怕有个磕碰的地方需要修补，他带了凿子和斧头，还带了一罐子生漆，他的屁股后头叮里哐啷。

我一个人回到了沉香坡。我在空旷的屋场那儿，再也看不到那巨大的阴凉，断成两截的曾祖母的墓碑，撂在坟前。我在那个巨大的树蔸上坐了一会儿，傍晚时分，只看到一只饿雀子过来，又速速地飞走了，它也许忘了，它们的窝巢早就变成了灰烬，连同它们巢中的不洁之物，都被祖父付之一炬，埋进了田垄，成为来年款冬花的肥料。

祖父将家具磕损的地方修补好了。大雀给他买了些消炎润喉的药，还有我带去的射干、开口箭泡水喝。过了几天，他竟然能抿几小口酒入肚，早晨大雀媳妇还给他炒了猪油饭，可他想回来，回到沉香坡，他惦记着我。但是大雀留他好好地在县城休息几天，还带他去了县城的公园，并且在外面吃了肥肠面。大雀要给他买瓶装酒喝，他不要，还是在餐馆要散装苞谷酒。但他感觉餐馆的苞谷酒是假的，喝了几口烧心，口渴。

晚上，他心里和喉咙都发烧，口干舌燥，就起来在孙子租住的厨房里找水喝。县城的冬天，河水也浅了，经常停水，厨房就放了一口盛水的大缸。他舀了一瓢水，正喝的时候，低头一看，看到了水缸里的水面上，映出了一棵枝繁叶茂、青枝绿叶的大树来！

鸟！还有鸟，鸟附在高高的枝头，瞪着小小的、亮晶晶的绿眼珠子望着他。那些鸟扇动着它们的翅膀，在水面上飞翔。无数在树叶间闪动的光点，像是繁星。没有风，可那水面上的树影晃动着，枝条摇曳，风声袅袅，婆娑起舞，妩媚多姿，像是用电筒的小灯泡做成的花树，闪烁着十字光斑，璀璨灼烫。在这井一般深的水缸里面，在水底深处，浮动着金碧辉煌的火焰，绿色的枝叶像夜潮涌动的一片森林……

祖父一惊，顿时背上的冷汗滚滚而下，禁不住发起抖来。他脑子里过电影一样浮现出这一生可怕的遭际，四肢瘫软，像在森林中遇到了黑帐精。树影在水面上自在摇曳，他的嘴角抽动，喉咙堵塞，压下去的火又升了上来。他俯下身猛然一头扎进水中，要打破这个幻影，赶跑它们。他想喊，嗷嗷嗷，可他的喉咙完全发不出声来了。

这不是白辛树的魂吗？它没有走，没有死，跟着这一房家具跑到县城里来了。

这事可不能声张，这事儿只能他一个人知道。这事儿太大了。

第二天一早，祖父就悄悄地到一家佛事店买了纸钱，在大雀租住屋的外头烧了，哑着说："白辛树，你就跟我回去吧，你回沉香坡，你快点走，别害我孙子大雀一家，他可是什么也不知道，是我砍的你，是我锯了你做的家具，一切你冲着我这老家伙来，不关任何人的事……"

现在，有个想法清晰了，决定了。在贵将军砍出咕噜大帝后，他就有了个想法，在鹰嘴岩半山的一个凹处建个小庙，把咕噜大帝供起来，兴许沉香坡蕺家的香火还能保住。那个凹处自飞机撞了喙嘴、雷劈了喙嘴后还在，虽然只有两三米宽，但有多大建多大，这个小庙正对着沉香坡，正罩着沉香坡的屋场，罩住蕺家的人……

祖父推说有事，就匆匆地回到了老家。

他一路上哭着，心里念叨着咕噜大帝要保佑我们全家。如果老伴在，七盏灯点燃，有一整套敬辞，菩萨会帮她的忙。但这一套，他全不会，他认为，家里的平安，就让老伴掌管了，让她永远掌管，掌管一辈子，可是……

祖父回家放下背篓就到祖母供奉菩萨的杂物间里，拿起那个石雕的咕噜大帝。他嘶哑着几乎发不出声的喉咙，指着鹰嘴岩说："要、要、要把你供奉到高处，要给你烧高香，请你将白辛树的魂拉回来好么？”

他不停地咕噜着，拿着尺子出去，我跟着他。我们攀树爬岩，到了那个野羊们经常避风躲雨的小岩屋，祖父量好了尺寸，想着怎么将小庙放进石屋中，而且要挡住野羊们，再到这儿就没站脚的地方。他砍去了一些葛藤和树枝，将里面的羊粪扫出来。这个地方风雨都侵袭不到，终年干燥，上面正好有一块伸出来的悬石遮盖，前面又有一些灌木，我们可以站在这儿不至于摔下去。从这里看我们的房子和响泉，以及以前的白辛树、火笼屋，一根电线像是一张蛛丝网从山顶上飘下来。鱼鳞似的黑瓦，黄色的土墙，屋后的木柴垛，厕所和猪圈，蜂箱，香榧，茶园，蓊蓊生长的白菜，曾祖母和祖母的坟，山坡上花仙老师的坟……云雾从门口的坡坎下流散，然后越过山沟，腾向山脊。所有的绿色像烟一样，所有的黄色也像烟一样。在更远更深处，是鸡肠一样流淌在乱石间的落豹河，亮晶晶的，而河谷两山，有如大地开的一扇天门。

第二天，祖父将他的木匠工具搬上了山。他就地取材做了一个一米见方的小庙。砍制有两个飞檐的小庙完全是象征性的，有点粗糙，飞檐是几块木条拼接成的，薄，也就是个架子，反正镶嵌在石头缝里，再将一块石头敲成长条，安放咕噜大帝……

建好小庙，只用了两天，祖父就咽不下去食物了，喝水都很困难，他说：“喉咙里好像有东西。”

我把所有能治喉咙的草药都弄来，八角莲、七筋姑、开口箭，天天泡水，他喝了还是不行，吃不下饭，这事有些不妙。我到了干爹贵将军那里，他给我的也是这些药，给他煎着喝。

吃点辣的开胃，他也吃不进，我给他熬稀饭。他一辈子喜欢吃的猪油炒饭，基本看都不看了。他把稀饭含在嘴里，咕噜咕噜地哼叫着，最后吞一半，吐一半。干爹说，快让你爷去县医院看看。

祖父一去县城，大雀就带着他看了县医院的专家门诊。祖父是第一次进县医院，四年前他阑尾炎犯了，在镇上的医院做过手术。他说冬天他冻的啊，因为手术时他的衣服被扒光了。

这次他带去的三千块钱，是卖那个大药疙瘩剩余的钱，差不多花光了。在医院做了几个检查，最后确诊为喉癌，就是山里人说的噎死病。这个病他太明白了，整个咕噜山区不晓得多少人找他讨过鱼虱，治好了多少噎死病，原以为他蕺家老两口治好了这么多病人，做了这么多好事，是不会得这个病的，哪想到他偏偏得的是这个病。

医生对大雀说，这是绝症，到晚期了，有啥好吃好喝的就吃点喝点。大雀说他什么都吃不下呀，医生说，那就没办法了。三千块钱花完了，祖父死活都不看了，他说，回去找鱼虱。医生不相信有什么鱼虱治这个病，说李时珍的药典里也没有记载，但大雀给医生说，他们山里确实能治。“好吧，祝福老大爷！”医生笑着说。

祖父还能走，大雀给他的背篓里塞了两瓶好酒，说治好了喝。祖父从百步梯爬上来，不停地嗝逆。他望着天空，站在那儿，哀哀的眼神，枯干的嘴唇，吞咽困难，突出的喉结像一把刀子包裹在皮里。他边歇边望着天空，望了好一会，没有见到一只饿雀子。那种黑色的小鸟，叼着透明盲眼鱼的鸟。

“爷，你累了吗？”我问他，我给他背上抠着痒。他把大雀给我买的一双鞋拿出来，也给爷爷买了一双鞋，是旅游鞋，鞋子搁在门口的大青石上，像是要进行什么仪式。他在想，树都不在这儿了，树魂也跑城里去了，哪里有饿雀子？地上更不可能有这种盲眼鱼了。到哪儿能找去，鸟去到了哪儿？但是如果能找到鸟，就找到了鱼，也就找到了鱼虱。鱼肯定是从溶洞里叼出来的，怎么找到那个溶洞呢？他有心几十年跟踪这种鸟，从来都没有找到那个溶洞，也没有看到哪条溪沟里、哪个山洞里有这样的盲眼鱼。

祖父因为吞咽困难，已经没有了人形。在这片高山里，在这片森林的深处，烟雾腾腾，山势高峻，人迹罕至，野兽出没，青苔肥厚，万木淌着阴森的水珠，山谷里的水声总是像大雨滂沱。鹰嘴岩上一年四季雷声轰鸣，雪像癞皮狗一样待在这儿总不走，黑夜总是过早吞噬了鸟儿们的喧闹。崖壁被时间磨得精光发亮，而小路苍白，月亮惨黄，河上乱石滚滚，像是河流隆起的疖子。在大风来临的时候，群山之上响着遍野的魔鬼们的磨牙声，仿佛要暗算那些曾经戕害过它们的生灵。深夜，虫豸们的号丧叙说着土地深沉的悲愤。

“玃，爷爷对你还不错吧？……”晚上他说。

我只好点头。

“你在家好好待着，我去山里一趟，我要找到鱼虱……”

“爷，我跟你一起去，我不会让你一个人去的。”我流着泪对他说。我给他的烟锅里添了烟丝，但他不能抽，一抽就会让身子和喉咙发出惊战。

他准备饼子，还有些祖母生前给我们磨的荞麦面。他在背篓里放了一件毯子，准备在山洞里过夜的，还有一张塑料布，下雨用的。他就是出远门。他烙了一袋子荞麦饼，还有一种夏天采的大叶茶，然后抓了一把我晒干的野蔷薇花，放进了茶叶里。他说，玃啊，你的白花刺花（蔷薇）放茶里特别香特别酽。还有电筒、斧头，可以杀野兽。

“这几天天气很好。”祖父收拾东西的时候给我说。我要凑近他，才能听见他喉咙里咕噜咕噜出来的一些话，才弄明白他说了些啥。

晚上，他勉强喝了一口酒，突然到我的床前，对我说：“可要守住你祖母的坟，不要让野牲口在这坟上撒尿扒土，断碑要等大雀回来再立一块……”他坐在我床前，“……我想起你爹年轻时套过一只红毛野猴，用它的皮做了件背心，骨头泡了酒喝，结果红毛野人就来我娘的坟上撒尿，还唤来了更多的红毛猴子，后来有一天，你娘就不见了，再过了一年，你娘突然回来，生下你，让我们抬不起头来。我怕你爹被羞辱，就把他的船凿了个洞，让他不要再回来了……”

“这棵树我砍了，我自作自受，是想狠心让你回到地上来的，让你成为一个人，我只想让你成为一个人，一个正常的人。花仙老师可惜走了，但我最后不得不这样……”

祖父是半夜三更悄悄走的。等我醒后摸摸床上，已经没有人了，被子里还有他的温热。我紧紧捂着被子，生怕那点温暖跑了。我想体会这个人留在家里的最后余温。我跑出门去，星空像飞絮，漫天飞舞，狂风吹过山谷，月亮像是两座山崖咬碎的血块。

往山谷走，往山顶走。我边跑边喊爷爷。手拿豹目珠的人，照见了我的祖父，他踏在云彩之上，有一架飞机刚从他的身旁飞过，他似乎是想一脚踏进飞机，他也许是在山顶，他背着背篓，一个红水晶似的月牙挂在他的头顶。云忽聚忽散，仿佛在波涛巨浪中，但那是云，是云海，是从峡谷的夜晚里慢慢聚集起来的云，它们在一起之后便澎湃着往山头翻越，像一阵一阵的潮水，这凌空的云潮等待着白天的到来。我听见云声大作，无数的云脚云爪像豹子一样摇头摆尾，踢踏着天空的星尘。他在那云雾里行走，宛似躲过人间大劫的巫师，身影像一片纸，像梦境中的人，在幽幽闪烁的星空下，他被豹目珠照射着，也像是被豹目珠引领着，身子忽上忽下。璀璨的神光在天空跳跃，群山辽阔空寂，豹目珠所照之处，都是他闪耀的身影。在这阒静的天地间，豹目珠的光团像一条幽深的通向天庭的甬道，被鲜花和宝石装点。四处的松杉林含泪抖动，迎送着祖父在帷幔般的云雾中行走。咆哮的云海，哀号的云海，呻吟的云海，呓语着翻滚的云海。我看见透明的盲眼鱼涌动，它们的鳍是小巧灵动的翅膀，在云海间飞舞，腾跃在祖父的四周，就像喷泉中的水花，簇拥着他。祖父的脸上现出了笑容。

第七章

矍漫游奇境

SENLINCHENMO

森林沉默

三十八

三只豹子跑成了一架波音737。三只豹子在雪原上斑斓如火，它们双目圆睁，淋浴在通红的霞光中。三只豹子，一只豹子，两只变成了翅膀——一只为豹魂，一只为豹魄。太阳的光芒将它们镶上了炭火的金边，在那架飞机出现的地方，巨大的七色光环笼罩着它们。

一千只蓬松的豹尾是咕噜群山的卷云、层积云和积雨云。

一千只豹子的皮毛是咕噜群山的森林、草木和鲜花。

一千只豹子的骨骼是咕噜群山的岩石和山峰。

一千只豹子的血液是咕噜群山的河流和泉水。

三只豹子跑成的飞机现在起飞了。这是一架陈旧的波音737飞机，座位上和机舱里有混合的老气味，行李架叮里哐啷。

“请问您飞去哪儿？”我旁边的一个乘客问我。他朝我盯着看了几眼。这不算奇怪，在商务舱里坐着老虎、豹子、熊和野猪，都气吼吼地用铁链拴着，它们被捆得严严实实，正在观看电视里的拳击比赛，一个个咧着野兽的大嘴傻笑着，嘴里嚼着槟榔或是咕噜山区特有的美味食物，同时发出“嚯嚯嚯嚯”的声音。

“是这样的，先生，您有手机吗？能否借我用一下？我想打个电话，先生。”

我没有手机，我摸摸口袋。我不懂手机，我是一只猴子，我叫玃，但我是人与猴所生。

“飞机上不能使用手机，先生，否则飞机会有出事的危险。”一个梳着大辫子，头上插着杜鹃花的女乘务员对他说。

乘务员真漂亮，我知道她是咕噜山区的女孩，有满身的茶香味。她穿着蓝色的斜扣襻土布褂子，脚上是她母亲做的布鞋，鞋头上绣着一只戴胜鸟。

那个乘客再一次问我："您要飞到哪里?"

我摇摇头，我不知道。

那个乘务员我认识，她是我们镇上高中刚毕业的学生。

“大哥，您喝点什么？……这是我们的苞谷汁、野猕猴桃汁，这是桦树汁和端阳菴汁……另外还有野蔷薇茶，这是今年的新茶……”

“来一杯野蔷薇茶吧。”我说。

“您就是我们沉香坡的猴哥吗？猴哥您好……”

我不置可否。旁边的乘客愤愤不平地说："打电话飞机会出事，我真想飞机掉下去呢。因为我在上飞机之前说了谎话，我给我女朋友说，如果我说了谎话，飞机就会掉下去。我的女友将我拉黑了，所以我必须再找个电话向她说明，赔礼道歉。”

“这个飞机不限通话和上网。”一个机上的人走过时告诉乘务员和乘客。哈哈，好，太好了！这个双手和嘴唇颤抖的人跳起来，他终于借到了前排一个人的手机。手机那边一个女的在问："你怎么换了个号码？你在哪里?"

“我在天上。”

“栽下来了吗?"

“还没有。”

这时，一个浑身冒着热气的黑脸大汉，手上拿着一份世界地图，热情地对那个打电话的乘客说："先生，你究竟要去哪里？我作为副机长能否给您一点建议?"

“我现在希望飞机掉下去，因为我说了谎。”

“坐在飞机上的人可能会焦虑，不过这不要紧，先生，我们一路有丰富有趣的节目陪伴您。”

话音刚落，从飞机后面出来了几个人，还听见了猪的嚎叫声。几个人抬来一头猪，把它摁在一个长条盆子里。一个中年男子口中叼着一把刀，一个人向大家介绍说：

“各位乘客，大家中午好，我们即将给大家提供绿色午餐，香猪肉柴火饭，这位领导就是我们的村长，也是我们的机长……”

我们的村长脸上红通通的，他因为喝了蜂蜜石斛酒，如果掺了棺材蜜，他的脸会发绿。我们的村长一只鸽眼，一只鹰眼，从嘴里拿下刀子，说：“各位朋友，这架737飞机是我们村承包的，是为了补偿我们土地的损失，也是航空公司一种无私的扶贫和反哺行动。为了战胜空中旅行的寂寞和飞机餐的难吃，我们的航班每天都会给大家表演杀年猪——也就是说，让所有乘客天天像过年一样喜庆，不再把你们绑在椅子上，可以跳舞和唱歌，就像在我们咕噜山区一样，观看我们的原生态民俗，体验一下我们咕噜山区的风土人情……”

我在飞机上寻找我们村的人，我只看到了村长。但是飞机上多么美妙，当飞机像一头牛昂首爬升的时候，我就脱离了大地，从山尖上飞起来，向上，一直向上，而不是离地后往山崖下坠。那种上升就像一只鸟一样飞翔。但我仍一动不动，这只巨大的铁鸟，扑扇起它的钢翅，渐渐飞入云端。哦，美丽的云海，浩瀚的大地，苍翠的群山，像金水一样滚动的落豹河，那不是曾经跳跃奔走的山脉吗？万木菁菁，百草葳蕤，百花竞放，那攒涌的云海像一波波柔软的锦缎滑过我们脚下，又像一群绵羊在天空散牧。我们飘浮在云海之上，大地多么祥和敦厚，就像一个老人静卧着。那茂密的森林郁碧苍茫，站在大地的中央。白云蒸腾，是从峡谷深处爬出来的巨型水母。太阳从云海中升起来，光芒就像鸟巢中毛茸茸的雏鸟，摇摇晃晃地布满了天空。这是第二层天空，是我们曾在沉香坡看到的天空之上的天空，是在云上的天空，在很高很高的上面，在天庭，在蓝色的、远离人烟与草木的地方，远离白辛树、坟墓和花仙老师教学点的地方，远离她痛苦绝望无法逃脱的地方。那些太阳金毛飞落之处，是厚实、突兀和断裂的山脉，它们的走向和河流的走向清晰在目，就像白蚁砌的长长的土堆，固执地向着一个方向昂首前行，并不在乎大地的抗议。一些树，一些红色的花，在那隐约的山间开放成一团团雾状的粉脂，就像女人的笑靥，像她们的鬓鬟间掠过的一抹羞涩。哦，那些曲折昏晦的山峡的缝隙，那些黑暗深谷和被视线切断的河水，无数被森林一股脑冒名代表的生灵，我们看不到。山脉，大地坚硬的外壳，铁一样的沟壑纵横的脸，被蹂躏的皱褶，生育后的妊娠纹……你咆哮的河谷，伟大的力量，激烈的云雨，生命的躁动，在闪电雷暴中奔窜的乌云——那些森林和大地的不良情绪，沉重的呻吟，无名的悲伤，谁又能懂？

我在云端，这被上苍切割的大地，适合俯瞰和远眺。被阳光扫荡和沐浴的世界，丰腴的森林，被遗弃的荒野，被浓郁的植物遮蔽和庇护的神秘土地，在永久的睡眠中，面对太阳的抚摸，它的苔藓和落叶，它的旱季和雨季，它的被北风鞭笞的痛楚，在想象中是多么遥远和甜蜜。我在飞机之上。在云端。

弧形的大地宁静而温煦，山河之间，祖先们仰面横卧在某个草木青青的角落，在地底下，在繁星中均匀地呼吸，他们没有死去，他们与森林和大地一起永生——如果你在云端，你会这么想。

……狂欢开始了，香猪肉柴火饭也飘来诱人的香味。

“各位乘客，按照咕噜山区的风俗，杀年猪后要请村里的各位父老乡亲喝猪血汤，现在，我们在一个飞机上，所以我们就是一个村庄的乡亲，我现在热情邀请各位准备喝猪血汤……”

村长吩咐我把猪按着，他在找猪的喉管，也就是猪脖子那儿柔软的部分。他好像有点惊慌，或者羞涩，在大众场合表演这样血腥的民俗，是头一遭吧。但是刀子捅进去了，血飙出来了。男人们欢呼，女人们尖叫，猪也在尖叫，在垂死挣扎。但热气腾腾的开水已经伺候，这时斋公先生穿着大道袍，胸前有一个圆圆的太极图，手握着桃木剑，他跳的是祈禳舞，步伐诡异，动作神秘，紧咬嘴唇，像是面前有一个与之搏杀的无形人。然后用手蘸着猪血，在自己的脸上画了一个符，又蘸着猪血邀请一个外国人，在他粉白的脸上画了一个符，引起了众人的哄笑。那个外国人与他跳起了舞，跳着跳着，外国人放弃诡异的斋公舞步，自己跳起了迈克尔·杰克逊之类的时尚舞。飞机的引擎声很大，且很颠簸，仿佛云海坎坷不平。

我旁边的人因为没有挂掉电话，电话那头在侧耳欣赏着飞机上别具一格的聚会。

“飞机上可以杀猪？”

“是的。”

“别哄我，你一定是带着一个女的去了杭州。”

“我的确是在飞机上。”

“你掉下来没有？”

“我想总会掉下来的，说谎话的人不得好死，这个规律是逃不掉的。”

“你在逃亡吗？你能逃到哪里去？你能逃掉世人的唾弃吗？你能逃掉良心的谴责吗？你不仅撒谎、造谣、构陷，而且可恶、卑鄙、下作。你还是回来向你的导师和同事忏悔道歉吧，陷害他人，肯定不得好死！”

哦哦，好像很面熟，这不就是那个牛冰玏教授吗？他现在是主任了？电话的那头是谁？好熟悉的声音，是花仙子吗？她还活着吗？她醒来了吗?

这个男人把我推进检查机器里时手和嘴巴就在颤抖，我记得清清楚楚。几个村妇模样的空姐穿着土布蜡染褂子，唱起了咕噜山区的民歌：

心上连理花，
红色种子芽，
郎爱姐，好头发，
梳子梳来篦子刮，
郎爱姐来一枝花，
不点胭脂眉翠雅。

——杏花、梨花、杜鹃、芍药、栀子、香菊花。玫瑰、月季、杓兰、春兰、剑兰、蕙兰、高山黄莲花。党参、当归、细辛、柴胡、桔梗、苍术、咕噜山里的萱草花。马桑、红蓼、金银花。沙参、玄参、婆婆纳。独活、草莓、蔷薇、忍冬花。

咕噜山里开百花，
巧的巧打扮，
像冤家嚜，
谁个舍得她……

她们变戏法似的拿出了一束束五颜六色的鲜花，一时间充满血腥味的机舱芬芳扑鼻，扫去了那令人作呕的难闻气味。山川壮丽，春风拂面，鸟声啁啾……

村长端着热气腾腾香喷喷的猪血汤，汤里有香猪肉，有几片天葱天蒜，有木姜子和紫苏叶，散发着山野的清香。村长清清嗓子说：

“我们这架飞机叫‘山野号’，大家没有看到我们的飞机外面全是云彩的装饰吗？如果这儿的山野之气是我们人类长期追求的东西，那这碗猪血汤就是我们山里人奉献的珍贵佳肴。此汤的水和我们供应的开水来自落豹河源头，我们的猪都不是饲料猪，是百草猪、跑跑猪，散养在森林中，吃百花百草，市场价非常之高，但今天我们的飞机餐包含在票价里，我们依然免费，加量不加价，以回馈广大乘客选择乘坐我们村里的航班。”

我觉得这太有趣，至于我是怎么乘上这趟航班的，我如在梦里。我接过一碗猪血汤，汤却是蓝色的，蓝英英的汤。

“请问大姐，此汤为何是蓝颜色的？”我问乘务员。

“对不起，先生，高空中没有太好的作料，我们随手扯了几把天空放进汤里，您看味道咋样？”

“……嗯，不错，这是沉香坡和我祖母的味道，不过偏咸了点儿，莫非天空是腌制过的？”

“不是，天空永远是新鲜的，您什么时候看到天空老过？看到天空凋谢过？看到天空枯萎过？看到天空死去过？天空是永远年轻的，因为天空是神，是月亮山精和太阳山精的家乡。这汤咸了，也许是大海溅上来的，大海溅到了我们的碗里……”

“大海？飞机下降？……”

“没有没有，我们这架山野号飞机可以整天在天上飞来飞去，我们像奔跑的劳动者，忙忙碌碌。为那些想回家的人，和想去往远方的人，提供空中的飞跑服务。您要求我们飞往哪里，我们就飞往哪里，我们的航速，是根据我们内心的需要定制的，它超越时空。也许刚才有人要到大海，所以我们在那儿停了一下，看，飞机又飞起来啦，这蔚蓝的天空……”

“那好，大姐，能否给我再来一碗蔚蓝色的天空猪血汤？”我突然想起祖母，心如刀割。

我说："大姐，你能答应我再唱一遍刚才的歌吗？"

"它叫《心上连理花》，我们会继续唱的。现在，我们要到下一个山村……"

山村？这天上的山村？

我把头转过去，看到舷窗外面，一些村妇正在白云上劳作，她们上身赤裸，乳房丰满，皮肤黝黑。

"她们在干什么？"我旁边的那个人问乘务员。

"先生，我们现在来到了天空的白云村，这些妇女正在翻晒棉花。今年的收成不错，这个品种叫'空杂二号'，是我们咕噜山区的传统棉花与野生白云杂交的新品种，色彩特别白，可以抗空中的巨型棉铃虫和螟虫，抗倒伏，能抵御十五级台风。因靠近太阳，光照充分，棉绒长达二十米，是目前世界上最好的品种。关于我们的村长是怎么找到这片野生白云与棉花杂交的，说出来会有一段曲折感人的故事……这样吧，如果大家觉得机舱里太闷，可以爬出去看看我们的杂交棉花。"

我们打开舱室门，却没一个人敢下去，飞机飞得很慢，风并不大，倒是空中的空气很温润、新鲜。

村长放出了老虎、豹子和狗熊，让它们在白云上扮演迎宾员，它们口中衔着花朵，一一献给我们。

"我们会掉下去吗？"

"不会的，先生，你在村庄里，能掉到哪儿？这是村庄了，等于我们回到家了。"

乘务员的话我们不太信，但还是有人走出了这一步。至少我走了出去。这是云上，突然想起在宜昌景区看过的电影《云上的日子》，云上的日子就是做爱，我想起了花仙老师。

"我们村庄云彩的厚度有十公里，比大地还厚实，而且这里晒的棉花格外温暖，五十克重的棉花就可以做一床被子，因为这种棉花里储藏了许多许多的阳光。”

“但是你们的村长为什么又去杀猪了呢？”

“兼职吧，他是能人啊。”

“这简直像骗子的谎言。”我心里嘀咕。但我看到，十几个跑出舱外的乘客，竟兴高采烈、手舞足蹈地在白云上打滚，有的在迎着天风引吭高歌。

我旁边座位上那个不停颤着双手和嘴唇的人，对一个挺着大乳房的村妇说：“我现在想回到飞机上，想让它与我同归于尽。我往白云里钻，想掉下去，可是掉不下去。我想同归于尽，栽进大地深处，因为我说了谎话。”他又说：“你有微信吗？你能帮我加一个叫花仙子的微信吗？她是我的女友……”

花仙子不是我叫的名字吗？花仙子，花仙子……

“先生，我们天空的村庄里不能用手机……”

我听到了飞机上的广播：“各位乘客，请大家赶快回到机舱，赶快回到机舱，快快，快一点，我们的机舱门就要关闭了！”

我飞快地迈进机舱，飞机在通知大家尽快坐好，系好安全带。这是怎么回事？

突然，一片巨大的棕榈叶闪现在舷窗外，我看那些晒棉花的农妇一下子都不见了。一个长得像戴胜的翼人扒着舷窗向我们看。它有戴胜的冠毛，看起来像个原始部落的酋长，但眼睛圆睁，是鹰鹫的眼睛，鲨鱼的牙齿，嘴是鸟嘴，它向我们窥探着，眼里露出诡谲的、森冷的、荒野的光。

我打了一个寒噤，整个颈部和面部神经都在抽搐，有一种喷薄而出的尿意。一些乘客大气不敢出，蜷缩在自己的座位上，甚至恨不得溜到椅子底下去。

我看着那个翼人，听见旁边那个人在低声地说："终于要掉下去了……"

广播在说："大家镇静，大家镇静，我们现在遇到了天空的混混，天空的下三烂，天空的恶魔——翼人，这些翼人是咕噜山区死去的鸟魂聚集在一起幻化出来的，在天空，它们是真实的存在，它们要劫持我们的飞机，但它们无法进入，我们万不可惊慌，它们没有什么了不起，就是一些空中的残匪，遭到天空政府的多次剿灭，现在少之又少了……"

这是一场倒霉的旅程吗？旁边的乘客双手和嘴唇颤抖得更厉害，喃喃地向手机里说。

翼人拿着一根巨大的鱼刺在锯舷窗！

又有一个翼人用牙齿噬啃机翼。

右边的机翼是一只豹魂！

我突然燥热起来，内心火烧火燎，身上的红毛像在沸水里煮烫，根根竖起来。我解开安全带，跳跃到靠背上，对着舷窗就是一拳。

那个狰狞的翼人吓了一跳，它看到的一定是一个愤怒的红毛猴。我恢复了猴子的本性，嗷嗷大叫，对着翼人，龇牙咧嘴。我粗粗地喘着气，但被人控制住了。

我旁边的那个人说："你的鲁莽行为将会造成灾难。"

"你不是想掉下去吗？我难道不能为正义而战吗？不应该搞死这种恶兽为民除害吗？"

"请你冷静，一切听村长的，村长是机长，是这里一切的核心，你这个猴子没有资格发难，不得乱说乱动。"

有人在说："天空中也有恶兽吗？它们在天空中寻找目标，大啖其肉，连飞机也不放过，这些恶兽，是天空的渣子，是狗屎！看它们的牙齿和嘴巴就知道这世上还有如此恶心的东西，天空能容得下它们吗？”

它们在颠簸的气流中，粗大的羽毛凌风张开，就像河水爆炸，它们的鼻子喷出的气息击打着滚滚乌云。天变了。雨打在机翼上，疼痛地跳动，但我们听不见外面的声音。

机舱里的灯突然黑了。广播里说：“大家镇静，大家一定镇静，危险的时刻即将过去。现在关闭灯光，让翼人看不见我们，请大家忍耐一下……”

在黑暗中看舷窗外，天也陡然黑了，世界一片漆黑，就像一个瞎子。想象和回忆刚才发生的一切，那压在我们心头的东西，云朵、棉花、天上的村庄、翼人、耕种和翻晒的丰满农妇。我们好像在奇异的梦里穿行，美丽和丑恶的东西在交叉蹿动。哦，云海翻滚。黑夜深沉，我们究竟是在山上，是在平地还是在天空？这混沌一团的印象，像鬼火一样在茫茫的夜色中，仿佛即将开天辟地，接下来的是石破天惊的时间和光流，那烟雾一样腾起的记忆，发出莫名的铿铿锵锵声，混合着这架飞机里令人不安的声响，一起荡旋在深邃的天空。

我们在宇宙深处的静默中，听到了那清晰的锯窗声，吱吱、吱吱、吱吱……

“掉下去了，终究是要掉下去了……”旁边的那个人紧紧抓着前面的靠背哭泣着。

手拿鱼刺锯割舷窗和机翼的翼人越来越多，这些天空中恶毒的坏种，难道我们没有能力战胜它们吗？

“呜呜，有救么？”有人在问自己。

我们的舷窗开始漏气，气压太低，人们呼吸困难，出现紫绀，憋闷难受。

“各位乘客中有没有医生？现在我们有一位乘客突然犯病，心脏不适，需要抢救！”

“我这儿有速效救心丸!”

“我这儿有复方丹参滴丸！还有硝酸甘油片!”

“救心丸掏出十颗来，快！让患者含着!”

一个肥胖的人噔噔地出现在过道上，一盏灯在前舱打开了。

“给他心肺复苏，人工呼吸！”医生叫嚷道。

这时一个乘客冲上去，对准医生就是两拳，打得他摇摇晃晃。这个年轻的行凶者没等医生反应过来，就把他绊倒，死死摁在了过道里，咬牙切齿地叫骂:“你这个黑心狗医生，我终于逮着你了，我不过是龟头炎，你说我是性病，在手术台上哄走了我二十万医疗费，让我倾家荡产，女友离开。结果呢，我在三甲医院花一百多块钱就治好了，你他妈太黑，太黑呀!”

愤愤不平的年轻人骑在医生的身上，被几个人拉开了。村长过来拉着他说:“就算他过去做过什么，现在正在抢救一个病人，您也应当消消气，原谅他吧，救人一命，胜造七级浮屠……”

医生的鼻子里流着血，爬起来给那个老人做心肺复苏。

锯割的声音在我们耳边嗡嗡轰响，就像一场持久的雷暴。

“跟它们拼了吧!”我大喊道。我先是听见我内心深处这么喊，后来听见自己的喉咙这么喊。

村长在灯下说:“翼人的劫持是凶狠的，它们是天上的恶魔……”

机舱门口，两个彪形大汉站立着，我冲了过去，说准确一点是从行李架下荡过去，就像在森林中一样。我去抓机舱门的安全手柄，一个守卫的男人像疾风一样从黑暗中伸出拳头，对准我揍了两拳。我躲过一拳，另一拳打在鼻梁上，登时鲜血四溅。那鲜血因为灼热，射过来一道亮光，就像一条金蛇。但是在伸手不见五指的黑暗中，我已经摸到了安全手柄，这对我来说不是难事，那些黑暗中虚幻的东西在我眼里历历在目。

“这猴儿，这猴儿！……”

“玃！”村长突然喊我的名字。

我已经越过了黑暗的屏障，拉开了舱门。

那两个壮汉的怒吼和惊呼都没有天空的狂风迅猛，星星有几颗，天空之上的夜更黏稠，像一锅鱼汤。风和打在脸上的云呼啸扯着我。

“喂，回来！”

谁喊的，我已经听不清，风云要将我的脸皮扒下，将我一身羞耻的红毛撕扯下。整个世界被厚毡子似的黑暗笼罩住，我感到置身旷野，想起与叔叔在猸子峡的经历，我们的飞机莫非被黑帐精罩住了？

闪电像钢鞭劈头盖脸地抽打我们，我们在一个雷区。又冷又饿，我扯了一把黑云放进嘴里，十分缠绵难咽，浸透了苦味。我听见有村妇的声音在引诱我们：“来呀，热腾腾的鲜人奶，一百元一杯，买两杯送一杯再九五折。”这是魔鬼的诱惑，在黑暗的深处，伸出的手，端着的杯子，我必须忍住不接。这是翼人的伎俩，这是毒鸩，是黑帐。一个乘客听到了，跳出机舱，交了钱，咕噜咕噜地喝下了香喷喷的人奶，顿时翻着白眼，呻吟一声，栽下云端，他留在天空中哀号的尾音久久不散。

“魔鬼！魔鬼！”

我踏着滚滚的乌云，像一匹树叶寻找翼人，红毛倒竖，像一团金黄色的火焰。我的眼里也喷射出通红的火焰，眼珠子膨胀在外，挥动着谁给我的一把斧头——那是我祖父的斧头，我们叫开山子。开山子砍山。我的后头又冲出来两个人，加上村长拿着杀猪刀。只看得见那闪烁的眼睛和刀刃的精光，天色现出了血红如火烧云的模样。那些翼人竟然骑着隐隐约约的云马，周围是滚滚的黑烟，这就是恶魔的坐骑。而我身上的红毛火焰变成了霓霞般的锦缎，我后面的人也身着坚硬透明的铠甲，就像是冰雪附身，器宇轩昂，威风凛凛。我们佩戴着鲜花，我们的帽子上是红腹锦鸡、寿带鸟和火尾太阳鸟的尾翎，比起它们的戴胜冠饰，漂亮威武，胜过百倍。

“滚开！滚开！魔鬼！”

我们的刀斧挥舞着砍杀过去，那些惊恐万状的翼人撒开了手上的缰绳，有的吓得落下马来，滚进乌云深处。我们刺中了翼人，它们流出的血是黑的，挖出它们的心肝，心肝也是黑的，像污水一样黑。它们在云端爬滚着，黑血涂抹在机翼上。我们的飞机机翼像翅膀一样扇动起来，是豹子的魂魄，将那些趴在机翼上的翼人抖掉，再迎面飞去，将它们切割成两截，让它们掉落下去。

渐渐地，飞机驰骋的方向亮了，天亮了。一个巨大的环形双虹出现在面前，我们的飞机正飞在它的中间。是双虹，一为虹，一为霓，七色斑斓，冲破了乌云的苍穹，廓开了层层黑暗，到处沐浴着霓虹的清辉，就像佛光一样。这神秘奇异的天空中，像有万条溪流滚动，晶晶闪闪。雪白雪白的云和雪白雪白温暖的棉花重现了，晒棉花的村妇出现了，她们的乳房在霞光中跳动着，赤褐色的乳头像秋天成熟的浆果，装饰着她们美丽的躯体。

哦，这钢汁般的黎明，比爱更深广的光芒，湿漉漉的白云，激荡的云海，这玫瑰一样盛开的天空，有鸟鸣到处飞舞……

我回到了机舱里，所有的乘客都在欢呼我们的凯旋。我坐下了。

“请问我们究竟要去向哪里？您手机上有GPS导航吗？……”

广播里村长用带着咕噜山区方言的普通话说：“各位乘客，各位乘客，我们打败了龌龊凶残的翼人，打败了那些天空中无耻的怪兽，应该感谢我们的大英雄玃！现在，我们的旅程战胜了许多艰难险阻，终于顺利地来到了天空中的第二村：云水村。在这里，所有的愿望我们都可以满足，但只能一个人满足一个愿望。你的所有的亲人都在这里，只要是他生前善良，诸恶不作。大英雄玃，猴娃，给你一次机会，在天空的云水村，你最想见到谁呢？”

“娘。”我说。

三十九

我听见一阵闷雷似的声音，看到这里白云缭绕，千峰挺立，那些既遥远又亲近的巉岩峭壁，被一群一群的白云连接着。我们走进了一座廊桥，烟霞铺地，青石斑驳。这静谧的山峦，有奇花异草，芳香扑鼻，流水淙淙，祥云缕缕。

我想吹一声口哨，但我感觉到我的嘴里湿漉漉的，白云的香味沁人心脾。我的手里有一片红桦树皮，上面有一句诗：“我的到来，意味着永生……”噢，这是谁写的？写给我的吗？莫非我将要死去？

一个缀满鲜花的栏杆拦住了我，突然出现了几个披着树叶的少女，双手捧上甘醇的拦门美酒：

“这是我们的鲜花美酒，先生，请问您喝什么样的鲜花酒？这里有三百六十种，有金银花、瞿麦花、卷耳花、石竹花、鹤草花、玫瑰花、野蓼花、马桑花、杓兰花、藜芦花、麦冬花、款冬花、洼瓣花、野韭花、薤白花、绵枣儿花、沙参花、芍药花、苦糖果花、悬钩子花、火棘花、毛茛花、甘露子花、香丝草花、血满草花、接骨木花、野三七花、红景天花、牛蒡子花、橐吾花、还亮草花、石荠苎花、牛至花、紫草花、旋覆花、露珠龙胆草花、相思草花、七叶一枝花、丁香花、杜鹃花、待霄草花、结香花、红萱花、连翘花、凤仙花、卫矛花、苜蓿花、樱桃花、鸡腿草花、罂粟花、大丽花、指甲花、桃花、杏花、李花、梅花、茶花、荷花、芦花、樱花、荠菜花……”

“随便。”我说。

三杯美酒引郎来，
引郎引在八仙台，
八仙台上摆金盏，
摆罢金盏喝开怀……

我喝下了三杯酒，头有点晕乎。这是什么样的花草酒？是天上的花草吗？这个云水村到处都是花草，天空上飘满了花瓣，水中流动着花瓣，在荡漾，在舒展，那么惬意，那么美丽。

一个男人递给我一个本子、一支笔，笔是用珊瑚做的。

“请您签个名。”

“可是没有墨水。”

“天空有啊。”

我把笔往天空蘸了蘸，这是天空的蓝墨水，签上了花仙老师教我写的名字：蕺玃。我想起我的名字叫蕺玃。我沿着一个敞开的溶洞往里面走，那溶洞的顶好高好高，溶洞里面有一条小河，河里游动着一尾尾透明的盲眼鱼。

我好像从一个黑暗的地方来到了一个敞亮的地方，我眼里的阴翳荡然无存，我手上拿着那张写满了诗句的红桦皮，就像通往溶洞深处的路条，没有任何人阻拦我。

一个村姑敞开她穿着的镶嵌有珊瑚珍珠和砗磲的彩虹裙子，赤裸上身，白皙的乳房像两个装满水的水罐，荡漾在胸前，她对我说：“要见到你最思念的亲人，这是折寿的事，是亿万人都不可能的，也是不可以告诉外人的，你必须咬下一截舌头，蘸着流出的血画出一朵你最喜欢的花。如果你不愿意这样，你可以走进去，但你的晚年将会在咕噜山区穿着黢黑污渍的衣裳，背着一条沉重的板凳，在大山和森林里走村串户，用沙哑的嗓子整天喊着‘磨斧头嘞镪菜刀’，然后，像你的祖父喊树而亡……”

我没有回答，我狠狠地咬着舌头，我的锐利的牙齿扎进舌头柔软的肉里，疼痛从舌尖一直沿着大脑，沿着脖子，进入心脏……我要用疼痛创造梦境，我说。

血充盈了我的口腔，我要再用力，让血更多一些。

溶洞口像一个巨型的喉咙，呼吸着呜呜的冰凉的大风，我的红毛也被吹得凌乱。我用手卡住自己痛苦的脖子和下颚，心里想这是一个什么地方？云雾像惊马抖着鬃毛朝洞里灌，我感觉我已悬在空中，但我死死地用脚抓住岩石。

我的眼前出现了一扇光滑的石壁，我伸出手来，从口腔里拿出一截舌头，蘸着舌血，在石壁上画出了一朵芍药。我画它舒展的挤挤挨挨的花瓣，更画它的花蕊、内萼。它叫离草，它妩媚，像一个盛满玉液的杯盏。这朵血色花在石壁上栩栩如生，突然向我飘来，慢慢绽放。我不由自主地用手迎向它，触到了它的湿润，闻到了它的芳香。这是一朵真花，有着淡淡的鲜血的气味，也同时有着袅袅的温热。

我举着花朵走过数个台阶，在一群蜜蜂的陪伴下，前面又出现了一个少女。

“你就是玃吗？”

这个少女薄纱中的乳环和脐环隐约可见，她的肩头站着一只美丽的翠鸟。她头上堆着高高的鲜花，眼神大胆，嘴唇稍厚，亭亭玉立，像一只仙鹤出现在五色雾中，她的背后有美丽的梅花鹿，梅花鹿长着女人的长睫毛，黑色的鼻子，白色的牙齿，树叶似的耳朵，身上的花纹像化石的纹路，眼睛略有所思，白色的下颌，脖子干净高贵，像一根紫檀。

“哇，就是那个猴娃玃吗？你身上的红毛好漂亮，我本来想放你进去，我好崇拜你，但为了不让你见到你最思念的亲人后，成为一个高喊着‘磨斧头嘞镪菜刀’的苦老头，最后死在冰雹或是洪水的魔爪下，你也只能遵照二者必选其一的天上规定，为了守口如瓶，咬下一截舌头，并用血画一只你最喜欢的鸟吧……”

她用手轻轻地沾了些清水洒在我的头上、脸上，疼痛的舌头顿时有了缓解，但现在我必须过这个关口。我看见透明的盲眼鱼在暗河中游动，水里蒸出缕缕白雾。我有不顾一切冲过去的冲动，头上悬吊着各种尖锐水润的钟乳石，滴着水珠，就像恶兽的牙齿溅着唾沫，也像美人的乳房淌着乳汁。

那少女身后的树上百鸟围绕着树飞翔，华光四射，翎羽闪烁，五彩斑斓，就像是片片会飞的树叶。

我咬着我的舌头，为了紧守这一千古的秘密，我将成为哑人。我又咬断了一截舌头。我用它蘸着血，画了一只戴胜鸟。我的鸟渐渐在石壁上成形了。

那个少女歪着头，看着我用血画着，她的嘴巴诧异地张着，形成了一个鹅蛋，“你真的喜欢它吗？它叫臭大姐。”

“是的，它叫臭大姐，但我喜欢。”我说的话已经不清晰了，也许我是给自己说的，我说一个字涌出一口血。我把血吞咽进去。少女给了我一些树叶放进嘴里，我嚼着，一阵清凉缓解了我的疼痛，血也神奇地止住了，一股薄荷的清香回荡在我的口腔和大脑里。

“我喜欢……”我又含混地说。

那个少女偏身跃上梅花鹿，昂首远去，那棵大树跟着她，百鸟也跟着她。

我顺着她隐去的方向向前走。溶洞上空是红云翻滚的天幕，狂风摇撼着天穹，将那些从地上反射的光环拧得扭曲，天幕上惊飞着蝙蝠和长着牙齿的怪鸟。

我一口气攀登了几个洞中的高地，希望马上就能看见我的母亲。可是，一个躲在青石背后的少女又横挡过来，她一阵风朗朗地拦住我，瀑布似的长发带来了一阵茉莉花的清香，垂在双肩下，披着狉猢皮背心，冷艳高傲地走过来，她的扇形的长发闪着光泽，大黑的眼睛、小巧的嘴唇和锃亮的额头，手上是一根动物的尾巴。

“哈哈，玃哥哥，我不是跟你打闹，我站在这儿，是最后的关口。我告诉你吧，你经过的一切我都看见了，你心诚似佛，志坚如铁，想见你逝去亲人的欲念是那么强烈，但你还剩下一截舌头，需要彻底了断，才能严守这天上人间的秘密。你若是不这样，你的后果你都知道了……用你的舌头和舌血画一只你最喜欢的动物，你就可以立刻见到你死去的亲人……”

“如果你们下了迷障，我哪能分清是真是假？”

“相信我们，会让你见到的，如假包换。所以你更要虔诚，正如人们常说的断舍离，才能达到你的目的。”

“这一趟太辛苦，满足这个渺小的愿望，却让我付出了惨重的代价……”我心一横，咬住了仅剩的一点舌头。血，再次灌注我的口腔。

我画了一只豹子。我要画出豹子的威严和悲伤，画出我对它的恐惧，那是我上树生活的根由。我画它火一样的花纹。我画一只赤豹，我要将画献给我的母亲。我要画它嘴上疾风般的箭毛，画下它褐黄色眼睛里的沉思，画下它坚挺的鼻梁下呼呼迅跑的喘气，画下它厄运一样缠身的皮毛，画下它的短吻、颌骨，画下它圆锥形的粗齿、翼骨，画下它有力的四肢、野蛮的脚掌，画下它的铜头铁尾，画下它的警惕、仇恨和孤独。

“……乘赤豹兮从文狸，辛夷车兮结桂旗……”少女高声朗诵着，“余处幽篁兮终不见天，路险难兮独后来……”

那只画上的赤豹从石壁上跳下来，少女抱着它的头，轻捷地飞上了豹身。这不是花仙子吗？

“花仙老师！”我大喊。

天上的风吹过溶洞，发出嗡嗡的回声。花丛中蜜蜂飞舞，这些天上的蜜蜂，金黄圆润，匆匆忙忙，在花丛中采撷着花粉，所有的花粉都一团团闪烁着云母的晶光。蜜蜂们运送着花粉在我面前闪过，我忍不住打了个喷嚏，蜜蜂们惊慌地丢掉嘴里的花粉，溅起一团黄雾。

那个女子是花仙子，不像是，是我的母亲吗？也不像。她骑在赤豹的背上，长得跟花仙子一样，只是比花仙子更健壮，皮肤更紫红，脸和手，都是太阳的颜色。

“我不是花仙子。”

“你是谁？我是来见我母亲的，人们都叫她大姑。为了见我的母亲，我咬掉了自己的舌头……你是花仙老师吗？”

“我就是你的母亲啊，玃儿，你认不出我了吗？你看，这儿哪有红毛野人？哪有大青猴？全是一些人嚼舌根说的假话。我只是想到这里来生活，虽然沉香坡很好，但有太多的闲话，有生活的不幸与痛苦。玃娃，原谅我离开你们，我在这儿想念你和大雀，却不能再回到那边，这也许就是命定吧……”

我的母亲面目慈祥，披着白云织成的长衫，头上戴着蔷薇花环，有红黄蓝紫，蜜蜂在她的头顶飞舞。从洞中射出的光束，像一汪汪流泉飘舞在她的身后。紫色和黄色的云雾忽忽悠悠，时隐时现。她的身边盛开着无数蓝色的勿忘我花，布满了我前面的石坡。我的母亲漂亮，可是她的儿子却这么丑陋？我为自己羞愧，我想哭，我大声地问她：“您看见了爷爷、奶奶和父亲吗？……您看见了叔叔吗？看见了一个叫花仙子的女老师吗？我曾经为她采过一个最美最美的花环，由芍药、鸢尾、蔷薇和珙桐花组成。珙桐的花就是鸽子花，在她的头上像一群小鸽子翩翩起舞。我和她还在落豹河边栽了好多好多各种各样的花，一直栽到过去的烤药棚现在的学校门口。我要给她的门口和窗下栽上三百六十种鲜花，在鲜花丛中生长有三百六十种蘑菇，各种各样的蘑菇和菌子，有姬菇、鸡腿菇、双孢菇、草菇、红菇、乳菇、黄菇、绿菇、梨菇、花盖菇、白玉菇、环柄菇、榛子菇、蜂窝菇、白灵菌、牛肝菌、松菌、花菌、牛肚菌、香伞菌、羊肚菌、獐子菌、鸡枞菌、灵芝菌、鹅膏菌、褶黑菌、铜绿菌、青头菌、刷把菌、肉齿菌、马鞍菌、镰刀菌、虫草菌、大红菌、奶浆菌……您就直说吧，我究竟是不是红毛野人的杂种？这不要紧，我是您的血亲，我不是一只真正的猴子，我是人，我不悲伤，我会活着。在沉香坡，我会与鸟兽一起，与羊群一起，与茶园一起，与火笼屋里升起的柴烟一起，与白云、春雨、冰雪一起，生活下去……”

我看到我的慈祥的母亲，好像没听我说话——我的声音近乎无，在嘴里是一些咕噜，我咕噜咕噜地说着，母亲好像要飘走远去了，我想冲过那漫坡的勿忘我花，却无法挪动脚步，一种无形的阻力将我与她隔离。

“玃儿，玃儿呀！……”

我的母亲飘走了，她一动未动地骑在赤豹上，赤豹意味深长地看着我，它的尾巴在花丛中闪现。母亲的衣袂飘飘，她头上现在换成了女萝的草环，薜荔披肩，辛夷和桂花扎着的彩旗插在豹子背上，石兰和杜衡在腰间，胸前抱着一个紫色的千年灵芝如古人的如意……她在退隐，此时突然猿鸣啾啾，惊雷滚滚，落叶嗖嗖，风声吼吼……母亲消隐进云雾缥缈的洞中，雷声戛然而止，鲜花突然盛开，彩蝶蹁跹，蜜蜂嗡鸣，河中的盲眼鱼也唼喋一片……那个女子越来越远，就像被一张巨口吸进了幽深的隧道……

那些远去的亲人，我爱你们，我想念你们。虽然我曾因为惊吓而逃离了，栖身树巅，但我不能没有你们。想到那些温热的、在茶水和酒液中荡出的欢乐与笑声，为什么稍纵即逝？就像得到如此之难，而离去却十分容易。那些飘走的灵魂已经不在大地上，但天空有更美好的相遇。如果在时间缓慢的移动中，衰老和死亡是必须的，天空愿意为永生廓开一块空地。所有的思念不会停歇，烟熏火燎的日子，是建造爱欲的基石，炊烟的上升才是我们冥想的天堂，愿我们的幸福不会滑坠深渊，在天空中闪亮永恒，像金黄的麦浪，一直沉甸甸地挂在头顶，挂在永远不可企及的地方。

桦皮诗 NO.6

奔跑的豹，跑成缀满蘑菇的飞机。

——我更喜欢称它为菌伞。

那些森林中美丽的菌伞，有毒的、芬芳的、闷头的、让人迷幻的菌伞。

三只豹，一只为豹魂，一只为豹魄。

它尖锐的翅膀刺向云端。

白辛树的喧腾在破晓闪烁，鸟在原始的叫声里哀求。

松果插进石头，一定会成为树。老人坐在棺木中清点遗产。

一只鹿，一只豹。断碑。草木。魂。树魂。豹魂。鹿魂。花魂。

这里所有奔跑的，落下的，腐朽的，蒸发的，都是我们。

所有的光，所有的黑暗，所有铺展到城市边陲的石头，高大的树木，惊恐的禽兽，紧捂的苔藓和水滴，都是我们。

干涸也是我们。

月亮是一颗巨大的水晶，在灰色雨云的缝隙坠挂。夜色愈来愈深沉。美好的东西在天空和大地崩溃，展翅的，是不愿堕落。天空的王者，是升华的灵魂。

枭的哀鸣。鹰的尖叫。杜鹃啼血。

群山的呼啸，森林的警告。

你的身影没入晨曦，羽毛飘过心头。

白色的水。透明的鱼。五色的花。七色的雾。红色的唇。乳房和纸钱。生锈的锁。松树的翠冠。土酒和火塘。凝固的荒野。沉寂的哲人。天空的游隼。我的远方。

血在石头里流浪，美丽的花朵死在黎明的远方。

翅膀穿越雪崩似的山川。三只豹。

它风中磨砺的四肢，被思念缠绕。

它跃上天空，成为传说。

闪闪的银鹰。古老的蓝天。鲜花茂密的大地。我逡巡在天空的村落。

“你想永远在飞机上旅行，游遍天空中无数个古老的村庄吗？……各位乘客，等待您的还有善良村、美人村、夜雨村、百花村、琴瑟村、流水村、忘忧村、牧羊村、白兔村、玄鸟村、白雪村、牧歌村、童心村、君子村、贤士村、桃花村、李花村、杏花村、梨花村、枣花村、槐花村、樱花村、杨柳村、槿花村、荷花村、竹海村、麦浪村、莲花村、韭花村、菜花村、梅花村、蓼花村、菰蒲村、芦花村、荻花村、响泉村、夜泊村、松涛村、秋江村……一共有三百六十个村庄。但是你必须采摘三百六十种花，装扮我们的飞机，让我们的飞机披上亿万朵鲜花，饲养亿万只蜜蜂，这样才能避开翼人的攻击，让它们不敢靠近，否则将被我们英勇的蜜蜂蜇死！……”

“这真是太好了，我正好是追花夺蜜的养蜂人，我热爱蜜蜂和鲜花，热爱在空中行走和旅行，看美丽干净的世界，看洁白无瑕的云朵。我带着我的花朵和蜂群，天上有采撷不尽的花蜜，到处都是充足的蜜源。如果我们的飞机带着一群蜜蜂在天空飞行，这该是多么美妙的生活，多么漂亮的场景，我现在就可以采花啦……”

“虽然天空中到处是鲜花，但采撷它们非常艰难，要虔诚善良，内心清洁，诸恶不作，以善和真作为你的前导。你采撷一朵花，必须用自己的鲜血浇灌一朵花。如果你不虔诚，如果你邪恶卑劣，有不良记录和僭越之心，如果你心不在焉，不全身而为，不想用鲜血浇灌一朵花，你采来的花朵就会快速地枯萎，在你老年时，将在咕噜山区的森林里拼命吆喝，磨不到一把斧头和菜刀，你会因喊叫而喉咙流血，成为你祖父们的命运……磨难和血汗，坚韧与牺牲，是必须的代价。否则去向你梦中向往的村庄，你将功亏一篑，跌落云端，摔下悬崖，请你明白……”

飞机又开始颠簸，有人的脑袋撞到行李架上。乘务员在广播里通知：“各位乘客，请大家冷静，各自回到座位上，现在遇到了咕噜山区的紊乱气流，有些颠簸摇晃是正常现象，大家一定镇静。我们的机长有丰富的驾驶经验，有三十年的驾龄，曾经是村里优秀的拖拉机手，安全飞行里程达到三十万公里，他是省级劳模，受到过省长的亲自接待……”

旁边的乘客对着手机那边说：“花仙子吗？你听见了吗？我们的飞机注定要掉下去，因为机长是个村里的康拜因手，因为我说谎了。我不该作恶，不该破了做人的底线。这一切太不可思议了，我是这场灾难的肇事者……”

“我可以原谅你，原谅你，只要你不再撒谎，不再害人，不再干卑鄙无耻的下三烂勾当，为了整个飞机乘客的生命，我可以原谅你！”

对方大声地说。

一只狗朝我狂吠，这是我们村里最凶狠的狗，是村长的狗。我不知道是在地上还是在天上。这是一条赶山狗、猎狗，曾经咬死过五头狗熊、十头野猪、三只豹子。它赶撵的鹿麂野羊不计其数。

广播中突然出现了村长的喃喃自语："咕噜大帝啊，是不是翼人又来了？不可能！它们被打败了！我这里请了万能的玃，他是我们咕噜山区灵异的猴娃，法力无边，可以和天地神灵对话。我为了承包这架飞机，将家里的两层楼房、一百亩山林和十个蜂箱都抵押给了银行……"

广播员为什么不把这些话关了？这太无聊。我正在纳闷，又听见广播里吵了起来，一个女人恶狠狠的声音说："你这个败家子，你这个败家子，老娘要你别承包什么飞机，家产全赔上了，老娘跟你拼了！"

驾驶室的门被撞开，我看见村长和他的老婆出现在过道上，打作一团。村长老婆抓住村长不多的头发，把他使劲地往舱门上撞，咆哮着说你是个什么机长，你不就是个在镇上跑三轮的吗？你的眼睛不是因为喝了勾兑的火酒快瞎了吗？你不就是在网上买的一个假飞机驾驶证吗？还不跟老子回去种苞谷！

这是幻觉，我强迫自己相信这是幻觉。这是一个插曲。我的意念是希望他们快快回到驾驶舱去。终于，他们不见了。蜜蜂重又嗡嗡吟吟，机上的人都在呼呼睡觉，完全没有看到这一幕，电视屏幕上在播放一个整蛊搞笑片。我想我刚才肯定是做了一个噩梦，现在飞行平稳，就像在母亲的摇篮中。我趁人酣睡，悄悄打开舱门。哦，一股芬芳的空气扑来，白云朵朵，蓝天深深，到处是盛开的鲜花。我采摘了一朵最艳丽的玫瑰，我咬破指头，将鲜血滴在另一朵雏花的根部。我又采了一朵木槿，挤出指头的血浇滴在另一朵木槿花上，我手上的木槿更加艳丽了。

我采了一簇茱萸花，这是一簇怀念故人的黄花，辟邪的花。我采了耧斗菜花，它紫色的花瓣围着白色的花瓣，还有黄色的花蕊，如此的造型好有剑胆琴心，而且它每个花瓣都是漏斗样的。我用血浇它。噢，白鹤梅，我看到这么漂亮的花，小心翼翼像绢丝一样的花，能不能不这样香呢？那些疯长的铁线莲，吊在崖上，那么惹人怜爱，生怕它从崖上摔下来了，它的白花是一个寓言，它圆突突的花蕊和四叶花萼，是与雪争白的勇士，它叫“雪里开”。我够上去采下，又踮着脚用血浇它……这里，蓝星花是误入凡尘的小仙子，但它依然是仙子，它现在在天上，它本来就应该在天上。它蓝得那么羞怯，在露水中不堪重负，这蓝色的裙边夹着的五星，谁让你这么朴素，仙子呀！旁边还有它的蓝色姐妹蓝雪花、蓝铃花、蓝雀花、翠雀花、倒提壶花……

看，紫堇，你攀附在石头上、断崖上、草坡上。层层叠叠的紫堇，妖冶着你烟斗样的花舌。韭花白色中的蓝脉，是上帝在你的花瓣上镶嵌的一条蓝色小溪，是上帝绣出来的。红色中的紫脉，蓝色中的白脉，你这猸子精一般的花，我多洒点血在你的根须吧……

西香莲的花是智者设计的，有着智能时代的繁复，红色如血的花朵，这还不够，顶着丝状的花冠，像月亮山精的幻手，然后又顶上三个裂柱和五个花萼，就像远古华贵的皇冠。西番莲，你这魔幻之花，一定是上帝设计的最精巧的花。

独兰总是张着双翅，好像有着它的驾驶舱室，向着可能的目标飞行，这紫色的飞行之路。柠檬的花是不酸的，蜜蜂频繁光顾着它大大咧咧的花瓣，它像一个荡妇，一个快人快语的女人。来吧，吃我吧，哈哈！

呃，鹅掌草、大火草、打破碗花花，这些近亲的植物和花朵，都是亮丽的风景，成片开放着，挑着长茎的花朵，漫坡流淌……

倒吊金钟花是花中的蝙蝠，它头向下倒挂着，就像一个女子挂上满枝的风铃，叮叮当当的响声在花丛中响起。朱顶红、龙爪花、石蒜、彼岸花，这些庞大的石蒜科家族，花开似火，花放如剑，如春天的彩火，如花炮，射向大地的眼帘。

忍冬花忍受着冬天，可它是花树，当它开放，就是无数的白色鸟群聚集在枝头。飞燕草花也是满树一串串小巧的紫色鸟。但珙桐花却是珙桐上歇着的一树鸽子，是咕噜山区最美的花，一到春天就张扬着翅膀，在春风中振翅欲飞。这些白色的精灵，白色的神鸟，是被何人系于此树，翩然飞荡？

橘花有浓郁的香气，有硕大的果实，树叶都是橘子的气味。茶花在冰雪中盛开，近乎透明，就像一朵朵冰做的花。

蚌兰如蚌，杓兰如杓，剑兰如剑，鹤兰如鹤，蝴蝶兰如蝶，蟹爪兰如蟹。

菊花是一个太大太大的家族，雏菊是暖融融的地毯。千里光、香菊、秋菊、蒲公英、天人菊、金鸡菊、风毛菊、狗娃花、刺冠菊、旋覆花、矢车菊、木茼蒿、毛鳞菊、蚂蚱腿、小疮菊、鼠毛菊……这么多的菊花，这么多秋天的温暖，这么多金黄如阳光的花溪。百合也是，百合在咱们咕噜山区是家大业大，名门望族，但都是那么清香远溢，像湿漉漉的少女。杜鹃也是啊，这么多春末初夏才会在咱们那儿开放的杜鹃，是血染就的，让我多浇灌你，用我的血。

板蓝花成双成对，弯着它的花卷筒儿，就像引诱你误入花筒中。在秋天割蜜和采摘五味子、死人指、八月炸的时候，路边能碰到多少紫斑风铃草，风中的铃声亮得发紫。常山是花中结出的果实，这花瓣包裹的果实，这艳丽的秋花与秋果，你多么神奇异端。伞状的柴胡花，黄得晃眼，远看像油菜花一样，大富大贵。

紫玉簪像是紫色的幌子拉开在田野，这花的幌子，这缀满花枝的玉簪子，我好想插在花仙老师的头上。尾萼蔷薇是最易招蜂引蝶的，看啊，它们引来了团团簇簇的天上蜜蜂，神蜂，它们的开放无所顾忌，城门大开，就像小妖精。

虞美人是野山的妖姬，它像扭曲的女人的唇，是印在大山的唇印。虞美人就是传说中的虞姬，一个古代拔剑自刎的烈女子，请你接受我一滴鲜血的献祭……

扇柄杓兰花，你在高山上不畏严寒，在圆圆的扇状叶子中挺身而出，你的花大而美，格局好大。蕙兰的香这么浓艳，像成熟的村妇。地丁的紫色是从春雪里开始亮起来的，它不怕寒冷，趴在地上，但它最早嗅到春天的气息，这无比勇敢却低调的花，没有太多的名分，可紫花地丁是早春的信使。

缫丝花是野花中的贵妇，它大、圆、厚，华丽至极，是弃在野地的富婆。八角茴、木姜子花、瑞香花，它们开花过后是流蜜的日子。

吊石苣苔花吊在树上，从苔藓里长出来，洁白的花瓣透着红线，腐朽与神奇都在一瞬间。

卷丹的花色好像虎皮斑纹一样浓重，它伸长如蛇的花萼，翻卷的长度是那么潇洒自信。独活的伞状花序成簇地白，像是有人将它们分成了若干份，安装在每一根茎叶上。它们独自摇动的时候，没有一丝风，它们是植物中会动的精灵。

这是柳兰吗？你的紫红那么纯粹，不掺杂念。这是棣棠么？这高贵宝贵金贵珍贵的花，金黄色的花，就像是用金箔打制而成的。就是一味地金黄，却不懂香，就是恣意、任性，金朵满枝，不怕挤攘。

含笑在巧笑倩兮，美目盼兮，它不孱弱，紧实肥厚，浅黄花瓣，浅紫花蕊，坦坦荡荡。噢，凤仙、拳参、小小的鸭跖草花、马兜铃花、薯蓣。秋英，你八个方正之瓣的花。石竹的粉红、亚麻的浅蓝，都那么谦逊。千屈菜的大红大紫，美人樱的吵吵闹闹，蜂斗菜的蓬蓬勃勃，薰衣草的疯疯癫癫，栀子花的羞羞答答，小飞蓬的破破烂烂，荼蘼的凄凄婉婉……点地梅为什么叫喉咙草？你也曾经喊叫过？你在腐草间开出的花，是春天的喉咙。

六道木花萼的短刺、月季的尖刺、火棘的硬刺，采摘它们你可要小心。七里香，香七里；九里香，香九里。芍药的别名叫“将离草”，哦，将离草，我们将离别，见一次，别万世。萱草花叫忘忧草，采一朵，忘掉忧，我曾经采过许多放在花仙子的窗台，插在她的空酒瓶中。高山海棠长在咕噜山区的乔木上，它叫断肠花。哦，想人想断肠，每到伤心处……

我采呀，采呀，将每一朵鲜花装饰在飞机的机翼、机头和舷窗上。天风阵阵，花雨纷纷。那些白云之上的女人们，胳膊上挽着花篮，在乐师的领唱下一起歌唱着：

手拿花篮上花台，
花朵花儿给姐戴，
姐夸我的心实在。
正月里来无花采，
二月里采花花正开，
三月里桃花红似火，
四月里玫瑰惹人爱，
五月里石榴像玛瑙，
六月里荷花水中排，
七月里菱角作凤眼，
八月桂花香得怪，
九月里菊花满山开，
十月里芍药花不败，
冬腊两月无花采，

我已是一个哑人。我想唱歌，但已不能。

天空像洇开的蓝墨水，大地和河流也是那么蓝，仿佛晾晒着一万条女人的蚕丝巾。天地之间是一座奇异的房子，每一朵云彩和每一点苔藓都互相关联着，慰抚着。山脉起伏，森林浩瀚，云海激荡。无边的田野，无边的银河。汹涌的蓝色波涛，都沉溺在古老的梦境深渊。我躺在天地的经脉上谛听所有的命运。燃烧的天空，生命绽放，那是所有灵魂的栖息地。芍药、玫瑰、豹子、鹿，在这儿微笑和追逐。紧贴母亲，怀抱青草，超越坟墓的晦暗和沉积，在白云的巨流中奔跑穿梭，比鸟更轻盈。这是天惠的旅程，蓝色的祭坛。群山粼粼，众鸟翩翩，晚霞灼灼，草木榛榛。

我重新栽下了一棵白辛树。

2016年1月—2019年2月，神农架—云南

后记

森林沉默

SENLIN CHENMO

后记

这个小说涉及近百种动植物（包括传说和神话中的神奇动植物），以及关于森林的物候、地质、气象和所有对于森林的想象，并且肯定超出一般人对森林的认知与想象。虽然是一部长篇小说，但关于森林自然景物的描写不会低于六分之一。这不是我笔下生花，是森林的丰富资源成就了这些文字。就像诗经之美有植物的功劳一样，这部小说如果可以成立的话，是书中森林的景物赋予的，写得像植物图谱和风景图谱一样细致生动，告诉人们描写森林，是我所愿。

一个长篇是几年的心血，回头想想这个小说的“编织”过程，需要的材料，是如何在堆积如山的资料、书籍和日记中将它们恰到好处地塞进小说的每一章，都显得有些恐怖。等写完的这一天，打扫书桌时，那种“终于理顺”“总算完工”的轻松，就是一种漫长折磨的结束，一种如释重负，从虚幻的世界回到现实，内心的欢呼排山倒海。写作长篇真的是一个遭受苦刑的幻游过程，但是，这种感觉十分美妙。

小说依然是我热衷的高山与森林，是我热爱的题材，热爱的文字和环境。但专门写森林，却是第一次。这几年，我选择了回到森林和山区。虽然那儿并非我的故乡，但事实已经成为我精神与肉体回归的双重故乡。神农架的一草一木都是我喜欢的模样，喜欢她恒久不变的陌生感、纵深感。在那里，广大的鄂西北崇山峻岭，云雾缭绕，野兽奔窜，苍鹰飞翔。人们居住并耕耘在云彩之上，那里的流泉和森林、野花和峡谷，是照耀我内心良善与静泊的光源。我住在此，虽然对森林的知识比较丰富，但高山和森林总是以永远生疏的姿态存在着并拒绝着，森林的郁闭度是她永远神秘并让人敬畏的原因，但她的亲切无声的召唤又是巨大的，无法抗拒的。特别在年岁见长，经受过人情冷暖之后，唯一的亲人是森林，森林是可以疗伤的，是养人的，是宽厚的，是值得托付和信赖的。

托尔斯泰说，人一旦到六十岁，就应该进入到森林中去。首先，去森林不是为了写作，而是为了生活，安放自己的肉身。过去我去那儿有写作的私心，现在完全没有了。山可平心，水可涤妄，古人把山水的作用说透了。

我住的地方就在森林边，我的书桌十多米远就是原始森林和奔流的山溪。早上窗前白云飘缈，夜间溪水狮吼一片。但睡梦中有如此轰响，也等于是睡在英雄之侧，让所有念头和生活感觉都不再卑下、卑微、卑怯。如果动笔，一定有着来自荒野的浑沌、激励和壮丽的启示。

我写了森林和森林里居住的那些人，等于是把我自己跻身进去，作为进入森林的投名状，我的这个小说，是要以其诚心打动他们。高山森林的命运不是我们想象的那样，也不是目前流行小说和文学作品所暗示或要求的那样，生活的质地是坚硬的石头和粗糙的树皮，它就是石头和树皮，而不是绸缎或什么化纤物。

森林是永远沉默的、无声的，无法表达它自己。我们的热爱完全是因为人类远古故乡的某种基因。

这个森林小说的完成，是在我对森林的许多直觉催促下出现的，许多混杂的、雄壮的、高贵的、神性的、有趣的、优美的、深邃的、智性的东西在我的记忆中汩汩涌动，想变成文字。因为只有文字才能够记载这片森林的神秘骚动，让它们变成语言和声响。

生活有一种古老的面貌是要在记忆中泛起的，这就是精神的遗传返祖现象。拥抱星空，啸叫山林，是人类童年的生趣，尽管深山老林中的生活艰难，犹如被人类的进化抛弃的遗址，可上苍努力修复着它，并保管着它，还有一些古代遗民在耕耘和守护着它，就像老屋中的老人。可是，我们终归是要回到森林中去的，我坚信这一点。梭罗说，荒野中蕴藏着拯救人类的希望。孔子说，礼失而求诸野。

人类对天空、荒野和自然的遗忘已经很久了，甚至感觉不到远方森林的生机勃勃。那里藏着生命的奥秘和命运的答案，人只是生命的一种形式之一，更多的生命还没有像人类那样从森林中走出来，它们成了最后的坚守者。森林是一块活化石。

我想写下几近于传说中的森林和人群，通过他们的活动（生与死），模拟那片森林的历史与现实。对于森林的庞大、伟岸和丰腴，任何森林之外的描写和场景都是渺小的。通过森林，我们可以将对世界认识的边界推向远方。远方的河流，远方的群山，在森林中行走和生活的、有血有肉的人，认识他们，将使我们强烈地感受到城市美丽整洁外表下的恶质，人的扭曲、异化甚至恶化。一个嘈杂、忙碌、拥挤、炎热、单调和互相算计的、在狂热中颓废的世界不值一谈。而无声的森林却静静地保存着我们无法磨灭的乡愁，以自然的生态庇护着众多的生命与种子，成为仅存的、最圣洁的灵修之地，灵魂教堂。

一直以来，我对森林的热情转化成了归宿般的热爱和皈依，我的写作有一大半的语言投奔了深山老林的琐事，不厌其烦的描写没有丝毫的疲倦感和违和感，文字的充沛力量让我获得了新的写作引擎。丰富的、抵达角落里的书写，首先得益于我的森林知识，还有我狂暴的猎奇心理，它操控了我的语言和思维系统，让我最好的文字被森林所俘获，成为我的常态表达。我真实地生活在自然里，不装不媚，不惊不乍。我在自然中观察、说话和行动，使我获得了久违的童贞与欢喜，这也许就是返老还童吧。

我一个心眼地爱着深山、森林，不管世事如何变化，文学如何没落，商业如何崛起，他人如何操作，我在文学的森林和现实的森林中徜徉，这双重的快乐没有多少人能够拥有。我牢记蕾切尔·卡森的话：那些感受大地之美的人，能从中获得生命的力量，直至一生。

让我们一起思考森林对于人类到底意味着什么吧。那些在大自然腹地生活的人，那些保存着民族传说、唱本、神话、历史记忆和想象力的人们，他们顽强地紧守着人的价值，与大自然的风霜雨雪作艰难困苦的斗争，那种英雄主义的简陋生存，托起了森林和大山的气象。文学的伟大在于它与大自然的融合对话，让我们从中淬炼出人类与自然相濡以沫、风雨同行的信念与虔诚。生长了一万种蘑菇和花朵、一万种动物骨骼和眼睛的森林，也会生长出人类最强健的英雄基因，连一只蚂蚁、一片落叶也是出类拔萃的。

让小说充满使人心旌摇荡的激情和力量，为生活增加勇气，用魔力的语言、魔法的故事、跃动的血性，冲击人们对人类前途和归宿的思考，用文字创造一个鸟语花香、百兽奔跑、苔藓肥厚的世界，对于我来说，是极其严谨和开心的过程。

我在写这部长篇时，因云南方面的邀请写一本关于云南生态的书，又有机会花两个月时间，穿行在云南的浩浩群山与莽莽森林之间，那可是最高的雪山和最原始的森林，是原始森林中生活的最原生的民族，最古老的村落。那些人，那些动物，面目古朴，是真正的森林物种。我兴奋得夜不能寐，像一个孩子回到了老家，我的一切归它所有，我就是个浪子归来，我的许多想法都写进了这部书中，我所有精神和肉体的创伤隐疾都得到了治愈，特别是与自然的疏离和阻隔。

出于对森林的不可亵渎和不可轻慢，我用诗和童话来处理我想写的故事，这是对自然这种绝美尤物和神祇的尊重。比如最后一章，干脆就是童话。

无声的、沉默的森林，在它们宿命般存在的地方，日夜诉说着，讲给能懂它们的人听……

陈应松

2019年5月18日于神农架

图书在版编目（CIP）数据

森林沉默/陈应松著．— 南京：译林出版社，2020.6

ISBN 978-7-5447-8180-0

Ⅰ.①森… Ⅱ.①陈… Ⅲ.①长篇小说 – 中国 – 当代 Ⅳ.①I247.5

中国版本图书馆 CIP 数据核字（2020）第 046024 号

森林沉默　陈应松／著

责任编辑　魏　玮
装帧设计　朱赢椿　羊小方
插　　图　风　四
校　　对　孙玉兰　王　敏
责任印制　颜　亮

出版发行　译林出版社
地　　址　南京市湖南路 1 号 A 楼
邮　　箱　yilin@yilin.com
网　　址　www.yilin.com
市场热线　025-86633278
排　　版　南京展望文化发展有限公司
印　　刷　恒美印务（广州）有限公司
开　　本　880 毫米 ×1240 毫米　1/32
印　　张　13.625
插　　页　4
版　　次　2020 年 6 月第 1 版　2020 年 6 月第 1 次印刷
书　　号　ISBN 978-7-5447-8180-0
定　　价　58.00 元